JN312896

弟に捧げる

目次

# サファリパークホテル

# 第1章　サファリパークホテル

　足が痛い、疲れた、腹が減った……。あの昼飯に食ったコンビニの握り飯、あれを少しでも残しておけばよかった。もう歩き始めてどれだけの時間が過ぎたのか？　顔は切り傷だらけ、下半身は泥にまみれ、右足をひきずりながら、俺はバイクを引っ張っていた。無一文となって、畜生！　何だってこんなことに。石ころと赤土の細い道は、アップダウンを繰り返しながら、太古の何とかいう時代に繁茂したような巨大なシダの間を曲がりくねっていて、前方のうす暗がりの彼方に消えていた。名も解らぬ木々が鬱蒼と茂って空を覆い隠し、昼夜の識別は出来るのかと思われるほどだったが、わずかずつ、しかし確実に闇が深まっているのが感じられた。一体何時頃なのか？　俺の腕時計は無残に破損し、デジタルの文字は消えていた。

　全く何でこんな情けない格好になってしまったのか？　六月一日の早朝、つまり今朝、俺は元気一杯出発したはずだった。そう、この待ちに待ったツーリングに！　やっともらえた休暇だったのに！　確かにこの山は初めてのチャレンジだった。「日本ベスビオス火山」の中腹から麓にかけての一帯で、一面「黒木が原」という原生林に覆われ、昔噴火の折、吹っ飛んできたという巨大な岩石や、川が溶岩に塞《せ》きとめられて出来たといわれる神秘的な沼が至る所に見られ、いったん森の中に迷い込めば、磁石さえも効かなくなり、さらに深い薮に埋もれて、そこここに地表の裂け目や洞窟が口を開け、まさに危険がいっぱいと言われていた。つまり圧倒的に魅力的だったのだ！　俺は引き付けられ、ついに挑戦した。二万五千分の一の地図をじっくり研究し、時間も正確に計算した。俺の2ストロークVツインエンジンのオフロードバイク「火星号」でどこまで走破できるかも。方向感覚は絶対に自信があった！　一日でこの素晴らしく面白い一帯を走り抜け、夕刻までには林道に戻るはずだった。それなのに……。

霧だった。あの白い魔物が突然行く手を阻んだのだ。俺の携帯用磁石は、そのまま前進を続ければ必ずどこかで林道に出られると告げていた、と俺は判断した。だが、道はどんどん狭くなり、やがてほとんど消え失せ、その上霧がますます深くなってきた。道の片側は切り立った崖、もう一方は灌木に覆われていたが、その下方はどこに続いているのかわからない斜面のようだった。ヤバイ、と俺は思った。これ以上行かない方がいい。少なくとも霧が晴れるまでは。どこかで待機しよう。そして俺は方向転換を試みた。その時だった。突然俺のバイクがバランスを失ったのだ！　起こったことを充分把握する前に、俺の体はバイクもろとも、薮と石ころの斜面を転落していた。人間が自分の身を何一つ制御することが出来ない、と感じる恐怖の一時だった！

それは数分のことだったのか、それとも数秒だったのか？　真っ白になった頭では何も判断がつかなかった。気付いた時、俺の下半身はどっぷりと水に浸かっていた。水？　こんな所に？　俺を囲んで葦が生い茂っていた。ただの葦だったのに、俺にはジャングルのように見えた。それは沼のようだった。リュックがびっしょりと濡れてはいたものの、俺の片方の肩に引っかかっていた。リュックを背負い直し、こんな状況下にもかかわらず奇跡的に俺の頭にくっ付いていたフルフェイスの赤いヘルメットをはずし、葦の根っこにつかまって身を起こした時、ブーツの下に泥と石ころの水底が感じられた。立ち上がってみると、水面は膝下だった。助かった！　どうやら溺死だけは免れそうだ。俺は背中にヘルメットをぶら下げ、霧の中に目を凝らし、さっそく火星号を探した。俺のバイク、お前はどこにいるんだ？　見えない、見えない。周辺は、丈高い葦とどろんとした緑灰色の水、そして霧。あとは何も見えなかった。もしや水没？　ピチャピチャとブーツで探りながら進むと、数歩先が岸辺になっていた。両手で葦を掻き分けながらなおも進むと、灰色の霧の彼方、沼の水際についに発見した。バイクが、俺のバイクが横倒しになっていたのだ。俺は駆け寄った！　ハンドルが大きな石に引っかかり、辛うじて水に浸かることを免れてはいたが、ミラーの一つはひどく壊れ、逆さにぶら下がり、もう一方は突っ立ってはいたものの、鏡の部分がひびだらけだ。一体どのくらいの損傷を受けているのだろうか？　だがともかくこいつは沼には沈まなかった。不幸中の幸いだと、自分に言い聞かせた。

がその時、俺は気付いた。俺のウエストポーチがなくなっていたのだ！　えっ？　マジかよ？　冗談じゃあない、あれには命と同じくらい大切な物がぎっしり詰まっていたんだ。金、運転免許証、クレジットカード、地図、磁石、携帯電話……俺は血眼になって捜索を始めた。霧に包まれた記憶の中に、滑落した俺の体の軌跡を当て推量で再現しながら。俺は再び沼に入り、四つん這いになった。だが、水はねっとりと濁っていた。目を閉じて頭を突っ込み、両手で水底を探った。石ころと泥……。ない、ない、ない！　また頭が真っ白になった。ない、ない、畜生！　なんてついてないんだ！　やがて夕暮れになる。こんなところで夜を迎えられるか？　ヤバイ。

俺はついに捜索を断念した。出直そう、と考えた。確たる方法があったわけではない。ただ、出直そうと思う以外にどうしようもなかった。またリュックを背負い直し、ブーツの中の水を出し、バイクを引き摺りながら、灌木に覆われた斜面を一歩一歩登っていった。未だかつて自分のバイクをこれほど重いと感じたことがあっただろうか？　一体どれくらい滑落したのだろう？　息が切れてきた。体の節々が痛み、顔がひりひりしていた。小休止と思った時、目の前が突然開け、猫の額ほどの空き地が現れた。そしてその向こうに、やはり灌木に覆われてはいるものの明らかに道と思しきものが細々と上方に続いているのが見えた。沼は脱出出来た。よし、急ごう！　夜になったら大変だ。

だが、その道に突入した時、新たな罠が待っていたのだ。俺はいきなりつんのめった。でっかい石が灌木の下で道を塞いでいた。咄嗟にバイクを支えた時、バイクは無事だったが、いや、もう無事ではなかったのだが、俺の右足首に鋭い痛みが走った。捻ったとすぐに解った。高校のころ部活のバスケットボールでよく捻ったからだ。畜生！　一体俺にどうしろってんだ！　答えは解っていた。要するに俺には前進する以外に道はなかったのだ、這いつくばってでも……。夕暮れになる！　それまでに帰る道を発見しなければ、何が何でも！　右足を必死で庇いながら、俺はバイクを引っ張って、ひたすら坂を登り続けた。

やがて灌木の中の道は、いくらか広い山道に合流した。あいかわらず霧が四方に垂れ込めていて、道の行く手は見えなかった。道の両側には鬱蒼と木が茂り、恐竜の爪のような木の根が地上に露出し、得体の知れない寄生植物がコケの生えた岩石の上を這い、大木の幹にまとわりつき、枝から不気味に垂れ下がっていた。石ころと赤土の路面だったが、俺のオフロード、火星号なら何とか走れそうだった。そこでエンジンをかけた。しかし、エンジンはかからなかった。掠れきった、まるで喉が詰まったような苦しそうな声を上げるだけで。点火プラグが泥水を被ってしまったのか？　それならプラグを清掃すれば……。だが、ふと燃料タンクに目をやった時、俺は愕然とした。タンクの下部にへこみが出来ていて、そのへこみの底に亀裂が入っている！　わずか数センチの亀裂だったが、それは苦痛にあえぐ火星号の歪んだ口のように見えた。奴が声にはならない呻き声を発しているようだった。

「落ち着け、武！」と俺は怒鳴った。「こんなことでまいるものか！　怪我なら俺が治してやるさ！」

だが、今どうやって？　浅いのか深いのか見当が付かない絶望の淵で、歩み続ければその先に必ずや何かの解決が待っているだろう、という想念だけが俺を押し進めていた。俺は歩き続けた……。

ここはどこなんだ？　周囲に少しずつ闇が忍び寄って来ているのが感じられた。今度こそヤバイぞ。細くなった道、滑落、沼、頭の中であらゆる記憶を総動員したものの、もう何も解らなかった。くそっ！　俺にとって唯一の決め手は、決め手？　そうじゃない、ただの当て推量だったが、ほかに方法がなかった。沼は左手、だから右手に沼を見るように（何も見えなかったが）そのような方向に歩いていけば、もとへ戻るのではなかったか？　かくして、傷ついた火星号と俺の足を引き摺りながら、また歩き続けた。半ばくじ引き同然に決めた運命の道を、確たる当てもなく……。

いつしか下ばかり見ながら歩いていた。前方を見ても何も見えなかったからだ。俺にとっては、火星号をすっ倒さないようにすること、それからまた足を捻ることがないように歩き続けることの方が先決だった。まあ、道らしい所を何とか進んでいる。道なんだ、そのうちどこかに到達するだろう。疲労と空腹でひどく思考力が鈍っていた。ヤケッパチってのは楽なもんだ、なんて考えが変に慰みとなっていた。足元が暗くなってきた。しかし道はやっぱり続いていた。石ころと赤土が。

ふと頭を上げた。何となく頭の上が明るくなったような気がしたからだ。すると、おっ、いつの間にか霧が薄らぎ、視界が開けていた。そして前方には鈍く光る一帯が。蜃気楼かな？　夕闇の中で目を凝らしてよく見ると、それは赤っぽい色の沼だった。その沼の向こう、うっすらとした霧のヴェールの彼方に、幻のように明かりの列が見えた。その光景はさながら静まり返った海に浮かぶ客船のようだ。変だ、こんなはずは……。俺は幻を見るほどおかしくなっちまったのか？　だが進めば進むほどその不思議な明かりの列は明瞭になってきた、それは明らかに建物の窓だった。

地図の記憶を辿っても、山の中のそんな建物は心当たりがなかった。でもそれは現に目の前に存在していたのだ。明かりが点っている。それはまさにそこに人間が存在する確かな証ではなかったか？　俺の心臓は急に高鳴り始めた。絶望に近い惨めな状態の最中、突然希望の光が射したのだ！　よし、行こう、がんばれ、あそこまで！　道は次第に沼に近づき、それから沼のほとりを巻きながら、その建物の方角へ向かっていた。もう少し、もう少しだ、俺の右足と火星号、がんばってくれ！

やがて道は、門のような大きな二つの岩石の間を抜けて、ついにその建物の前に到達した。それは古いログハウスを横に引き伸ばしたような二階建ての建物だった。黄昏の残光の中、明かりが点された四角い窓が横にきれいに並び、正面玄関のポーチの両側には数本の柱が立ち、そのてっぺんで松明が燃えていた。これはホテルに違いない、と俺は思った。俺はホテルに勤務していた。だからホテルの建物の雰囲気はすぐに解ったのだ。ただ一つ奇妙だったのは、車が一台も停まっていないことだった。駐車場が見当たらず、まわりにはただ草原が、だだっぴろく広がっていた。いや、そんなことはどうでもよかった。ホテルなら大歓迎だ。俺はともかく助かったのだ！　飯を食える、風呂に入れる、眠れる。うまくいったら、バイクだって簡単に修理出来るかも知れない！　そうしたら帰れるんだ！　安堵とともに全身の力が一度に抜けていった。

正面玄関の前のポーチに火星号を停めた時、ガラス窓とその向こうにちらちら揺れる明かりが見えた。レストランだ。ディナータイムなんだ、と直感した。レストランは俺の仕事場だったから。

明日は出勤出来そうもない。ヤバイ、今夜中に上司に電話を入れなければ。事故ったと言えば何とかなるだろう。

ロビーに足を踏み入れた時、ある香りが鼻を突いた。何かのハーブのような、だが強烈だった。仕事がら、数多くのホテルと縁があったが、どこでもこんなに強い香りを効かせている所はなかった。見回すと、ロビーの至る所に大きな鉢植えが置いてあった。濃い緑色で一面鋭い棘に覆われた肉厚の葉が広がり、その間にどぎつい赤色の舌のような花が覗いていた。強烈な香りはその花から発せられているようだった。だがそれだけではなくて、ふとある異臭を感じた。何だろう？　俺は鼻が異常にきくと言われていた。妹のゆき子がよく言っていた。「にいちゃんは茶太郎みたいに鼻がきくのね！」と。茶太郎とはうちで飼っている犬だ。雑種だがとても頭が良かった。今ごろどうしているのか？　門のところで俺の帰りを待っているか？　まあ、それはともかく、この臭いは？いや、多分気のせいだろう……。

床は木製のようで擦り切れた真紅の絨毯が敷き詰められており、正面にフロントがあって、何となく薄暗い明かりの下に、ベージュ色の制服を着て、でっぷりと肥り目が細く大きな鼻がぶっつぶれた中年の女性が立っていた。こんな変な顔は見たことがなかった。

「済みませんが、バイクで事故っちゃいまして、おまけに迷子になりまして、一泊したいんですが……」

その女は細い目を俺の頭から足の先まで走らせた。あら、かわいい子、とその目が言っていた。

「まあ、大変でしたねえ。お一人ですか？　はい、お部屋大丈夫ですよ」

助かった！　俺はほっと息を付いた。

「ではお願いします。それから、俺のバイクが沼に落ちてエンジンがかからなくなったもんで、それとタンクが……場所と部品と工具があれば、多分自分でも直せると思うんですが、何とかなりませんか？」

その女はきょとんとした顔で俺を見つめ、それからまた、かわいい子、という表情で答えた。「相談してみます。誰か解るでしょう……」

「それから、もう一つ。実はウエストポーチが沼に落っこったらしいんですが、どうしても見つからなくて。つまり俺、無一文なんです。現金とかカードとかみんな入っていたんですが。明日それなりの手続きをすれば、何とかなると思うんです。もちろん怪しい者ではありません。大丈夫です、保証人だっています！」

「ご心配なく。そういうお客様たまにいらっしゃいましてね。当ホテルはちゃんと心得ておりますよ」

こう言いながら、女はなぜかニンマリと笑った。ただでも細い目をいっそう細くして。俺のことを馬鹿にしているな、と思った。がそんなことはもうどうでもよかった。

チェックインのカードに名前と住所と勤務先のホテル名を書き込み、鍵を受け取った。部屋は二階を指定された。エレベーターはないという。擦り切れた真紅の絨毯を踏みながら、足をひきずり軋む階段を登った。足首はあいかわらず痛んだが、ああ、助かった、という思いでいっぱいだった。

その時ふと変なものが目に止まった。何かもやもやしたものが床のコーナーに溜まっていた。何だ、清掃が行き届いていないなあ。近寄ってみると、それは藁屑と毛が絡み合ったかたまりだった。何の毛だろう？　誰かの毛皮かな？　その時またあの異臭が感じられた……突然俺は思い出した。その臭いは、そうだ、動物園の臭いだ、まさに！　でも、なぜ？

部屋の木の扉はやはり軋んだ。古い建物らしかった。天井からランプが下がっており、その淡い光の下に木目が黒っぽくくすんだライティングデスクとベッド、その上にきちんと畳まれた浴衣が見えた。くすんだ色の壁には鳩時計が下がり時を刻んでいた。そうか、レトロな雰囲気を味わえってわけだな、昨今そういうホテルがふえているらしい。ヘルメットを背中からはずし、濡れたリュックから中身を取り出し、床の上に広げ、シャワーを浴び、ついでに汚れたズボンと下着を洗った。その時気付いた。俺は衣服の替えなど用意していなかった。夕飯を食わねば。だがレストランへは何を着て行けばいいんだろう？　答えは簡単だった。着るものはなかったのだ。慌てて腰にバスタオルを巻き付け、フロントへ電話を入れた。電話は古いダイヤル型だった。

「済みません、ズボンがずぶ濡れで、着替えがないんです。レストランでは浴衣は駄目でしょうね？」

「それはお困りねえ」さっきの女の声だった。「でも大丈夫ですよ。当ホテルは皆様にくつろいでいただくということで、服装は何でもよろしいんです」

　助かった！　と俺はまた呟いた。腰にバスタオルを巻いたまま、浴衣を着てレストランへ降りた。また仕事のことが頭を過ぎった。明日は無理だ。上司に電話をしなければ……。

「レストランバッカシア」という立て札が入り口に立てられていた。多分酒の神バッカスの名をもじったのだろう。それは天井の木の梁がむき出しになった大きな山小屋風のダイニングルームで、幾つかのランプが吊り下がり、分厚い木製のテーブルが並び、その上にキャンドルが揺れていた。時刻のせいなのか、客は見当たらない。さあ、食うぞ！　牛丼なんてないだろうなあ。ステーキがいいなあ。それとビールだ！

　小柄でほっそりとしたウエイトレスが現れ、俺をテーブルへ案内した。水色のユニホームと白いエプロンがよく似合っていた。真っ直ぐな髪は後ろで束ねられ、赤いリボンで結ばれていたが、黒とオレンジ色と白の三色に染められていた。白く染めるなんて、これもファッションなのか？　そのウエイトレスがメニューを差し出した時、彼女の目が「まあ、かわいい男の子」と言った。そして一瞬彼女の半ば開かれた唇の間に舌の先が覗いた。俺は唇を舐めるのかと思った。

「ご注文お伺いいたします」

高くて実に愛らしい声だった。メニューを広げて俺は戸惑った。コース料理は三つ用意されていたが、どのコースもメインディッシュのようなものが何も含まれていない。それだけではなく、肉料理と魚料理が一つもなかった。グリーンサラダ、オニオンソテー、ボイルドポテト、ラタトイユ、トマトソースのペンネ、アップルパイ……冗談じゃない、ディナータイムじゃないか！

「あのう、今ディナータイムですよね？　メインが見つからないんですが……」

そのウエイトレスは、目を細めて俺の顔を見詰めていた。かわいい八重歯が覗いていた。また舌の先がかすかに動いた。それからふと我に返ったように言った。

「これは当ホテル自慢のメニューでございます。どれもとてもおいしいというお褒めをいただいておりまして」

「ああ、そうですか、でもね、メインがないことには……ホテルのディナーなんだから」と俺は食い下がった。俺はプロなんだぞ、と言いたかった。

ウエイトレスは顔を曇らせた。それから「少々お待ち下さいませ」と言い残して去っていった。足音が全く聞こえなかった。

しばらくして、薄暗がりの彼方から黒いスーツを着た男が現れた。蝶ネクタイを付けていた。黒服のチーフだな、と俺は察した、仕事がらこういうことはすぐに解った。緑色の顔で、眼鏡が鼻の上にずれ落ち、恐ろしいやぶ睨みだった。

「お客しゃま、申し訳ごじゃいましぇんが」とその黒服はやや掠れた声で言った。しばしば舌の先を薄い唇の間にのぞかせ、まるで蝿のように両手を擦りあわせながら「メニューがご不満とのことでしゅが、これは当ホテルの自家製野菜の自慢料理でごじゃいまして、お客しゃま方には大変喜ばれておりましゅ。それから、でごじゃいましゅね、お客しゃま方の強いご希望により、当ホテルでは ベジタブルメニューのみとしゃしぇていただいて おりまして……」

歯の間からフンガフンガと説明した。何だ、ベジタリアンのレストランってわけか。がっくりきた。牛丼やステーキの夢があっという間に消え去った。だがとにかく腹が空いていた。何でもいい、片っ端から口にほうばりたかった！　ほとんど選ばず、一番品数の多いコースとビールを注文した。

ビールと野菜のみ、というのは何となく物足りなかったものの、一応腹はいっぱいになった。会計のところにあのウエイトレスが立っていた。そしてにっこりと微笑みかけた。顔が青白かったが、少しつり上がった目はぱっちりとしていて、大きい目の口が愛らしかった。部屋に付けてくれ、と頼んで、俺は二階へ上がった。

ベッドの上に身を横たえ、天井を眺めた。黒っぽい天井の真ん中から石油ランプが下がっていた。ぼうっとした光の周辺に、何かのおまじないのような木目がくねっていた。あれは蛇みたいに見えるなあ、あれは人の顔みたいだ……突然俺は電話のことを思い出した。上司だ、携帯を……。しかし携帯は俺のウエストポーチに入っていたのだ。俺は飛び起きて電話をかけようとした。ところがダイヤルの中心の文字盤にはフロントのナンバーしか表示されていなかった。周辺を探したが、デスクの上に数枚のメモ用紙が置かれているだけで、ホテルの規約書や手引きのようなものは何にもない。そういえば、このホテル、なんていう名前なんだろう？　俺はフロントを呼び出した。

「すみません、つかぬことなんですが、このホテルの名前は何ていうんですか？」

またあの女だった。

「『サファリパークホテル』と申します」

へえ、奇妙な名前だなあ、と俺は思った。だがもう一つの緊急な問題で頭がいっぱいになった。

「実は外線にかけたいんですが、どうするんですか？」

「お客様、当ホテルではお客様方になるべく自然に近いお暮らしを味わっていただきたい、というモットーでございまして、電話もすぐにはつながりません。でもご用がおありならばこちらからメッセージをお伝えいたしますが」

「いや、直接話さないと。職場の上司なんで」

「ではファックスはいかがでしょうか？　原稿を下さればこちらでお出しいたしますよ」

何だ、ファックスがあるのか。「じゃあお願いします」と言って俺はデスクに向かった。……はなはだ面目ないんですが、ツーリング中山の中で道に迷い、沼に転落し、ウエストポーチを紛失し、今どこかのサファリパークホテルとかいう所に宿泊しております。パークホテル系かとも思いますが、さだかではありません。かような訳でして、明日は出勤出来ません。支払いで保証人の問題が出ましたら、どうぞよろしくお願いいたします……。余りにも間の抜けた文面だった。馬鹿丸出しの。でもこれ以外に方法はなかった。それから俺は、うちにいるお袋と妹のことを考えた。今までも、ぷいっとツーリングに出て家に帰らずじまい、ということはしばしばあった。鬱陶しかったのだ。そうだ、家への連絡もついでに頼もう。事故だったんだ、仕方がないんだ。妹が俺のドジを責めるキーキー声も聞きたくなかった。そこで俺は付け加えた。「申し訳ありませんが家にちょっと連絡をお願いします。すぐ帰ると」フロントに降り、原稿を預けてまた部屋に戻った。

ひとまず一番重要な問題は何とか解決した。俺は今度こそベッドの上にゆったりと体を伸ばした。たっぷり飲んだビールが効いて、すぐに深い眠りに落ちたらしい。どれほどの時間が過ぎたのか。ポッポーという鳩時計の音で目を覚ましたような気がする。いや、そうではない、物音がしたのだ。それは階下から聞こえてきた。ザワザワというどよめき、ドシン、ドシンと床を踏み鳴らしているような音、チンチンと乾杯しているようなガラスの音、それから時々ウォーッ、ウォーッという唸り声……歌声のようなものも混じっていた。何だろう、こんな時刻に？　客が騒いでいるのかなあ？　その時、またあの臭いが俺の鼻を突いた。

あの奇妙なハーブの香りに乗って、確かにあの異臭が、動物園の臭いが……。しばらく俺は耳を澄ましていたが、また寝入ってしまった。

# 第2章　ミケ

　暗い沼の底で、俺は一生懸命火星号を捜していた。どこに行ってしまったんだろう？　俺の火星号、俺の火星号。突然ブーツが泥に突っ込んで、俺はつんのめって、あっと思った時、目が覚めた。ああ、夢だったのか……俺はベッドの上だった。窓の方を見ると、カーテンの向こうがすっかり明るくなっている気配だった。ちょうどその時、鳩時計が鳴き出した、ポッポ、ポッポ、ポッポ……数えると十回、十時？　いけねえ、チェックアウトタイムではないか？　俺は電話に突っ走った。いてぇっ！　捻った右足が悲鳴を上げた。一晩のうちにそれは信じられないくらい腫れ上がり、所々が紫色のアザになっていた！

「すみません！　俺つい寝過ごしちゃって……チェックアウトですよね？」

　電話の向こうで、今度は年配の男性の声が答えた。

「夕べお泊りのお客様ですね。どうぞご心配なく。事情はよーく承知いたしておりますから」

「どうも、本当に色々ありがとうございます。あ、ところでですね、俺のファックスに返事が入っているはずなんですが」

「ファックス？　いいえ、今朝はまだ何も入っておりませんが」

　変だ、そんなはずはない。俺のホテルは少なくとも一流の一つに数えられるランクで、全てがきちんと整えられていた。ファックスが無視されるなんてことは考えられもしなかった。もし返事が来ないなら、それは送信ミスに違いない。

「確かに送られているんですか？　確認していただきたいんですが」

しばらくの沈黙の後、再びさっきの男が出た。

「申し訳ありません。番号は確かでございます。でもラインがふさがっておりまして、送れなかったそうでございます」

「ではもう一回お願いします。そんなはずはない。必ず通じるはずです。『エンパイヤリゾートホテル』は大手のホテルなんですから。これは上司宛ての重要な連絡なんです。何が何でも送っていただかないと」

「かしこまりました」とその声は答えたが、変に冷静でうつろだった。

電話を切ってから俺は改めて考えた。チェックアウトといっても、支払いの方法がない。少なくとも上司から何らかの連絡がなければ、身分の証明は不可能だ。そう言えば、夕べ部屋の値段は聞かなかった。気が動転していたんだ、ちょっと話をしてみよう。

俺は階下に降りた。フロントには顔が長くてやけに白い男が立っていた、さほど年を取っているようには見えなかったが、顎に白いヒゲが生えていた。へんちくりんな奴だなあ、と思った。

「支払いの件ですが、俺、目下のところ一文無しなもんで。幾らなんですか？」

男はカウンターの下から紙切れを出し、眼鏡をかけた。

「一泊お泊り、二食付きで、三十万円でございます」

「何だって!?」聞き違いだろうと思った。

「三十万円でございます」

「ちょっと待って下さいよ、0が一つ多いんでは？　いや、それでも高い。何かの間違いじゃあ？」

「三十万円でございます」

このホテルで一泊三十万円？　ふざけるんじゃない！

「冗談ですよね？　いくらなんでも」

「お客様、このような件で冗談は申しません。正真正銘三十万円でございます」

　この時、俺は頭に血が上った！

「イイカゲンにしろ！　何が三十万円だ？　このホテルで？　笑わせるな！　俺を見くびるなよ、俺はホテルのプロだ！」

　昨日山の中で霧に出っくわし、沼に落ち、それからさらに俺を襲った一連の不運な出来事への怒りが炸裂した。あたかもこのホテルがその全ての禍いの根源であったかのように！

「ウソをつけ！　冗談じゃない！　こんな建物で、絨毯は擦り切れている、清掃はなっちゃない、部屋にはテレビもない、冷蔵庫もない、ディナーは野菜だけ！　おまけにこの臭いはなんだ？　いくらハーブを置いてごまかしても、俺にはわかるんだ。清潔にしていないからだろう？」

　男は何も答えず、じっと俺を見据えていた。その沈黙がますます俺をいきり立たせた。

「いいか！　これは動物園の臭いだ！　夕べも夜中にこの臭いがしていたんだ！　動物園の臭いがするホテルなんて。それで三十万？　畜生、笑わせるなよ！　支配人を出せ！」

「動物園ですと？」男は急に目をむいた、顔が赤くなり、初めて表情が現れた。

「そうだ、動物園だ！　まあ、あのブタみたいなフロントのおばさん。そう、ふさわしいだろうが！　ハッハッハッハッハ、ハ、ハ、ハ」

　しばしの険悪な沈黙の後、男は「少しお待ちを」と言って、裏の部屋へひっこんだ。薬が効いたなと思った。やっと胸が晴れた。ちょっと言い過ぎたかな？　でも三十万円だと？　人の足元を見やがって、誰がそんな大金払うもんかー。

　その男が別の男を連れて現れた。背が高く、きちんとした黒いスーツを着込んでいたが、赤ら顔で眉毛が薄く、両目が変にくっついていて深い皺に囲まれ、鼻は低く、口との距離が異常に長かった。そして耳がでっかく広がっていた。

「私が当ホテルの支配人でございます」とその男が言った。

「そうか、やっと出てきたな、話がある。三十万円の件でね」

「お客様、お怒りはごもっともですが。そうですね、ゆっくりお話しいたしましょう。ちょっと中で」

俺はフロントの裏の部屋へ招き入れられた。それは窓のない埃っぽい部屋で、隅には、小さなコピー機と一台の古いテレビが置いてあった。俺はその支配人と向かい合わせて座ったが、その時強い臭いを感じた。人間の男の体臭ではなくて、あの臭い、動物園で感じる、そうだ、猿の臭いだった。

「ええと、お値段の件でございますが……」とその支配人は切り出した。「驚かれましたか。まあ、そういうお客様も多々いらっしゃいましてね。でも色々事情があるんでございます。何せこういう辺鄙な場所でして、食料や備品の搬入もなかなか大変でして」

「場所？　リゾート地でしょう？　そりゃ都会に比べれば大変なのは解りますが」と言って、俺は長いことひっかかっていた疑問を思い出した。「ここは一体どこなんですか？」

「そうですね、お客様のように日本ベスビオス火山の向こうからおいでででしたら、何とご説明したらいいんでしょうか？　火山の裏側とでも申しておきましょうか」

「裏側？」

「後ほど山をご覧ください。今日はお天気がいいからよく見えますすよ。でも多分一度もご覧になったことはない山のように見えるでしょう。山の向こうからお越しのお客様で、あの火山をこのホテルから見て後、お帰りになった方々は……まずいらっしゃらないでしょうから」と支配人はここまで言って、意味ありげにもう一人の男と目配せをした。それはどういう意味だったのだろうか？

「は？」と俺は聞き返した。

「いやね、あちらからのお客様はほとんどおられない、という意味でして。ですから、ここで撮影されたあの山の写真などご覧になったことはないと思いますよ」

そういえば、その朝、俺はまだ一度も日本ベスビオスを見てはいなかった。ホテルの窓の外を全く見てはいなかった。そうか、今日は晴れているのか。太陽を見たのは、きのうのいつごろが最後だったか？　外に出たい、と俺は思った！

「さて、お支払いの件ですがね」と支配人は続けた。「まあ、色々ご意見がおありなのはよく解ります。三十万円というのは確かに当ホテルの正式なお値段なんですが、ご相談にのってもよろしいんですよ、その辺は。私共充分心得ておりまして」

なんだ、ふっかけたのか、それにしてもちっと高いんじゃない？　俺は少しほっとした。

「で、事故に遭われたそうですね。運がお悪かったんですな。ご同情申し上げます。そこで、ですね、ご相談というのは……つまりここ一両日中にお支払いいただかなくても、代案をご用意できますよ、ということでして」

穏やかで説得力のある言い方だった。うん、こいつはひょっとしたら話がわかるな、と思った。

「エンパイヤリゾートホテルにお勤めとのことでしたね。どのようなお仕事で？」

「レストランです」と俺は答えた。

「それはそれは、私どもにとりましては大変好都合で」と言って支配人はまたかたわらに座っている男の顔を見た。その男がニンマリと笑って言った。

「そうですねえ。ビタミン料理は目下、間に合っているようですし」

夕べの野菜料理のことが頭に浮かんだ。あれがビタミン料理？

「いえ、俺はコックではありません。ボーイです」

「ああ、結構ですよ」と支配人が言った。「ボーイは大歓迎です。手前どものレストランバッカシアで、少々スタッフが不足しておりまして」

そうか、俺を料金の代わりに働かせようってわけか、このホテルで。でも案外ましな考えかも知れない。少なくとも今日中には俺のホテルから確認のファックスが来るだろう、それまでのことだ。喧嘩やらかして飛び出しても、この何だかわけのわからない一帯で、しかも無一文でうろついているんじゃあ、先の見通しがない。ここにいさえすれば何とかなる。動物園の臭いが少々気になるが……。

「了解しました。俺、働かせてもらいます。ただ三十万円というのはやっぱり納得がいきません」

「ああ、もうそれはお忘れ下さい、何とでもなりますから。お仕事次第でいくらでもサービスさせていただきますから」そう言って支配人はいかにも寛大そうにやさしく笑った。

どこまでまともな話なんだろうという疑問がないわけではなかった。だがこの状況下で俺には選択肢はないも同然だった。よし、やってみよう。この支配人を信じて！　俺は一流のリゾートホテルのボーイなんだ。仕事ではこんなおんぼろホテルの奴等には絶対にひけはとらないぞ、びっくりさせてやろう！　胸がわくわくしてきた。やっと運が開けてきたような気がした。三十万円なんかふっ飛ばしてくれるぞ！

「はい、では俺やってみます」

支配人はフロントの男と顔を見合わせ、また微笑んだ。

「さてと、お話がまとまったようですな」支配人は腕時計を見た。「そろそろランチタイムが近い。うむ、善は急げ、ということで早速お願いいたしましょうかね」それから皺に囲まれた目で俺の格好を眺めた。「ちょっとそのお姿では……浴衣のボーイはどうも。ゴート君、レオナルド君を呼んでくれたまえ。あ、紹介いたしましょう。こちらはフロントのチーフ、ゴートさん、お客様の名は？」

「武、立花武といいます」

「どうぞよろしく。それではタケシ君と呼ばせていただきましょう。当ホテルではみなの親睦のために我々ニックネームで呼び合っておりましてね。わたしはモンキキと申します」

支配人のモンキキさん？　へぇー。

ノックの音とともにドアが開き、また一人現れた。あのやぶ睨みの黒服だった。

「レオナルド君、こちらのお客様は、一時レストランの方で仕事を手伝ってもらうことになった。あのエンパイヤリゾートホテルでボーイをやっていらっしゃるそうだ。早速本日のランチからお願いすることに話がまとまったので、よろしく頼みますよ」

黒服のレオナルドはあいかわらず眼鏡を鼻の上に押し上げながら、支配人に一礼し、俺をレストランの裏のロッカールームへ連れていった。緑色の顔がいつの間にか赤ら顔に変わっていた。何だかせわしないなあと思いながらも、俺はこのやや不思議な運命の流れに身を預けることにした。

「我々の仕事にはお心得があるようじぇ、じぇは話が早い、すぐやってもらいましょう。今制服と靴をお貸ししゅる」

奥の薄暗がりの中から箱を抱えた女が現れた。それはあの夕べのウエイトレスだった！

「もうごじょんじでしょうが、ここのウエイトレシュでしゅ」

「ミケと申します」と女は言って微笑みながら、俺の目をじっと見詰めた。

「ミケさんっておっしゃるんですか。俺はタケシ。どうぞよろしく。ちょっとだけ仕事させてもらいます。ミケさんねー、ハ・ハ・ハ、三毛猫チャンみたいにとてもかわいく髪を染めていらっしゃるんですねえ！」

「あら、これは染めてるんじゃなくて……」

ミケがここまで言った時、レオナルドが彼女を遮った。

「そんなことどうじぇもいい。すぐに仕事だ」

箱を開けると、そこにはなんと黒いスーツが一式畳まれていた。

「あのう、俺、黒服は着たことないんですが……」

「支配人から黒服を着せるように、というお達しでね、すぐ着替えてくだしゃい」そして、また眼鏡を押し上げて出ていった。

黒服！　それは俺の憧れだった！　いまだかつて一度も手を通したことがない制服！　俺にとって、それは一水兵から眺める士官の制服であった。これは何かの幸運の前触れかも知れない、よし、やってみよう。

浴衣を脱ぎかけてふと見ると、かたわらにミケが立っていた。そして潤んだようなうっとりとした目つきで俺を見つめていた。こいつ、何を見たいんだ？

「あのう、俺、ちょっと失礼をして」

「あら、ごめんなさい！」と慌てて言って、ミケはくるりと背を向け、部屋の出口の方へ歩み出したが、またちょっと立ち止まった。顔をこちらへ向けてはいなかったものの、目のかどで俺を捉えているのがわかった。俺は面食らった。他に誰もいないロッカールームで、若い女の前で裸になるなんていう度胸はなかった。もじもじしている俺を感じ取ったのか、ようやっとミケは立ち去った。今度も不思議なくらい足音が聞こえなかった。かわいらしく結ばれた黒と白とオレンジの髪の束と、ほっそりとしてしなやかな腰が俺の瞼に残像を残した……。

## 第3章　黒服レオナルド

俺はついに黒服を身にまとい、黒い蝶ネクタイを付けた。だが捻挫した右足をズボンに突っ込むのは一苦労だった。足首は徳利のはらのように腫れ上がり、ある角度に向けるたびに鋭く痛んだ！　何とかしなくては……。

　ダイニングルームへ向かう前に俺はフロントに立ち寄った。

「すみません、立花ですが。俺宛てにエンパイヤリゾートホテルからファックスが入っているはずなんですが」

　フロントにはまたあの太ったおばさんが控えていて、ニッと笑った。

「いいえ、今のところまだ何も」

「変だなあ。確かに送っていただいたんでしょうね？」

「はい、確かに」

　もしかすると上司は機嫌を損ねたかなと、俺はいぶかった。支払いの保証人なんて頼んだのがまずかったのかなあ？　だが、要するに事故だったんだ、運が悪かったんだ。金の問題が早く決着して俺が帰れれば、それが一番いい解決じゃないか、それぐらい解ってくれるはずだ。待っているファックスが着信したらすぐ呼び出して下さい、と言い置いて、俺はレストランバッカシアへ向かった。

　レストランは既にオープンされていて、数人の客がそちこちに座っていた。黒服のレオナルドが一人でテーブルを廻りながら、オーダーをとっているようだった。他にはボーイもウエイトレスも姿が見えない。俺を見つけてレオナルドが飛んできた。人気のレストランだから客が多い、手がたりない、急いで注文を運んでくれ、と言って、俺に自分が取ったオーダーを早口に伝えた。最初の注文は野菜カレーだった。また野菜か。夕べの俺のディナーのことが思い出された。その時俺の腹が鳴った。そうだ、今朝寝坊をして朝飯を逃し、以来何一つ食っていなかった。

ダイニングルームの隅に高い籐のついたてが立てられ、その裏にキッチンのカウンターがあった。でっぷりと太って目が細く釣り上がり、大きな鼻がつぶれたようなコックがオーダーを待っていた。あのフロントにいたおばさんにそっくりな顔だ。

「はじめまして、タケシといいます。ちょっとの間働かせてもらいます」と俺は挨拶した。

「シェフのブータンだ」とそのコックは無愛想に答えた。

「野菜カレーを一つ！」と言ってから俺はついでに聞いた。ボーイもウエイトレスもいないのかと。するとそのシェフは、うんざり、という表情で答えた。

「居着かねえんだよ。よっぽどの阿呆でなきゃなー」

暗に俺を阿呆呼ばわりしているのかなと思った。だが阿呆と言われても仕方がなかった。俺は無一文、その上自分がどこにいるのかさえ解らなかったんだから。

野菜カレーの皿を持って、俺は最初の客の席へ急いだ。足を引きずりながら。

「お待たせいたしました。ご注文の野菜カレーでございます」

するとその客は怪訝な顔で俺を見上げた。

「違いますよ。ミネストローネをお願いしたはずです」

「ミネストローネ？」オーダー違いのようだ、咄嗟に俺は言った。「それは大変失礼をいたしました。ただ今すぐにお取り替えいたします。少々お待ち下さいませ」

客にはすぐに謝る、これは身に付いていた。だが不愉快だった。キッチンへ戻る途中でレオナルドに出会った。

「オーダー違いだと言うんですが、さっき野菜カレーだとおっしゃいましたよね？」

レオナルドは眼鏡を押し上げながら、俺をじろりと睨み、そのままくるりと背を向けた。キッチンのカウンターに野菜カレーを戻し、オーダー違いの旨を告げると、ブータンが舌打ちをした。

「またか。あのやぶ睨み野郎が」

「え？　野菜カレーとミネストローネをとっ違えたってことですか？」

「キャベツ頭め」とブータンは続けた。「客の注文が覚えられないんだ。それででっちあげをやる、いや、でっちあげかどうかも解ってねえかも」

いやな予感がしてきた。しかし今のところ、先ほどレオナルドに命じられたように料理を運ぶ以外に手はなかった。野菜のかき揚げどん、焼きそば、シーザーサラダ、山菜ピラフ、とうふステーキ。呆れたことに、二、三の注文のうちの一つが必ず間違っていた。焼きそばはパスタサラダに、山菜ピラフは山菜うどんに、とうふステーキは茄子の揚げ出しに交換することになった。そのたびに俺は客にぺこぺこ頭を下げなければならない。それは大変失礼をいたしました。ただ今すぐにお取り替えいたします。少々お待ち下さいませ。それは大変失礼を。ただ今すぐ。このランチタイムが終るまでに俺が頭を下げる回数は、今までの人生で謝った合計回数を遥かに超えるかと思われた。

それからキッチンへ戻り、カウンターの上に並べられた伝票を修正し、修正された注文をテーブルへ運んだ。それが際限もなく続いた。その矢先、客の一人が本気になって怒り出した。

「トマトピザだと？　またか！　俺はマカロニグラタンを頼んだ！　俺はトマトは大嫌いなんだ！何回言ったらわかるんだ！　この馬鹿野郎！」

多分常連の客だったのだろう。もう半分おまじないのようになっていた決まり文句、それは大変失礼を、と言いかけた時、奥からレオナルドが飛び出してきた。そして今度は黄色い顔で、例の蝿の手こすりをやりながら謝った。

「も、も、申し訳ありましぇん、いえ、ちゃんと伺っておりましたが、これが新入りでごじゃいまして、まだ慣れておりましぇんで」

何とレオナルドは俺を指差しているではないか！　ふざけるな、こんちきしょう！　むっと俺のからっぽの胃袋がむくれあがった。だが、客の前で上司と争うことはご法度、俺は下を向き、歯を食いしばった。

「こら、何をぼんやりしちぇる！　お客しゃまに謝れ！」とレオナルドが怒鳴った。

「……」さすがに言葉が出なかった。歯を食いしばったまま頭を下げた。キッチンへ戻った時、俺はレオナルドの前に立ちふさがった。

「ちょっと話があります。レオナルドさん、いくらなんでも、あれはないでしょう！　俺は忠実にあなたの注文のメニューを運んだ。誰だって間違いはする、でもひどすぎますよ、だってそうでしょ？　次から次と……おまけに俺のせいだなんて！　あなたそれでもプロですかっ!?」

レオナルドはおもむろに眼鏡を押し上げ、それから俺をきっと睨んだ。額に青筋が立っていた。

「お前が間違ったんだ」

「何ですって？」

「聞こえにぇえのか。間違ったのはお前だ」

それからレオナルドは威丈高に背を伸ばした。

「忘れるにゃよ、お前は一文無しだ。俺はお前を身ぐるみ剥いじぇ、あの底無し沼にぶちこんじゃることも出来るんだじょ、よく覚えちょけ！」

そしてレオナルドはダイニングルームに歩を向けた。その背に向かって俺は怒鳴った。

「レオナルドさん、今度からオーダーは俺が取らせてもらいます！」

レオナルドは返事もせずに立ち去った。

それから俺は駆けずり回った。たった一人で。あいかわらず右足首が痛んだ。トッテンパッタン、

トッテンパッタン、足を引きずりながら奮闘した。それでも客の前で頭にくるような扱いをされるよりはマシだ。いらっしゃいませ、何人様で？　こちらのテーブルへどうぞ。ただ今ご注文をお伺いいたします。本日のお勧めは……。注文を取り終わると、もう数人の客が会計を待って並んでいた。俺はレジへ駆けつけた。レジといってもレジの機械はなかった。ただ金庫スタイルの小さな箱が置いてあり、そこに金と伝票がほうり込まれた。支払いが終ると、キッチンへ飛び込んだ。もう少しでこれも終る。もうそろそろ俺のホテルから返事が来るはずだ。いや、もう来ているだろう、それまでだ。この馬鹿馬鹿しい戦闘も。注文を運び、入り口へ行って客を迎え、また注文をとり、食器を下げ、レジへ飛んでいき（とても飛べなかったが）、注文を運び、また入り口へ、キッチンへ、レジへ、テーブルへ、トッテンパッタン、トッテンパッタン……。

ダイニングルームの四角い窓の向こうに溢れるような陽光を浴びた灌木が見えた。外へ出たい！胸をえぐるような切望だった。

ようやくランチタイムが終り、レストランは閉められた。だがレオナルドは俺をすぐには解放しなかった。統計作業があるというのだ。それは伝票の山をチェックし、どのメニューがいくらの売り上げになったか計算し、レポートを作成し、支配人に提出するという作業だった。レジも計算機もなく、仕事は全て手作業だったのだ。考えただけでも気が遠くなった。その上、レオナルドは計算が出来なかった。検算のたびに数字が違っていた。この調子では「統計作業」が終るのは夜中になっちまう。俺は腹ペコだった。一刻も早く飯が食いたかった。で俺は止むなく申し出た。この作業は俺が引き受けます、と。じぇは、何か解らんことがあっちゃら「憩いの間」に来い、と言い置いて、レオナルドは立ち去った。

俺はまた一人で、うんざりするような伝票の山と奮闘した。レオナルドが書いた値段はほとんど読めなかった。そこで俺はいちいちメニューと付きあわせ値段を確認した。計算、計算、また計算。一連の作業が終り何とかレポートらしきものが出来上がった頃には、もう太陽が傾きかけていた。俺はそのレポートを持って「憩いの間」へ向かった。レオナルドは宴会か何かの準備をやっているんだろうと思った。だが、その「憩いの間」とはレストランの裏側、ロッカー室に隣接した小さな部屋で、ただ長椅子がいくつか並べてあるだけだった。なんと従業員の休憩室だった。その長椅子の上でレオナルドは、先端がカールした細長い舌を突き出して、鼾をかいていた。俺はレオナルドを揺り起こして、レポートを渡した。レオナルドは目が覚めきっていないようだった。すみません、腹が減っているので飯を食わして欲しい、と俺は頼んだ。

「キッチンへ行きなしゃい。何かあるじゃろう。それからにゃ、ディナーの準備は五時からだじょ、わしゅれるな」と言って、レオナルドはまた寝入ってしまった。

五時？　もういくらも時間がないではないか！俺はキッチンへ急いだ。コックが一人何やら洗いものをやっていた、耳が突っ立ち、顔がやけに長く、鼻の穴の大きな奴だったが、目は穏やかだった。俺が挨拶をし、昼飯のお願いをすると、コックのコウタロウだ、と自己紹介して、ゆでたジャガイモを幾つか皿に盛って、カウンターに差し出した。

「あのう、これだけですか？」思わず俺はたずねた。

「今日はこれしか余っていない、贅沢言うな」とコウタロウはぶっきらぼうに答えた。そうか、俺は一文無しだから、というわけか。

ジャガイモだけの食事なんて生まれて初めてだ。家ではお袋や妹に料理がまずい、とよく文句を言ったものだった。だがこれに比べれば、家の手料理は宮廷料理だった！

キッチンの隅でジャガイモを食った。とにかく空腹は満たされた。それからフロントへ急いだ。もう上司からファックスが入っているだろう、今度こそ……。フロントにはゴートが控えていた。

「今やっと仕事が一段落しまして。もう俺宛てにファックスが入っているはずなんですが」俺は胸を轟かせていた。明日こそ帰れるかも。だがゴートは無表情だった。

「いえ、まだ何も入っていませんが」

「ええっ？　何ですって！」

変だ！　今度こそ変だ！　一気に頭に血が上った。

「馬鹿な！　絶対に変だ！　そんなはずはない！　何かの間違いに決まっている！　ファックスは確かに送られたんですよね？　エンパイヤリゾートホテルですが！」

「はい、もちろんです。しかし、入ってないものは、何とも……」

「何ともじゃない！　ふざけやがって。大切なファックスなんだぞ！」

「……」

「もういい！」と俺は怒鳴った。「お前らなんか信用出来ない！　ファックスはもう一度送る、俺が自分で送る！　ファックスはどこにあるんだ？　案内しろ！」

一瞬ゴートの顔が引き攣った。それから裏の部屋へ消えた。何か話しているようだった。数分後、ふたたび姿を現した。

「ただ今は申し訳ありませんでした、当方の手違いで。はい、実はもう少し前に電話があったそうでございます」

「電話？　俺の上司からか？」

「はい、さようで」

「で、何と？　支払いのことを何か言っていました？」

「はい、了解しました、と」

「了解とはどういう？」

「はい、特に問題はないと……ただ目下ホテルが忙しく、今すぐアクションをとれないそうでございます。それで立花様にはもう少しこちらで待機していて下さい、と」

「待機?」

「あ、それからですね、当ホテルでお仕事をしていただいていると申し上げましたら、欠勤扱いにはしないから、心配しなくてもよい、自分のホテルと思って励んでくれ、とのことだったそうでございますよ」

やっぱり変だ、と思った。忙しいなら俺の手は一刻も早く必要なはずだ。

「待機って、どのくらいですか? 明日とか明後日とか?」

「二、三日くらいだろう、とのことでした」

しばし考えてから俺は言った。

「電話をかけさせて下さい。俺が直接上司に話してみます」

「それが、ですねえ」とゴートは、その俺の返事を既に予測していたように答えた。「実は、今電話が不通なんですよ」

「不通?」

「火事なんです。あの電話の直後にエンパイヤリゾートホテルの近くで地下ケーブル火災が発生したそうですよ、それで電話が不通なんです。復旧の見通しはたっていないそうです。今ニュースショーでやってますよ。ちょっとご覧になりますか?」

地下ケーブル火災……。俺は半信半疑でゴートについていて、フロントの裏の部屋に入っていった。あの古いテレビの画面に、道路上に何本も引かれた消火ホースとその間を飛びまわっている多数の消防士の姿が映し出されていた。その場所が具体的にどこなのか、俺には心当たりがなかった。だが解説者の声が、エンパイヤリゾートホテルの近くで地下火災が発生し、電話線がひどい被害を受けている、と語っていた。

「幸運でしたねえ」とゴートが言った。「エンパイヤからの電話がもう少し遅ければ、あの連絡はいつになったかわかりませんよ。本当によかった。

まあ、安心して、もうしばらくここでお仕事をしてください」

何が幸運なんだ、と思った。夢も希望もないような伝票の山が俺の瞼の裏に焼き付いていた。それにあのあまりにも阿呆な黒服。俺はトボトボと、いや、トッテンパッタンと右足を引きずりながら、フロントを離れた。

正面玄関の向こうから、そろそろ黄昏の到来を感じさせる日光が射し込んでいた。俺はポーチに出た。昨日の夕刻以来初めて吸う外の空気だった。草の香りがした。傍らに俺の火星号がその惨めな姿でうずくまっていた。両ミラーは壊れ、泥にまみれていた。そうだ、俺の火星号！　俺はまたフロントに引き返した。

「俺のバイクなんですが、修理したいんです。その後どうなりましたか？」

「ああ、バイクねえ……」ゴートはメモか何かを探しているようだった。そして紙切れを取り上げて答えた。「ここにメッセージがありまして、機械のメンテの者が二、三日したら来るそうです。その時に何とかなるだろうとのことですが」

今すぐにでも作業にかかりたかった。まあ、二、三日いるんだから、帰る頃には直りそうだ。俺はまた火星号のもとへ戻った。

レストランの窓の下に水道の蛇口があり、長いホースが巻かれていた。そのホースを引き出しながら、俺は火星号に話し掛けた。気の毒な奴、お前がまた疾走出来るのはいつなんだろう？　いや、きっともうすぐだ。もう少し待っていてくれよ。俺は火星号をきれいに洗ってやった。それからポーチをぬけ、ゆっくりと背をのばした。

目の前には沼が広がっていた、まるで血のように赤い沼が。それは日の光のせいかと思った。だが沼の中にはいくつもの岩石が散在していて、それらの頭より下の部分はいずれも赤く染まっていた。沼の向こうには深い原生林が茂り、そのさらに上方に、山が、沼よりももっと赤い山が聳えていた。一本の樹木も一掴みの緑も見られない岩肌は荒く削られ、西日を受けて燃え上がり、まるで天空に挑んでいるようだった！　日本ベスビオスだ、多分。というのもこんな山の光景は写真ですら見たことがなかったから、俺には確信が持てなかった。俺達が見慣れているその山は、優しくて豊かな緑に覆われていたのだ。そういえば支配人が、あの山をここから見た人はまずいない、というようなことを言っていた。日本ベスビオスは休火山だといわれている。だがその赤く鋭い山の姿はまるで今にも噴火しそうな雰囲気だった。

「おい！　ディナータイムだじょ！　何しちぇるんだ？」レオナルドの声だった。俺の休息時間は終り、また戦闘が始まろうとしていた。

ディナーのセッティングがされ、予約の確認があり、やがて一つ一つのテーブルにキャンドルが点された。ふと気が付くと、いつの間にかレオナルドの姿が消えている。レオナルドさんはどうしたのかとブータンに聞いた。するとシェフは、過労なので休養を取るそうだ、と答えた。「どうせ『憩いの間』でお仕事だろうよ」

既に何人かの客が案内を待っていた。レオナルドのことを考えている暇はなかった。幸いなことにウエイトレスのミケが現れた。そして彼女は実にきびきびと働いた。注文を素早くとり、正確に記憶し、また客との応対でも笑顔を絶やさなかった。素晴らしいアシスタントだと俺は思った。

「彼女よくやってくれますね。レオナルドさんよりずっとましなのでは？」と俺はキッチンでブータンに囁いた。するとシェフは驚いた様子で答えた。

「今夜は変だね、あんな怠け者が。大地震でもこなきゃいいがな」

「ミケさんが怠け者？」

「ああ、おまけに気分屋でね。ご機嫌が悪いと、同僚を引っ掻きやがる。支配人が何回叱ったか解らねえ。だがどうにもならん。それにちっとめんこい顔してるってことで、客の中にゃあ、あれがいるから来るなんてのもいるそうだ。客なんてまあ、そんなもんなんだな」

　ミケが同僚を引っ掻く？　俺には信じられない話だった。ダイニングルームで目が合うごとに、彼女はきらきら光る瞳でにっこりと微笑んだ。俺の心はわずかながらに和んだ。だが、ふと彼女の瞳が普通ではないような気がした。色が変に薄い。それから左右の色が違うような？　まさか……。疲労で俺の目がおかしくなっているんだろう。

　レストランは九時にクローズされた。だがレオナルドはついに現れなかった。「『憩いの間』でサボリというお仕事をしているのよ」とミケが吐き捨てるように言った。その夜の「統計作業」はメニューがたった三コースということで、ランチタイムよりは楽だった。それでも一連の仕事が終った時、俺はまさにフラフラだった。統計のレポートを持って「憩いの間」に参じると、はたせるかな、レオナルドはあいかわらず鼾を掻いていた。俺はその口にレポートを挟んで、おいとました。

　トッテンパッタン、トッテンパッタン。捻った右足はあいかわらず痛み、ますます腫れ上がっていた。湿布か何か、簡単でいいから治療をしたい、とミケに言ったら、ミケがまたキラリと目を輝かせて、「まかせてちょうだい、今夜お部屋へ伺います」と答えた。

　俺は浴衣に着替え、ベッドに横になり、また天井の蛇や人面を眺めていた。二、三日？　それにしても宿泊料の問題は容易に解決するんだろうか？　軽いノックの音がして扉が開き、ミケが現れた。

「タケシさん、今晩は。お疲れ様でした」手に野菜のサンドイッチを持っていた。「キッチンから持ってきちゃいました。おなか空いてるでしょ？」

　俺は飛びついた。昨日のディナー以来の食事らしい食事だった！　貪るように食った。そんな俺の様子をミケは嬉しそうに眺めていた。待てよ、ミケは夜食を済ませたのだろうか？

「ミケさんも食べなくていいんですか？」と俺は尋ねた。

「いいえ、あたしは……野菜好きじゃないの」と彼女は答えた。

「ここのレストランはベジタリアン用に野菜料理しかやっていないらしいけど、それじゃミケさんは困るんじゃない？」

ミケは何か言おうとしてやめた。それから俺の顔をじっと見て、頬に手を触れた。

「擦り傷だらけねえ、かわいそう！」

突然ミケが顔を寄せてきた。

「手当てをしてあげるわ」

次の瞬間俺は飛び上がった！　彼女が俺の顔の擦り傷を舐め始めたのだ！　俺を仰天させたものは、その彼女の行為そのもののみならず、その舌の感触だった。それは女の柔らかく湿った舌ではなく、固くてザラザラしていて、まさにヤスリだった！

「まあ、びっくりなさった？　ごめんなさいね」とミケは言って、身を離した。

何なんだ、この女は？

「いえ、あの、ちょっと痛いな……」と俺は呟いた。

ふと思い出したらしく、ミケは、俺の足を見た。

「すごく腫れちゃってるのね。でも大丈夫よ、あたしがよくしてあげるわ」

彼女はそう言いながら身をかがめた。俺の浴衣の裾をたくし上げ、這いつくばった。そして今度は俺の足首を舐め始めた。言いようもなく不快だった。痛いというよりもくすぐったかった。だがミケはひたすら舐め続けた。顔を前後に動かしながら。彼女の両手は俺の右足の膝と爪先にそえられていたが、彼女の十本の指先は全て内側に向かって曲げられていた。やめてくれっ！　と叫びたかった。だが俺は耐えた。彼女が傷つくと思った。

それは俺にとって長い長い時間だった。ようやくミケは顔を上げた。恍惚にひたっているような目だった。その目の色はやっぱり奇妙だった。明らかに薄く、左右が同じではなかった。俺の不思議そうな目に気付いて、彼女は言った。

「あたしの目おかしい？」

コンタクトをはめているんだ、と俺は考えた。

「いえ、別に、ただ、今そういうコンタクトが流行っているのかなあ、とか思って」

「これコンタクトじゃないわ、本当の目よ。みんなおかしいって言うの。でも、これね、パパゆずりなの」

「パパ？」左右の目の色が違う人種なんていたかなあ？

「そうよ、パパはトルコの貴族だったわ。あたしのように左の目が金色、右の目は緑色をしてたの。でもあたしが小さい頃いなくなっちゃったの」

この女、頭がおかしいんじゃないかなと俺は思った。それとも想像を楽しんでいるのかな？　だが彼女の瞳にはやさしさが漲っていた。

「そうか、ミケさんのパパはいないのか。俺も親父はいないんだ」と俺は答えた。

「まあ、タケシさんも？　やっぱりいなくなっちゃったの？」

「俺がちっちゃい頃、病気で死んじゃったそうだ。だから俺は親父の顔は覚えてない。写真しか知らない」

「そう、じゃ、あたしたちお仲間ね」とミケは嬉しそうに言った。

その時だった。突然周囲でギシギシ、ミシミシという音が聞こえた。それから揺れ始めた。ベッドが、デスクが、椅子が、そしてランプが！　天井を見上げると、蛇がのたくっていた！　キャッとミケが叫んで俺の足にしがみついた。地震だった！　それはほんの一瞬で治まり、間もなく静寂が戻ってきた。

「ハ、ハ、ハ！」と俺は思わず笑った。「ミケさんが一生懸命働いたから、地震が来たんじゃないの？」

だがミケはなおも俺の足につかまっていた。彼女の十本の指の爪は俺の肉に食い込んでいた。

「あの、悪いんだけどさ、痛いんだ、俺」

「ごめんなさい」と言ってミケはやっと離れた。

だが顔は真っ青だった。

「ミケさんは地震苦手なんだね」

「大嫌いよ！」と彼女は答えた。「ああ、恐かった！」

鳩時計が十二時を知らせた。ミケは立ち上がった。

「また明日ね」

部屋の扉の手前で立ち止まり、振り返り、そのつり上がった大きな目で俺をじっと見詰めてから、彼女は出ていった。足音を全くたてずに。俺の足首は、ザラザラの舌で舐められた余り、紫色と赤の斑模様になっていた。

# 第4章　藁

　翌朝のことだった。俺は電話の音に叩き起こされた。怒ったシェフのブータンの声だった。

「おい！　いつまで寝てるんだ？　早番だぞ！」

早番？　俺は目を擦りながら考えた。そうか、朝食だ。だが俺は早番だったのか？

「あのう、早番って」

「何寝ぼけてんだ！　七時に開店だぞ！　さっさと降りてこい！」

「すみません、俺何も聞いていませんが」

　しばしの沈黙の後、またブータンが怒鳴った。

「とにかく降りてこい、今すぐだ！」

「はあ、ただ、着替えをしないと」

「馬鹿！　そんなことどうだっていい！　飛んで来い！」

　頭がぐるぐる廻っていた。何がどうなっているのかさっぱり解らなかった。が、時計を見たら六時半だった。俺は浴衣のまま部屋を飛び出した。浴衣姿で足を引きずり、レストランに駆けつける俺の姿はさぞや滑稽だったことだろう。事実ロビーには数人の客がいて、好奇の目で俺を見ていた。

　その朝はバイキングだった。長いテーブルが二、三加えられ、その上に大きな鉢が幾つか置かれていた。キャベツの千切りやニンジンとかセロリのスティック、フルーツが山盛りになっていた。

　キッチンへ入ると、ブータンが苛々した様子で、包丁の峰でカウンターを叩いていた。

「やっと目が覚めたか？　すぐに料理を並べるん

だ！」

「はい、解りました！　すみません、ただ、俺本当に何にも聞いてなくて」

「そうか、おおかたそんなことだろうと思ったよ。レオナルドが忘れやがったんだろう」とシェフは苦々しげに答えた。

　レオナルドの姿は見えなかった。カミサンを美容院へ送っていくとかで休暇だそうだ、とシェフが言った。

　俺の浴衣姿の戦闘が始まった。料理の鉢や大皿を次々と長テーブルへ運び、パンを並べ、コーヒーメーカーをセットし、トレイや皿を入り口に積み上げた。間もなくレストランはオープンとなり、客がぞろぞろ入ってきた。おはようございます、おはようございます、と俺は言いながら客の朝食券を集めた。それは「統計作業」のための貴重な資料だった。客達は俺を見てクスクス笑った。

「まあ、結構お似合いじゃないの！　ホホホ……」

「にいさん、それでうちわを背中にくっつけたら、いなせな阿波踊り屋さんになるよ」

　顔から火が吹いた！

「これはですねえ、本日の特別サービスなんです」と俺は逃げ口上を言って、へらへらと笑った。

　俺の早番は、かくして朝食券集めと食器の片付けと浴衣についての言い訳とに追われた。九時にレストランはクローズされ、それから、最後の締めくくりの統計作業が待っていた。それを終えると腹ペコだった。キッチンへ行くと、今度はニンジンのスティックの山が出てきた。それを差し出したのはコックのコウタロウだった。

「まるで馬の餌みたいですね」つい俺は言った。あまりにもひどい朝飯に思えた。

　するとコウタロウは目をむき歯をむき出した。

「馬で悪かったな、いやなら食わなくてもいいんだぞ！」

「す、すみません。ごちそうさまです」

　俺は慌てて首を縮めた。凄い迫力だったのだ。なんだ、俺が一文無しの居候だからといって、あんなに怒らなくたっていいじゃないか。ああ、もういやだ、帰りたい！

　信じられないような朝飯の後、俺はフロントへ急いだ。もうそろそろ何か連絡が入っているかも知れないと思ったのだ。そこにはあの太ったおばさんがいた。胸に「ホギー」という名札をつけていた。

「あら、タケシちゃん、朝番だったの？　何ていうでたちでしょう！」と言ってホギーおばさんはゲラゲラと笑った。

　こっちはそれどころじゃないんだと怒鳴りたかった。

「すみませんが、俺宛てにエンパイヤリゾートホテルから何か連絡が入っていませんか？」

「さあ、ねえ……」ホギーは首をかしげてから、裏の部屋へ入っていった。なぜこいつら、いちいち裏へ行くんだろうと、俺は苛々しながら待ち続けた。また何かしゃべっているようだった。それからホギーは戻ってきた。

「あの、実はですね、大変なんですって。大地震が起きたそうですよ！」

「大地震ですって？」

「夕べなんですよ、地震があったでしょう？　あれね、山の向こうでは凄かったそうよ。崖崩れやら建物崩壊やら、大騒ぎなんですって！　エンパイヤもだいぶやられてしまったらしいのよ。うちの支配人はお宅のホテルの支配人さんとホットラインを持っているの。それであなたの上司の方がね、そちらの方が安全だから立花君はもうしばらくサファリホテルで仕事をして下さいって。でもね、ご安心なさい。立花さんのご家族が住んでいらっしゃる町は無事だったそうよ。それにしても、あなたラッキーだったわねえ、ここにいて」

　地下ケーブル火災が起きて、今度は大地震？　昨夜のあの程度の地震が？　俺は半信半疑だった。だが考えているひまはなかった。部屋にもどり、やっとシャワーを浴びた時、またシェフのブータンから電話が入った。ランチの準備が間もなく始まる、急げ、という趣旨だった。俺は髪を整え、ロッカールームへ急ぎ、黒服を着込み、蝶ネクタイを付けた。ダイニングルームに入り、テーブルのセッティングを済ませ、予約のチェックをした。そしてまた、孤軍奮闘が始まった。

ランチ当番の後（といっても俺の場合、ランチ、ディナー、朝食、ランチというスケジュールでは当番という言葉は意味を失ったも同然だったが）、またフロントへ行った。ひょっとして何か連絡がと思ったのだ。半分は諦めていたが。案の定、フロントのゴートの返事は同じだった。俺は金の問題の決着が気になってきた。

「ちょっと確認したいのですが、俺の労働はどんなふうに計算されているんですかね？　もしエンパイヤホテルからの連絡がもう少し遅れるとすれば、はっきり伺いたいんですが」

ゴートはまた何かの紙切れを引っ張り出し、チャカチャカ手書きの計算をしてから答えた。

「二泊ですから六十万円ですね、それから賃金でございますが、まずディナーが四百円、朝食はバイキングですので百円、ランチが三百円、とまあこういうレートでございまして、それからお貸ししています衣類や生活雑貨の料金を差し引きますと……」

「何だって!?」俺は耳を疑った。「六十万円？　八百円？　それじゃあ、一体これから何年働かせる気なんだ？　冗談じゃない！　金額のことは考慮してくれると言ったじゃないか！　支配人を出せ、支配人を！」

「いえ、支配人は外出いたしております。あ、それからですね、貸し金に対しましては利息がつきまして」

「もう、いい！」と俺は怒鳴った。「その話はうんざりだ！　部屋を変えてくれ、もっと安い部屋があるだろう？　それで充分だ」

「では一泊十万円の……」

「高い！　もっと安い部屋にしろ！」

「では五万円で……」

「いやだ！　もうたくさんだ！　従業員の部屋はないのか？　無料の部屋だ」

「はあ、あるにはありますが……でもあまりよい部屋ではありませんよ」とゴートは、顎鬚をしごきながら言った。

「結構だ、毎日タクシーのメーターみたいに借金をふやされるんじゃ、たまったもんじゃない、それにしてくれ！」

「かしこまりました」とゴートは無表情で答えた。

「では今夜までにお部屋をご用意いたしましょう」

さあ、これで部屋代の問題はひとまず決着だ。エンパイヤから連絡が来たら、金銭交渉だ。支配人は、俺の働き次第と言っていた、もう一息がんばろう。

朝食を全く食っていなかったので、また空腹が俺を苛んでいた。キッチンではとろろと茹でたほうれん草の山盛りとキュウリのピックルスが出された。どれも多量に残ったのだ。バラエティには事欠かないようだったが、あいかわらず野菜のみで、しかも組み合わせは全く味を無視したものだった。何が余るかによって決められるメニューだったらしい。もうちょっとの我慢だ、と俺は考えた。それから部屋に上がり、ベッドに大の字になって、やっと得られた休息に身を委ねた。俺にとっては最後となる客室での昼寝だった。

夕刻レストランがオープンする直前になって、突然レオナルドが現れ、その夜のディナーには偉い方々の予約がたくさん入っているから、しっかり仕事せい、と俺に命じた。ウエイトレスのミケも姿を現した。とびきり綺麗に化粧をし、髪にはバラの造花の飾りを付けていた。やがて、宝石を体の至る所に輝かせた客が次々と入ってきた。そして座るとすぐに高価なワインやシャンパンを注文した。だが彼らは何とも奇妙な顔つきをしていた。いや、その夜に限らず、このサファリパークホテルの客はみな世にもおかしな面構えをしていた。顔が異常に長かったり、両目がとてつもなく離れていたり、口がでっかかったり、鼻がえらく高かったり低かったり、また驚くほど毛深かったり……。そして彼らの会話も何となく奇妙だった。

「うちのとなりの熊太郎さんがよ、久方ぶりに里へ出かけたそうだが、どっかの庭先で飼い犬にえらい吠えられ、何にもありつけずにハラペコで逃げ戻って来たそうだよ」

「あのての奴等はやっかいだ。首かせはめられているくせに、やけに威張ってやがる！」

「だからさ、里はヤバイんだよ。場所考えなきゃ、ちっと頭使って山中の観光道路に出てごらん。自動車が通って、バナナ投げてくれるそうだ」

「うんにゃ、熊七はな、道路っぱたに出たら後足轢かれたとよ」

「知ってる？　隣村のキキチャン、人間の男に惚れちゃってね。全身の毛を剃っちゃったそうよ、そうしたらね、その男まっつぁおになって逃げちゃったって。そして同族の男達も、もう見向きもしてくれなくなったって、わんわん泣いてたわ。そりゃあそうよね、いくら姿形が人間に一番似てるったってね。フ、フ、フ……生えそろうまで待たなきゃねえ」

「当分温泉にゃあ行けねえな」

「黒木が原にはいい露天風呂がある。あそこは人間共めったに入ってこねえ」

「それがさ、最近変なのがいるそうだ。木の根元あたりに座ってね、何か飲んで、そのまま動かなくなっちまうんだと」

「それから？」

「わからねえ、翌朝になると消えているそうな」

　一体こいつら何の話をしてんだろう？　彼らの話し声は、天井の暗闇の中に反響した。笑っている顔、考え込んでいる顔、ひたすら食べている顔、それらがキャンドルライトの向こうでゆらゆらと揺れていた。それにしても、こいつらが「偉い方々」？

　この「偉い方々」の真なる社会的ステータスはともかくとしても、彼らの多くは俺のサービスに感銘を受けたらしく、心のこもったあたたかい感謝の言葉をかけてくれた。そんな時は決まってレオナルドが飛び出してきて、黄色い顔で、ありがちゃいお言葉を、と言って例の蝿の手こすりをやった。中にはチップをたっぷり置いていってくれる客も少なくなかった。だが、俺は見た。俺がレジで精算をやっている間に、レオナルドが素早くチップをかき集めていたのだ。そしてそのチップは俺の手にわたることはなかった。

数人の客に、それとなく大地震のことを尋ねた。だが彼らは一様に、我々は山のこちら側にいるので、向こうのことは何も解らない、と答えた。また ある者は、山の向こうには邪悪な悪魔がたくさんいる。我々はあの連中とは付き合わないのだ、と言った。

レストランは九時に閉店となり、統計作業と翌朝の朝食のための下準備が終った時、時計は十時半をまわっていた。それから俺は、黒服と俺のリュックとわずかな衣類、そして赤いヘルメットを持って部屋を引っ越した。ところが、ゴートに案内された新しい部屋は、まさに人間が寝泊まりする場所とは信じがたい部屋だった。

それはキッチンに隣接した部屋で、何と扉の外側に頑丈なかんぬきが付いていた。俺のびっくりした顔を見て、ゴートは、酔っ払うと狂暴になる従業員がいるもので、と説明した。扉が開けられると、むっとあの動物園の臭いが鼻をついた。窓はなく、家具らしいものもなく、ただ粗末な洗面所が付いていて、隅に電話が置いてあった。そして何よりも驚いたのはベッドだった。それは船のバンクのような細長い箱型で、中には藁が詰め込まれていたのだ！ 枕もシーツもなく、ただ古い目覚し時計が一つほうり込まれていた。

ふと俺の心に幼少の頃の思い出の一つが蘇ってきた。俺のことを親父代わりに育ててくれたじいちゃんのことだった。ある日俺はヤンチャをやって暗くなってもうちへ帰らなかった。じいちゃんはひどく心配をしたらしい。俺が帰ると、烈火のごとく怒って俺の頭を洗面器でぶん殴った！ 俺は泣きながら納屋に逃げ込み、そこの藁の上で一夜を過ごした。それは胸が熱くなる懐かしい思い出だった……。

だが、いま目の前に存在する藁は……全く違っていた。それは悪意に満ち満ちていた、不当なものだった。屈辱的で断じて受け容れ難かった！

「一体これは何ですか⁉」と俺は抗議した。「ひどすぎる！ 俺は動物じゃないぞ！」

途端にゴートが目をむいた。次の瞬間凄いパンチが俺の顎に飛んできた。俺はよろけた。立ち続けるのが精一杯だった。

「もういっぺん言ってみろ！」とゴートは拳を振り回しながら怒鳴った。

「よせ、そのくらいにしろ！」それは支配人モンキキの声だった。「いずれそいつも解るだろう」いつの間にかモンキキが部屋の外に立っていた。

「支配人！」と俺は叫んだ。顎をさすりながら。「このホテルは強制収容所ですか？ いくら俺が一文無しだからって！ 俺は働いている、連日がんばっているんだ。この扱いは何ですか！」

「がんばっている……ねえ」とモンキキは言って、妙な薄ら笑いを浮かべた。「こちらには少々違う報告が来てるんだが」

「何だって？」

「君は注文は間違えるし、早番を無視して、朝はふて寝、浴衣のままでこれ見よがしに出勤したり」

なんという中傷だ！ あまりのことに俺はぶっち切れた！

「違う！ お前が言ってることはメチャクチャだ！ 事実無根だ！ どこのどいつがそんな悪口を？ どうせレオナルドだろう？ あいつがいかにいい加減な奴か、ブータンに聞いてみろ！ お前は支配人のくせに何にも解っていない。あいつの仕事場を知ってるか？ 『憩いの間』だ！」

だが、モンキキは眉一つ動かさなかった。

「あの二人は仲が悪いからね、まあ、いずれ解るだろう。タケシ君、せいぜい仕事に励むことだな。そうすれば君の勤勉さも証明されるだろう。部屋も仕事次第で良くなる。なあ、ゴート君」

「はいはい、ごもっともでございますよ、支配人」

と、ゴートは白い顎鬚をしごいた。

奴等は立ち去り、俺は一人取り残された。ベッドの中をのぞくと、藁に混じって、明らかに動物の毛と思われるものが散乱していた。茶色、黒、黄色……その時俺は思い出した。このホテルに辿り着いたあの夜、通路の隅にたまっていたあのモヤモヤした物を。これはまさに動物の扱いだ。どんどん気が滅入っていった。ゴートにぶん殴られた顎はまだ痛かった。足は捻挫、顎はアッパーカット、次は何だ？　それにしても、奴等俺が動物の話をすると、どうしてあんなに怒るんだろう、変だ、何か変だ……。

その時ノックの音がして、扉が開いた。ミケだった。

「タケシさん、今晩は。今度住み込みになったんですってね」

ミケは嬉しそうだった。何だ、こんな時に。何が住み込みだ！　この女馬鹿じゃないかと俺は苦々しく思った。

「いや、そういう訳じゃないんですが、やむを得なくてね、まあもう少しの間……」

「あら、しばらくいらっしゃるんじゃないの？」

「しばらく？　まさか、こんなひどい部屋に、いくら無料だって」

「そんなにひどいかしら？」とミケは首をかしげた。「でもすぐ慣れるわよ。みんながね、タケシさん、とってもよくやってくれるって！　無理して帰ることないわ」

俺は返事をしなかった、無神経なミケの言葉に腹が立った。

「これ、お夜食よ」と彼女はお盆を差し出した。その上にはラタトイユとエシャロットとライスプディング、そして白のグラスワインが載っていた。

「ほう、今夜は豪華なんだなあ」

俺がうまそうに食う様子をミケは幸せそうに眺めていた。

「あの黒服のマネジャー、あいつはむかつく！」と俺は言った。「支配人にひどいウソをつきやがる」

「いやな奴よ、ったく！」とミケは吐き捨てるように言った。「いつか引っ掻いてやる！」

俺はシェフがミケについて言ったことを思い出した。

「ミケさん、気持ちは解る。でもね、人を引っ掻いちゃいけない。いずれこっぴどくおこられますよ」

「大丈夫よ、あたしは」とミケは自信ありげに答えた。「あたしはね、社長さんのお気に入りだから」

「へえ、社長さんのね」

「そうよ、社長は虎助さん。あたしが小さかった頃、路頭に迷っていた時に、助けて下さったの。とっても偉い方なのよ。山をもう少し降りたところにね、サファリキャッスルホテルというチェーンのホテルがあって、それも虎助さんが経営しているの。虎助社長の命令は絶対なのよ。それでね、ここの支配人は本当は快く思ってないみたいなの。自分の方が社長よりＩＱがずっと高いって思っているらしいわ。でもどうにもならないわよね。社長の方が強いんだもの」

「そうか、ワンマン社長って奴だね」

「レオナルドはね、支配人にはぺこぺこなの。支配人にゴマを擂る時だけ最高の才能を発揮するそうよ、ノミ取りまでやるんだって」

「ノミ取り？」また面白い比喩だな、と俺は思った。「一つどうしても解らないことがある。ここの連中、俺が動物の話をするとカァッとなる、何でかなあ？」

「そりゃあ、当たり前でしょ」と言ってから、ミケは口をつぐんだ。しばしの沈黙の後、彼女は尋ねた。「タケシさん、恋人いるの？」

恋人！　その言葉は今の俺にとっては、まるで宇宙の彼方の世界のことだった。こいつなんてピント外れな質問をするんだろう、と思った。

女の子を知らないといえばウソになった。事実幾人かの女の子と付き合ったことはある。だが、いずれも長続きしなかった。彼女らは一様に、親しくなればなるほど俺を支配しようとした。そして必ずや俺の火星号を邪魔にするようになった。武さん、あたしとバイクとどっちが大切なの、と聞いた。どちらが大切かという問題ではなくて、ただ、休みの日でしかも太陽が輝いていたら、決まって俺の血が騒ぎ、海へ山へと駆り立てられたのだ。中には俺の後ろに乗って一緒に行きたい、という女の子もいた。でもその場合、俺の自由はいちじるしく損なわれた。バイク乗りの女の子と付き合ったこともあるにはあった。だがそんな彼女でさえ、火星号を憎んで終った。行きたいところへ自由に行かしてくれて、一緒にいたい時に一緒にいてくれる、そんな簡単なことがうまくいかなかったのだ。

「あの連中はね、要するにナンバーワンになりたいんだ」と俺のバイク仲間が言ったものだ。「いや、自分がナンバーワンだと信じられれば、それでいいんだよ。だからさ、一本のバラとか電話とか、うまくやりゃあいいじゃないか」その「うまくやる」ということが俺には出来なかった。そして結局彼女らは去っていった。

「ねえ、いるの?」と、またミケが聞いた。

「いや、別に、今は……」

「そう。それじゃあ、あたしのことどう思う?」

それどころではなかった。俺はもっと重大な問題に頭を集中しようとしていたのだ。

「どう思うの? あたしのこと、好き?」

好きという言葉に俺はミケのもとに引き戻された。

「いや、そのう、嫌いじゃないですよ、でもね……」

ミケはそのつり上がった金色と緑色の大きな目で俺をじっと見据えていた。

「あのね、そりゃあもうこんなに親切にしてもらっちゃって、ありがたいと思ってます、本当に。

だけど俺はまだミケさんのことあまりよく知らない。そのう、そういう意味では……」

「じゃあね、もしよ、もしあたしがね、本当は動物なのって言ったら、タケシさん、どうする？」

俺はどきっとした。この女、何を言いたいんだ？　咄嗟に笑い飛ばした。

「ハ、ハ、ハ……ミケさんが動物って、そりゃいいですね、ハ、ハ、ハ……」

ミケは笑わなかった。なおも俺の目を見詰め、それから俺の両手を自分の両手でしっかりと握った。冷たい手だった。

「あたし、タケシさんのこと、好きよ。でも、タケシさんはどうかしら？　もしあたしが本当に動物だって解ったら……」

俺は答えなかった、何と答えればいいのか解らなかった。

ミケは俺の右足を見下ろし、それから身をかがめて、また俺の治療をすると言う。俺は急にひどい疲労を覚えた。今夜は遅いし、大分よくなっているから、もういいですよ、と言った。一瞬ミケはこの上もなく寂しそうな顔をした。

どこかの時計が十二時を知らせた時、ミケは、また明日ね、と念を押すように言って、立ち上がった。

「ありがとう、ミケさん、本当に何もかも」と俺は礼を言った。

ミケは、かわいい八重歯を見せながらにっこり微笑んで、昨晩のように、少しも足音をたてずに出ていった。俺は自分のリュックを枕に横になった。

その日の深夜、いや、正確に言えば翌朝ということだろう、俺は物凄い音に叩き起こされた。それはまさに猛獣が猛り狂っているような騒音だった。ウォーッ、ウォーッという唸り声とともにドシン、ドシンと床を踏み鳴らす音、それから扉に繰り返し体当たりしているような音だった。そしてかんぬきがガチャガチャ鳴っていた。やがて何人かの足音が近づいてきた。そして誰かが、薬だ、薬だ！　と怒鳴っていた。薬？　麻薬患者に違いない！　言いようもない恐怖と不快感が俺を襲った。何というホテルだろう！

　数分間が過ぎ、どうやら誰かがその「薬」を持ってきたらしく、さあ、これを飲め、という声が聞こえた。やがて鼻を鳴らすような音が響き、ようやくあたりは静かになった。

　くそっ！　畜生！　俺は呪った。俺の背中の下の藁を、この部屋を、このホテルの連中を、そして俺にいっこうに返事をよこさないエンパイヤを、いや、この世のあらゆる物を！　呪いは地獄の火となって俺を苛んだ。そして、その後ついに一睡も出来なかった。いつ夜が明けたのか明けなかったのか、とにかく目覚し時計が鳴り響いた時、早番の出勤までわずか三十分しかなかった。

# 第5章　ミケのスズメ

その朝、俺はズキンズキンというひどい頭痛に悩まされた。それでも客には笑顔を見せなければならなかった。こういうことには慣れていたはずだった。しかし、生まれてこのかた麻薬患者が猛獣のように荒れ狂っているのを聞きながら一夜を過ごした経験は皆無だった。その上仕事の間に、モゾモゾと背中が痒くなってきた。何とも不快だった！　やむを得ず、キッチンの隅で手を背中にまわしてかいた。だがワイシャツを着ていたし、また本当に痒い所に十分に手が届かなかった。これも地獄だった！

朝食の仕事の後洗面所に飛び込んだ。シャツを脱ぎ、鏡に自分の背中を映して、俺はびっくりした。一面赤い斑点に覆われていたのだ。それは明らかにノミの食い跡だった。冗談じゃない！　ホテルの奴等に、俺は動物じゃねえんだぞと、また怒鳴りたかったが、それが恐ろしい禁句であることは骨身にしみていた。

フロントに行くと、ホギーが眠そうな顔で立っていた。ベッドの藁にノミがいる、殺虫剤が欲しい、と言ったら、いきなり血相を変えた。周囲を見回し、人差指を唇にあてて、言葉に気を付けなさい、と低い声で言った。虫を殺すなんて、二度と口にしてはいけないよ！　そして、あなたは可愛いから、わたしが特別サービスで寝具の交換を手配してあげる。だからお部屋で待っていなさいね、と付け加えた。虫を殺してはいけないだって？　もしかするとこれはお釈迦様のホテルなのか？

「あのう、たびたびお騒がせしますが、俺宛てにエンパイヤから何か連絡入っていませんか？　いくら何でも、もういい加減に……」と俺はまたあの決まり文句を言った。

「いいえ、まだなのよ」とホギーは平和な顔で答えた。「でもね、何にも心配することないわよ。うちの支配人はお宅のホテルの支配人さんと毎日交信しているんですって。あちらは全て無事。ただね、大地震の後始末がまだ終らないそうよ。もうしばらくかかりそうだって。立花さんはとにかく安心してこちらのお仕事やっていて下さい、とのことでした。いいじゃないの、ゆっくりしていれば」

何がゆっくりだ！　俺は舌打ちをした。

部屋に戻ってじっと待った。今度はきっと、まともなマットとシーツと枕がくるだろうと期待しながら。数分立ってから、ガラガラというカートの音が聞こえてきた。年寄りのポーターが扉の向こうに立っていた。だが、そいつが運んできたものは、やっぱり藁だった。俺はがっくりきた。新しい藁の匂い、でも藁は藁だった……。

「ポーターのブルドッギーです」とその男が言った。「新しい寝具をお届けに上がりました」

目がグリッと大きく、頬が垂れ下がり、黒い鼻はひっつぶされたように低くて、首は極端に短かった。そして足はガニ股で、その足を何故かペタペタと床に押し付けていた。

「すまんですが、年寄りなもので。腰痛がありましてな、手伝って下せえ」

体がうまく曲がらないというのだ。結局俺が自分の手で古い藁をかき出し、そいつが持ってきた大きな麻袋にそれを詰め、「寝具」の入れ替えをやることになった。その時黒い小さなものがピョンピョンはねたのを見た気がした。また背中が痒くなった。

「ありがとうごぜえます」とブルドッギーは礼を言って、薄暗い通路を、ノミ入りの寝具を載せたカートを引っ張りながら去っていった。ガラガラ、ペタペタ、ガラガラ、ペタペタ……。

この寝具交換作業が終了すると、もうランチ番の時間になっていた。レオナルドが額に青筋を立て、眼鏡が鼻の先に下がったままで俺を待っていた。しかし俺が到着すると間もなく姿を消した。客が席を立つと素早く現れ、チップを回収して、またどこかへ消えてしまった。

俺は追いまくられた。客に、コックに、そして時計に。その日やっとありつけた食事は、ただ白いだけのスパゲティと生のオニオンだった。

「従業員用の食事のメニューには、野菜以外のものはないんですか?」と俺はシェフのブータンに尋ねた。

「野菜以外って何を食いたいんだ?」とブータンが聞いた。

「肉とか魚とか」

シェフはジロリと俺の顔を見た。

「肉が食いたいってのか?」

「そうだなあ、ステーキとまで贅沢は言わないが、とんかつなんか食いたいなあ」

シェフは包丁を研いでいた。

「お前、ブタに怨みがあるのか?」

「ええ?」意外な質問だった。「いや、別に……ただ、美味いから」

「だがな、お前がとんかつを食うために、ブタが一頭ぶっ殺されるわけだ。そうだろ?」そんなふうに考えたことはなかった。

「まあ、そうでしょうね、だってブタはそのために生きているんだから」

「何だと?」シェフの顔が急に険悪になった。いきなり包丁をまな板に突き立てた。

「そのために生きているって誰が決めたんだ!?」

「神様かなあ?」

「ウソをつけ!」とブータンは怒鳴った。その物凄い声はレストランじゅうに響き渡った。

「人間共がてめえ勝手に決めたんだろうが!」

俺は口をつぐんだ。訳の解らない恐怖に襲われた。またこれだ。動物に話が及ぶと、みんなおかしくなる。こいつら、狂信的な仏教徒なのか？

「人間を怨んでいる奴はこの世に大勢いるぞ」とブータンは続けた。「憎い奴等への復讐はな、そいつらを食っちまうことさ」それから彼は突き立てた包丁を抜き取り、再び突き立てながら、俺の顔を威嚇するように睨みつけた。

「はあ、そうですか。じゃ、つまり、ブタが我々を食うってことですな」と俺は言った。このシェフは一体何が言いたいのか？　長い不気味な沈黙の後、彼はニヤリと笑って言った。

「従業員用の肉料理はあるさ、年中というわけにはいかねえが……」

「なぁんだ、あるんですか？　じゃあ、たまには、俺もごちそうになりたいな」野菜料理は正直いってもううんざりだった。

「ほう、食ってみるか？」

「勿論です。どんな肉料理なんですか？」

料理の知識に関しては、俺も、プロとしての自信は十分にあった！

「ま、そのうち解るさ」と言い捨てて、シェフはキッチンの奥へと消えた。

疲労感は一段と増していた。部屋に戻ったものの、そこには藁の詰まった細長い箱しかなかった。昼寝をしたかったたが、二度と藁の上に寝転がる気にはなれなかった。結局床に座り、壁に寄りかかって、うたた寝をした。

その日の夕刻、ディナータイムにミケが現れた時、俺はレストランの籐の衝立ての陰で彼女にこっそり訴えた。

「夕べひどい目にあった。ノミ除けが欲しい、それと出来ればシーツ。何とかならないかなあ？」

ミケはきらりと目を輝かせた。

「おやすいご用よ、まかせてちょうだい！」

「ついでに、もう一つ」と俺は続けた。「今晩も飲みたいんだ、酒でもなきゃ眠れない」

ミケは、承知したわ、というジェスチャーを見せて、離れて行った。

その夜、俺はミケの来訪をひたすら待った。彼女はカートを押してやってきた。だがそれは、ポーターのブルドッギーが藁を運んできた粗末なものではなくて、客室のルームサービス用のカートだった。俺の部屋には余りにも不釣り合いに見えた。下の段に真っ白なシーツを一組載せ、上の段には俺の夜食と一本の白ワインのボトル、それと花瓶らしきものが置かれていた。だがその瓶にささっていたのは、花ではなく、数本の猫ジャラシだった。

「これね、とっても心を癒してくれるのよ」と言いながら、ミケはその花瓶を洗面台の上に飾った。

「毎朝お水をかえること忘れないでね」

しかし、その猫ジャラシを見ても、俺の心が安らぐことはなかった。それどころか、索漠とした気持ちになった。何でこんな殺風景な植物を選んだんだろう?

「これはね、とっても効くのよ」と言って彼女がベッドシーツの陰から取り出したのは、なんと猫用のノミ除けの粉だった!

当惑している俺には全く頓着せずに、彼女は、ベッドの藁にかいがいしくその粉を振りまき、それからきれいにシーツを敷き詰めた。「これで大丈夫よ!」

次いでミケは、俺にシャツを脱げ、と命じた。「何のため?」と俺は聞いた。その質問がその場に適したものなのかどうか、よく解らなかったが。するとミケは、ノミ除け粉を俺の背中にたっぷり振り掛けるのだ、と言う。それだけは勘弁してくれと叫びたかった。

「いやあ、ちょっと、そのう……俺の背中、ノミ食いで凄くみっともないんだ。ミケさんには見られたくない、ごめん」

ミケは何とか納得したようだった。

新しいシーツの上にあぐらをかいて、俺はまたがつがつ食った。そしてがぶがぶワインを飲んだ。美味かった!

「そういえばさ、あのシェフおっかない奴だな。

俺がとんかつ食ってみたいって言ったら、いきなり包丁をまな板に突き立てた。凄い迫力だった」

「だ、だめよ、そんなこと言っちゃ！」ミケの顔が引き攣《つ》った。

「でもねえ、たまには肉を食いたい。動物愛護には反対じゃないけど、俺は坊主じゃないよ」

　ミケは黙って何かの思案に暮れているようだった。

「夕べは凄かった」と俺は話し続けた。「麻薬患者が暴れていたみたいだ。薬で治まったようだが、あれじゃあ禁断症状がひどくなるだけだろう。あいう奴は入院させなきゃね」

「麻薬患者？」ミケはきょとんとした顔をした。それから思い出したように言った。「ああ、誰かが言ってたわ、また荒れたんですってね。あれはお酒なのよ」

「酒？」

「そう、お酒を飲み過ぎると、ああなるの」

「でも、誰かが薬とかって怒鳴っていたけど」

「それはね」と言いかけて、ミケは黙った。そしてその大きな瞳で俺を見据えた。俺の心を探るように。「あたしが動物だったら、タケシさん、どうする？」

　ああ、またあの質問か。ボトル一本分のワインがまわってきて、頭がボーッとなってきた。一気に緊張が解け、それからどうしようもない眠気に襲われた。それっきり俺は寝入ってしまったようだ……。

　翌朝、俺は、タケシさん、タケシさん！　と呼ぶ声に起こされた。目を開けると、サングラスをかけた女がのぞきこんでいた。黒とオレンジと白の髪がしっとりと濡れていた。

「ああ、ミケさん、夕べはどうも。俺ぶっ倒れちゃったみたいで……」いつの間にか、俺の体はシーツに包《くる》まっていた。

「おはよう、タケシさん！」とミケが言った。なぜかうきうきとしていた。「朝露ですっかり髪が濡れちゃったのよ、今朝はがんばったから！」

それから両手で小さなお盆を差し出した。その上には、なんと、スズメが一羽のっかっていた。そのスズメは目を閉じ、全く動かなかった。

「これは？」と俺は尋ねた。その時ミケの頬にスズメの羽が一本くっついているのに気付いた。

「今朝ね、タケシさんのために獲ったのよ！」

「俺のために？」

「そう、あたしうまいのよ。本当はいけないんだけど……ばれたらひどい目に遭うわ。でも、タケシさんのためにやっちゃったの」

猫ジャラシ、次はスズメ？　これは俺のペットってわけかな？　だが見たところその小鳥が生きている気配は全くなかった。

「これ朝食にどうぞ」

ええっ！　と俺は叫んだ。この女ふざけているのか？

「だって、タケシさん、きのうお肉食べたいって言ってたでしょ？　だからね、あたし今朝久しぶりにやってみたの。そしたら獲れたのよ、こいつが！　凄いでしょ？」

俺は一体どういうふうに反応すべきなのか、当惑した。きっと冗談だろう。だがミケの顔はひたむきだった。もしこの女が頭が狂っていて、彼女なりに本気だったら？

「あのう、それはどうもありがとう。でもスズメの生き造りってのはねえ」

「あら、これ新鮮なのよ」とミケは言い張った。

「ついさっき獲れたの、まだ温かいのよ」

「そう、でも俺、ナマのスズメは弱いなあ。羽をとって焼いたら、何とか食えるだろうけど」

その俺の返事にミケはたまらなく悲しそうな顔をした。だが、間もなく笑顔になった。

「まあ、ごめんなさい。そうよね、これでは慣れていなきゃ食べにくいかもね。じゃあ、またね」

次の瞬間、俺は度肝をぬかれた！　ミケがいきなりそのスズメに食らいついたのだ！　大きく口を開け、八重歯を見せながら、ムシャムシャとさも美味そうに……それから骨を噛み砕くカリカリという音が聞こえた。やがて赤い長い舌が現れて唇のまわりをぺろりと舐めた、それで全てが終った。

俺は言葉がなかった。今までこれほど不気味な光景を見たことがあっただろうか⁉　俺の胃袋がひっくり返った。

「びっくりなさった？」とミケは、大して慌てた様子もなく言った。「でも、こうでもしないとね、ヤバイのよ。スズメ獲りは命懸けなの、理由はお解りでしょ？」

「……」

「ご心配なさらないで、あたし気にしてないから。いつかまた獲ってきてあげるわ、タケシさんのために。そしてこの次はきっとおいしくお料理してくるから、待っててね」

その時、遠方でかすかに誰かの足音が響いた。ミケの耳がピクリと動いた。だが、俺の見間違いだったのだろうか？　彼女の耳は片方しか動かなかった。

「じゃ、またね！」そう言い残して、ミケは、呆気に取られている俺を尻目に、素早く部屋を出ていった。

俺のサファリパークホテルの滞在はまた新しい朝を迎え、そして続いた。大急ぎで最低限の身支度を終え、ロッカールームで黒服に着替え、ダイニングルームへ走った。六時が俺の出勤時間だった。レオナルドは現れたり消えたりした。いわゆる偉い方々が入ってくると、黄色の顔で、挨拶に余念がなかったが、エコノミーの団体客が襲来すると、あっという間に消えてしまった。朝食が終ってレストランが閉められ、統計作業が終ると、もう昼番への準備の時間となった。

絶え間なく押し寄せる仕事の波の合間に、俺はフロントへ出かけた、エンパイヤからの連絡をチェックするためだった。しかし答えはあいかわらず同じだった。いえ、まだ何も。なぜ連絡が来ないんだろう？　何をしているんだろう？　ひょっとして、あいつら、これをいいことに、俺を解雇しようとしているのでは？　この懸念をもらした時、ゴートもホギーも口をそろえて否定した。大丈夫、このホテルとエンパイヤは支配人同士ホットラインで結ばれている。あちらの様子は毎日情報が入って来ているそうだ。あの大地震の被害のために、まだエンパイヤの営業は十分には再開されていないらしい。もう少し辛抱強く待つことです。あなたは疑心暗鬼になり過ぎている、きっと疲れているのだ……。

「あなたはとっても人気があるのよ」とホギーは呑気なことを言った。「まさにスターなの。だからこのまま、もう少しいて下さいな。みんなとても助かっているんだから」

　タケシはいいね、住み込みで、というスタッフもいた。俺達には通勤時間って奴がある。でもお前にはそれがない、朝と昼、昼と夜、そして夜と朝の間に必ず休めるじゃないか、しかも食い物はいつだってあるし……。

　昼番が終り、いつもながらの野菜のみの昼飯を食って、わずかな昼寝の後、今度はディナータイムが近かった。追いまくられる中、ちょうど凪が凪いだように、考える時間が訪れた。そんな時俺は哀れな火星号に思いを馳せた。火星号は、斜めになった陽射しを受けて、片一方のミラーをぶら下げ、あいかわらず哀れな姿をポーチに晒していた。かつてはピカピカだったのに、今では埃に覆われ、所々錆が出て見る影もなかった。延び延びになっているバイクの修理について問いただすと、ホギーは、大地震のためにメカの者が引っ張りダコでなかなか捕まらないのよ、と説明した。もうちょっと待って下さいね、もうすぐよ。周囲の目を盗みながら、俺は火星号をボロ切れで拭いてやった。

　夜ディナーの作業が終ると、ミケが俺の夜食を持って見舞ってくれた。俺のベッドの藁に念入りにノミ除けの粉を振り掛け、シーツをきちんと敷き詰め、猫ジャラシを点検した。

「あら、今朝、お水変えてないんじゃない？　だめよ、忘れちゃ！」

　俺は猫ジャラシのことなど忘れていた。彼女を見ると、あのスズメを食っていた光景がまざまざと目に浮かんだ。いや、あれは俺の記憶違いかも？　俺は変な悪夢を見ていたのではなかったか？

「夜明け前に出るとね、スズメがまだ眠っているのよ。そこを狙うの」とミケは一人で話し続けた。「爪でぱっと引っ掻けるの。そうすると、パタパタパタって羽ばたいて慌てるの。でも、もう遅いのよ。あたしからは絶対に逃げられない。あたしの腕前は超一流だから！」

　この女はやっぱり狂っている。このホテルの奴等はみんなおかしいんだ、どいつもこいつもと俺は考えた。

「タケシさん、聞いてる？」とミケが聞いた。

「あ、うん、もちろん。だけど少し疲れているみたいだ」

「そう、そりゃあそうよね。だってすっごく働いているんだもの。でも、大丈夫、あたしが付いているから。スズメを食べたらすぐ元気になるわ！　まかせてちょうだいね！」

　俺がこのホテルに辿り着いてから五日目が過ぎ、六日目が過ぎ、ついに一週間が過ぎ去った。その間に俺は二度ほど、返事を催促するファックスを書き、送信をフロントに頼んだ。だがエンパイヤからはやはり何の連絡も来なかった。待ち続けること、そしてそのたびに裏切られることが、耐え難い地獄になってきた。やはりエンパイヤは俺を解雇するつもりなんだ。そんな想念がますます真実味を帯びて、真っ黒な津波のように俺を飲み込み始めた……。

　そんなある日のことだった。早番を終えて、エンパイヤからの連絡のチェックのためにまたフロントを訪れた時、ホギーが身を乗り出して言った。

「あ、そうそう、タケシちゃん。ちょっとお願いがあるのよ。今日は特に予約が入っていないんで、ランチタイム、レストランは閉めちゃって、従業員は下のサファリキャッスルホテルの連中と親睦のゴルフをやることになったの。でね、タケシちゃん、しばらくフロント、預かってくれない？」

「俺、フロントはやったことないんですが」

「大丈夫よ、あなた人気者だから」と言ってホギーはニンマリ笑った。「制服はお貸しするわよ。裏の部屋のロッカーにあるわ。似合うわよ、きっと！」

俺は今度はベージュ色のフロントマンの制服を着せられることとなった。何か解らないことが起こったら、後ほど係が戻りますのでとか、言っておけばよい、と言い残して、ホギーはさも楽しそうに立ち去った。あんなに太っていてもゴルフやれるのかなあ？　いや、それどころじゃなかった。まだエンパイヤから何とも言ってこない。一体いつまで俺にここにいろ、というんだろう？　それとも、もう帰って来なくてもよい、という意味なのか？

暗澹たる思いで俺は裏の部屋へ入っていった。そこには誰もいなかった。着替えを済ませた時、ふと部屋の隅のテレビが目に入った。そうだ、大地震のことを何か言っているに違いない。

俺はテレビのスイッチを入れた。ところが画面は灰色に光っているだけで、そこに無数の黒い斑点が飛び交っていた、全てのチャンネルを押してみたが画面に変化はなかった。変だ、故障かな？　その時俺は傍らに無造作に置かれたビデオに気付いた。それは映画のビデオらしく、タイトルは「有馬探偵物語シリーズ――謎の地下ケーブル放火事件」となっていた。地下ケーブル放火？　先日このテレビで見たニュースショーのことが思い出された。偶然かなあ？　俺はそのビデオをセットした。

ビデオテープが動き始め、ブランクだった画面が生き返った。それを見て驚いた！　それはまさにあのニュースショーの画面だった。路上に横たわる無数のホース、消防士、町並みも同じだった！　音を大きくすると、サスペンス物らしいB

GMが入っていた。その上、あの時の解説とは全く違う音や会話が聞こえた。それは単にドラマの台詞のようだった。そんな馬鹿な！　俺は自分の目を、耳を疑った。一体これはどういうことなんだ？　だが次に俺が見つけたものは、テレビの裏に隠すように置かれていたラジカセだった。中にはカセットが入ったままになっていた。俺はすかさずそれを巻き戻し、聞き入った。

「本日エンパイヤリゾートホテル裏の地下ケーブルより火災が発生いたしました。住民は避難。電話線がかなりの被害を受けています。復旧には……」

こ、これは！　そうか、あのニュースの解説は、これだったんだ。奴等がわざわざテープに吹き込んだニセモノだったんだ！　あのニュースショーは、間違いなくこのビデオ映画の一場面だったんだ！

俺は愕然として座り込んだ。ウソだった、何もかも……。全て奴等が仕組んだインチキだったんだ！　火災は大ウソだ、とすれば大地震もきっと真っ赤なウソに違いない。俺は騙されていたんだ！　それはまるで地動説がいっきに天動説にひっくり返ってしまったような衝撃の発見だった！

血眼になって俺は捜し始めた。ファックスだ、ファックスの機械はどこにあるんだ？　通信記録だ、俺のファックスは送られたのか？

ファックスの機械はなかった。どこにも……。今度は電話を調べた。だがそれは内線専用らしく、あらゆるかけかたを試みても、外線にはつながらなかった。外部との交信は全く遮断されていたのだ、少なくとも俺にとっては！

罠！　それはこの時初めて俺の頭に浮かんだ一語だった。俺は罠にかかったんだ。奴等の陰謀にまんまとひっかかったんだ！　奴等にはしょっぱなから俺を解放する気なんて毛頭なかった！　畜生！　何てことだ！

待て、武、落ち着け！　と俺は自分に言い聞かせた。頭を冷やして考えるんだ。もし本当に陰謀ならば、奴等の目的は何なんだ？　身の代金か？　営利誘拐か？　俺は人質なのか？　すると、もう身の代金請求の連絡が行っているんだろうか？　警察に連絡したら俺を殺すぞ、などと脅迫して。とにかく、ただ一つ確かなことは、俺のファックスは、俺の言葉は、一つもエンパイヤには送られてはいないということだ。もしかしたら、上司も家族も、俺の身に何が起こったか、俺がどんな日々を送っているのかを全く知らずにいるのかも知れない。彼らにとって俺は突然蒸発してしまったも同然の存在だったかも知れない！

その時俺は目眩を感じた。いや、目眩ではなかった。地震だ、ゆらゆらと俺の足元が揺れた。それはすぐに終ってしまった。だが俺の世界は激変していた。何が何だか解らずに、俺の体は、真っ黒な渦潮に巻き込まれ、ぐるぐると回転していた……。

# 第6章　梶山さん

ビデオを睨み、カセットテープを何回も巻き戻しては聞きながら、俺の頭の中で真っ黒な渦がぐるぐる廻っていた。廻っても廻っても、何一つ結論は出なかった。だがもう一人の俺がクールに話し掛けていた。「落ち着け、武！　奴等の前で、このビデオとカセットテープを叩き壊してやっても、お前のチェスボード上の位置が変わる訳ではない……奴等の本心を確かめるんだ。しばらく騙されていろ！」

俺はやっと立ち上がって、ビデオとカセットテープをそれぞれ巻き戻し、元の位置に返した。奴等の狙いは何だ？　やっぱり金なのか？　身の代金はいくら請求しているんだろう？　その時、表でチーンとベルを叩く音がした。客だ、誰かがフロントにいる。

「もしもし、どなたかいらっしゃいませんか？」

そこには一人の中年の紳士風の男性が立っていた。グレーのジャンパーを着ていたが、所々裂けていて、しかも泥や葉っぱが付着していた。大きなバッグ一つと四角いアタッシェケースのような物を持ち、背中に三脚を背負っていた。

「いやあ、ひどい目に遭いましてな」とその男は言った。「日本ベスビオスや沼の写真を撮りに来たんですが、途中道に迷いましてね。林道から変な所に入ってしまったようで。それから脱輪しまして、四輪駆動なのにスタックしてしまったんです。どうも泥沼みたいな斜面だったらしくて」

「それは大変でしたね」と言いながら俺は、ふと自分がこのホテルに到着した時のフロントのホギーの同じ台詞を思い出した。「で、どうやってこのホテルに辿り着かれたんですか？」

「それがですね、運が良かったんです。山の作業員の方が現れましてね。こちらへ案内してくれたんですよ。いやあ、ひどい道でしたがね、灌木や渓流を越えてやっと辿りつきました！」

山の作業員って何だろうと、俺は不審に思った。

「その作業員の方はどこにいらっしゃるんですか？」

「ああ、途中で仕事に戻るとおっしゃって、どこかへ行かれました。本当に助かりました。ただですね、車のことが。救援を頼みたいんですが、携帯は圏外だし、第一あの場所を説明しろと言われても、答えられませんしなあ。いやはや、お恥ずかしい限りで。レッカーで引っ張ってもらうしか解決法はないんですよ」

実は、目下ホテルのスタッフが出ておりまして、後ほど戻りますので、それまでお待ちいただけますかと、俺は台詞を読むように言った。だが一体どんな解決法がこの客を待っているのだろうか？

「で、どちらからおいでになったのですか？」

「山の向こうからです。この撮影旅行のためにエンパイヤリゾートに泊まっているんです。あのホテルに日帰りするつもりだったんですが、弱りましたなあ」

「えっ？　エンパイヤにお泊りで!?」

俺の心臓は急に高鳴り始めた！

「はい、ですが、今晩中に帰れるかどうか。ここからはどうやって向こうにぬけるんですか？」

「あの、あちらはどんな具合で？　つまり、ホテルは無事営業されているんですか？」

その紳士は、不思議そうな顔をした。

「どういう意味でしょうか？　もちろん営業されておりますよ。今回友人に薦められましてな、初めて泊りましたが、すっかり気に入りました！」

「それはどうも。ご愛顧感謝いたします」これは俺の職業上の慣用句だった。

「おや、エンパイヤにご縁の方ですか?」

「はい、まあ、ちょっと伺います。最近あのホテルの裏で地下ケーブル火災があったとか聞いたんですが」

「地下ケーブル火災?」その男は首をかしげた。

「いいえ、そりゃあ何かの間違いでは? わたしは三日ほど前から泊まっていますが、別に何も」

「一週間くらい前らしいんですが」

「いいえ、火災なんて話、聞いていませんがね」

「しばらく電話が不通だったとか」

「そんなこと何にもありませんでしたよ」

「では、あのう、地震がありませんでしたか? かなり大きな」

「地震? いえいえ、何にも。ホテルは大変賑わっておりますよ」

そうか、やっぱり……。しばらく俺は言葉がなかった。

「あのう、それでですね」とその客は続けた。「こちらのホテルから救援コールをお願い出来ないでしょうか? 車が心配でして、大切な物は何とか持ち出したんですが」

「そうですね、後ほどスタッフが戻りましたら、何か手を打ってもらいましょう。それまでロビーでお休みになりませんか?」

ロビーの片隅に小さなコーヒースタンドがあった。俺はその客を座らせ、コーヒーを入れた。それはエンパイヤリゾートホテル自慢のコーヒーの入れ方だった。

「いやあ、うまいですなあ!」と、その客は感嘆の声を上げた。「このほのかな酸味が素晴らしい。これはまさにエンパイヤの味だ! さっきあのホテルとご縁があるとかおっしゃっていましたね。どういう?」

「はい、実は……」俺は戸惑った。どこまで打ち明けていいのか確信がなかった。「ちょっと訳がありましてね、今こちらでアルバイトをやっているんですが、本当はエンパイヤのレストランフォーシーズンズに勤務しております」

「おやおや、それはそれは、ご縁ですな、こんな所でお会いするなんて！」

その紳士は目を輝かせた。「私、梶山と申します。早期退職で目下、まあ、自由の身というところでして。こうやって山の写真を撮り続けております。山の写真が三度の飯より好き、という物好き野郎でしてな」そう言って、爽やかに笑った。

その時、俺の胸に熱いものが込み上げてきた。エンパイヤの客との出逢い。ただのその偶然に、まるで百年ぶりに親しい人に再会したような感慨を覚えた！

「あのう、一つお願いがあるんです」俺は梶山さんにすがり付きたい衝動に駆られた。「エンパイヤにお帰りになりましたら、是非猿橋支配人に伝言をお願いしたいのです。わたし、立花武という者です。立花は元気で、目下サファリパークホテルのレストランで働いていると、それから……」

ここまで言いかけて、俺は口をつぐんだ。もしかしたら奴等の脅迫状がエンパイヤに送られているかも知れないのだ。いや、これ以上のことは言えない。この客を巻き込むことになるだけで何にもならないだろう。俺の沈黙に、梶山さんは答えた。

「よく解りました。事情がおありなんですね。はい、確かに支配人にお伝えしましょう。ご安心下さい」

ちょうどその時だった。正面玄関の方から人のざわめきが聞こえてきた。奴等が帰って来たのだ。一瞬俺の体がこわばった。得体の知れぬものへの怒りと恐怖が俺の全身に漲った。

「タケシさん、ご苦労様！」ホギーの声だった。そしてそう言いながら、その細くつり上がった目で、梶山さんをじっと見た。

梶山さん、逃げろ、今のうちに！　という言葉が喉まで出かかった。だが、逃げてからどうしろ、と言うんだ？

「あの、お客様なんです」と俺は言った。まるでお経を読み上げるかのように。「車がスタックしてしまわれたそうです。それで救援コールをお願いしたいと」

「まあ、それは大変でしたわねえ」とホギーは、この上もなく慈悲深い微笑を浮かべて言った。他のスタッフは、興味深そうに梶山さんを眺めていた。

「それは一体どの辺だったんですか?」とゴートが尋ねた。

梶山さんはここに到着するまでの顛末を説明した。親切な作業員に案内されて来たと。

「ああ、それなら何もご心配なさることはありません。当ホテルでよく存じ上げている作業員です。お車の場所もすぐ確認出来ます。ただ、もうこの時刻でございますから、今からではちょっと。そうですね、今晩ご一泊なさって、お休みになってはいかがでしょうか?」まるで立て板に水を流すような提言だった。

「ああ、わたしも今からでは無理かなと思っておりました。部屋はあるんですか?」

「ええ、大丈夫ですよ」とホギーが答えた。「タケシさん、ご苦労様でした、後は私たちが引き受けるわ。もうすぐディナーでしょ? 少しでもお部屋で休んでおいたら?」

俺は梶山さんの顔を見ずに、その場を立ち去った……。

昼寝のために横になったものの、眠れなかった。脳みそがすっかり硬直していた。それでも激しい疲労感がやがて俺を浅い眠りに誘った。そのうた寝から目覚めた時、俺は小川の流れのような音を聞いた。それは雨のようだった。梶山さんは、自分の車のことを心配しているだろうなあ、と思った。また火星号のことを考えた。

ディナータイムがやってきた。その夜、梶山さんは、ひょうひょうとした様子で現れ、窓際のテーブルにつき、メニューを広げた。

「ほう、ベジタリアン向きのお料理ですなあ。健康によさそうだ」

「当ホテルはエコノミーの宿泊料金ということで、

お客様に好評をいただいております」と俺は梶山さんに話し掛けた。それは策だった、多分法外な金額を提示されて当惑しているだろうと思ったのだ。

「本当にそうですねえ、助かりました。一泊二食付きで一万円もしないんですから、ありがたい話です。まあ、テレビがないのがちょっと寂しいですがねえ」

あまりにも意外な答えが返ってきた。

「は？　で、お部屋はいかがですか？　ベッドは大丈夫ですか？」そんなに安いのなら、まさか藁のベッドでは？

「はい、申し分ありません。古い家具と鳩時計で、なかなか雰囲気がありますね。今夜はゆっくり休めそうです」

俺はキツネにつままれたような気分だった、なぜこの客は一万円以下だったのだろう？　だが、俺は安堵した。理由は何であるにせよ、梶山さんは無事にチェックアウト出来るだろう、と確信できたからだ。

「電話がないというのも」と梶山さんは続けた。「不便といえば不便ですが、なかなか落ち着きますね。わたしのことはエンパイヤにファックスを送っておいて下さるそうで、もうこれで心配事はなくなりました。あとは、まあ車がね」

「よかったですね。どうぞごゆっくりお休み下さい」梶山さんのほっとした表情に、俺はこれ以上何も言わなかった。

彼に背を向けたその時、少し離れた所に立っているミケに気付いた。彼女はじっと梶山さんを見詰めていた。その目つきに俺はどきっとした。以前に見たことのある目つきだった。そうだ、彼女がスズメを食った時の、まさにあの時の目つきだった！　お前は疲れている。頭も目もおかしくなっている。俺は自分にそう言い聞かせた。

その夜も、ミケは、俺の夜食とワインのボトルを持って現れた。ノミ除けの粉をていねいに藁に振り掛け、シーツをぴんと敷き詰め、猫ジャラシを点検し、俺が猫ジャラシのめんどうを一向に見ようとしないことを咎めた。この女もぐるなのかと、俺は考えていた。奴等の指令によって動いているのか？　ある日突然俺を襲って命を奪うのか？　営利誘拐の人質は片付けられることが多いんだ……。

「タケシさん、今夜は恐い顔しているのね」とミケが言った。「何かあったの？」

「いや、別に……。ただ、あとどのくらいここにいなけりゃならないのかなあ？　と思って」

「帰りたいの？」

「当たり前だろ」

するとミケは急に真剣な顔になった。

「あたしがここにいても？」

「これは俺のホテルじゃない。俺のホテルは山の向こうだ」

この俺の答えを聞いた時、ミケの目が鋭く光った。

「タケシさん、何てことを言うの！　あたしはここにいるのよ！」

新しい芝居を始めたのか、と俺は思った。

「あたしはここにいる。でもタケシさんは、ちっともあたしのことを見ていない！」ミケは喚き始めた。「こんなに一生懸命やっているのに！　毎日お食事運んでいるのに！　命懸けでスズメを獲ってあげたのに！」それから彼女はおいおい泣き始めた。「タケシさんのこと、こんなに好きなのに……」

「ちょっと、頼む、泣かないで下さいよ！」と俺は懇願した。だがミケはますます大きな声で泣き出した。それから急に何かを思い付いた様子で、俺の顔を睨みつけた。

「女ね？」

「……」

「山の向こうに女がいるのね？　その女のところに帰りたいんでしょ？」

「違う！　女なんかいない。お願いですから大きな声を出さないでください」

「ウソよ！」と彼女は叫んだ。両目は鬼のように釣り上がり、らんらんと燃えていた。「タケシさんはね、その女のことばかり考えている。あたしには解る。だからあたしの猫ジャラシのこともほったらかし！　あたしは一体何なの？　やっぱりただの野良猫なの？」

凄まじい芝居だ、と俺は思った。何のためなんだろう？　突然ミケが洗面台へ突進した。猫ジャラシの花瓶を掴み、力いっぱい床に叩き付けた。鋭い音とともに花瓶は砕け散り、水が飛び、そして猫ジャラシは床に散乱した。バタン！　と扉が閉まり、俺が顔を上げた時、もうミケの姿はなかった……。

小川のせせらぎがいつの間にか渓流の音になっていた。雨は本降りだった。映画のビデオと捏造されたニュース解説、雨に打たれているであろう梶山さんの車、猛り狂うミケ。互いに何の相関関係もない出来事、でも何となくつながりがあるような出来事。そんな取り止めもない考えが雨の音とともに目には見えない流れとなって俺をとらえ、押し流そうとしていた。闇の中を、そして行先も解らずに……。

「脱出」という二語が、その時稲妻のように俺の頭に閃いた！　そうだ、ここを脱出しなければならない。このままとどまっていたら、いずれ必ず俺は殺されるだろう。逃げなければならない、一刻も早く！　それ以外に俺が助かる道はない。逃げるんだ、何が何でも……。

俺の体は、不可解な黒い渓流に運ばれて、漆黒の闇の中を流されて行った……。

翌日も雨は降り続いた。レストランの窓ガラスの外側を、雨水が滝のように流れ落ちていた。食事時間のたびに梶山さんは現れ、あの窓際のテーブルに座った。そして懐かしそうに俺に話し掛けた。

「大雨になってしまいましたなあ。まあ、これも運命でしょう。でもね、ホテルの方が、わたしの車は山の作業員の方がちゃんと見守ってくれている、とおっしゃって下さいました。親切な方々ですね」

　それから梶山さんは、俺に自分が撮った山や湖沼の写真を次々と見せた。どれも実に美しかった。

「しかし、今回のあの車のトラブルが怪我の功名というんでしょうか、わたしは初めて日本ベスビオスの新しい姿を見ました。昨日はそれどころじゃありませんでしたが、是非こちらからの写真を撮りたいものです。早く晴れるといいんですが」

「これでは外に出られませんね。せっかくのご旅行なのに」と俺は言った。

「いえいえ、色々やることはあるんですよ。パソコンがありますからね」

「パソコンをお持ちなんですか？」

「はい、ノートパソコンなんです。今過去の写真のリストを作成しています。こういう時でないと、なかなかゆっくり腰を落ち着けられませんのでね」

　夜も雨は絶え間なく降り続いた。まるでホテルがすっぽり渓流に飲まれてしまったような音だった。ディナータイムになったが、ミケは現れなかった。あの野良猫野郎が！　とレオナルドは腹立たしげに舌打ちを繰り返した。

　俺には新しい問題が生じた。雨漏りが始まったのだ。最初はベッドわきの板壁上の一筋の水に過ぎなかったものが、次第に数がふえ、それから天井の四隅から滴るようになり、やがて天井の真ん中からも滴が落ち始めた。俺はベッドを壁から遠ざけ、キッチンへ走って料理用の鉢を幾つか借りてきた。ポッタンポッタンと鉢がメロディにはならない音楽を奏で始めた。俺は自分でキッチンから調達したお粗末な夜食を食った。この上もなく陰鬱な音楽を聴きながら……。

# 第7章　錦巻き

　結局雨はまる三日間降り続いた。四日目の朝早く、ようやく雨だれの演奏会が終った。レストランの窓の向こうに澄み切った朝日を浴びて、すっかり濡れた灌木が光っていた。

　やっと晴れましたね、もう大丈夫ですよ、と俺は梶山さんに言おうと思っていた。だが梶山さんは朝食時に姿を見せなかった。具合でも悪くなったかなと心配になった。フロントのゴートに梶山さんのことを聞いてみた、するとゴートは顎鬚をしごきながら答えた。

「梶山さんは今朝早く発たれました」

「え、もう？　本当ですか？」日本ベスビオスの写真はどうなったのかと思った。

「山の作業員と一緒に車の所へ行かれました。やや長逗留になったし、そのまま山の向こうへお帰りになるとかで」

　そうか、無事にチェックアウトしたのか、と俺は胸を撫で下ろした。きっと、車のことが心配だったんだろうな、無理もない。間もなくエンパイヤに俺の伝言が届けられるだろう。お袋もゆき子も少しは安心するはずだ……。

　連日の大雨のために、客の到着は全く途絶えていた。今朝多くの客が出発するので、本日の昼はレストランはクローズするそうだ、とゴートが言った。俺はしばらくオフになった。

　ポーチに出て、火星号を拭いてやった。畜生、こいつさえ修理してやれれば、何とか脱出出来るだろうに……。それから俺はホテルの周辺をこっそり探索してみることにした。どこかに脱出のための抜け道があるはずだ、と考えた。少し散歩をしてくる、と俺はゴートに告げて、黒服姿のままで表へ出た。右足首はまだ痛みがあったが、何とか歩き続けることは出来た。久方ぶりに外の空気を胸一杯吸い込み、そして俺は歩き始めた。

目の前には、あの赤い沼が横たわっていた。大雨のために増水し、水面は濁った色を呈していたが相変わらず赤く、目の覚めるように青い空も、その水面上ではどんよりとした赤色に変色していた。幾つかの岩石は水面下に埋没していた。その向こうには黒木が原が黒々と盛り上がり、その上方に日本ベスビオスの赤い岩峰が聳えていた。俺はゆっくりとホテルの建物の周囲を廻り始めた。

前面は広い草原と沼により視界が開けていたが、側面は、手を伸ばせば届きそうなほどの距離に原生林が迫っていた。その原生林の手前に粗末な垣根に囲まれて、ホテル自家製の野菜を栽培していると思われる小さな菜園や、ハーブ園らしきものが散在していた。その隣には果樹園らしきものが広がり、その向こうに、猫の額くらいの牧草地があった。その片隅には、家畜小屋のような建物が立っていた。

さらに歩んで行くと、周囲の光景は一変し、高い立ち木に隠れるように、ホテルの施設らしき建物が林立していた。それはちょうどホテルの裏側にあたる区域だった。最初の建物には煙突が付いていて、何かの工場らしかった。次の建物はボイラー室のような造りで、その隣に給水タンクらしき水槽が並んでいた。まるで独立した村のようだな、と俺は思った。そして俺が次に見たものは、小規模な自家発電所らしき施設だった。その発電所に近づこうとした時だった。突然真っ黒な物が俺の視界を遮り、俺の額すれすれに飛び去った。何だ、一体？　次の瞬間俺は慌てて顔を伏せた。バタバタという凄い羽音とともに風が吹き、黒い尖った物が俺の目を目掛けて突進して来たのだ！　ヤバイッ！　それはカラスだった。もう一羽飛んできた、そしてさらにもう一羽！

「こら、気を付けろ！」という男の声が俺の背後から聞こえた。「そっちへ行ってはいかん！」

振り返ると、そこには植木鋏を携え、紺の半纏と地下足袋を履いた老人が立っていた。長いなまず髭を生やしていたが、目は優しかった。ふと亡くなった俺のじいちゃんのことを思い出した。じいちゃんは別になまず髭を生やしていた訳ではない。だが目がとても似ているような気がした。

「ホテルの重要施設がある区域にはめったに近づいてはいかん。あのカラスはガードマンの連中だ」その爺さんはゆっくりと俺に近づいて来た。

「今のは威嚇射撃だ。だが強引に進入すれば今度こそ目をつつかれるぞ」

「ああ、びっくりしました。ありがとうございました」と俺は礼を言った。

爺さんはその優しい目で俺をじっと見詰めた。

「君はもしかして、山の向こうから来たというレストランの新入りだね？」

「はい、タケシといいます。お爺さんは庭師の方ですか？」

「さよう、時蔵という者だ。ここの植木や芝生を預かっている。レストランに、とてもよく仕事をしてくれる若いのが来たと評判だ。一度会ってみたいと思っていたが、今日はひょんなことから望みが叶ったようだな」そう言って時蔵爺さんはにっこりと微笑んだ。俺はこのホテルの奴等の中で、初めて本当に優しい人に出会ったような気がして、胸が温まった。

「やっと晴れたので、久しぶりに仕事が出来る」と爺さんは言った。「散歩はいいが、気を付けるんだぞ。みだりに動き回ってはならん」

「はい、よく解りました。ただちょっと、周辺がどんなふうになっているのかな、と思って」

「絶対にあの森に迷い込んではいかん」と、爺さんはホテルの敷地をすっぽり囲んでいる原生林を指差した。「二度と生きては戻れない。特に山の向こうから来た人間はな。それからあの赤い沼にも近づいては危ない。あれは底無し沼じゃ。あの水は、あらゆる物を溶かしてしまう恐ろしい成分を含んでいる」

「色々教えて下さって、本当にありがとうございます」

「では、いずれまた、ゆっくり話をしよう」そう言って時蔵爺さんは立ち去ろうとしたが、振り返って付け加えた。「そうだ、ヤマカガシにも気を付けろ。ホテルの正面の一帯だ」そう言い残して、植木鋏を引っさげながら去っていった。

　俺はホテルの正面に戻り、それから正面玄関を通り過ぎて、建物の反対側の側面へ足を向けた。そこにはこんもりと木が茂り、表からは黒木が原の一部としか見えなかったが、その森を抜けると、不思議な空間が目前に広がった。それは狭い草原だったが、小さな岩石や木の切り株が並び、正面に、赤や黄色や緑の鮮やかな原色に塗られた舞台のようなものが建てられていた。そしてその舞台の背後には楽屋を思わせる小屋のようなものが隣接していた。それは確かに舞台であり、全体はまさに野外劇場という佇まいであった。そうだ、岩石や木の切り株は観客用の座席ではなかったのか？　さらに、その座席が並べられている草原を取り囲んで数本の柱が立ち、てっぺんは松明を灯すようになっているようだった。こんな劇場の話はついぞ聞いたことがなかった。何のためなんだろう？　俺はその舞台に近づいて行った。

　舞台の上方にはドームを半分に切ったような木製の天井が設えられていて、その天井にはやはり極彩色でアラビアンナイトの世界を思わせるような不思議な模様が描かれていた。ステージは客席に向かって張り出し、植物の小さな鉢植えが縁取りのように並べられていた。その香りは、あのロビーに漂っているものと同じだった。その舞台の袖は、楽屋らしい小屋に通じていたが、その小屋の横に立った時、どこからか吹いてくる冷たい風に気付いた。俺はその風が吹いてくる方向へ歩いて行った。すると目の前に、小屋を抱くように立つ大きな岩山が現れた。風はその岩山にぽっかりと口を開けた洞窟から吹き出していた。

俺は覗きこんだ。真っ暗な内部ははっきり見えなかったが、氷柱が何本も下がっていて、どうやらかなり大きな氷穴のようだった。ちょっと踏み込んでみようとした時だった。また黒い生き物が凄い羽音とともに現れ、そいつが俺の頭の上に止まった。カラスだ！　続いてまた一羽襲ってきた。そいつは俺の額を掠めるように飛び去ったが、その瞬間に俺は眉毛のあたりにかすかな痛みを感じた。くちばしで引っ掻かれたようだった。俺は顔を伏せた。だがそれだけでは済まなかった。今度はカラスの軍団が突撃してきたのだ。明らかに俺の目を狙って！　ついに俺は四つん這いになった。土と石ころの上に。そして野外劇場を横切り、ひたすら退却した。まるで動物のような格好で……。

劇場の目隠しのような森を抜けた時、俺の黒服の膝は土で真っ黒になっていた。だが、そんなことにかかずらってはいられない。時間がなかった。このホテルはすっかり黒木が原に囲まれ、変なカラスの群れが目を光らせている。とすると、脱出路があるとすれば、最初に火星号を引きずりながら辿ってきたあの正面の道しかない、と俺は考えた。あの行く手に、必ず山の向こうへ通ずる道があるはずだ、たとえそれが獣道のようなものであっても……。

俺は周囲に目を凝らしながらゆっくりとホテルの正面へ戻り、それから草原の中を黒木が原のこんもりとした原生林へ伸びる細い道に踏み入った。しばらく進んだ時だった。俺の足元で草がガサガサと音をたて、同時に短い紐のような物が飛び出した。そしてその紐はいきなり俺の右の足首にまとわりついた。

蛇だった。ヤマカガシだった！　それは、俺の捻挫した右足のことを知っていたのではと疑うくらい、意図的でしかも悪意そのもののような攻撃をしかけてきた。俺は咄嗟に左足でそいつを掻き落とした。そいつは地面に落ちてもなお攻撃姿勢をとっていた。俺は左足で力一杯そいつの頭を踏みつけた！　尾っぽがクネクネと動いた。そこで、二度、三度、四度とその頭をひっ潰してやった。

ヤマカガシはついに動かなくなった。ところが突然俺の周囲の草がいっせいにガサガサと揺れ始めた。そして、次に俺が見たものは、それは俺の行く手に現れたヤマカガシの群れだった！　その蛇の数はどんどんふえ、まさに暴徒のように俺に向かって来たのだ！　それは世にも不気味な光景だった。俺はじりじりと後ずさりした。振り向くと、俺の背後には今俺が歩んできた道が細々とホテルの方に通じていた。当たり前なことだった。だが不思議だったのは、そこには一匹の蛇もいなかったのだ。蛇の軍団に押し戻されながら、撤退を続けた。俺に残された道は、ただホテルの方角へ後退すること、ホテルへ帰ることだけだった。

俺は敵に包囲されている、それがその日の探索で得た唯一の情報だった。

重い足を引きずり、俺はホテルへ戻った。フロントを覗くと誰もいなかった。だが裏の部屋から大きな鼾が聞こえた、覗いてみたら、ホギーがソファの上で眠り込んでいた。部屋の中を何の気なしに見回した時、俺は不審な物を発見した。それは部屋の隅に置かれたアタッシェケースのようなバッグとカメラ用の三脚だった。それらの品物に俺は見覚えがあった。梶山さんが持っていた物だった。なぜだろうと、俺は疑問に思った。彼は今朝早くチェックアウトしたはずだ。梶山さんのことだ、大切な物を忘れるはずもないし、置いていくわけもない。変だ。ひょっとして宿泊費の支払いのための担保なのか？　だが俺はそれ以上その疑問を追及しなかった。疲れていたし、何よりも絶望的ともいえるリサーチの結果に、とことんまいっていた。鼾を掻き続けるホギーを横目に見ながら、俺はフロントを離れ、自分の部屋に帰った。希望のない昼寝につくためだった。

その日の午後だった。俺は部屋の扉を激しく叩く音によって昼寝から起こされた。

「起きろ、タケシ！　起きろ、出て来い！」それはレオナルドの声だった。「支配人がお呼びだ！」

一体何事なんだ？　浴衣のままで俺は飛び起きた。そして薄暗い通路をレオナルドの背中を見ながら歩いた。通路の突き当たりから地下室へ階段が下っていた。地下室があるとはこの時まで知らなかった。階段の下から、さらに暗い狭い通路を歩かされた。それから軋む木の扉が開けられ、俺は小さな部屋に連れ込まれた。天井からはくすんだランプが下がり、その下に数人の男が座っており、中央にモンキキが陣取っていた。俺はモンキキの前に置かれた小さな木の椅子に座らされた。

「タケシ君、なぜあんな事をやったんですか？」モンキキの口調はいつになく厳しかった。

俺には何のことかすぐには解らなかった。

「なぜあんなことをやったか、と聞いているんだ！」モンキキの語調が荒くなった。

「なぜこんなことをするのかって聞きたいのはこっちですよ」と俺は言い返した。

「これって何の真似ですか？　まるで、中世の宗教裁判ですね。椅子にトゲトゲがないだけましですが」

「しょういう椅子に座りちゃいか？」とレオナルドが言った。「ならばしょんなものを用意しちぇやっちぇもいいじょ！」顔が赤ら顔に変色していた。

そうか、こいつら俺の散策のことを詰問しているんだな。俺が逃亡のルートを探っていたことを感づいたのだろうか？

「外の空気を吸いたかったんです。日光浴もしたかったもので」と、俺は額面通りの理由を言った。

「こいちゅ、我々を愚弄しゃあがる！」とレオナルドが喚いた。モンキキがそれを制した。

「で、なぜあんなことをやった？」畳み掛けるようにモンキキが続けた。

「あんなことって一体何ですか？」

「こにょ野郎、あくまでしらを切る気だな、じゃ、これを見ろっ！」と言ってレオナルドが俺の鼻先に短いロープのような物を突きつけた。

俺はぎょっとした。それは頭がつぶれた蛇だった。あのヤマカガシだ！

「お前がやったんじゃろ？」

「それは……そいつが俺に噛み付こうとしたからだ！」と俺は弁明した。弁明？　たかが蛇一匹で？　だがそんな雰囲気だった。「だって当たり前でしょ？　正当防衛じゃないですか！」

「ほじゃきやがって！」とレオナルドは憎々しげに怒鳴った。

「タケシ君、これより君の裁判を始める」とモンキキが厳かに宣言した。「君の犯罪を裁く法廷だ」

「法廷？　ハ、ハ、ハ……」俺は反抗的に笑った。何と馬鹿馬鹿しい場面だったことだろう。昼寝の最中にたたき起こしやがって！　「そうか、生類憐みの令か、あなたは将軍綱吉か？　ハ、ハ、ハ！」

だがモンキキは笑わなかった。周囲の誰も笑わなかった。

「第一の犯罪、宿泊料不払い！」とモンキキが言った。

メチャクチャだ。俺の解決法を阻止したのはそっちじゃないか！

「第二の犯罪、逃亡の企て！」

「俺は逃げようとした訳ではない！」と俺は怒鳴った。「ただ散歩をしたかっただけだ」

「当ホテルの従業員の集団が、正面の草原で、お前が明らかに逃亡しようとしている姿を目撃している。お前は高額の宿泊費を踏み倒して、ずらかろうとした」

「待て、俺にも言わせろ！」と俺は怒鳴った。もうこれ以上騙されている振りを続けることも、不条理に耐え続けることも出来なかった。我慢は限界に来ていた！　「そっちこそひどいじゃないか！　俺はエンパイヤリゾートホテルにファックスを送ってくれるように頼んだ。だがファックスは送られてはいなかった。ファックスは最初からなかった！　俺にテレビニュースを見せた。地下ケーブルが大火災だとか何とか言って！　でもあれは映画のビデオだった！　有馬探偵とかいうドラマだった！　これがペテンでなくて何だというんだ？　お前らこそ犯罪を犯しているじゃないか！」

俺の抗議にモンキキは眉一つ動かさずに答えた。

「餓鬼が納得するような子供騙しの説明をしてやったまでだ」

「なにっ!?」

「廻りのことが少しは解ってきたのか、青二才」

それからモンキキはふたたび厳粛な顔になって、続けた。「第三の犯罪、ホテルの制服をいちじるしく汚した罪！　そして第四の犯罪、当ホテル従業員の殺害！」

こいつら、気がふれている！　と俺は初めて考えた。自分は狂人に囲まれているのだ。でなければ、これはとんでもない冗談だ……。

「錦巻きだ！」とレオナルドが言った。彼は興奮していた。眼鏡を押し上げることも忘れ、やぶにらみの目が血走っていた。「錦巻きだ！　ビチャミン料理だ！」

「待て！」という声が発せられた。それはコック長のブータンだった。「タケシは役に立つ。今回は錦巻きは勘弁してやれ」

モンキキはブータンを見てうなずいた。

「よし、だが犯罪は犯罪だ。よってタケシを本日いっぱい禁固刑に処す！」

ええっ？　禁固刑？　モンキキはさらに続けた。

「罪一等を減じてタケシの錦巻きは免除する。だが餓鬼には調教が必要だ。今夜ここの掟をこいつの頭に叩き込んでやれ」

「俺にも一つ聞きたいことがある」と俺は怒鳴った。「お前ら一体いくら巻き上げたんだ？」

「何？」とモンキキが目をむいた。

「俺の身の代金だ。請求したんだろ？　エンパイヤや俺の家族を脅迫したんだろう？」

しばし俺の顔を睨んでから、急にモンキキは笑い出した。

「ハ、ハ、ハ、ハ……！」周囲の男達もいっせいに笑い出した。

「何がおかしいっ！」俺は頭に血が上った。こいつら、どこまでふてぶてしいんだ!?

「タケシ、つらも餓鬼だが中身もやっぱり餓鬼だな」とモンキキは言った。「身の代金だと？　思い上がるのもいいかげんにしろ！　まあ、お前を連れ戻すために、お前のホテルや家族がいくらまでなら払うのか、それを試してみるのも一興だがな」

余りにも侮辱的なジョークだった！

「だがな、我々はそんな酔狂をやっているほど暇ではない。またそれほどの大馬鹿でもない。山の向こうの連中と関わりになれば面倒なことになる、お前一人の身の代金のためにこの我々の城を、ひいては黒木が原という王国を危険に晒すことになる」

「城だって？　王国？」何という誇大妄想だろうと俺は思った。だが確かにこのホテルの佇まいは一国の城のような様相を呈していた。

ふたたびモンキキは俺の目を威圧的に見据え、そして言った。

「そうだ、王国だ。そしてこの城がお前の新しい居住地だ。ここで生き続けるか否か、それはお前次第だ、解ったか、餓鬼！」

それからモンキキは一同をゆっくりと見回して言った。「これにて裁判を終る」

「立て！」とレオナルドが命じた。

俺はレオナルドと数人の目つきの鋭い男達に囲まれ、自分の部屋に連行された。そのうちの一人の男が、自分は従業員教育係のウルフィだ、と言った。なんと、そいつの歯はどれも先がとんがっていた！　他の男達は立ち去ったが、その教育係は一人番人として俺の部屋の外にとどまる、と宣言した。かんぬきが掛けられる音が聞こえ、間もなく周囲は静かになり、ウルフィが歩哨のようにコツコツと歩き回る音だけが聞こえていた。

俺はベッドの上に大の字になった、禁固刑だと？　ふざけやがって。そんならこっちは昼寝の続きだ。だが、眠れなかった。くそ食らえ！　と俺は怒鳴った。しかしそれとは裏腹に、名状し難い恐怖が俺に覆い被さった。あいつら、一体何者なんだ？　そうだ、多分狂信的な動物愛護団体なんだ。いうなれば新興宗教の教団みたいなもんだ。そういうヤカラは何をするかわからない……。

やがてその恐怖は寒気となって俺の背骨を走り始めた。ゾクゾク、ゾクゾク……いや、それは本当の寒気のようだった。額に手を当てると、火のように熱かった。ゾクゾク、ゾクゾク……。それから目の前の光景が、ランプが、天井が赤っぽくなってきた。頭がぼうっとしてきたようだった。その時、俺のベッドが揺れ始めた。最初は小刻みに、だんだんと大きく……。周囲がギシギシといい始めた。ランプが大きく揺れ、薄暗い天井で蛇がのたくり始めた。また蛇だ、地震だ……俺は思わずベッドの縁につかまった。

揺れはすぐに収まり、ふたたび辺りは静寂に包まれた。しかし俺の頭は揺れ続けていた。体は鉛のように重く感じられた。疲れていた。だが一睡でもしようものなら、恐ろしい悪夢にうなされそうだった。俺は今夜一体どんな目に遭わされるんだろう？　錦巻きって何のことだろう？　コツコツと、ウルフィがまた歩哨の巡回を始めていた。

どこかで時計が深夜の十二時を打った時、ウルフィの足音が部屋の扉の外で止まり、かんぬきを開ける音が響いた。

「タケシ、お前の禁固刑は解かれた」ウルフィの声だった。「よってお前は自由の身だ、ただし、今夜の従業員のフォーラムに出席しなければならぬ。それによりお前の従業員教育は終了する」

ゾクゾク、ゾクゾク……俺は寒気に耐えていた。起き上がった時に、頭がフラフラした。いつの間にか、ウルフィは、暗緑色の頭巾とマントにすっぽり身を包み、その上、顔も同色のマスクで覆っていた。まるで死刑執行人のようだ。今度はウルフィの前を歩かされた。通路を建物の端まで抜け、小さな出口を通って屋外に出た。そこから細い遊歩道が、深い木の茂みに挟まれて、暗闇の向こうに通じていた。夜の冷気が浴衣を貫いた。だがその冷気も俺自身の悪寒も、これから俺の身に起ころうとしている何かへの恐怖に比べれば、芥子粒のようなものであった……。

俺は、ウルフィの指図に従って歩き続けた。その遊歩道が終った時に、突然視界が開けた。それは赤々と灯された松明の柱に取り囲まれた広場だった。あの野外劇場だったのだ！　ウルフィは、俺を引き立てながら劇場に入り、観客席の一番後部の座席に俺を座らせた。そこにはあの裁判の時に俺が座らされた小さな椅子と同じような木製の椅子が置かれていた。いや、同じ物だったのかも知れない。その椅子の隣には大きな木の切り株があり、その上にたっぷりと藁が積まれていた。俺は観客席を見渡した。まだ誰もいなかったが、揺れる松明の炎のもと、その野外劇場はまるで生命を得たように全体が燃え上がっていた。極彩色の舞台は、まさに温度が違う種々の炎に包まれているようにゆらゆらと揺れていた。

やがて遠方から太鼓の音が聞こえてきた。ドンドコドンドン、ドンドコドンドン……。太鼓を打ち鳴らす小隊が黒木が原の中から行進をして来たようだった。その音は次第に大きくなり、ついに劇場に到着した。だが松明の下の薄暗闇の中に浮かび上がった影は、色彩豊かな鼓笛隊の衣服ではなかった。黒い物、黒くてモッコリとした影の集団。俺は目を凝らした。それは動物の群れだった！　後足で立って行進し、太鼓を胸の上に結びつけ、前足で器用にバチを持ってひたすら太鼓を打っていた。その黒い小隊は劇場の観客席の中央まで進み、それから舞台に向かって歩き始めた。それは、熊の群れだった！　そして、それぞれの熊はみな黄色のヘルメットを被っていた。

「あれは山の作業員だ」とウルフィが言った。「黒木が原の熊軍団だ」

「山の作業員？　熊？」と俺は聞いた。よく意味がわからなかった。

ヘルメットを被った熊の楽隊は舞台のすぐ下まで進み、そこに座った。ちょうどバレエやオペラのための演奏をする楽団のように。そして彼らが座ると同時に、大地をかすかに揺るがして、足音が響いてきた。

「従業員の入場だ」とウルフィが言った。

ウルフィが指差す方に目をやった時、俺が見たものは……それは新たなる動物の行列だった。先頭は何と二頭のブタだった。そしてそのうちの一頭はシェフの白い高い帽子を被っていた！

「シェフのブータンとその女房のホギーだ」とウルフィが言った。

何の話だ？　どういう意味なんだろうと、俺は、フラフラする頭で考え続けた。揺れる松明の光を浴びて、何もかもが揺れていた、俺は熱のために幻覚を見ているのだろうか、それともこれは奴等の座興で、動物のサーカスを始めるんだろうか？

二頭のブタに続いて、ヤギが入ってきた。

「あれがフロントのチーフのゴートだ」とウルフィが指差した。

それから一頭の馬が現れた。そいつは頭にコックの帽子を被っていた。

「あれはコウタロウだ」

そうか、これはきっと動物のサーカスの劇場なんだ。そして動物にはみんなホテルの従業員と同じ名前が付けられているんだ。そういえばそっくりだなあ、と俺は考えた。

さらに動物の行列は続いた。牛、ロバ、羊、タヌキ、イタチ、リス、ウサギ、犬、ニワトリ……その動物達は座席らしい岩石や木の切り株へと進み、あるものはその上に座り、あるものは前足をのせ、またあるものは顎をのせた。そしてその行列は終り、最後に現れたのは一匹のチンパンジーとカメレオンだった。そのチンパンジーは真っ直ぐに俺の方に向かってきた、なんとネクタイを締めていた。

「タケシ君、いかがかね？　今夜の新発見は……」チンパンジーが喋ったのだ。それは支配人モンキキの声だった！

俺は度肝を抜かれた。そしてついに自分は発狂したのだと思った。いや、そうではない、これは熱のための幻覚だ。そうに違いない。

そのチンパンジーは、俺の隣の、木の切り株と藁で作られた座席にゆっくりと腰をおろした。俺はウルフィに聞こうとした。俺が見ている光景を彼も見ていたのだろうか、と。その時ウルフィはマントの中から片手を出して俺の肩の上に置いた。何とそれは毛むくじゃらの動物の前足だった！それから彼は頭巾とマスクを脱いだ。そして垂直に立った。やはり毛むくじゃらな耳が突き出し、次いでその耳元まで裂けた大きな口と前に突き出した黒い鼻が現れた。彼は一匹のオオカミになっていた！　ウルフィは尖った歯を見せながら言った。

「支配人のモンキキ様とレストランのマネジャーのレオナルド氏だ。そして俺は、ご覧の通りだ」

俺は顔を伏せ、頭を振った。これは悪夢だ、熱のための……早く覚めてくれ、早く。だが俺が悪夢から覚めることはなかった。

「信じられないのか？」とウルフィが尋ねた。「自分が納得出来ないからか？」

「……」

「山の向こうの人間どもは、納得が出来ることしか信じようとしない。まあ、今夜のこの行事をしっかりお前の目で見ておくことだ」

それから俺は異様な光景を見た。カメレオンがチンパンジーの背後に擦り寄り、長い舌を伸ばしたり巻いたりしながらチンパンジーの背中をなめ始めたのだ。次にその舌で、何かをかきとっては吐き捨てた。ノミだ、と俺は直感した。レオナルドがモンキキのノミ取りをやると、ミケが言っていた。するとこいつらは本当にあの支配人と黒服のマネジャーだと言うのか？　ああ、俺は狂っている……。

ふたたび、太鼓の演奏が始まった。ドンドコドンドン……ドンドコドンドン……その太鼓の音に呼応するように、夜空にカァカァという鳴き声が響き渡った。今度はカラスだ。その大群はどこからともなく現れ、一気に全空を覆った。それから急降下して周囲の木々のてっぺんや、劇場の舞台の天蓋の上に止まった。暗い夜空を背景に、その姿は空よりも黒く不気味な輪郭を描いていた。太鼓がやんだ。

チンパンジーのモンキキが立ち上がり、客席の動物共を見回しながら、話し始めた。

「従業員の諸君、今夜もまた、当サファリパークホテルの恒例の行事を開催する運びとなった。これは諸君の日頃の熱意ある働きへの報酬である」

ウォーッという歓声が客席から上がった。

「ただし、改めて確認をする。今夜の獲物も従来のように、全従業員が共有するところの財産である。そして全従業員の心身の健康のために供されることとなる。ゆめゆめ忘れることのないように」

ウォーッという返事が返された。

「では始めよう！」

ふたたび、太鼓の合奏が始まり、それは次第に激しくなっていった。ドンドコ、ドンドコ、ドンドコ……一陣の風が吹き、松明はひときわ明るく燃え上がった。その時舞台の袖で扉が開き、一匹のゴリラが登場した。そのゴリラは手に、いや、前足と言うべきなのか、一本の縄を引いていた。その縄に引かれて、新たに舞台上に現れたものがあった。それを見た時、俺の心臓は止まるかと思われた。

それは、一人の人間だった。あの梶山さんだったのだ！　俺と同じようにホテルの浴衣姿だったが、素足のままで、両手は縄で縛られ、ゴリラに引っ張られるままに、舞台の中央へよろめき出た。

「何なのですか、これは？」と梶山さんは掠れきった声で叫んだ。「わたしをどうしようと言うのだ？」

彼は誰に自分の惨状を訴えていたのだろうか？ その悲痛な問いに答えるものはいなかった。ただ太鼓がものに憑かれたように鳴り続けた。そして燃え盛る松明のはるか上方に、真っ暗な夜空が沈黙して下界を見下ろしていた。ふところに、やはり沈黙しているカラスの大群を抱いて……。

舞台上のゴリラは梶山さんを引き据えて、大きく片手を振り上げた。すると舞台の反対側の扉が開かれ、そこから太くて長いものが、スルスルと音もなく滑り出てきた。その瞬間に俺の全身は凍り付き、悪寒のための震えさえも止まった。それは一匹の大蛇だった！ 目にもあやな錦の模様を引きずりながら、それは舞台の中央へと進み、うずくまった梶山さんの廻りをゆっくりと回り始めた。何かを見透かそうとしているように、推し量ろうとしているように……。

「うわっ！」梶山さんは悲鳴を上げた。

「助けてくれっ！」

だが彼は、立ち上がることは出来なかった。恐怖が彼をがんじがらめにしてしまったのだろう。

梶山さんの廻りを一回りしてから、その大蛇はとぐろを巻き、二つに裂けた黒い舌をペロリペロリと出しながら、じっと梶山さんを見据えた。梶山さんは、舞台の床の上で、もはや身動きさえ出来なかった。現実のものとは信じがたいほど巨大な恐怖の影に、頭は麻痺したようだった。

太鼓の音が突如やんで、静寂が劇場を包んだ。大蛇がピクリと動いた。かま首を高く持ち上げ、その錦模様の体を伸ばした。そして、いきなり梶山さんに飛び掛かった！ やめろっ！ 俺は叫んだ。だが声は出なかった。次の瞬間、目にも止まらぬ速さで大蛇の尾が梶山さんをとらえた。そしてあっという間に梶山さんの姿は、そのらせん形の錦の中に消え去った。ああっ！ と叫んで、俺は顔を覆った……。

俺の周囲は静まり返っていた。あたかも全宇宙のあらゆる生き物が息をひそめたかのように。どのくらいの時間が過ぎたのか？　三十分か、それとも五分ほどだったのか？

「放せっ！」とモンキキが怒鳴った。

舞台上では、大蛇が大きく口を開け、今にも錦に巻かれた獲物を飲み込もうとしていた。

「まだ解らんのか！　お前の役目はそこまでだ！」

モンキキは立ち上がり、大蛇を睨み付けた。大蛇は、はっと我に返ったように口を閉じ、その長い体を緩めた。舞台の床の上に、梶山さんの体がぐったりと横たわっていた。もはや微動だにしない。ゴリラは歩み寄り、梶山さんの胸に耳を寄せた。それから立ち上がり、支配人に向かって、黒い拳を真っ直ぐに上げた。

「よし、いつもの通り、獲物を氷穴へ運べ」とモンキキが命じた。「明日は解体、ビタミン料理だ」

「承知した！」とシェフの帽子を被ったブタが答えた。それはまさにブータンの声だった。

観客はいっせいに後足で立ち上がり、ウォーッと恍惚の歓声を上げた。そして、ふたたび太鼓が打ち鳴らされた。ドンドコドンドン、ドンドコドンドン……。

その時、まるで太鼓の音に共鳴したかのように、ギシギシと松明の柱が音をたて始め、舞台が揺れ始めた。いや、大地が揺れていたのだ。またしても地震だった。地震は執拗に続いた。しかし気に掛けるものはいなかった。その異様な場面の中で、ひと際白く光るものが俺の目を捕らえた。それは小さな動物の白い毛だった。一匹の三毛猫だったのだ。その猫は、黄色いヘルメットの熊の太鼓隊のすぐ後ろ、小さな木の切り株に丸くなって座っていた。首に赤いリボンを巻いていた。それはウエイトレスのミケが髪を結んでいたリボンではなかったか？　喧騒の中で、その三毛猫は身じろぎもせず、ただ舞台を見詰めていた。まるで魅入られたように……。

熊の太鼓隊がふたたび行進を始めた。その黄色のヘルメットを被った軍団に続いて、観客の動物達が退場を始めた。それから激しい羽音が夜空に響き渡り、カラスがいっせいに、木から、舞台の天蓋の上から飛び立った。一瞬空は真っ黒になった。

「タケシ君」モンキキが呼びかけた。「何か言いたいことはあるか?」

俺の体は揺れ続けていた。揺れながら、全身が、たった今まで見ていたことの全てを打ち消そうとしていた。打ち消して時間を元に戻そうとあがいていた。

「なぜ梶山さんを……あの人が一体何をしたって言うんだ?」と俺は唸った。

「山の向こうから来た人間は生きて帰すわけにはいかぬ」とモンキキは答えた。「それはこの黒木が原の王国を脅かす大きな危険となるからだ。山の向こうからの侵略は断じて許すことは出来ぬ。それに、人間は我々にとって貴重な食料だ」

俺の胃袋がひっくり返った。だが何も出てこなかった。その日はほとんど何も食っていなかったのだ。

「あれがお前のもう一つの運命だったのだ」とチンパンジーは言って、舞台を指差した。

その舞台では、ニシキヘビは既に姿を消し、先ほどのゴリラが梶山さんを背負い上げて、氷穴がある岩山の方向に歩み始めていた。

「お前があの夜、なぜかこのホテルに迷い込んできた時、あの結末がお前を待っていたかも知れないのだ」とモンキキは続けた。「だがお前は幸運にも、フロントにいたシェフの女房の目に止まった。あいつはドル箱になる、と彼女は言った。その上お前はエンパイヤリゾートのレストランの従業員だった。好条件がそろっていたのだ」

「……」

「いいか、タケシ、よく聞け。お前には二つの選択肢しかない。一つは我々のビタミン料理になること。そして、もう一つの道は……」モンキキは俺の耳に口を寄せた。「この王国に忠誠を誓い、このサファリパークホテルの忠実な従業員として一生働き続けることだ!」

「俺は、帰りたい」と俺はうめいた、悪寒はますますひどくなり、歯の根が合わずガチガチと音を立てた。「俺には……帰る権利がある」

「その言葉は二度と吐くな！」とモンキキは語調を強めて言った。「お前の権利などという言葉はここでは何の意味も持たぬ、塵屑のようなものだ」

チンパンジーの皺に囲まれた二つの目がじっと俺を見据えていた。その二つの目は一つになり、どんどん大きくなって、俺を吸い込み始めた。目の前が真っ暗になった。俺はその不可思議な穴に吸い込まれ、それからまっさかさまに落ち始めた。氷のように冷たい闇の中を。それはあの氷穴だったのか？　とにかく寒かった。そして俺は何も解らなくなった。

# 第8章　ドクター・ホワイトホース

目の前が明るくなった。白い光？　いや、違う、オレンジ色？　それとも。だがどうしても瞼が開かなかった。これは地獄なのか？　いや、明るいからきっと天国だ。目が開かない、なぜだろう？　体も動かない。待てよ、俺には体なんてあったっけ？　どこにいるんだ、俺は？　地獄？　天国？

タケシさん、タケシさん、と呼ぶ女の声が遠くから聞こえ、それは次第に近づいてきた。それから、タケシ、タケシ、と呼ぶお爺さんの声が聞こえてきた。じいちゃんだ。俺の亡くなったじいちゃんが呼んでいる。じゃあここはやっぱり天国なんだ……。

「タケシさん、聞こえる？」

俺の瞼が開いた、やっと開いたのだ！　ぼうっと霞んだ視界の中で、風に揺れる白いレースのカーテンが見えた。それから小さな植物の鉢植えが。窓際だった。それはベッドの上だった。だが俺の背中の下は藁ではなくて普通のベッドマットのようだった。俺の額のずっと上部にガラスの瓶のような物が見え、その瓶から透明の細いチューブが垂れ下がり、横に伸ばされた俺の右腕の上に固定されていた。

「おう、目を開けたな、もう大丈夫だ」またじいちゃんの声だった。

窓とは反対の方向に顔を向けると、なまず髭の爺さんとサングラスをかけた女がじっと覗き込んでいた。

「よかった！」と女が言って、深いため息をついた、それはミケの声だった。

「ここはどこなんです？」と俺は尋ねた。

「医務室よ」とミケが答えた。「あんまり動かないようにね、点滴やっているんだから」

「点滴？」

「そうよ、タケシさん、劇場で倒れちゃったのよ。もうだめかと思った！」

劇場……その言葉を聞いた時、暗い沼の底に沈んでいた物がゆっくりと浮き上がってきたように、俺の目の前に、あの忌まわしい野外劇場の光景が蘇ってきた！

「死んだ方がましだった……」と俺は呟いた。「どうして助けたんです？」

「何てひどいことを言うんだ。この罰当たりが！」となまず髭の時蔵爺さんが言った。

そういえば、昔よくじいちゃんに怒鳴られたなあ、「この罰当たりが！」って。

「ミケさんはな、三日三晩寝ずにお前の看病をしたんだぞ。めったな口をきいてはいかん！」

「俺は三日間眠っていたんですか？」

「そうなのよ」とミケが言った。「凄い熱だったわ。それで、ウルフィが慌ててここに運んだの。あたしたちが支配人にお願いしてお医者様を呼んでもらったのよ」

「獣医でしょ？」と俺は言った。

「あら、とても偉いお医者様よ！　その先生がね、点滴をして下さったの」

その時ノックの音がして白い扉が開き、白髪で顔の長い男が入ってきた。白衣を身にまとい、黒縁の眼鏡をかけ、聴診器を首から下げていた。顔つきは穏やかだったが、目は知的で鋭い光を発し、科学者らしい冷徹さを覗かせていた。

「ドクター・ホワイトホースよ」とミケが紹介した。

「やっと、意識が戻りましたね。顔色もずいぶんよくなった。もうすぐ元気になりますよ」

ドクターは俺の胸に聴診器を当てた。

「うむ、問題はない。点滴はもう必要ないだろう」

「タケシさんは助かったんですね⁉」とミケが言った。

「そう、悪い風邪だったようだが、みごとに乗り越えた。ミケさんの看病のおかげですよ」

その時、ミケのサングラスの両側から涙がつたって流れた。

「だが、くれぐれも無茶をしないように。わたしからも支配人によく話しておきます。部屋は、あんな部屋ではなくて、もっと日当たりがよくて空気のきれいな所に変えてもらいましょう」

「先生、本当にありがとうございます！」と言って、ミケは深々と頭を下げた。

ドクター・ホワイトホースは俺の点滴をはずし、にっこりと微笑んで、出て行った。

「タケシさんが倒れちゃってから、レストランは大変だったのよ」とミケは話した。「あのレオナルド一人ではやれるわけないのよね。何もかもメチャクチャになっちゃって、注文は間違いだらけ、お客さんは怒っちゃうし、統計のレポートは全然出なくなっちゃうし。それからお客さんが騒ぎ出したの、タケシさんはどうしちゃったんだって。それでね、さすがに支配人も解ったらしいわ。タケシさんがどれほど大切かってことが！」

俺はあの野外劇場で目撃した三毛猫の姿を思い出していた。

「タケシさん、あたしに聞きたいことがあるんでしょ？」と言ってミケは俺の顔をじっと見詰めた。「あたしは三毛猫かって、そう聞きたいんでしょ？」

「……」

「そのとおりよ。あたしは猫よ、動物なのよ」

「……」

「でも……だからどうなの？　あたしは、あたしは……タケシさんが好きなの。これはどうしようもないことよ。そうでしょ？」そしてミケは、また泣き出した。

「タケシ、ミケを泣かしてはいけないよ」と時蔵爺さんが言った。「ミケは、すっかり変わった。以前はあんなに勝手気儘で怠け者だったが、今ではお前のために一生懸命尽くしている。いつもはディナータイムだけなのに、お前の代わりに昼間も働いた。解ってあげなさい」

「どうも……本当にありがとう」と俺は呟いた。

ミケはさめざめと泣き続けた。その時、激しいノックの音と共に部屋の扉が開いた。

「タケシ、いちゅまで仮病使ってんだ！」レオナルドだった。「ランチタイムだじょ、もういい加減に仕事しろ！」

「出てけ！　お前なんか！」とミケが怒鳴った。「タケシさんは重病だったたんだ！　仮病はお前じゃないか！　能無しのくせに！」

「なにぃ！」レオナルドが目をむいた。「ほじゃくな、野良猫！」

ミケがキッと背を伸ばし、サングラスをはずして床に投げつけた。俺はその時初めて昼間の光のもとで彼女の目を見た、金色と緑色の目だったが、瞳は、縦に鋭く伸びた黒いスリットだった！　そのらんらんと光る目で彼女はレオナルドに飛び掛かった。レオナルドは彼女の攻撃を避けることは出来なかった、次の瞬間、彼の緑色の頬には鋭い三本の爪痕がつき、血が滲み出た。

「この目を見ろ、あたしは野良猫じゃない。あたしのパパはトルコの貴族よ！」と彼女は叫んだ！

「あたしはパパと三毛のママと一緒に、大きなお屋敷で育ったんだ。でもご主人様が破産して、パパはどこかに売られちゃって、ご一家は出てっちゃって、ママとあたしだけがお屋敷に残された。そこに知らない人達が引っ越してきて、ママとあたしは放り出されちゃった。それから……ママは死んじゃった。でもあたしは貴族なんだ、トルコのお姫様なんだ。お前こそ、どこの馬の骨なのさ？」

レオナルドはまるで虫歯が痛んでいるように片一方の頬を押さえていた。眼鏡が今にも落ちそうに鼻の先に引っかかっていた。

「こん畜生！　上司に暴力を振るっちゃにゃあ！　支配人に報告しゅるじょ！　裁判だ！」

「やれるもんならやってみろ！」とミケは怒鳴り

返した。「あたしだってお前の悪行を言いつけてやるよ！」

「悪行だと？」

「あたしは見たんだ、この目でね。この間ディナータイムに団体さんが来てみんなが死ぬほど忙しい時に、お前は消えちまった。あたしは『憩いの間』へお前を探しにいった。お前のお決まりの仕事場さ。そしたら、何とメスのカメレオンが出てきたんだ。ウルウルって顔してね。そしてソファの上にお前がいた。デレッとして、長い舌を突き出して、よだれを垂らしてさ、カメレオンの姿で！」

「う、うしょだっ！」とレオナルドが叫んだ、だが顔が蒼白になっていた。

「あたしたちは、あれをやる時には動物に変身しちゃうんだ！　『憩いの間』でメスとオスのカメレオンが二匹でやることって何だろうね？　この話、支配人にぶちまけてやろうか？」

「黙れ！　野良猫の言うことなんちぇ誰が信じるもにょか！」

「ああ、そうかい。いいとも、支配人が信じないなら、あたしは虎助に直訴してやるよ！」

「虎助だと？」

「社長の虎助さ。お前が言うことと、あたしが言うこと、社長はどっちを信じるかね？」

レオナルドは言葉もなく、ただミケを睨み付けていた。

「もう、二人とも、それぐらいにしなさい」と時蔵爺さんが割って入った。「なあ、レオナルドさん、事が大きくなれば、お前さんもただでは済まないだろう。ここは穏便に収めておいてはどうかね？　みんな働かなくてはならんのだ」

「俺は、もう大丈夫です」と言って、俺は起き上がった。これ以上の修羅場はミケの身を危うくすると思った。

「タケシさん、無理しちゃいけないわ！　ランチはまたあたしがやるから」

「いや、もう平気です。ミケさん、どうぞ休んで下さい。あとは俺が」

その時レオナルドの顔が急に引き攣った。そして慌てて胸のポケットに手を突っ込んだ。出てきたのはPHSだった。

「はい！　レオナルジョじぇーす！」突然彼の顔色が赤ら顔に変わった。

「なんかね、これから超忙しくなるとかで、上の連中が支配人にアレを持たされることになったのよ」とミケが囁いた。

「はい、了解しましちゃ、支配人。すぐに参りましゅ！」レオナルドはそのPHSをまるでステイタスシンボルのように見せびらかしながら、ポケットにしまいこんだ。「支配人がわたしに重要な話があるしょうだ。お前らのようなちゅまらんものどものあいちぇをしちぇる暇はない！」

部屋から出て行こうとして、レオナルドは振り返った。

「お前らもな、あんまりシャボると赤沼にぶちこまれるじょ！」

時蔵爺さんの顔に一瞬怒りが燃え上がった。

毒々しい捨てぜりふを残して、レオナルドは、頬を押さえながら出て行った。

俺は床に落ちたミケのサングラスを拾って彼女に渡してやった。そのサングラスは衝撃のために醜く歪んでいた。

「ミケさん、その物をぶん投げる癖、よくないなあ、何とかならない？」と俺は言った。猫ジャラシの花瓶のことを思い出しながら。

「こんなサングラス別にいらないのよ、あたしは」とミケは答えた。「ただね、お客さんの中には、昼間の猫の目は大嫌いだという方々がいてね。支配人が昼間出歩く時はサングラスをかけるようにって」

そのイビツになったサングラスをふたたびかけた時、ミケはフラッとよろめいた。時蔵爺さんが慌てて彼女を支えた。

「ミケ、疲れているんじゃないのか？　もうそろそろ休みなさい。タケシは強いから、心配はいらん。わしが保証する」

ミケは確かにやつれていた。

「ありがとう、お爺さん。ただ、あの薬どっかに落っことしてしまって、今ないの」

「そうか、それならわしの薬をあげよう。ゆっくり昼寝をしなさい」

そう言って、時蔵爺さんは腹巻きの中から小箱を取り出した。その中には幾つかのカプセルが入っていた。ミケはそれを二錠受け取った。

「十分に休んで下さい、ミケさん、お願いですから!」と俺は言った。

「『ミケ』って呼んでちょうだい」と言い残して、ミケはしばし俺をじっと見詰めてから、すべるように部屋を出て行った。

「まさか変な薬じゃないでしょうね?」と俺は尋ねた。

「これはな、わしらが変身する時に飲む薬だ」と爺さんは説明した。「人間から動物に、また動物から人間に変わるためのな。ミケは寝る時は猫の姿に戻る方がらくだし、休まるそうだ。だから昼寝をする時はこのカプセルを飲む。もっとも、大酒くらって動物に変身しちまう奴等もいるにはいるがな」

「その薬は何の成分で出来ているんですか?」

「それは、ドクター・ホワイトホースと彼の薬剤師しか知らん。だが山の向こうの人間の新鮮な血と脳みそから作るそうだ」

俺は、またあの野外劇場の光景を思い出し、吐き気を覚えた。

「気分が悪いか、タケシ?」と時蔵爺さんが言った。「お前の気持ちはよく解る。しかしな、食い合いは自然界の掟なのだ、そうだろ? この黒木が原では、わしら動物の間の共食いはご法度だ。互いに安心して共存するためだ。だがある種族は肉を食わねば生きてはいけない。それゆえ人間の肉が唯一の貴重な食料となる」

「……」

「黒木が原にはな、毎日のように山の向こうから人間どもがやってくる。みんなわずかな荷物だけ持ってな。そして決まって大木の根元に座り込み、白い錠剤を山と飲むそうだ。そのまま眠り込んでしまい、二度と目を開けない。そのまだ温かい体を山の作業員がここへ運んでくる。そして氷穴に保管するのだ。また、しばしば山麓から、集団自殺をしたという人間達の遺体が運ばれてくる。全て食材として供される。それだけではない、時折道に迷った旅人がここへやってくる、お前のようにな。彼らは招き入れられる。あの野外劇場の行事が計画され、その前夜になると部屋係が、特別サービスのナイトキャップだと言って、眠り薬入りのカクテルを届ける。それから眠り込んだ客は、かんぬき付きの部屋に運ばれて……」

「やめてくれっ！」と俺は叫んだ。耐えられなかった。

時蔵爺さんは、湖のように深い目で俺を見詰めた。

「いいかね、山の向こうの正論はここでは通用しないのだ。ここにはここの正論がある。それを受け容れるほかに、ここで生きる道はない」

「……」

「ところで、あの日のことなんだが……お前、逃げ道を探っていたんだろうが？」と爺さんは尋ねた。俺は答えなかった、図星だったからだ。

「山の向こうに帰りたいんだろう？」と爺さんは続けた。「だがな、タケシ、今のお前にとって一番肝心なこと、それはまず、ここで生き抜くことだ。生き続けなければならぬ」

「……」

「もう一つ、決して忘れるな。動物の中には、人間どもをどえらく怨んでいるものがたくさんいる。錦巻きは復讐だと考えている奴等も少なくない。お前はいうなれば敵の真っ只中にいるようなものだ。いいかね、ここで生き抜くこと、それが第一だ。そのためにはホテルにとって役に立つ存在であり続けることだ。お前が役立つ人間である限り、誰もお前に手は出さん。解るね？」

「それから……どうすりゃいいんですか？」

「そして、じっと機会を待つことだ」

「機会なんてありますかね？」と俺は捨て鉢に言い放った。

「機会というものは必ず来る」と爺さんは、独り言のように言った。「必ず……。機会を掴んだら、決して逃すな。そして勝つことだ！　お前はまだ若い。それに実に澄み切った聡明な目をしている。未来を信じることだ。決して焦ってはいかんぞ」

「でも、降ってくるのは災いばかりだ」と俺は呟いた。

「確かに、突然理由もなく降ってくる災いがある。だが一方で、突然降ってくる幸運もある。やはり理由もなく。それに、災いと見えても幸運かも知れぬ。それがこの世だ」

　俺は一瞬、亡くなったじいちゃんを前にしているような錯覚に陥った。

「さあ、わしもそろそろ仕事に出なければならぬ。タケシ、あまり無理をせんようにな」

「時蔵さん！」と俺は呼びかけた。「俺にはお爺さんは人間のような気がします！」

「わしか？　わしはナマズじゃ、老いぼれのな」

　そう言い置いて、時蔵爺さんは出て行った。


　俺はふたたび黒服を身に付け、レストランに出た。わずか三日間のご無沙汰だったが、時間の経過の感覚は狂ってしまっていた。ぶっ倒れる以前のことが、実際よりも遠い記憶のようでもあった。俺の右足は驚くほど回復していたが、頭も体もフラフラしていた。そんな状態で、また仕事の津波に立ち向かわねばならない。

「タケシさん、もう治られたんですか？」多くの客が笑顔で俺を迎えてくれた。「よかったなあ！　タケシさんがいらっしゃらないと、なんとも寂しくってねえ」

「どうもありがとうございます。色々ご迷惑をおかけしました」

その日のランチはバイキングだった。客が異常に多かった。なぜこんなに、と俺は考えた。レオナルドは、俺が休暇中にすっかり過労になったとかで、いつの間にか雲隠れし、代わりに新顔のボーイが一人で悪戦苦闘していた。唇が厚く突き出ていて、歩く時、首をヒョコヒョコと前後に動かしていた。こいつはアヒルだな、と俺は直感した。周囲の人間どもが、実はみな動物だと認識してから、俺には何の動物か察しが付くようになったのだ。ダッキーといいます、とそのボーイは自己紹介した。そして自分はサファリキャッスルホテルから転任してきた、と言った。予約は何人入っているのかと、尋ねた。するとダッキーは右手の指を一本ずつ立てて、一人、二人、三人……と呟きながら数え始めた。指と指の間には水掻きを思わせる皮が張っていた。右手では足りなくなり、今度は左手を使って同じ仕草を繰り返した。だがそれでも足りなかった。慌てて右手を使い出したが、どうやら幾つまで数えたのか解らなくなったようで、首をかしげ、また初めからやり直そうとした。もういい、と言ってキッチンへ急いだ。

キッチンでは、ブータンが額の汗をぬぐいながら、料理に追われていた。

「裁判の時はありがとうございました」と言って、俺は頭を下げた。「おかげさまで命拾いをしました。無神経な発言、謝ります」

ブータンはそれには答えず、この前の大雨で山道がやられ、食材の補給が止まっちまった、と言った。おまけに新入りのボーイはキャベツ頭で数が数えられない、一体何人分ぐらいの料理が必要なのか全く見当がつかん。大きなフライパンを火の上で揺すりながら、これから客がどんどんふえるから覚悟しろ、と付け加えた。

バイキングスタイルだったので、オーダーをとったり、料理をテーブルに運ぶ手間はなかったものの、並べられた大鉢や大皿はあっという間に空になった。いなり寿司、のり巻き、握り飯などが次々と売り切れになり、代わりにパン類が並べられたが、それらもたちどころに消え去り、ついにコーンフレークやオートミールが出され、最後には切り餅が焼かれ、レトルトの赤飯まで動員された。

ランチが終ると、箱一杯の伝票が統計作業を待っていた。レオナルドは何一つ片付けていなかったのだ。俺は三日前にさかのぼって、種分けと計算をやらねばならなかった。伝票の箱を、レジから窓側の大テーブルに運び、いつ終るとも知れない作業に取り組んだ。その時、美味そうなラタトイュの薫りとともに、誰かが近づいて来た。顔を上げると、シェフのブータンが立っていた。何も言わずに、そのラタトイュの皿を俺の側に置き、足早に去っていった。俺は食らいついた。美味かった！　わざわざとって置いてくれたのだろうか？　目頭が熱くなった。食って食って食いまくり、それからまた伝票に食いついた。

その作業の最中に、ゴートが、支配人がお呼びだ、と伝えた。その言葉に俺はあの裁判を思い出した。今度は何だろう？　三日間の欠勤について責められるのだろうか？　責めるなら勝手に責めろ！　どうせいずれは殺す気なんだろう……。

古い真紅の絨毯が敷き詰められた軋む階段を登って、俺はゴートに支配人の部屋へ案内された。扉が開けられると同時に眩しい陽光が俺の目を一瞬盲目にした。それほど明るい部屋だったのだ。その部屋は二階の角部屋で、菜園やハーブ園の一帯を見下ろすような位置だった。俺を部屋に入れて、ゴートは立ち去った。

正面のガラス窓の向こうに日本ベスビオスの赤い山肌がくっきりと見えていた。その窓を背に、支配人モンキキはピカピカの大きな木製のデスクを前にして、どっかりと真紅の安楽椅子に座っていた。椅子の背は高く、王座のように金糸で縁取りがされていた。天井からは迎賓館のようなシャンデリアが下がり、壁紙は豪華なアラベスク模様で、床には中近東を思わせる絨毯が敷かれていた。その豪華な内装とは余りにも不釣り合いな臭いが部屋を満たしていた。あの動物園の猿の臭いだった。

「びっくりしたかね？」とモンキキが言った。

「はい、少々……」

「君のホテルの支配人はどんな部屋にいるんだ？」

「いや、解りません、入ったことありませんので。でもこんなじゃあないと思います。こんな凄い部屋だなんて話は聞いたことありませんから」
ハ、ハ、ハと支配人は得意そうに笑った。「ここはホテルではない、城なんだ」
それからモンキキは体を横に向け、大きく足を組んだ。

「体の具合はどうです？　もうすっかりよくなったのかね？」

「はい、何とか……」と俺は答えた。よくなってる訳ないだろうと思いながら。皺に囲まれた目にはやさしさは微塵もなかった。

「実はな」とモンキキは言って、体を正面に向け、デスク上で両手を組みあわせた。

「先ほどレオナルド君にも話したんだが、大災害が発生した」

「災害？」

「さよう、先日の豪雨のために大規模な崖崩れが発生した。当ホテルのチェーンのサファリキャッスルホテルが直撃を受けてね、建物が押しつぶされてしまった」

「ほう、崖崩れですか？」

「近年全くなかったことなんだが。それで、ホテルはほとんど全壊して、営業不能となった。幸い従業員と客は避難をして、無事だったが」

「それはご愁傷様なことで」と俺はそらぞらしく言った。また新手のウソか、と思ったのだ。「ご安心下さい、俺だって命は惜しい。あんなものを見せられりゃあ、もう逃げようなんて気持ちはすっかり萎えましたよ。何もそんなフィクションをでっちあげなくてもいいじゃないですか」

「フィクションではない！」とモンキキは怒鳴った。「ランチタイムの客の数を見ただろう？　あの客はみんなキャッスルから流れてきたのだ」

そういえば、と俺は、さっきの客の殺到のことを考えた。すると、今度は本当のことなのか？　だが、モンキキに事態を愁いているような様子はなかった。

「ゆえに、キャッスルホテルは閉鎖されることとなり、このパークホテルと統合されることが決定された。当ホテルは名を『サファリパークキャッスルホテル』と変更する」

「それはお目出度いことで」と俺は言った。俺に一体何の関係があるんだと思いながら。

「そこで、従業員なんだが」と支配人は続けた。

「今後は客の激増が見込まれる。従って多少なりともスタッフをふやす必要が生じる。キャッスルホテルの従業員は全員が解雇となったが、当ホテルにて若くて体力のある者を再雇用する。君には新入りの育成という仕事を引き受けてもらうことになる。がんばってくれたまえ」

そうか、それであのレストランのボーイが来たというわけか。しかし、どう見ても頭の悪そうな奴だったなあ、あいつを育成しろってか？

「以上の理由で、今後仕事は大幅にふえるだろう。従業員全員がかなりの覚悟で激務をこなさねばならぬ」

「これ以上の激務がありますかね？」と俺は言い返した。だがモンキキは、俺の言葉なんか聞いてはいないようだった。

「言うまでもなく十分に勤務に励んだ社員にはそれなりの報酬を与える。特別休暇も考えよう。君も心を入れ替えてがんばるのだ」

それはレオナルドに言え！　と怒鳴ってやりたかった。

「ところで、もう一つ、君に命じたい大きな課題がある」

大きな課題だと？　死ねって言うのか？　今夜徹夜をしたって終らない統計作業が山積されている時に！

「当社の虎助社長が、今回のホテル統合のために、近日中に視察においでになることになった。その時の会議のために、資料になる報告書を求めておられる。そこで当ホテルのレストラン営業に関する報告書を君に作成してほしいのだ。過去の統計作業のレポートに基づいて、売り上げの高い当ホテルの人気メニューを列記し、正確、かつ有意義な営業報告書を仕上げてほしい」

「へえ、どんな趣旨の報告書なんですか?」

モンキキはゆっくりと立ち上がり、窓の方に歩んだ。そして窓ガラスの向こうに高々と聳える日本ベスビオスを見上げながら、両手を大きく広げた。

「新生サファリパークキャッスルホテルの、なおいっそうの発展に貢献するような報告書だ。この黒木が原王国の洋々たる未来を確約するような報告書だ!」

またあの誇大妄想か、と俺は思った。

それからモンキキは、俺の方にくるりと向きを変えた。皺に囲まれた二つの目が、人間の姿をしたチンパンジーの目が、恍惚の光を放っていた。

モンキキは続けた。

「これは君の忠義、勤勉さ、そして才能を証明するチャンスとなるだろう。やってもらえるね」

「かしこまりました、支配人」そう答える以外に俺にはどうしようもなかった。

その国王の謁見室を思わせるような支配人の部屋を後にして、俺はダイニングルームへ戻った。そろそろディナーの準備の時刻が近かった。こんな場所で統計作業は続けられない。広げた伝票や計算用紙を掻き集めて、俺はフロントへ急いだ。ゴートに報告書の作成のためのスペースがほしいと告げた。ゴートはフロントの後ろの部屋を使え、と言った。

その部屋には相変わらずあの古いテレビが置いてあり、有馬探偵のビデオが置きっぱなしだった。一体奴等、どういう面の皮の持ち主なんだと、思わざるを得なかった。人をあんなふうに騙しておいて、トリックを見抜かれた後もまるで平然としている。ゲームだ、ぐらいに考えているのだろうか？　いやいや、こんなふうに考える俺がおかしいんだ、奴等は動物だったんだ……。

部屋の隅のソファに座り、埃を被ったティーテーブルの上にふたたび伝票を広げ種分け作業を続行しようとした時、俺は、傍らに置かれたアタッシェケースのようなバッグとカメラ用の三脚に気付いた。それらは三日前に俺が見つけた時と全く同じ位置に放置されていた。間違いなく梶山さんの所持品だった。その時俺の記憶に梶山さんとの会話がふと蘇った。「ノートパソコンなんです。今過去の写真のリストを作成しています」俺はそのアタッシェケースに手を伸ばした。中に入っていたのは、まさにノートパソコンだった、そしてACアダプターと電源コード、さらに十枚ほどのフロッピーが添えられていた！

「ゴートさん、このノートパソコン誰が使っているんですか？」と俺はフロントに向かって怒鳴った。

「ノパコン？」ゴートが覗き込んだ。彼はうまく発音が出来ないようだった。「ああ、それね、ノパコンっていうのか？　いや、誰も使い方が解らんそうだ。それで売ってしまおうという話になっている。誰か欲しい奴がいるだろう」

「待ってくれ！」と俺は怒鳴った。「俺が使いたいんです、是非！」

「お前が？」ゴートは顎鬚をしごいた。「さあ、支配人の許可を得ないとねえ……」

「これは重宝なんだ。いずれフロントの仕事にも役立つ優れものだ。だがさしあたって俺の目下の作業に不可欠なんだ！　支配人に、タケシが社長への報告書のために、どうしても借りたいと言っている、と伝えて下さい。必ず許可がおりるはずだ」

「社長への報告書!?」ゴートは電気ショックを与えられたように飛び上がって、フロントの電話へ走った。間もなく彼の返事が聞こえた。

「タケシ、業務のためなら使ってもよい、とのことだ！」

　俺は即座に梶山さんのノートパソコンの電源を入れた。ゆっくりと、だが確実に、水色の画面が生き返った。あたかも山の向こうの世界から光が射してきたように。そこには四つのソフトが入れられていた。ワープロ用の「三太郎」、計算用の「キャクタス」、会議企画用の「フォーラムベスト」、それから通信用の「ケーブルジェット」だった。通信のネットに接続することは出来なかった。だが残りの三つのソフトはみごとに生きていた。当たり前と言えばそれまでだが、持ち主の梶山さんの最期を思えば、大きな奇跡のような気がした。梶山さん、許して下さい、と俺は囁いて、そのパソコンの前に土下座した。俺はあなたを救うことが出来なかった。墓を建てて弔うことも出来ない。ご家族にあなたの遺品を届けることさえ出来ない。だが今俺はあなたのパソコンを死ぬほど必要としている。貸して下さい、俺はがんばる。そして梶山さんの分まで生きる！

　それから俺は「キャクタス」に入り、メニューと金額の入力を始めた。音を聞きつけたのか、ゴートが部屋に入って来て、不思議そうに覗き込んだ。

「ふーん、これがノパコンねえ。何をやっているのだ？」

「統計作業だ」と俺は手を止めることなく答えた。「こうやって数字を入力する。するとこの機械があっという間に合計を計算してくれるのだ」

　ゴートは、誤魔化しではないのかという顔をした。だが俺が試しに簡単な足し算をやってみせた時、本当に肝をつぶした！「こ、こ、こりゃあ、凄い！」

「支配人にその通り中間報告をしてくれ」と言い捨てて、俺は本格的に作業に打ち込んだ。カタカタ、カタカタ、カタカタ……コンピューターのキーの音が静かな部屋に響いた。その音はまるで、山の向こうの、俺の町の鼓動のようだった！

「タケシ！　タケシ！」というゴートの呼び声に、俺は「ノパコン」の作業から呼び覚まされた。顔を上げると、ゴートが覗き込んでいた。

「ディナーの準備を始める時刻だ。新入りのダッキーが役立たずらしい。ブータンがお前を呼べと」

俺は思い出した。客が大勢なので、その夜もバイキングだったのだ。

「パン類と料理の鉢とフルーツを並べ、コーヒーメーカーをセットするように言ってくれ。今ちょっと手が放せない！」と俺はパソコンを打ちながら怒鳴った。

「それが……」とゴートが言いかけた時、慌ただしい足音とともに、コックのコウタロウが部屋に飛び込んできた。

「おい、タケシ、すぐに来てくれ！　あのボーイは、どうしようもねえ！　予約の数が解らんと言って、十五分間も指を折ったり立てたりしている。コーヒーメーカーを用意しろと言ったら、サラダ用のレッドキドニーを入れやがった。パンを並べろと言ったら、キッチンから生のジャガイモを持ち出して、並べやがった！　箸にも棒にもかからねえ阿呆だ！　シェフが切れちまって、あのアヒル野郎を焼き鳥にしてやる、と怒鳴って包丁を振り回している！」

俺は作業を中断せざるを得なかった。ロビーを横切ってレストランに走った。するとキッチンの手前の籐の衝立ての横で、ダッキーが、頭を前後に動かしながら、一心不乱に両手の指を折ったり伸ばしたりしていた。レオナルドはまた行方をくらましていた。俺はキッチンに飛び込んだ。頭の中を、レポートの数字と料理の鉢がぐるぐる回っていた。

結局レストランは定刻より半時間ほど遅れてオープンされることになった。客が長い行列を作って待っていた。突っ立った耳、変に離れた目と目、大きな鼻や裂けた口、毛むくじゃらの額や頬。それらの奇怪な顔また顔が、苛々しながら、入り口のガラスのドア越しに内部を覗き込んでいた。俺も額に汗が滲んだ。脂汗なのか冷や汗なのか解らなかった。

レストラン開店の間際になって、ミケがやっと姿を現した。顔色はあまり良くなかったが、大丈夫、タケシさんのそばにいたら元気になれるから、とにっこりと微笑んだ。彼女に再度、寝ずの看病への感謝の意を伝えたかったが、その余裕はなかった。ドアが開くやいなや、客がどっとなだれ込んできた。争って入り口に積まれたトレイをひっつかみ、我先にと料理の鉢に殺到した。中には衝突する客もいて、床に料理や皿が落ちた。それから席取り合戦が始まった。あちらこちらで口論する客もいた。唸り声や鼻を鳴らす音、歯ぎしりが飛び交った。それはまさに戦場であり、修羅場であった！　そんなにお急ぎにならなくても、お料理は十分にございますから、と言いたいところだったが、その夜に関しては、はなはだ心許なかった。ダッキーがあいかわらず指を立てたり折ったりしていた。

「もう、数は数えなくてもいい！　早く客が使い終った食器を下げるんだ！」恐ろしい喧燥の中で、俺は戦場で伝令を飛ばしているかのように怒鳴った。

ダッキーは首をひょこんと直立させて、テーブルへと突進した。ところが今度は、まだ食事中の客の皿を回収しようとして、客に怒鳴られた。

俺は、もう一つ大仕事を抱えていた。ミケに、支配人から虎助社長のためのレポートの作成を命じられたと言ったら、彼女は目を輝かせた。そしてきっと認められるだろう、と言った。数回フロントの裏の部屋とダイニングルームを往復してから、俺はついにノパコンと伝票の箱をレジに運び、客の支払いの処理をしながらレポートのデータを打ち続けた。だがそれは俺にとって、もう一つのノパコンの利用法に気付くきっかけとなった。客が支払いをする度に、別の新しいキャクタスの表に金額を入力することだったのだ！　キャクタスのウインドウを複数開き、同時に二つの表の作成を掛け持ちした。客は一様にそのノパコンの水色の画面に心を引きつけられたようだった。

「タケシさん、これは何ですか？」

「タケシさん、計算がえらく速いですねえ！　凄い腕だねえ！」

梶山さん、本当にありがとうと、俺は心の中で幾度も礼を述べた。

レストランがクローズされると、俺はまたフロントの裏の部屋へ移動して、レポートのデータとなる表を打ち続けた。夜が更けていった。時計が十二時を打った時、ホギーが入ってきて、あなたは今夜からもっとよい部屋に変わった、もう休んだ方がいいよ、と言った。

俺の新しい部屋は二階の端にあり、支配人室とは反対側の角部屋だった。小さな部屋だったが、窓の外側には、植木鉢を並べられるような突き出た手すりがあり、目の前には日本ベスビオスの黒い山影がのぞまれた。ベッドはあいかわらず藁だったが、清潔なシーツが敷かれ、枕も備えられていた。ドクター・ホワイトホースのたっての依頼で、とホギーは説明した。

「まさか、有料の部屋じゃないでしょうね？」と俺は尋ねた。

ホギーは、これは重要な仕事に従事するスタッフ用の特別な宿直室だ、と断言した。

その部屋で俺を待っていた物が他にもあった。お盆に載せられたシーザーサラダとトマトソースのペンネ、白ワインのハーフボトル、それから数本の猫ジャラシがさされた花瓶だった。ミケが置いていった、とホギーが言った。

ミケ、いつも本当に済まない！　俺はそのすっかり冷め切った、しかしこの上もなく温かいディナーを貪りながら、ノパコンを叩き続けた。ようやく何とかデータの表が仕上がった。めどは付いた。あとはレポートの文章だけだ。

俺はベッドに身を横たえた。神経がたかぶり、なかなか眠れなかったが、それでも頭が徐々に綿のようになっていった。ウトウトしかけたその時、ベッドが揺れ始めた。また地震だ。何か変だなあ、ちょっと頻繁過ぎるなあ……と考えながら、俺は、しばしの間不安から解放されるだけの眠りに落ちていった。

# 第9章　タケシの営業報告書

翌朝いまだ夜が明けやらぬ頃、足音や荷車の軋む音に目覚めた。窓から下方を覗くと、朝もやと薄闇の中、黒木が原の方から、黄色のヘルメットを被った作業員の長い列が荷車を引きながらホテルへ向かってくるのが見えた。正面に到着してから、その行列は、俺の部屋とは反対側のホテルの側面へと曲がっていった。どうやらその荷車には山菜のようなものが積まれているようだった。次いで、新たなヘルメットの軍団が現れ、彼らはイカダに車を取り付けたようなものを引っ張っていた。その上には、切り倒したばかりと思われる木が何本も縛り付けられていた。その軍団は俺の部屋の窓の下を通って、野外劇場へと通ずる小道を進んでいった。間もなく電話が鳴った。

「客がどえらい人数だ。いつもより早く朝食の準備を始めることになった！」コックのコウタロウの声だった。「食材も足りない。そこで今山の作業員が新しい山菜を集めてきた。すぐ降りてきてくれ」

ああ、また追い立てられるのか。うんざりしながら、俺はまだ重い体でロッカー室へ走り、着替えを済ませた。

キッチンはまさに混乱と混沌のるつぼと化していた。山菜の山が運び込まれ、コウタロウが、それらを次々と熱湯に浸けてはザルですくい上げ、大鉢に盛っていた。雑草が大分混じっているが、分別作業をやっている時間はない、このままでまとめてドレッシングをかけてサラダにする、と言いながら。ピリリと辛いドレッシングであえちまえば、わからねえだろう。一体何人分の朝食を準備するのだと聞いたが、誰も答えられなかった。レオナルドは覚えていないし、ダッキーは足し算がメチャクチャだ！　と、奥でブータンが喚いていた。続いて運び込まれたのは、袋一杯のキノコだった。山の作業員が大きな流しの中に中身を放り込んだが、それを一目見て、コウタロウが怒鳴った。

「じょ、冗談じゃあない！　客を殺す気か!?」

そのキノコは大半が毒キノコだったらしい。片手で雑草混じりの山菜を湯がきながら、コウタロウは、もう一方の手でキノコを選り分けた。

レストランではバイキングの用意が進められた。俺は整理券を発行することを提案した。客船の食事のように、客は入れ替え制にしてさばいていかなくては収拾がつかないだろうと思った。だがその提案に猛反対した者がいた。レオナルドだった。

「整理券だと？　ここは大衆食堂ではないじょ！」と眼鏡を押し上げるのも忘れて言い張った。「当ホテルのステーチャスをきじゅちゅける気か？」

昨夜のディナー時の混乱が俺の記憶に生々しかった。予約の人数も把握出来ずに何という寝言をほざいているのか！

「ステーチャスなんて言ってる時ですかっ！」俺はレオナルドの発音をまねてやった。「客は何人なんですか？　それさえ解らないのに」

レオナルドの額に青筋が立った。だが彼は反論出来なかった。

「ダッキー、フロントから紙をもらってこい。出来るだけたくさんだ。そして小さい紙切れを作れ」

ダッキーに数字を書かせることは余りにも心許なかった。ダイニングのテーブルの上にカルタのように紙切れを並べ、俺はひたすら番号をふった。そんな俺の様子をレオナルドはただ忌々し気に眺めていた。眺めているだけで、手を貸そうとはしなかった。自分を無視したな、と、落ちかかった眼鏡の上で彼のやぶ睨みの目が怒っていた。

大切な物を忘れていた。ノパコンだ。俺は自分の新しい部屋に戻り、ノパコンを携え、それからフロントへ走った。今日の朝食は、朝食券と整理券によってレストランにお入り下さい、と、至急客に連絡するように頼んだ。早くも客がロビーに集まり始めた。俺はダッキーに整理券を配るように指図して、レジにノパコンを持ち込んだ。

キャクタスの表を新たに作成し、その日の朝食の料理を入力し、それぞれがどの程度人気があったかが一目で分かるように設定をした。だがその作業はしばしば中断された。客からの文句だった。ある者は、ダッキーが、まだ自分が食べている料理の皿を運び去ってしまい、何回も取りにいかねばならないと言い、またある者は、今朝の料理はまるで草を食っているようだとクレームを付けた。それからコーヒーの色が変で香りがなく苦みも酸味もない、と言ってきた。慌ててコーヒーメーカーを調べてみたら、コーヒー豆の代わりに黒豆が入れられていた！

ダッキーの愚鈍さも腹立たしかったが、それにも増して頭に来たのは、レオナルドが、客が何かクレームを付けるたびに眼鏡を押し上げながら消えてしまったことだ。俺は客に謝り続けた。なぜ俺が？　と考えながら……。

客の入れ替えが何回目かになって、どうやら空席が出てきた。するとレオナルドは、過労が尾を引いている、今から病院に出かけると言って消えてしまった。客のテーブルの上に空になった皿が積み上がり始めたので、ダッキーは何をやっているのかと見回した。だが奴の姿は見えなかった。まさかと思いつつ、俺は「憩いの間」へ出かけた。すると案の定、奴がソファの上で鼾をかいていたのだ！　こん畜生！　「この馬鹿野郎！」と怒鳴りながら、俺はそのソファの足を思いっきり蹴っとばしてやった。

ダッキーはやっと目を開け、ゲーコ、ゲーコと、鳴き声を上げながら起き上がった。

「仕事に戻れ！　さもないと焼き鳥にしてやる

ぞ！」

ダッキーは首をヒョコヒョコと前後に振り、両腕で空気を掻きながらレストランへ戻った。だが良心の呵責は全く感じていないようだった。怒りが静まるとともに、言いようもない空しさが俺を襲った。こいつらは所詮動物なんだ、と俺は自分に言い聞かせた。

整理券のおかげで、どうやら昨晩のような混乱は避けられた。客の不平不満は相次いだものの、何とか彼らの胃袋は満たされ、レストランは定刻より一時間ほど遅れてクローズされた。

社長向けのレポートの作成を続けるために、ノパコンを抱えて自分の部屋へ行こうとした時、何かの建築が始まっているような騒音が屋外から聞こえてきた。木材と木材がぶつかっているような音、釘を打つ音、作業員らしい掛け声。フロントのゴートに何の騒ぎなのかと尋ねた。するとゴートは、宿泊施設の建て増しだ、と答えた。キャッスルホテルの崩壊により、こちらでは客数が激増するので、急遽客室をふやすことになった、という。予約の管理が手に負えなくなってきたと、ゴートは、予約の記録帳を前に頭をかかえていた。

「ゴートさん、ノパコンいけますよ」と俺は言った。とりたててゴートに親愛の情があった訳ではない。ただノパコンを宝物に変えていくことが梶山さんの供養になるような気がしたのだ。「『フォーラムベスト』っていうソフトが入っている。客室を会議室に見立てれば、ダブルブッキングを避けることも出来る」

「えっ？　そんなことが出来るのか？」ゴートはすぐには信じなかった。

「まず現在の予約を入力しておきます。これからの予約は、随時俺に連絡して下さい」

それから俺は以前から疑問に思っていたことを思い出した。

「ところで、館内の電話はみんな内線だけですよね？　予約ってどうやって受けているんですか？」

「携帯だよ」とゴートは答えた。「予約係が受けてこちらに連絡してくるシステムだ」

　そうか、すると携帯を手に入れさえすれば、外部と連絡がとれるんだな。ゴートはそんな俺の考えを見抜いたかのように付け加えた。

「もっとも、ここの一帯は、あらかた圏外だがな」

　俺は話題を変えた。

「しかし、工事が賑やかですねえ！」

「ホテル営業の拡大だからな」とゴートは言いながら、予約のリストを睨み続けた。

　確かにホテル全体が色めき立っていた。ホテルの正面では引っ切りなしに山の作業員の行列が、黒木が原の方から続いていた。そして食材らしき植物や、建築材らしき丸太や岩石、赤土が詰めらた袋等が運ばれて来た。宿泊施設の増築は、あの野外劇場の敷地で始まっているとのことだった。例の舞台は新しく建設される宴会場の一部になるという。俺にとってあの舞台ほどに忌まわしきものがあっただろうか？　その時俺は、心の底で何よりも自分が恐れている出来事に気付いた。それは第二の、そして第三の梶山さんが現れることだった！　もしそのようなことが起きたら……俺はどうすればその不運な迷い人を救うことが出来るのだろうか？

　だが俺には当面仕上げなければならない大仕事が二つもあった。幸か不幸か、その暗澹たる想念にとらわれている暇はなかったのだ。フロントの裏の部屋でフォーラムベストに部屋の予約状況を入力し、それからノパコンを持って自分の部屋へ急いだ。時折フロントから連絡される新しい予約を加え、ひとくぎり付くと、今度は社長への報告書の文面を練った。そうだ、昼番は何とか免除してもらおう。俺はブータンに電話を入れ、その旨を伝えた。

　しかし、結局俺は自分の仕事に集中することが出来なかった。間もなくコウタロウから大慌ての電話が入ったのだ。

「ダッキーがとんずらしちまった！　勤まらないとよ！　すぐ来てくれ！」

かくして俺はまたレストランに引っ張り出された。手が足りないということで、ポーターのブルドッギーや清掃員が動員された。全く畑違いの連中だったものの、少なくとも数を数えることは出来たし、コーヒー豆のこともダッキーよりは解っていたので、レストランのユニホームを着せてしまえば、当面はしのげそうだった。ふたたび整理券を配り、客の氾濫を何とか制御した。

ランチタイムの後、ゴートが、支配人がお呼びだ、と言ってきた。いやな予感がしたが、予感は的中した。支配人室で、モンキキは不機嫌な顔をして、窓際に立っていた。

「タケシ君、君はレストランで整理券を配ったそうだね」

「はい、止むを得ず」

「ふざけるんじゃない」とモンキキは苦々し気に言った。「ここは黒木が原で一流のホテルだ。整理券なんて物はホテルのイメージを甚だダウンさせる！」

「しかし、客の殺到を防ぐために、昨晩のディナーはひどい状態だったもので」と俺は説明した。「レオナルド君は反対だったと言っている。君は上司の意見を無視したそうじゃないか」

「他に解決法はありませんでした」

「いいかね、タケシ君！」モンキキは苛立っていた。「君はレオナルド君の部下だ。部下たる者が上司を無視するとはふとどき千万だ。整理券は邪道！　君は上司の意見を真摯に聞きいれ、彼の良き右腕となり、ホテルのイメージダウンにならないような解決法を考えねばならぬ」

俺は憤怒で頭が爆発しそうだった。

「お言葉ですが、支配人。レオナルドさんは肝心な時になると行方不明になられます。いえ、『憩いの間』に入られているようで」

「レオナルド君は長期に渡る過労で体調を崩しているのだ。だから君が助けてやらねばならぬ。それゆえ、君という黒服がいるのだ」

背中のノミを取ってくれる奴がそんなに大切な

のか！　という言葉が喉元まで出掛かった。

「それからもう一件」とモンキキは続けた。「君は新入りのスタッフに暴力を振るったそうだね」

「暴力？」俺には身に覚えがなかった。

「キャッスルから転任してきたボーイがお前に蹴られたと言って辞めて行ったそうだ」

「ウソだ！」俺は怒鳴った。本当のことを言う奴はいないのか。「何なんだ、このホテルは？　伏魔殿か？　いいんですか⁉　あの気違いのように忙しい時に、あいつは憩いの間で昼寝をしていたんだ、だからソファを蹴って叩き起こした！　あいつの体になんて指一本触ってはいません！」

　モンキキはその冷酷な目で俺を睨み付けた。

「君の弁明など、どうでもよい。要は、この忙しい時に、君の行動が原因でスタッフが減ってしまった、という事実だ！」

「……」

「新入りのスタッフは育成し、旨く使い、いい仕事をさせるようにする。それが君の任務だ。スタッフが至らない部分は君が補わなければならぬ」

「しかし、支配人、あいつはとんでもない大馬鹿者で」

「君の言い訳を聞いている暇はない！」とモンキキはつっぱねた。「以後こういう不都合は一切起こさぬように。君に言うことはそれだけだ。これ以上わたしの貴重な時間をつぶすな。わかったら、早く仕事に戻りたまえ！」

　そしてモンキキはくるりと俺に背中を向けた。

　このチンパンジー野郎！　俺は血が滲むほど唇を噛みながら、支配人室を出た。


　自室に戻り、仮眠を取ろうと横になったが、俺の憤怒はベッドを鯛焼きの鉄板に変えた。くそっ！　と言っては寝返りを打ち、寝返りを打っては、くそっ！　と言った。やっとウトウトしかかった時に電話が鳴った。ゴートだった。レオナルドから連絡があり、検査入院をすることになった、と言うのだ。彼の代わりに俺がレストランの庶務をソソウのないよう取り仕切ること、という伝言が残されていた。仮眠はフイとなり、報告書の作業も棚上げにせざるを得なかった。

ノパコンを抱えてフロントへ急ぎ、ゴートに、その日のディナー以降食事は全て予約制にするように頼んだ。大変混み合っておりますので、という理由を客に説明して。それぞれのグループの人数とテーブルをフォーラムベストに入力し、何とかスケジュールを組んだ。ゴートは時々ノパコンの画面を覗いて、感嘆の声を上げた！

俺はレオナルドの代わりにPHSを持ち歩くことになった。フロントからレストランへ移動すると、そのPHSに、フロントから予約の連絡が引っ切りなしに入った。ディナーの準備が始まる間際になって、ブータンが、やっと山麓から食材の補給が届いた、と言ってきた。キッチンの奥の勝手口を覗くと、何と背中に荷を積んだロバの行列が見えた。先日の豪雨で正規のルートがひどくやられてしまったが、別の道を辿ってどうにか到着した、とコウタロウが説明した。

「山麓からの道があるんですね？」と俺は聞いた。

コウタロウはじろりと俺の顔を見た。

「おめえら人間には無理な道だよ」

「そうだろうな。でもその山麓の人間達と商売をやっているってわけですか？」

「いや、人間どもではない、俺達の同族だ、同志だ」

食材の補給とともに、またまともなメニューが可能となった。俺はノパコンを駆使して、正確な予約数や時間をブータンに伝えた。その夜は混乱は見事に避けられる見通しとなった。

ミケが現れた時、俺はレオナルドの入院のことを話した。

「またなのね！」ミケはうんざりした、という顔つきで言った。「今まで何回入院したか解らないのよ、あいつ、今度こそ癌になったとか言って……でも、いつも何ともないって言われて、退院させられちゃうのよ。あんなにサボってりゃ病気になんかなるわけないでしょ。もっともね、支配人が背中が痒いって言ったら、いつだって救急隊員みたいに飛んでくるのよ、あいつは」

「客の連中はあいつのこと何て言っているんだ?」

「客にはペコペコで、すぐ謝るから評判は悪くないわ。でも自分のせいじゃないみたいに言うんだけど」

「どうせ、俺のせいにしているんだろ?」

「お客さんはちゃんと解っているわ。本当よ、信じて!」そう言ってミケは両手で俺の腕をしっかりとつかんだ。

　その日の夜遅く、ディナーの業務と翌日の朝食の下準備が終ってから、俺は自室で再度報告書の作成に取り組んだ。夜が更けて周囲が静寂に包まれるにつれ、俺の中に再び押さえがたい怒りの炎が燃え上がった。書いてやる!　何もかも!　それは、俺の腹から脳天に突き抜けて行く火柱のような激情だった。あのチンパンジーに、そして虎助とかいう社長に、事実を書き尽くして、叩き付けてやる!　お前らがいかにでたらめか、思い知らせてやる!

　――当レストランは目下、一掴みの幸運によって、空前の数の客を迎え、売り上げは上昇の一途を辿っている、と俺は書いた。しかし、土台は腐りかけている、手遅れにならぬうちに、その腐敗を食い止めなければならない――黒服のチーフは折りに触れサボってばかりいる。故に厨房は不平不満の溜まり場になっている。社の上層部は儲けることにばかり執着し、客へのサービスの質は、売り上げの上昇とは対照的に劣化の一途を辿っている。

　ノックの音がして、誰かが入ってきた。ポテトグラタンの匂いが漂ってきた。盆を俺の傍らに置き、それからどうやら猫ジャラシの花瓶の水を替えているようだった。俺は顔を上げた、ミケだった。

「ありがとう、ミケ、本当にすみません!　俺のことはいいから、もう休んで下さい」

そして俺はまた怒りの報告書に没頭した。俺の両肩に軟らかな手が載せられるのを感じた。俺はボールペンを走らせ続けた。

――新生サファリパークキャッスルホテルの未来はマネージメントの勇気ある決断にかかっている。今こそマネージメントは実状を直視せねばならない。正義のメスが入れられねばならない。誰が怠け、誰がその尻拭いをしているかが明白にされねばならない。そして真なる忠誠心を以って仕事に身を捧げるものが正当に報われ、性根の腐った従業員は排除されねばならない。この大手術によって、当ホテルのレストランは生き返り、健全なる有機体となってさらなる発展を遂げるだろう！

ざまを見ろ！　俺はボールペンを紙の上に叩き付けた。

「ミケ、出来たぞ！　これをモンキキに突きつけてやるんだ！」

だが誰も答えなかった。ミケはいつの間にか立ち去っていた。

モンキキ支配人及び虎助社長殿、親展、と封筒に書き、レストラン営業報告書とタイトルを付けた書類をていねいに封筒に入れ、封をして、俺は暗い廊下を支配人室へ向かった。俺の足の下で、床が軋んだ。どこかで客の鼾が聞こえていた。支配人室は勿論鍵がかけられていた。そのドアの下から、俺は、報告書の封筒をしっかりと押し込んだ。明朝あのチンパンジーはこれを読み、一遍で目が覚めるだろう……。

ようやく俺の怒りは静まった。冷え切って、チーズがすっかり固くなったポテトグラタンが俺を待っていた。それを俺はあっという間にたいらげた。

その夜は満月だった。ランプを消した後も部屋には青白い光が漲っていた。俺は正面の窓の外を覗いた。すると、皓々と照っている月の光を浴びて、黄色のヘルメットを被った山の作業員のグループが黒木が原の方からホテルに向かって歩いて来るのが見えた。彼らは青いシートに包まれたものを三つほど引きずっていた。彼らが俺の眼下を通過した時、俺は見た。そのうちの一つの包みの端から、夜目にも明らかに人間の素足と解るものが突き出ていたのだ！　そのグループはホテルの建物の側面へと歩を運び、深い木の茂みの中に姿を消した。その茂みの向こうに、かつて野外劇場があったのだ。

俺の瞼に、あの冷たい風を吹き出していた真っ暗な氷穴の光景がまざまざと浮かび上がった。一気に俺の全身が凍り付いた。

翌日も早朝から増築工事の騒音が響き渡った。窓の下を建築材を運ぶ山の作業員達が忙しく行き交っていた。その喧燥の中でひときわ俺の注意を引く光景があった。ホテル正面の草原でじっと大地に耳を押し付けている者がいた。庭師の時蔵爺さんだった。何をしているんだろうと、俺は不思議に思った。

ノパコンのフォーラムベストは連日満室を示していた。フロントではゴートが充血した目で予約台帳のチェックをやっていた。ノパコンは俺が持ち歩かねばならなかったので、予約は全て、彼やホギーの手で転記されなければならなかったのだ。「もう間もなく予約のリクエストが収容人数を越えそうだ」とゴートが言った。「だが支配人は何が何でも客を取れ、と言う。社長の絶対命令なんだそうだ。建築が間に合えばいいんだが。タケシ、お前のノパコンで何とかならないかなあ？」ゴートはノパコンの画面を覗き込んだ。「おい、見ろ、ここに空き部屋があるじゃないか」

「そりゃ、無理ですよ」と俺は答えた。「それは客のチェックアウトから次の客のチェックインまでの時間帯ですよ。会議室じゃないんですから、ここに別の客を押し込む訳にはいかないでしょ？ノパコンに部屋をふやせと命じても、それは不可能ってもんです」

ゴートは、弱った、という様子で顎鬚をしごき続けた。

その日の朝食時には、とんずらしたダッキーに代わって、新入りのボーイが働いていた。体が小さく、おどおどした目で絶えず周囲をキョロキョロ見回し、骨張った手にはとても力があるようには見えなかったが、実にこまめに動いてくれた。キャッスルからこのほど転任してきた忠太郎です、と自己紹介した。名前にふさわしく仕事を忠実にこなす奴らしかった。だが一つ奇癖があった。いつも何かを噛んでいないといられない、と言うのだ。そうしないと変に苛々したり、鬱に陥ってしまう。以前、噛む渇望に耐えられなくなって、ついダイニングテーブルの角やレストランの衝立てに噛み付いてしまい、黒服にえらく怒られた。だがこの癖だけは自分でもどうにもならない。すみませんが、何か噛む物を下さい。それだけあれば自分は何もいりません。人手不足は慢性的になっていた。働き者は是非とも確保しておきたいのが現状だった。俺は事情をブータンに話して、正規の食事の代わりに芋類や大根を与え、客の目の届かぬ場所でポリポリ食ってもよいという許可を取りつけてやった。

俺はまたレジに陣取り、ゴートからの予約についての連絡をさばきながら、レストランの会計と統計作業を処理していった。朝食の業務が終り、統計作業が一段落付いた時、ゴートが支配人がお呼びだ、と電話をよこした。あの報告書の件だな、とすぐに察しがついた。ようし。あいつ何て言うだろう？　今度こそ慌てているかな？　交換条件に給料を少しは上げるなんて言わないだろうか？

支配人の部屋の外に立った時、扉が開いて、中から時蔵爺さんが出てきた。えらく不機嫌な顔つきをしていた。

「時蔵さん、支配人に会われたんですね？　俺も呼ばれているんですが」

「そうか、気を付けろ」と爺さんは言って、部屋の内側をこっそり指差した。「社長が視察に来るというんで、えらく神経をピリピリさせている。わしは重要な話をしたんだが、全く耳を貸さない！」

「重要な話って何ですか？」

「天変地異が起こりそうだ。大地が唸っている」

「天変地異？」

「うむ、地震が多いだろう？　だが、その話はまた後にしよう。とにかく支配人に気を付けろ」そう言って時蔵爺さんは、ソソクサと去っていった。

扉をノックして入っていくと、モンキキが後ろに両手を組んで、デスクと窓の間を、いかにも苛々している様子で右に左に歩いていた。その向こうに日本ベスビオスが赤く聳えていた。日に日に赤みが増しているように思えたが、それは単に俺の気のせいだったのかも知れない。

「支配人、タケシです」

俺の声を聞いて、モンキキはいきなり歩を止め、デスクの向こう側に仁王立ちになった。

「な、何だ、この報告書は！」バシッという凄い音と共に、モンキキが書類をデスクに叩き付けた。埃が舞い上がったが、それはまるで煙のように見えた！　その書類はまさに俺のレストラン営業報告書だった。

「正気か、君は？」

「はい、勿論正気ですが」と俺は答えた。

「こ、こんなものを君に命じた覚えはない！」

「しかし、支配人は言われました。新生サファリパークキャッスルホテルの将来のための……」

「これが、そういう報告書だと言うのか？」

「はい、間違いなく」

「寝言を言うな！」と怒鳴ってモンキキは再度その報告書を掴み上げげて叩き付けた。

「君はこんな下らん報告書が当ホテルの将来のためだと言い張るのか？」

「下らんとは心外です！」と俺は言い返した。「俺は事実を忠実に述べました。事実を直視することこそ」

「黙れっ！」モンキキは俺の言うことを最後まで

聞こうとはしなかった。「これが事実だと？　事実だと言うなら、君はとてつもないへそ曲がりだ。その捻じ曲がった根性で事実を歪め、自分の個人的な鬱憤晴らしに専念している！」

「いかにも俺は憤慨しています。それも正当な理由により……」

「何が正当だ！」モンキキは怒鳴り続けた。「いいか、タケシ。わたしは君にホテルのためになる報告書を命じた。それは即ちマネージメント及び従業員を称え、力付け、希望を与えるようなものでなくてはならぬ。かつ、虎助社長がお喜びになるものでなければならぬ！　そんなことは言わなくても解っているだろう？　君のこの報告書は、悪態と逆恨みと呪いばかりだ。これほど下らん営業報告書は見たことがない！」

モンキキの顔は真っ赤になり、皺に囲まれたまなこは今にも二つの火のかたまりとなって飛び出して来そうだった！

「俺にはこのようにしか書けません」と俺は主張した。

「馬鹿野郎！」チンパンジーはついに切れた。いきなり俺の報告書を引っつかんで、空中でバリっと破り捨てた。

「いいか、君がこんなものしか書けない、と言うなら、どうなるか解っているだろうな？」

「……」

「当ホテルでは、全ての者がホテルの繁栄のために身を捧げねばならない。それが掟だ。君が我々に協力出来ないのなら、君は自分の血と肉を代償として差し出さなければならない。ここでは、それしか君という人間の使い道はない、という結論だ、解るね？」

真昼の陽光がいっぱいの窓を背景に、モンキキの姿は逆光線の中の像となって、まさに極楽に立ちはだかった閻魔大王のようだった！　閻魔大王は続けた。

「我々の野外劇場で、あの客が辿った運命をまさか忘れたわけじゃあるまい？」

梶山さんの最期！　俺の背骨を氷の矢が貫いた。「君の部屋のちょうど裏側に当たる位置に今も存在するあの舞台だ」

　畜生！　俺を脅迫する気だな！　そんな脅しにはびくともしないぞっ！　強がりを言おうとしたが、俺の全身は震え出し、その震えを押さえるのが精一杯だった。

　モンキキはその俺の反応を鋭くキャッチした。両腕をデスク上に突き立て、俺にのしかかるような姿勢でゆっくりと言った。

「もう一度だけ機会を与えよう。報告書を書き直したまえ。一日だけ猶予をやる。君の運命は君の報告書次第だ」

　一日だと？　支配人、それは余りにも無理難題だ、と俺が言おうとしたその時、「控えーい！」という男の声が響いた。するとモンキキの顔が引き攣った。つんのめんばかりにデスクの上に手を伸ばした。その先に携帯が突っ立っていた。

「はい、社長！　モンキキであります！」

「控えーい！」はどうやら虎助社長の着信音らしかった。閻魔大王が一瞬にして、上官に敬礼する下士官に変わっていた。携帯をその大きく広がった耳に当てながら、モンキキは目で俺に、さっさと出て行け、と合図した。

　そうか、お前らそんなに騙されたいのか、甘ければ、どんな食い物でもいいのか！　ウソならいくらだって書いてやらァと俺は心で怒鳴った。だが事態は新しいシリアスな局面を迎えていた。報告書はついに俺にとって文字通り生死の問題になってしまった。奴等のビタミン料理にならないように、生きるために、ウソをでっち上げ、新たに報告書を作成しなければならなかった、だが時間はなかった！

　武、どうするんだっ？　と俺は自分に叫び続けた。一日の猶予だって？　出来る訳がない。これは単なる苛めじゃないか！　それとも何が何でも俺を食いたいのか？　それなら観念して、いっそのこと奴等の餌になってやるか？　俺の一生はこれで終り、と潔く……。冗談じゃない！　たったの二十年余りで。あの氷穴は寒そうだ、それに首を絞められるのは苦しそうだ、あの氷穴は寒そうだし。いや、氷穴に入れられる時には俺はもう死んでいるんだ。そんな考えが頭の中をぐるぐる回っていた。ふと俺のPHSがバイブレートしているのに気付いた。ホギーだった。新しい予約を取らねばならない。予約状況を至急確認してちょうだい、とキーキー声で頼んできた。

「待って下さい、すぐダイニングのレジに戻りノパコンをチェックします！」

ノパコンだ！　突然俺は思い出した。ノパコンだ、あれにはワープロのソフトが入っていた、「三太郎」だ！　だが、待て、プリンターがない。だから報告書は手書きにせざるを得なかったんだ。以前雑誌か何かで読んだOA機器についての記事のことが頭に浮かんだ。OA機器の導入により紙の消費は著しく減少すると思われた。にもかかわらず紙はますます使用されている……そうだ、OA機器のそもそもの目的は、書類をハードコピーではなく、モニターの画面で読むことだったんだ、それなのに……。

ダイニングルームへ急ぐ途中のわずかな時間に、俺の頭には信じられないくらいの数の想念が飛び交った。崖っ淵に立たされると、人間はこんなふうになるものなのか？　その混乱と暗中模索の最中に、あるアイデアが浮かんだ。ノパコンだ、OA機器の原点に逆戻りすればいいんだ。ワープロなら何とかいける。そして打ったものを直接画面で見せりゃアいいんだ！　チンパンジー野郎も社長も、あの水色の画面にはびっくりするだろう。魅了され、幻惑されるだろう。こうなったら内容なんかどうだっていい、俺の命のためだ。そう簡単に奴等のビタミン料理になってたまるもんか！ウソ八百を並べてやれ！　武、すぐに取り掛かるんだ！　支配人も社長も満足するような、バラの花束みたいな報告書をでっち上げりゃあいいんだ！

だが、すぐに取り掛かることは出来なかった。ノパコンを引っさげてフロントへ駆けつけると、ゴートとホギーが頭を突き合わせながら、途方に暮れていた。

「まいった！　どうにもならん！」とゴートが言って、重いため息をついた。「タケシ、我々もついにあの沼にほうり込まれることになりそうだ」

「どうしたんですか、一体？」

俺の命も今宙ぶらりんになっていたのだ。こいつらの泣き言を聞いている時間なんかあるだろうか？　だがゴートはただならぬ形相になっていた。

「団体の予約が入ってきた。十人のグループが五組だ。予約は絶対に断ってはいかん、という支配人の厳命だ。だが、部屋がない、全くないんだ」

「従業員の宿直室は空いてないんですか？　あのかんぬき付きの」

「あれはとっくの昔に客室に改装されてしまった」

「でも増築をやっているんでしょう？　急がせれば何とかなるのでは？」

「いや、間に合わない。それに今建築中の部屋はみなツインルームで、全て予約済みだ」

ひどい話だ、と俺は思った。いや、何もかもメチャクチャだ。支配人も社長も我利我利亡者に成り果てている。儲けりゃいいんだ、客を動物のように詰め込んでも。待てよ、客はみんな動物どもだったんだ、あの妙なカプセルを飲んで人間に変身しているだけの。カプセル？　そうだ、あの薬で、こいつらは人間になったり、動物に戻ったり、自由に変身出来るんだ、時蔵爺さんが言っていた。ミケは眠る時は猫の姿になると……。

「ゴートさん、変身用のカプセルってのがあるそうですね？　ミケさんは寝る時に使うそうですが」

こんな時に何の話を始めるんだろうと言いたげに、ゴートは俺の顔をマジマジと見詰めた。

「それがどうしたんだ？　君が猫に変身して、ミケの亭主になりたいとでも言うのか？」

ホギーがクスッと笑った。

「冗談を言ってる場合じゃありませんよ、ゴートさん！　ちょっと考えたんですがね、お客さんに寝る時だけ変身してもらうってのはどうです？　いえ、全員ではなくて、団体さんだけということで。カプセルを飲んでもらって、料金は格安にするんです。宿泊施設はずっと簡略化出来ると思うんですが」

「動物」という言葉は避けたものの、ゴートは少なからず気分を害したようだった。フロントデスクの上に置いた手が拳になってかすかに震えていた。だが、今の俺自身の追いつめられた状況に比べれば、ゴートのパンチなど問題ではなかった。

俺はまくし立てた。

「野宿をさせろって訳じゃない、それなりに部屋は用意するんです。でも正規のツインルームはなくてもよい。大部屋にして、そこにきれいなプランターを並べるとか、水の流れを作るとか、ファンタスティックな洞窟の模型を置いてそこで休んでもらう、とか……自然を生かしたテーマパークみたいなパビリオンを建てるんです。照明もちょっと楽しいものにして……そうだな、ちょうど何かの博覧会みたいな！」

「……」

「『ナチュラルライフをあなたに！』とかっていうキャッチフレーズを使えばいいじゃないですか。正規のホテルの客室よりはずっと早く完成するはずです。どうです、このアイデアは？」

「……」

「反対ですか？」

「……」

「じゃあ、他にどうするって言うんですか？　部屋はない、客は押し寄せる、客を断るのはご法度！　このままでは大変なことになる、そうでしょ？　それとも黙って赤沼にぶち込まれるのを待つんですかっ⁉」

ゴートの顔が恐怖で歪んだ。するとホギーが言った。

「案外いい考えかも知れないわよ、ゴート。ダメモトで支配人に話してみたら？　今はとにかく何でもやってみなくちゃね、このままじゃあどうにもなりゃしないんだから！」

ゴートはせわしなく顎鬚をしごき始めた。

昼食の準備にかかる時刻が迫っていた。その日もまた大勢の客がノパコンの中の予約リストに名を連ねていた。これ以上ゴートの相手をしている暇はなかった。

「お考え下さい、全てゴートさん次第です」

俺はモンキキの口まねをしてフロントを後にし、レストランの戦場へ向かった。ノパコンを抱えて。


ふたたび、戦争が始まった。いや、結局のところ年中戦争であることに変わりはなかった。そして俺には闘い続けるほかに道はなかった、それも客達にはいつも笑顔を見せながら。いらっしゃいませ。ご予約確かに承っております。こちらのお席へどうぞ。本日はバイキングになっておりますので、ご自由にお好きな物をお取り下さいませ。トレイとお皿はあちらに……。

忠太郎はよく働いてくれた。時々衝立ての裏でポリポリと固い根菜を噛みながら。おかげで空になった食器が客のテーブル上に積み上がることはなかった。ノパコンの画面で各予約を確認し、客をテーブルへ案内し、レジへ戻って会計の始末をした。合間を見ては、報告書の文面を紙ナプキンの上にメモり、それからノパコンのワープロの画面に少しずつ入力していった。俺はワープロは余り得意ではなかった。家では、長めの文章は、いつも妹のゆき子が引き受けてくれたものだ。だが、命懸けで、自力でワープロに取り組まねばならなかった。——先日当ホテルのチェーンのサファリキャッスルホテルは、予期せぬ豪雨によって引き起こされた崖崩れの犠牲となり——ここまで打った時、客が現れた。いらっしゃいませ、ご予約確かに承っております。テーブルからレジに戻り、報告書の作業を続けた。——不運にも崩壊してしまった。故に空前の数の客が——今度は客が支払いのために俺の前に立っていた。会計が終ると、忠太郎が、料理の鉢の一つが空になった、と告げてきた。俺はキッチンへ走った。料理の追加が終ると、また新しい客が到着していた。報告書の作業はかくして何度も何度も中断された。それでも作業を続けなければならなかった、まるで敵の砲弾をかわしながら書き続ける従軍記者のように……。

レストランがようやくクローズとなった後、俺はキャクタスで統計作業を終え、それから三太郎に戻り、フロッピーの一つをノパコンに挿入した。ディレクトリーを開くと、そこにはたった一つの文書がセーブされていた。梶山さんの写真のリストだった！　――日本ベスビオス――澄鏡湖――月沼・花沼――仙人渓谷――流星の滝……まだ数行しか打たれていなかったが、それぞれに、撮影された日付、時間、場所、そして天候が丁寧にリストアップされていた。あと幾つぐらいの項目が加えられることになっていたのか？「日本ベスビオス、黒木が原より初撮影！」などというタイトルを付けられた素晴らしい写真が生まれていたかも知れないのに。俺の胸は激しく痛んだ。しかし梶山さんのために涙している時間さえ俺には与えられていなかった。

「梶山さん、済みません」

そう呟きながら俺はノパコンに一礼してそのリストを閉じ、俺の報告書の端切れをセーブした。傍らで忠太郎が不思議そうに目をしばたたいていた。

「ノパコンにお礼を言ったんだよ。こいつは俺の命の恩人になるかもしれないからね！」

ノパコンを閉じ、俺は自室へ向かった。

その日の午後も昼寝は返上となった。窓の外からはあいかわらず建築工事の騒音が響いていた。俺は報告書を打ち続けた。――その不幸な出来事にもめげず、当ホテルの従業員はマネージメントと心を一つにして困難に立ち向かい、客へのサービスのさらなる向上に努め、メニューの評価は申し分なく——

この時また地震が起こった！　俺は一瞬乱気流に巻き込まれたジェット機の上でワープロを打っているような錯覚にとらわれた。天変地異。時蔵爺さんの不吉な予言が思い出された。外を覗くと、眼下では数人の山の作業員が大きな丸太を運んでいた。だが彼らは歩を止めることはなかった。この大地の震動には全く無頓着で、ひたすら建築現場へと急いでいた。締め切りがあらゆる者を駆り立てているようだった。そして俺もまた、自分の作業を続けざるを得なかった。追い立てられながら。俺は何に追い立てられていたのか？　それは支配人モンキキが傍若無人に定めた締め切りであり、その締め切りの向こうには俺の「処刑」が、あのおぞましい錦巻きという運命が真っ黒な口を開けて、待ち伏せていたのだ。

あっという間にディナーの準備開始の時刻となった。俺はふたたびノパコンとともにレストランへ走った。ありがたいことに、忠太郎は実に勤勉な部下だった。飲み込みも早く、俺の指令を全て速やかに果たしてくれた。忠太郎、ありがとう、頼りにしているよ、と繰り返し言いながらレジに座り、秒刻みで報告書を打ち続けた。作業はかなりはかどるか、と思われた。

だがミケが現れた時、予期せぬ出来事が起こった。突然忠太郎の様子が一変したのだ。落ち着きがなくなり、顔が蒼白になり、両膝がガクガクと震え出し、ミケをキョロキョロと見ては、遠巻きにして歩くようになった。にもかかわらず、彼は、客のテーブルから戻ってきた時、不運にもミケと真っ向から鉢合わせしてしまった。すると彼は、電気ショックを受けたように全身を痙攣させ、いきなりたった今回収してきた皿やコーヒーカップを盆ごと床に落としてしまった！　その騒音に客がいっせいにこちらへ顔を向けた。俺は慌てた。確かに忠太郎に噛む物を渡しただろうかと思い返した。いや、間違いなく彼のポケットにはかじりかけのサツマイモが突っ込まれていた。

「馬鹿！」とミケが叫んだ。「あたしがお前のことを獲って食うとでも思ってんのかい？」

　床にうずくまり、落とした食器のカケラをかき集めながら、忠太郎はワナワナと震えていた。

　ミケは腰に両手を当てて、そんな忠太郎の前に立ちはだかった。

「言っておくけどね、あたしは生まれてこのかた、お前の仲間なんか一度も食べたことはないよ！　指一本触ったこともありゃしない！　あたしは貴族だ、お前達を獲って食べるなんて下品なことは絶対にしない。あれは身分の低い連中がやることなんだ。もっとも、お前みたいにまずそうな奴は、よっぽどの乞食猫でなきゃ、見向きもしないだろうけど！」

「忠太郎、しっかりしろ。ミケはお前に何にもしやしないよ」俺は、木の葉のように震えている忠太郎のキャシャな肩に手を回し、耳元に囁いた。客に聞かれてはまずい会話だった。

　だが忠太郎はすっかり恐怖に打ちのめされていた。紫色になった唇をブルブルと震わせ、泡を吹き、両手を胸の上でくの字に曲げて、周囲に背を向けたまま、ダイニングルームの隅に縮こまった。

「ミケ、あいつに一体何をしたんだ？」と俺は尋ねた。

「あたしが悪いって言うの？」ミケは目を三角にした。「そんな訳ないでしょ？　ついさっき会ったばっかりなんだから」

「え？　ついさっきだって？」

「そうよ、でもあの連中の中には、たまにああいうおかしな奴等がいるのよ。この前なんかね、やっぱり初対面だったのに、いきなりあたしに噛み付こうとした奴がいたの。それでこっちから先に引っ掻いてやった。そしたらね、そいつ鼻血出して逃げてったわ。あいつらの肝っ魂の小さいことったらありゃしないんだから！」

　その後、哀れなネズミの忠太郎は、その薄ぐらい隅にうずくまったまま、二度と仕事に復帰することが出来なかった。そして、レストランがクローズとなり、表の扉が閉められるや否や、あっという間に姿を消してしまった。

俺は山のような食器の片付けに追われた。それからレジに座り込み、ディナーの統計作業のためにノパコンの画面を睨み続けた。早くけりを付けて報告書の続きを打ちたかった。すると、すっかり片付けられたレストランに次々とホテルのスタッフが集まってきた。客室係、厨房組、ポーター組、清掃員の連中も現れた。やがて高いシェフの帽子を被ったブータンがダイニングルームの中央に立ち、一同を見回しながら言った。

「諸君、お勤めご苦労。昨晩は黒木が原にて食材の大漁があった。今夜はこれからビタミン料理が出される。各従業員は無礼講で賞味せよ、と支配人よりお許しが出た」

ウォーッという歓声が上がった。その声に俺はあの野外劇場での一夜を思い出した！

「なお、ビタミン料理は今後しばらくお預けとなる」

ブツブツという不満の呟きが起こった。

「その理由は……」とブータンは続けた。「近々虎助社長が視察のためにお出でになる。よって今後のビタミン料理は全て社長の膳に供されることとなる。それゆえ今夜の料理は心ゆくまで味わってもらいたい。ただし……」とここまで言って、ブータンは厳粛な顔つきになった。「酒癖の悪い奴は、飲む方はほどほどにしろ。知っての通り多数の客を迎えるために、酔いつぶれて暴れる従業員を収容していた部屋は、全て客室に改装された。従って、酒乱により狂暴になった奴等は、赤沼にぶち込まれると思え！　以上だ」

ウォーッという歓声と共に、スタッフが着席した。よく見ると全員があの変身用のカプセルを手にしていた。キッチンの方から、ロビーに置かれているあのハーブの香りが漂ってきた。俺は立ち上がった。もうこれ以上耐えられなかったのだ。

ブータンに歩み寄り、低い声でいとまを願い出た。

「済みません、支配人よりレストラン営業報告書なるものを命じられている。締め切りが迫っている。そして、俺の命がかかっている。今夜はこれで失礼したい」

「お前にはお前の事情があるだろう、構わん」とブータンは答えた。俺に向けられた彼の目が、以前より穏やかになっていた。「モンキキ支配人の締め切りは絶対だ。せいぜいがんばるんだな。まあ、お前ならやれるだろうが」

レストランを出ようとした時、俺は驚いた。なんとレオナルドが出勤してきたのだ！　顔色もよく、足取りもウキウキとしていた。

「検査はどうだったんですか?」という俺の問いに、レオナルドは眼鏡を上げ上げ答えた。

「医者に、過労は禁物、くれぐれも体を大切にせにゃいかんちょ言われちゃ。ビチャミンを摂らにゃならん」

そして、いそいそとテーブルに向かった。


自分の部屋に帰り、座るやいなやノパコンに向かった。統計作業を終え、いつものようにディナーのレポートを仕上げてから、ようやく営業報告書の続きに取り掛かった。

——以下が当レストランの人気メニューであり、高い売り上げを誇っている、とりわけラタトイユ、トマトソースのペンネ、及びシーザーサラダは、絶品との評価を受けており、バイキングではいつも真っ先に品切れになる——食材の有効な補給方法が開発されれば、さらなる利潤が望めよう——以下は各メニューの売上高である——

階下から聞き覚えのある騒音が響いてきた。ざわざわというどよめき、乾杯らしいグラスがぶつかる音、唸り声や歌声……。そしてハーブの香りと動物園の臭い。俺はこのホテルに迷い込んだあの夜のことをまざまざと思い出した。そうか、あれは奴等のビタミン料理の宴会だったのか。奴等はあの不思議なカプセルを飲んで変身し、飲み、人間を食らい、興じていたんだ……。

ノックの音とともにドアが開けられた。ミケだった。彼女は盆を持っていた。

「俺にビタミン料理を食わせる気か？　出ていってくれ！」と俺は怒鳴った。

「ち、違う！　あたしがタケシさんにそんなことするわけないでしょ？」とミケが掠れた声で叫んだ。「これは今夜のディナーよ、あたしがタケシさんのために、こっそり取っておいたのよ」

俺は初めてミケの盆を見た、その上には、ラタトイユと白ワインのハーフボトルが載っていた。

「ごめん、ミケ。俺が悪かった。今気が立ってるんだ」と俺は謝った。

ミケは黙って俺の夜食の盆をノパコンの傍らに置いた。

「この報告書を今夜中に仕上げなければならない」俺はノパコンを叩きながら説明した。「最初の奴はモンキキをどえらく怒らせてしまった。で、全部書き直せと。締め切りに間に合わなければ、俺はビタミン料理にされてしまうそうだ」

ギャッという断末魔のような声を上げて、ミケが俺の椅子の背に倒れ掛かった。その椅子の背につかまって、辛うじて体を支えているようだった。やがて彼女は泣き出した。心臓を絞り出すように。

「タケシさんが、死んだら……あたしも、生きてはいない……」

「馬鹿なことを言わないで下さい！」と言いながら、俺は報告書を打ち続けた。

「でも、もし死んだら、本当に……」

——先日の豪雨では、山麓よりの重要な食材の補給路が絶たれ、かてて加えて、サファリキャッスルホテルから多数の客を受け容れる結果となり、一時レストランの営業は危機を迎えたが——

いつしかミケは俺の肩に顔を埋めて泣いていた。その顔の震えは俺の腕に伝わり、研ぎ澄まされた神経を萎えさせた。ミケ、頼むから泣かないでくれ。

「俺は、死なない」

「本当に?」とミケが聞いた。

「うん、そう決めた」

「本当なのね?」

「ミケと時蔵爺さんのために絶対に生きる!」

——幹部達の卓越した機知と采配により、メニューは、サファリパークホテルの名にふさわしい品目が完璧に揃えられ、客からは申し分ないという好評を得ることとなり——カタカタカタ……とノパコンの音が無機質に響いた。——黒服のチーフはことのほか上司への忠誠心が厚く、重労働をいとわず、ついに健康を害してしまったほどである。彼こそ疑いもなくレストラン全従業員の鑑であり、模範であり、誇りである——カタカタカタカタ……。

突然ガタンという音がした。振り向くとミケが床にくずおれていた。

「ミケ!」

「大丈夫よ、あたしは、ただ、急に力が抜けてしまって……」

ミケは俺の椅子に掴まりながら、ヨロヨロと立ち上がった。ひどく疲れているようだった。

「そこで少し休んでいって下さい、俺は、しばらく寝られそうにないから」

——支配人モンキキ氏はホテル従業員の艱難辛苦を深く理解し、あたたかく指導し、労っている。従業員は彼を父親のように崇め、かつ、慕っている——

ミケはしばらく俺のベッドの上に座っていたが、やがて浴室へ消えた。

階下ではあいかわらず賑やかな夕食会が続いているようだった。カタカタカタカタ……俺の指の下で、ノパコンが言葉を飲み込み、一つ一つ青い画面に並べていった……。

——人手不足となった当ホテルには、キャッスルホテルより、若くて心身共に健康で優秀なスタッフが次々と転任して来ている、二つのホテルの従業員はいまや一体となって、共に協力しながら、新ホテル誕生の困難な時期を乗り越えようとしている——

シャンシャンシャン……とタンブリンを叩く音が聞こえてきた。次いで誰かが、いや何かの動物がサックスを吹き始めた。

——姉妹ホテルキャッスルの崩壊は疑うべくもなく大きな災いであったが、その不幸をものともせず、当ホテルレストランの従業員は健気に闘い、客の激増にもりっぱに対処し、客へのサービスのなおいっそうの向上と、ホテルの繁栄のために、命を懸けてがんばっている——

そのサックスはまるでメロディにはなっていなかったが、タンブリンと共に陽気なリズムを奏で、その奇妙な合奏に合わせて、数人の、ではなくて数匹の動物が、また唄を唄い始めた……夕餉はクライマックスを迎えているようだった。

——尊敬すべき有能なマネージメントと勤勉かつ忠実なスタッフとのみごとなチームワークにより、我がサファリパークキャッスルホテルは、黒木が原において超一流の高級ホテルとして、今後も目覚しい発展を遂げるだろう！　新生サファリパークキャッスルホテルに乾杯！（レストランスタッフ　立花武記）——

階下からひときわ大きな歓声が聞こえた。

出来た！　報告書がついに完成した。これなら奴等も文句はないだろう。俺は新しい文書をフロッピーに注意深くセーブした。それからモンキキ宛てに簡単なメモをしたためた。

「先日は小生の不徳のいたすところにより、大変的外れな報告書をお見せいたし、多大なるご迷惑をおかけいたしました。ここに深くお詫び申し上げます。なお、本来ならばハードコピーにて正式な文書を提出すべきところでありますが、小生の多忙なスケジュールにより、果たせません。それゆえ代案といたしまして、このたびはノパコンという素晴らしい機器をご紹介いたし、合わせて当該報告書をその画面にてお見せする、という画期的な方法を取らせていただきます。必ずや、支配人及び虎助社長のご期待にそえるデモンストレーションとなるでありましょう。明日一番にお目通りかないますか？　草々」

俺はまた暗い通路を辿って支配人室へおもむき、そのドアの下からメモを差し入れた。

部屋に戻り、ミケを捜した。浴室は静まり返っていた。ふとベッドに目をやった時、何か赤いものが見えた。近づいてよく見ると、それはリボンだった。枕の傍らに、身を半分ほど白いシーツの下に埋めて、一匹の三毛猫が丸くなって眠っていた。白い毛の部分はシーツよりも白く、その雪のような丸い背中と小さな頭の上に、黒とオレンジ色のべっ甲型の模様がくっきりと浮き出ていた。まるで置物のようだ、と思った。しかしその猫は陶器ではなかった。静かに穏やかに呼吸をしていた。それから俺は今まで気付かなかった物を発見した。三毛猫の首にまかれた赤いリボンには、同じ色の小さな宝石が一つ縫い込まれていた、それはルビーに違いなかった。そうだ、ミケは貴族のお姫様だったのだ！

だが、その三毛猫の姿は、あの野外劇場の夜をいやでも思い出させた。ミケはまぎれもなく俺の命の恩人だった。そしていつも献身的に尽くしてくれた。今目の前でスヤスヤと眠っている三毛猫の姿は、安らかで優美で、この世のものとも思えぬほど美しかった！　しかし、俺の心の中で、彼女の存在と、この恐怖と嫌悪に満ち満ちた忌まわしいホテルとを切り離すことは出来なかった。レストランで梶山さんをじっと見詰めていた彼女の目を、また、あの野外劇場で舞台を見据えていた三毛猫の姿を、どうして忘れることが出来ただろうか？

俺は今度もまた冷え切ったラタトゥイユをがつがつと食った。そしてハーフボトルのワインをあっという間に飲み干した。今夜のしばしの眠りの後には、またレストランでの戦闘が俺を待っている。そしてその後、あのチンパンジーとふたたび渡り合わねばならなかった。俺の命を懸けて。いつしか階下は静かになっていた。宴の後、奴等はどこかで酔いつぶれているんだろうか？
ランプを消すと、月光が部屋をいっぱいに照らしていた。俺はミケを起こさないようにそっと身を横たえた。冷たく青白い光が、透き通ったシーツのように、俺と一匹の三毛猫を包んでいった
……。
神経がたかぶり、すぐには寝付くことが出来なかった。夜明け近く、浅い眠りから目覚めた時、俺の傍らに三毛猫の姿はなかった。俺は夢を見ていたのか？　だが白いシーツの上には、二、三本の、白と黒とオレンジ色の細い毛が残されていた。

# 第10章　ペガサスの受難

翌朝のことだった。俺の目覚し時計より一時間も早く電話が鳴った。なんとレオナルドからだった。

「客の朝食前に至急ジャイニングルームの清掃をせにゃいかん、すぐおりちぇこい！」

「ええっ？　また何でそんなことに？」

「虎助社長視察のちゃめに、社長秘書のレパディ嬢が午後下見にいらっしゃる。そのちゃめだ」

「へぇ、それで俺の仕事ってのは？」

「決まっちぇるじゃろ、掃除だ！」

　社長秘書のホテル訪問がいつ決まったのか、また彼女の午後の訪問のためになぜこんな朝っぱらからダイニングルームの清掃などと騒がねばならないのか？　訳の解らないことばかりだったが、俺は大急ぎで着替えて出勤しなければならなかった。俺の衣服は浴衣と黒服の他には、このホテルに到着した時に着ていたものしかなかった。そのTシャツをひっかぶり、ジーパンに足を突っ込んで階下へ駆け下りた。

　ダイニングルームでは、レオナルドが、椅子の上に立ち、やたらと指令を下していた。ほかの椅子は全てテーブル上に上げられ、清掃員達がモップや箒で床をこすりながら走り回っていた。また数人はガラス窓を拭き、また別のチームは脚立に乗って天井の梁をデッキブラシでこすっていた。見たところ、共同作業の秩序は皆無に等しく、清掃が終った床の上に梁からゴミが落ち、未だ清掃が終ってない場所でテーブルから椅子が下ろされ、レオナルドが怒鳴り、そしてまた椅子が上げられた……。

そのこの上もなく馬鹿馬鹿しい光景が延々と続いた。時間がどんどん過ぎ去っていった。椅子の上げ下ろしをやりながら、俺は朝食時間が気になってきた。

「レオナルドさん、こりゃヤバイ！　早いところ、作業を中断してレストランの開店の準備にかかった方がいいですよ」

だがレオナルドは自分の司令塔から離れなかった。そして目をギラギラ光らせながら怒鳴り続けた。

「おい、そこの奴、おめえのめんちゃま、どこにちゅいている？　ゴミだ、ゴミだ！　そりゃ！　そこの床濡れてるじょ、よく拭いちょけ！」

最早、彼の頭にはダイニングルームの汚れのことしかないようだった。

「ピッカピカに磨き上げるんだじょ！」

俺はフロントへ走った。ホギーに客室に電話をかけ、朝食時刻の変更を連絡するように頼んだが、とても全部の客への連絡を済ますには時間がなかった。ホギーが必死で電話を掛けまくっている間に、俺は手書きの「号外」を作り、コピーを取り、それを電話のみでは連絡しきれない客の部屋のドアの下から、新聞のように差し入れて回った。それからロッカー室に駆け込んで、黒服に着替えた。

レストランは一時間遅れでオープンされた。ノパコンのおかげで予約の混乱はなかったが、客の中には、予定が狂わされたと不平を言う者もあった。そのたびにレオナルドは、実に素早く消え去った。レストランが定刻より一時間遅くクローズになった時、何とレオナルドはキッチンをもきれいに掃除せよ、と言い出した！　レパディ嬢と虎助社長はキッチンにも興味をお持ちなのか？　ブータンやコウタロウがいかに彼の命令を受けたのか、また受けなかったのか、それに関わっている時間は俺にはなかった。ちょうどその時、支配人がお呼びだ、という連絡が俺に伝えられた。あの書き直された営業報告書を手に、再度支配人と対決する瞬間がやってきた。ノパコンを引っさげて、俺は支配人室へ向かった。

明るい窓を背に、モンキキはあいかわらず不機嫌な顔をしていた、デスク上に積み上げられた書類の山を前に。なぜ社長の視察が近くなると書類が山になるのだろう？

「報告書は出来たのか？」とモンキキは俺の挨拶も待たずに切りかかってきた。「君のこのメモはさっぱり意味が解らん！　だいたい何だね、『ハードコピー』とは？」

なるほど、こいつはハードコピーって言葉の意味を知らないんだ。

「失礼いたしました。それは紙に書かれた文書という意味であります」こう説明しながら、俺はノパコンをモンキキの目の前に据えた。

モンキキはその不思議な機械をマジマジと眺めた。「これがノパコンです。目下レストランの予約や統計作業のみならず、客室の予約の処理にも威力を発揮している優れものです！」

「ほう、これがね。ゴートが、君は手品のような道具を使っていると言っていたが」

「手品！　まさにピッタリの名称ですね。ご安心下さい。レストラン営業報告書は確かに完成しております。が、その前にちょっとお見せしたいものがありまして。まずはレストランの予約表です。この画面をご覧になっていて下さい」

「これはつまりビデオか？　どこにテープを入れるんだ？」

俺はノパコンを立ち上げ、フロッピーを取り上げてモンキキに見せた。

「これがフロッピー。言うなれば、ビデオテープに匹敵するものでしょうか」

「ずいぶん薄くて小さいなあ！」

「はい、しかしこのフロッピーの容量は恐るべきものです。莫大な情報量を貯えることが出来ます。

よろしいですか？」

俺はフロッピーをノパコンに挿入し、フォーラムベストに入り、ダイニングテーブルの予約一覧表を呼び出した。モンキキは目をしばたたいた。すぐには理解が出来ないようだった。

「引き続き、今朝の各メニュー売り上げを示す統計レポートをお見せします。いつもは手書きのハードコピーにてお渡ししていますが、画面上で見ることも出来ます」

フォーラムベストを開いたままで、今度はキャクタスに入り、レストラン統計レポートを呼び出した。モンキキの目が大きくなった。今にも周囲のシワがピーンと伸びてしまうか、と思われるほどだった！

「本当に今朝のレポートなのか？　君が一人で？

こんなに早く！」

「はい、いかにも。キャクタスはどんなに長い計算でも、あっという間に自動的にやってくれるんです。俺がやることは数字を打ち込むだけです。たとえば……」

と言いながら、俺は、表のブランクのセルに適当な数字を幾つか入力し、足し算をやって見せた。寸時に現れた合計を見て、モンキキは今度こそ肝をつぶしたようだった！　顔をぐんとノパコンの画面に近づけた。そうすることで手品のタネが見抜けるかのように。

「次は、客室の予約です」

またフォーラムベストに戻り、客室予約表を開いた。

「むむ……」とモンキキが唸った。

「以上がこのノパコンにより俺が引き受けています日常の作業です。では、いよいよレストラン営業報告書をご覧に入れましょう」

画面は三太郎の世界になり、あの報告書が現れた。

「こちらに『ページダウン』というキーがあります。これを押して下されば、画面が上がり、文書は先に進みます、やってみて下さい」

モンキキはノパコンのモニター画面を睨んだ。シワに囲まれた目を右から左へ、左から右へと動かしながら、そのぎこちない右手の人差し指で「ページダウン」を叩きながら。沈黙が続いた。まるでモンキキは言葉を忘れてしまったようだった。ただただノパコンの画面を見詰めていた。いつの間にかそこには彼とノパコンだけの異様な小宇宙が生まれていた！

ついに画面上に報告書の最後の文が現れた。「新生サファリパークキャッスルホテルに乾杯！（レストランスタッフ　立花武記）」

モンキキは不動だった。彼の目はノパコンのモニターに吸い付けられたまま、全く動かなかった。「いかがでしょうか?」長い沈黙の後、俺は囁くように尋ねた。モンキキの世界に、今侵入していいものか、といぶかりながら。

「むむ、むむ、むむ……」これがモンキキがやっと漏らした声だった。

「もしお気に召さない箇所がありましたら、いくらでも変更いたします。ワープロ上では簡単に言葉を足したり削除したり出来るんです。例えばここに」と俺は言って、報告書の文の中にデタラメの言葉を打ち込んだ。

「ま、待て！　いかん！」とモンキキは叫んだ。

「ご心配なく、支配人。これはまた簡単に削除出来ますから！　ところで内容はこれでよろしいですか？　変更は自由自在なんですが」

「むむ……」とモンキキはまた唸った。「むむ……結構な報告書だ」

「えっ？　では合格ですか?」

「よかろう。ただし、誤字が多いようだが」

俺は少々赤面した。慣れないワープロとの奮闘だった。打ち間違いに気を配っている余裕はなかったのだ。

「ではこうしよう」とモンキキは提案した。「もう一度冒頭に戻ってくれ。わたしが誤字の箇所を指摘する、君が修正したまえ」

「おやすいご用です！」

俺はノパコンの前に、ピアノの稽古をする生徒のように座り、モンキキは俺の脇にピアノの教師のように座り込んだ。そしてワープロの共同作業が始まった。

窓の向こうで日が高く昇っていた。ランチタイムが近かった。だがモンキキはノパコンから離れようとはしなかった。文字のみならず、言いまわしや句読点までも丁寧にチェックし修正し、さらに無用な装飾文を次々と加えた。まさに彼自身の宇宙に陶酔しているようだった！

モンキキのデスク上で、内線電話が鳴り響いた。モンキキは無視しようとしたが、電話は鳴り止まなかった。苛立たしげに、彼は受話器を取った。

「モンキキだ……うむ、今ここにいるが、目下重要な作業をやっている。手が足りないなら、清掃員でも何でも動員しろ！」

レオナルドあたりが、俺を捜していたらしい。ガチャン！　と受話器を置いて、モンキキはまたノパコンの宇宙に没入した。

レストラン営業報告書の文面修正・変更・追加の作業は延々と続いた。ようやく「立花武記」という所まで漕ぎ着けた時、モンキキが言った。

「ところで、この報告書はわたしが社長に提出するものだ」

「はい、了解しておりますが……」

そんなことは承知していた。俺には彼がなぜそんなことを言うのか、すぐには解らなかった。

「最後の名前は『支配人モンキキ』と変更してくれ、それから……」

やっと解った。モンキキはこの報告書の作者になりたかったのだ。

「君がわたしについて言ってくれていることはありがたいが、そこの部分の『支配人』という言葉は『虎助社長』に直してくれたまえ」

報告書から俺の名前は削除され、代わりにモンキキの名が加えられ、「支配人」は「社長」に変更された。――虎助社長はホテル従業員の艱難辛苦を深く理解し、あたたかく指導し、労っている。

従業員は彼を父親のように崇め、かつ、慕ってい
る——
　俺はふと思い出した。エンパイヤリゾートホテ
ルのバーで、サラリーマン風の男達がぼやいてい
たことを。一生懸命レポート作ってもさ、悪けり
ゃ怒鳴られるし、いいのが出来りゃ、みんな上の
奴の手柄になっちまう。サラリーマン哀史だよな
あ、ったく——だが今の俺にとっては、そんなこ
とは問題ではなかった、支配人は俺の命をその手
に握っていた。そして俺には生き続けることが最
大の課題だったのだ！
「虎助社長は斬新的な物、面白い物が大好きな方
だ。社長来館の折は、君が是非これを操作してご
覧に入れろ。きっとお喜びになるだろう」
「承知いたしました！」
　俺はノパコンをたたんで立ち上がった。助かっ
た！　急に腰がフラフラした。安堵感とともに、
全身の力が抜けていった。
　支配人室を出た時、突然廊下の隅から飛び出し
てきたものがあった。それは歪んだサングラスを
かけたミケだった！
「大丈夫だった？」と低い声で不安そうに尋ねた。
「うん、今度はうまくいった！　社長の前でノパ
コンのデモンストレーションをしろと言われた。
社長はきっと喜ぶだろうってさ」
「じゃあ、タケシさん、本当に助かったのね！」
「もちろんだ。そう簡単に死んでたまるか」
　言葉もなくミケは俺の胸に顔をうずめた。その
背を軽く叩いて、俺は階下へと急いだ。フロント
には新しい予約がたまっているだろう。そしてレ
ストランのレジには統計作業のための伝票の山が
積まれているはずだった。俺は「処刑」を免れた。
だが、追い立てられていることには何の変わりも
なかった。

　レストランのレジに座り込み、解読が困難を極
めるレオナルドの手書き文字と苦闘しながら、昼

食の統計レポートの入力をやっていたら、何やらロビーが騒がしくなった。赤い上着に金糸の縫い取りがついている、やけに派手なユニフォームを着込んだドアマンらしきスタッフがフロントに駆け付け、社長秘書様がお着きになりました！　と告げた。その時までドアマンなど見たことはなかった。不思議に思って目を凝らすと、それは何と清掃員の一人だった！

数人のざわめきとともに、背の高い女が一人ロビーに入ってきた。髪をアップにし、豹柄のバンダナを巻き付けていたが、燃えるような赤毛がバンダナの上に盛り上がっている。やはり豹柄のスカーフで首を覆い、豹柄のサマーコートをまとっていたが、その裾から、細いにもかかわらず筋肉の強そうな長い脛が伸びていた。かなり高いハイヒールを履いていたが、なんとその靴も豹柄だった！

「社長との会議が延びてしまって……支配人はおいでですね？」

その声に俺は少なからず驚いた。レパディ嬢という呼び名を聞いて若い女性を想像していたのだが、その声はハスキーで、どう見ても、いや、どう聞いても、中年だった。多分あの赤毛は染められた髪だろう。しかしひょっとすると、人間と豹とでは年齢の判断の基準は異なっているのかもしれない。

「はい、先ほどから控えております。ただ今すぐ！」とゴートが答えた。

「先日の豪雨でいつもの道がやられちゃったでしょう。変身していても、まあ、大変だったこと！」

社長秘書はどうやら豹の姿でやって来たらしい。

やがて慌ただしい足音と共に、支配人モンキキが現れた。そしてその後ろにレオナルドが、腰巾着のように付いていた。しきりに両手を擦りあわせながら。

「レパディ様、お待ち申しておりました！」

レパディと二、三人のお付きらしい男どもを中心に、彼等は二階へ上がっていった。強いジャコウネコの香水の香りが漂ってきた。

数分後、今度はブータンが鼻息も荒くロッカールームの方から現れた。ダークスーツにネクタイを締めていたが、そのネクタイは奇妙に曲がっていて、どうやらえらく慌てて着替えを済ませたようだった。社長視察の打ち合わせに加われ、と突然支配人に命令されたと言いながら、ドスンドスンと階段を登っていった。

ようやくロビーに静寂が戻った。カタカタカタと俺はノパコンを打ち続けた。統計レポートが完成する間際になって、ゴートが、支配人がお呼びだ、と告げた。ノパコンを持ってすぐ部屋に来るように、とのことだった。

支配人室の扉を開けると、またジャコウネコの香りが漲っていた。モンキキのデスクの傍らの応接セットにグループは座していた。中心のソファーにレパディが女王のように座っていた。胸が大きく開いた裾の短い豹柄ワンピースを身につけ、淡い豹柄のストッキングを履いた長い足を組み、煙草をくゆらせていた。彼女の目は金色で眼光は鋭く、瞳孔は縦に細い紡錘形だった。頬骨が高く面長の顔は端正だったが、高慢そうで、闘争心に溢れているようだった。にもかかわらず、真っ赤な唇だけが微笑んでいた。

「レストランスタッフのタケシをご紹介いたします」とモンキキが言った。「山の向こうから来ました。画期的な機械を駆使して、我々の業務に携わっております」

「ああ、あの噂の」とレパディが言った。「かわい方ねえ！　社長がとても興味をお持ちのようよ。ミケさんから色々聞いていらっしゃるみたいで」

「ああ、さようでございますか。それはそれは。その彼の機械をちょっと見ていただきたいのです。本日は実際に操作をするお時間がないんですが、こんな物がある、ということを、是非社長にお伝えいただければと思いまして。実は私の報告書もこの機械の画面でお読みいただこうという企画になっております。タケシ君、ちょっとお見せしてくれ」

俺はノパコンを立ち上げた。

「まあ、何てきれいなんでしょう！」とレパディが感嘆の声を上げた。「社長はビデオとってもお好きだから、きっとお楽しみになるわ」

「はあ、ただこれはビデオのみならず、いえ、ビデオというよりも……」モンキキは説明に苦慮していた。「予約を取ったり計算をしたり、文書も作成してくれる摩訶不思議な機械でありまして、いや、わたしも初めて見ました時にびっくりいたしました次第です！」

「そう、それでモンキキさんもこれをお使いになって報告書を用意なさったってわけなのね？」

「はあ、まあ、少々のたしなみですが……」

「お忙しいのに、その中で、こんな素敵なものを！　解りました。社長にご報告しておきましょう、『乞う、ご期待！』とね」

「光栄の極みでございます！」と、モンキキは深々と頭を下げた。

レパディ嬢は自分のメモノートを開き、幾つかの項目をチェックしているようだった。それからルージュで真っ赤になった煙草を灰皿の上でもみ消した。

「あ、そうそう」何か思い出したようだった。「くどいようですけど、あの乗馬の件、よろしくね。社長は楽しみにしていらっしゃるから」

「承知いたしております」とモンキキが答えた。

「しっかり訓練させてありますので、ご安心を」

「では、社長の来館は三日後、ということで」

「確かに承りました！」と答えて、モンキキはまた頭を下げた。

社長秘書は立ち上がった。一同の安堵が感じられた。

「ミケさんはお元気かしら？」と彼女は、歩きながらレオナルドに尋ねた。

「はいはい、元気じぇやっておりましゅ」レオナルドが両手を擦りあわせていた。

「また誰かを引っ掻いているんじゃないでしょうね？」

「い、いいえ……とんじぇもない！」と答えながら、レオナルドは慌てて片手で、今も三本の引っ掻き傷が残る頬を隠した。「いちゅもよく、わちゃしの言うことをちゃんと聞いてくれましゅ」なんと顔が、豹柄のアバタになっているではないか！

「あなたも大変でしょう？」と社長秘書は続けた。「あの子はきかなくて、とても気位が高いから。でも、いくらお父様が貴族だったと言っても、所詮捨て猫ですものねえ、お育ちは争えないわ。小さい時に身に付いた癖はあの通り直らないのよ、ホ、ホ、ホ、ホ……」

レパディの言葉には毒があった。全身豹柄の丈高き社長秘書が、ジャコウネコの香水の香りをロビーに残して、お供の一行とともに去った時、もう日は斜めになっていた。結局彼女がレストランに足を踏み入れることはなく、入り口から覗くことさえしなかった。

その日のディナータイムにミケが現れた時、昨晩にも増して疲労困憊しているようだった。確かにこのところやつれがひどいような気がした。俺がレパディの話をするとミケの目が釣り上がった。

「あいつはね、いやあな女よ！　あたしが社長のお気に入りだから、ヤキモチを焼いてるの。みんなにあたしの悪口を言ったり、貶《おとし》めたりしているのよ。でも社長の前ではコロリと態度を変えちゃうの。いつか引っ掻いてやりたいわ！」

「ミケ、それは絶対にいけないよ！」と俺は慌てて注意した。「秘書は彼女のボスより恐いってサラリーマン連中がしゃべっていたのを聞いたことがある。社長に何を言うか解らないからね。それよりも」レオナルドを横目に見ながら、俺は声をひそめた。「具合が悪いんじゃないか？　休んだ方がいい」

「あたしは、平気よ」

「いや、無理はいけない。今夜は早く引き上げるんだ。あとは俺が何とかするから」

「でも、タケシさんのお食事が」

「大丈夫、ミケの休暇の間ぐらい、ちゃんと自分でなんとかしますよ」

俺の中にはある自信が芽生えていた。支配人は社長の視察を目前にしている。そしてそのための重要な報告書は、俺の手中にあった。いや、そればかりではない、レストランの予約も統計作業も、客室の予約さえも俺の支配下に入っていた。モンキキは馬鹿ではない、力関係と共に何が得かをよく見抜いていた。俺がレストランのために一人や二人の助っ人を願い出たところで、どれほどの問題になるだろうか？　レオナルドが反対するなら、奴を飛び越えて支配人に直談判だ。上司を無視したと叱責するだろうか？　それならそれで、謝ってやれ、頭を下げて舌を出してやれ、それだけのことだ。また何回でも同じことを依頼してやろう。モンキキが社長秘書に頭を下げるように、俺も頭を下げてやろう。そうだ、それだけのことなんだ……。

ミケを去らせてから、俺はレオナルドにお伺いをたてた。慇懃無礼に。

「ミケさんはひどく具合が悪そうで、貧血を起こしそうになりましたので、私の一存にて休ませました。申し訳ありません。ところで、今日は大変でいらっしゃいましたね、お疲れでは？　お役目ご苦労様でした！　レオナルドさんのお体のためにも清掃員を一、二名臨時に動員したいのですが、お許しいただけますでしょうか？」

「しょうか、ふむ、よかろう。君が手配しちぇくれ」

レオナルドもまた、真に疲労困憊しているようだった。

社長来館の日程が確定するやいなや、ホテル全館が、今度こそ慌ただしくなった。清掃員が通常の二、三倍にもふやされ、早朝からロビーのあらゆる部分をみがきあげていた。真紅の絨毯の擦り切れた部分には、急遽ラグが敷かれたり臨時に植物のプランターが置かれた。社長は支配人室に隣接した貴賓室に泊り、食事もその部屋で取り、レオナルドとミケがお仕えする、と発表された。

　増築工事も急ピッチで進められているようだった。支配人の顔つきも、社長の視察が近くなるに連れ、険しくなっていた。虎助社長が彼に次々と厳しい締め切りを与え、追い立てていることは容易に察することが出来た。俺には新しく専用のＰＨＳが支給され、客室とレストランの予約に加え、営業報告書への追加項目についての支配人からの連絡も頻繁に入るようになった。

　そんな慌ただしさの最中、ホテル正面の草原でも、朝から新しい作業が始められていた。山の作業員が数人集まり、丸太を切って即席の柵を作り、高さの順に並べ始めた。低い柵は人間の膝位の高さだったが、高いものは一メートルをはるかに越えていた。昼過ぎにそのハードルは全て整った。これから社長を乗せる馬が予行演習をやると発表され、スタッフで手すきの者は見物を許された。何でもその馬は生っ粋のサラブレッドで、このホテルで育てられ、黒木が原で馬術用に訓練されたという。ペガサスという名であった。虎助社長は、来館のたびにペガサスに乗って散策を楽しむのが常だったが、今回はハードルを飛びたいと言い出した。コックのコウタロウは乗馬のエキスパートで、馬の心理もよく理解していたので、彼が、今回の社長視察のためにペガサスに特訓を与えていたそうだ。

　その名馬の華麗な勇姿を一目でも見たいと思ったが、俺はあいかわらずレストランのレジで統計作業を続けなければならなかった。ノパコンの画面に目を凝らし、数字の入力をしながら、屋外から聞こえてくるひずめの音や拍手や陽気な歓声を聞いていた。歓声……それは俺にとって光に満ちたこの上もなく羨ましい世界からの呼び声だった。呼び声なのに、俺に答えることは出来なかった。あんな歓声を俺もかつてどこかで聞いていた。いや、俺自身あんな声を上げていたはずだ。一体いつのことだっただろう？　山の向こうの世界にいたのは、何年前のことだったろう？　お袋やゆき子はどうしているだろう？　考えまいとしていた主題だった。忘れなければ生きてはいけなかった。彼らのことは考えず、ひたすら毎日をこなしていた。そうしなければ発狂しただろう！　だが俺が無事で生存していること、それだけは何とか伝えたかった。何が何でも……。

その時突然俺の椅子が激しく突き上げられた。数秒間か、それともほんの一瞬だったのか？　揺れはやがて水平方向となったが、それまでにギシギシ、ガラガラという音が周囲に響き渡り、レジの上でボールペン立てが倒れた。ダイニングテーブルのそこかしこで花瓶も倒れた。キッチンの奥でなべ類が落ちる音が聞こえ、コック達が何か怒鳴っていた。そして、屋外でギャーッ！　と言う叫び声が起こった。歓声ではない。ただならぬ叫び声だった。地震が治まった時、俺はポーチへ飛び出した。火星号は無事だった。だが目の前に信じられないような光景が広がっていた。一番高かった丸太製の柵が倒れ、傍らに馬が鼻息も荒いまま横たわっていた。立ち上がろうともがきながら！　そして数メートル離れた位置にコックのコウタロウが放り出されていた！

どうしたんだ？　と俺は見物していたスタッフの一人に尋ねた。

「柵が地震で倒れた。ペガサスが後足をひっかけて転倒して、コウタロウが落っこっちまって……」

担架が運ばれ、コウタロウが載せられた。頭から血を流していて全く動かない。

「石に頭をぶつけたに違いない！」と誰かが言った。コウタロウがひっくり返っていた場所には、一塊の岩石が地表にむき出しになっていた。

「ペガサスが腰を抜かしちまった。どうしても起き上がれない！」

「いや、様子が変だ。怪我してんじゃあねえか？」

「こりゃあ大変だ！　虎助社長の愛馬だぞ！」

倒れているペガサスを取り囲んで、観衆が大騒ぎをしていた。

俺はレジに戻り、ノパコンの作業を続けた。俺にとって最大の問題は、この思わぬ事故がモンキキに及ぼす影響だった。彼はどうやって損失の埋め合わせをするのだろうか？　新しい馬を調達するんだろうか？　それとも社長の視察の延期を願い出るのだろうか？　やがて階段の激しい軋み音とともに、モンキキが駆け下りてきた。

「コウタロウが落馬しまして、医務室に運ばれました。また、ペガサスも負傷したようです」屋外からスタッフの一人が飛び込んできて、支配人に報告した。「今先生が着きました」

白衣を着たドクター・ホワイトホースが、ロビーに駆け込んで来た。

「コウタロウは失神したままで」と言いながら、そのスタッフがドクターを医務室へ案内しようとした。だがモンキキがドクターを引き止めた。

「ペガサスはどうなんだ？　ペガサスを診てもらいたい、今直ぐに！」

ドクターを引っ張りながら、モンキキの姿はポーチの向こうに消えた。しばらくしてドクターの声が聞こえた。

「足を骨折していますな。命に別状はないが」

「あれじゃあ、社長の乗馬は無理だなあ」とゴートが言った。いつの間にか俺の傍らに立って、屋外の様子を不安げに伺っていた。「支配人は一体どうするんだろう？」

「でも地震が原因だったんだから、しょうがないじゃありませんか」と俺は言った。

「問答無用、言い訳は一切通用せんよ。あの社長相手にはね。社長命令は絶対なんだ」

「そんなことを言ったって不可能なことは不可能だ」

「不可能なら、支配人は年貢の納め時ということだ」

「年貢？」

「ここだけの話だがな」とゴートが声をひそめた。

「我々の間では共食いは厳禁だ。だがな、社長だけは別なんだ。命令不履行で社長の怒りにふれると、場合によっては彼の一存で『死刑宣告』が下され、その後は……つまり、社長の食卓に載せられることになる……」

「ええっ？」

「しっ！」とゴートは俺を制して、逃げるようにフロントへ戻っていった。

しばらくすると、ドスンドスンという足音とともに、ブータンが階段を駆け下りてきた。

「医者はまだか？　コウタロウが目を開けない！」

「今ペガサスを診ていらっしゃるようだが」とゴートが答えた。

「何だと？　コックの方が先だろうが!?」

そしてシェフは屋外へ飛び出していった。支配人と激しくやり合っているようだった。数分の後今度はシェフがドクターを引っ張って、ロビーを横切り、階段を登って行った。

ホテル中に重苦しい雰囲気が漂った。誰も口数が少なくなり、またロビーや通路の隅々に小さな人垣が出来て、ヒソヒソ話を始めた。

キッチンはこの突発事故のために上を下への大騒ぎとなった。コウタロウの代役として、その日のディナーのために、急遽コックが一人雇われた。キャッスルホテルで働いていたが、ホテル崩壊後「余剰人員」のリストに名を連ねていたらしい。猪《いの》太郎《たろう》という名だった。ブータンと顔つきが似ていたが、はるかに毛深かった。そしてキッチンの中でしばしば物にぶつかった。よく観察してみると、真っ直ぐに歩くことは得意そうだったが、曲がるのが苦手らしく、障害物をうまく避けられないようだった。

ミケは、体調がすぐれないらしく、欠勤していた。レオナルドは、社長接待の委細につき支配人と打ち合わせがあると言っては、しばしば消えてしまった。前夜のようにボーイのユニフォームを着込んだ清掃員が動員され、バイキングの食器の山の片付けに励んだ。いつの間にか、スタッフの間に、次はどんな悪いことが起こるだろうか？　という漠然とした懸念や恐怖が蔓延していた。ディナーのテーブルでの客の会話さえも陰気だった。そんな中、コウタロウの死が伝えられた。彼は医務室で、ブータンに見守られながら、意識を取り戻すことなく息を引き取った。ブータンは、まるで沼の底に沈んでいるような顔付きでキッチンに現れ、仕事が終るまでついに一言もしゃべることはなかった。

その夜、ディナー業務と統計作業の全てを終え、俺はノパコンを持って支配人室へ向かおうとした。だがゴートが、支配人はどうしても内線電話に出ないと告げた。多分社長と話し中か、あるいは馬の調達のことで電話をかけまくっているんだろう、と彼は言った。

「じゃあ、部屋の外で待ちます」

階段を一歩一歩ゆっくり登りながら、俺は考えた。馬だ、馬の代わりをどうするか？　その緊急な問題でモンキキの頭はいっぱいだろう。その時ふと火星号のことを思い出した。ポーチに放置されている哀れな奴、修理さえしてやれれば見事に蘇るのに。そう思った時、あるアイデアが俺の心に浮かんだ。馬の代わりだ、乗り物なんだ。社長は面白い物が好きだ、とモンキキが言っていた。面白い乗り物があればいいんだ……。

支配人室に近づくと、暗い廊下に細い光が伸びていた、ドアがかすかに開いていたのだ、そして中から低い人声が聞こえた。

「あいちゅは、けしからんやちゅだ……」レオナルドの声だった！　俺は聞き耳を立てた。「ノパコンなんちぇインチキやっちぇ、我々の目をごまかしちぇいる。金をネコババしちぇるかも知れん」

「証拠があるのか？」モンキキの声だった。

「いや、まだ何も。したたかなやちゅだから、しょう簡単にしっぽは出しゅまい。だが、あやしいこちょばかりだ。危険なやちゅだ」

「……」

「ミケにやちゃらとチョッカイだしちぇる。社長に取り入ろうとしちぇるんだ……」

明らかにレオナルドが、俺のことを中傷してい
た！　会話は低くなり、しばしのヒソヒソ話の後、
またレオナルドの言葉が聞き取れた。

「今がチャンシュでしゅ。やちゅがホテルを怨んじぇ、柵に仕掛けをしちゃ、ということにしゅりゃいいい。やちゅをビチャミン料理にしちぇ、社長に献上しゅれば、支配人はお咎めなしちゅうことになりましゅ」

モンキキが何か呟いているようだったが、やがて部屋の中は静まり返った。俺はわざと足音をたて、大きな声で挨拶をした。

「今晩は、タケシであります！　統計レポートと営業報告書の最終検討のために伺いました。失礼いたします！」

ドアを開けると、レオナルドが振り返った。眼鏡の落ちた赤ら顔が蒼白になり痙攣した。奴は、心底俺を恐れているようだった！

「タケシ君、お役目ご苦労だが、目下緊急事態が発生している。レポートの話は後にしろ」とモンキキが言った。

「了解いたしました。が、その緊急事態につき、是非お話したい儀があります」

「何だと？」今度はモンキキが顔を痙攣させた。

「その馬についてであります」

「お前に馬のことにゃんか解るにょか？」とレオナルドが尋ねた。

「支配人、俺の話、お聞きいただけますか？」

しばし俺とレオナルドを交互に眺めてから、モンキキは答えた。

「よし、聞こう。だが時間は余りない、手短にな」

「承知いたしました。ですが」俺はレオナルドに目をやることなく、付け加えた。「お人払いを！」

「何ぃ？」レオナルドが唸った。

俺は繰り返した。

「お人払いをお願いいたします」

モンキキは一瞬の沈黙の後、レオナルドに、退室せよと目配せをした。レオナルドは渋々立ち上

がった。彼の背後でドアをバターンと閉めてから、俺はゆっくりと支配人の方に歩み寄った。

「で、何だね？　君の話とは？」

「はい、社長の馬の件ですが……その後解決策は見つかりましたか？」

「いや、まだだ」とモンキキは答えて、俺に背を向け、窓辺に両腕を突き立てて首を垂れた、背中が丸く盛り上がり、頭が見えなくなった。「スタッフが血眼になって探し回っているが、まだよい馬が見つからない、もう時間がない」

「社長は、視察を延ばすとか、乗馬を見合わせるお気持ちはないんですか？」

「それとなく打診をしたが、にべもなく却下された。まあ、そんなお伺いは愚問なんだが」

俺はゴートが話していた社長の「死刑宣告」のことを考えた。

「絶体絶命という訳ですか……」

「何を言いたいんだ、君は!?」モンキキが怒鳴った。彼は窮地に立たされ、明らかに苛立っていた。

「実は、その馬なんですが、俺にちょっとした思いつきがありまして……」

「ふん、山の向こうから馬を取り寄せる、とでも言うんじゃないだろうな？」

「山の向こうと取引をなさろうと？」

「論外だ！」とモンキキはまた怒鳴った。「君の考えとはそのことか？」

「いえ、そうではなくて、もう少し手っ取り早い方法が」

「馬は明日中に確保しなくてはならない」とモンキキは言って、俺の顔をじっと見詰めた。まるで今にも死刑の宣告をしそうな表情だった。「君にそれが出来るか？」

「うまくいくかどうか解りませんが、やってみる価値があるんじゃないかと思います」と俺は続けた。「支配人は以前言われましたね。社長は斬新的な物、面白い物がお好きだ、と」

「確かにそう言った」

「そこなんです。馬に代わる乗り物があればよろしいのでは？　馬と同じくらい、あるいはもっと面白い乗り物が」

「君はまさか、社長を山の作業員の荷車に載せろ、と言うんではなかろうね？」

「ハ、ハ、ハ。ご冗談を！　いくら酔狂がお好きの社長でも！」俺は笑った。レオナルドの恐ろしい中傷を聞いた後になおも笑っている自分に驚きながら。「いえ、そうではありません、俺が考えているのは、『火星号』です！」

「何？」

「俺のバイクです。正面玄関のポーチにずっと置かれている、あの乗り物です。俺がこのホテルに着いた時に引っぱっていた乗り物です」

「ああ、あの虫の化け物のような奴か、あれは見苦しい。故に、社長の来館までに撤去することになっている」

「ま、待って下さい！」これには慌てた。冗談じゃない！「撤去なんてとんでもない！　あいつはエンジンをかけると、凄い爆音を立てて、馬より速く走るんです。迫力満点で！」

「だが確か沼に落ちた、とかいう話だったな。もう動かないんだろう？」

「目下のところは。しかし、修理をすればまた動くようになります、確実に」

「本当なのか？」

「はい、それなりの部品と工具があれば」

「君が自分で直せるのか？」

「はい、確かに」

モンキキは片手で自分の顎をつまみながら、窓辺を行ったり来たりした、思案を巡らしているようだった。

「社長がいきなりあの乗り物に乗って操縦することはまず無理でしょう。そのためにはそれなりの訓練を受けなくてはならないので。でもあれには二名の人間が乗ることが出来るんです。一名は前で操縦し、もう一名は後ろに乗るんです。後ろに乗る人間はいうなればただの乗客、でも運転者と同じようにスピードやスリルを味わうことが出来ます。山の向こうでは大変な人気です。だから、多分社長も喜ぶと思います」

「……」

「ただ、まず修理をしなければならない。あ、それからガソリンという燃料が必要になりますが」

「……」

「コウタロウから聞いたんですが、山麓には同志の方々がいらっしゃるそうですね。その方々なら必要な部品や工具やガソリンを調達することが出来るのでは？」

「……」

「あれが沼に落ちた。それから燃料タンクに亀裂が、と説明して下されば！」

「それは可能だ、だが……」と言ってから、モンキキは俺の目を探るように見詰めた。「君の魂胆は一体何なのだ？　社長の馬の代わりを用意することだけが目的か？　真実それだけなのか？　それとも……」

「俺が逃亡するのではないかと疑っていらっしゃるんですね？」

モンキキは答えず、ただじっと俺を見据えていた。

「支配人、お疑いは無理もない。しかし今の俺は、一旦入ったら二度と生きては出られない、という黒木が原に飛び込むほど血迷ってはいません。今後もこのホテルで働き続けてもいいと考え始めています。なぜかというと……ミケがここにいるからです」それは突然俺の口をついて出た、思いがけない台詞だった！

「ミケだと？」モンキキがレオナルドの言葉を思い出していることは明白だった。俺はそれを逆手に取ってやった。

「はい、彼女は、俺が錦巻きを見た後、ぶっ倒れた折り、一生懸命看病をしてくれました。それ以後も色々尽くしてくれます。だから彼女の側にずっといてやりたいのです」

「ふむ……」

「そのために、こうして毎日がんばっているんです。しかしながら」ここまで言って、今度は俺が支配人を見据えた。「しかしながら、ですね。今後もここで働き続けるためには、支配人に、俺自身を、それから俺の仕事とこのノパコンを信頼していただかなければなりません。それが必須条件です。さもないと……」

「どうだと言うんだ?」

「俺は絶望するでしょう。絶望した人間は何を仕出かすか解りません。俺はある時突然ノパコンを道連れに、あの赤沼に飛び込むかも知れない。いや、その前にこのホテルに火を放つかも知れない!」

「……」

「いいですか、人間を絶望に追い込むのは恐ろしいことなんですぞ。窮鼠猫を噛む、と言いますよね?」

「……」

「ヤブレカブレとなりゃあ、人間はどんなものすごいことだってやっちゃうんです! そんなヤバイ事態を招くよりも、今俺に賭けてはいかがですか? いえ、火星号と俺に賭けてみませんか? 俺が役立たずと解ったら、どうせビタミン料理にするんでしょう? それはいつだって出来る、別に急ぐことじゃない。その前に、とにかく賭けて下さい。この俺の知恵と腕に!」

長い沈黙と行ったり来たりの「散策」の後、モンキキは呟いた。

「君に賭けてみてもいいかも知れん……」

目の前に提出された二つの案を天秤に掛けながら、モンキキは、注意深く計算をしたのだろう。レオナルドの策を実行すれば、急場は凌げるかも知れない。だが確実に、俺という道具を失わなければならない。しかも骨折した馬の代用品を社長に捧げる案はなかった。一方俺の提案を試すなら、ひょっとすれば、何も失わずに済む可能性があった。そして、何も失わずに済ませることが出来れば、それに越したことはなかった。多分彼の方も、この俺の案にすがり付きたかったのではないか?

「よかろう、君に任せよう」とモンキキは言った。

「ただし忘れるな。君はこのホテルに多大な借金を負っている。もし君に魔が差して、逃亡を企てたら、たちどころに追手が差し向けられるだろう。黒木が原中の動物どもが君を確実に追い詰めるだろう！」

「はい、了解いたしております」

「よし、では早速取り掛かろう。ことは急を要する。君が必要な物を直ぐに列記したまえ。大至急ゴートに伝書鳩を手配させろ。これは支配人命令だ！」

「承知いたしました！」

やった！　俺はフロントへ飛んだ。火星号、俺達の運が開けてきたぞ。お前が野を駆け回ることが出来るのも、もうすぐだ！


翌朝、俺は天空を切る鋭い動物の鳴き声らしい音に目覚めた。間もなく電話が鳴った。

「タケシ君、君が依頼した応急処置用の部品と工具が山麓から届いた。すぐに作業に入りたまえ！」

モンキキの声だった。

「えっ!?　それはそれは。誰が運搬をしてくれたんですか？」

「イヌワシだ。部品の追加も可能だ。燃料の方はカモシカが運んでくる。少々時間がかかるかも知れんが、間に合うだろう。急げ！」

当面の手筈は整った。急に胸が高鳴り始めた。俺は飛び起きた！

虎助社長来館のイベントのためということで、俺は火星号の修理に専念することになり、レストランの朝食及びランチ業務は免除になった。そして新たに、元キャッスルホテルの従業員だったというボーイが二、三人臨時雇いになった。とはいうものの、客室やダイニングテーブルの予約と各メニュー売り上げの統計表は全てノパコンで処理されていたので、俺が一時たりともノパコンを手放すことは出来なくなっていた。そこでノパコンは、火星号が臥せっているポーチに運び出され、俺のPHSにフロントとレストランから連絡が入るたびにデータが入力され、また俺の指令がノパコンからPHS経由で彼らに飛んだ。

ホテルのポーチに放置されていた火星号の前に跪いた時、俺の胸には熱いものが込み上げた。俺の火星号、長いこと放りっぱなしにしておいたが、やっとめんどうを見てやれるぞ、今度こそお前の心臓を動かしてやる。俺達は一心同体だ、死ぬも生きるも一緒だ！　がんばろうぜ！

ポーチの上に工具を並べ、俺は待ちに待った作業に着手した。分解可能な部分を慎重に取り外し、一つ一つ、そして一箇所ずつ丁寧に清掃をしなければならなかった。このホテルでの滞在は、既に二十日間を越えていて、気温は日に日に上がっていた。力を入れる作業では額に汗が滲んだ。その汗を手で拭い、その手をTシャツで拭いた。間もなくTシャツが黒く汚れてきた。俺の顔もどんどん黒くなっていただろう。だがそんなことはどうでもよい。ついに火星号を生き返らせる機会がやって来たのだ。何が何でも生き返らせてやるぞ！まず、支配人や虎助社長のために、俺自身の生命のために、そして、未来のある時、ひょっとして転がり込んで来るかも知れない脱出の機会のために……。

ふと人の気配を感じて顔を上げた。いつの間にかミケが立っていた。歪んだサングラスをかけていたが、片方のレンズの上に緑色の目が覗いていて、その瞳は鋭い縦のスリットになっていた。彼女はさらにやつれていた。頬骨が突き出ていて、顎も以前より尖がっているようだった。どうしていたんだ、具合はいいのかと、聞こうとしたが、言葉が出なかった。何か殺気のようなものが感じられた。

「バイクを直しているのね？」といきなりミケが言った。

「うん、支配人のお許しが出たんだ。一歩違いで撤去されるところだった！」そう答えて俺は再び作業を続けた。エンジンは大丈夫だろうか？

「嬉しいの？」とミケが尋ねた。その口調にはただならぬ棘があった。だが俺には時間がなかった、無言で作業を続けた。

「嬉しいのね!?」ミケがたたみかけた。

「嬉しくないって言えば、まあ、ウソになるけど」俺は口ごもりながら、やっと答えた。「でもね、仕事なんだ。ペガサスの代わりに社長を乗せることになった。だから、大変なんだ」

「ウソでしょ？」それはまるで尋問だった。

俺は手を動かし続けた、スパナを廻し、汗を拭いながら。

「それに乗って山の向こうに帰るんでしょ？」

「違う！」俺は慌てて否定した。それは俺の生死に関わる禁句だった。

「帰りたいのね？　やっぱり……」

「……」

「山の向こうの女が待っているのね？　あたしなんかどうでもいいのね？」

それから突然ミケは泣き出した。まるで赤ん坊が火傷をしたように！　その泣き声はポーチの天井に反響し、全世界を破壊してしまいそうな凄まじさだった！　両の手がエプロンを掴んでモミクチャにし、歪んだサングラスの両側から滝のように涙が流れた。その涙を拭おうともせずに、ミケはポーチの石畳にくずおれた。俺は片手にスパナを、もう一方の手にグリースの瓶を握ったまま、途方に暮れた。

その時、ミケの泣き声を聞いて、ホギーが飛び出してきた。

「まあ、ミケちゃん、どうしたのよ、一体？」そう言いながら彼女はミケを助け起こした。「ミケちゃん、あなたはね、おかしくなっているのよ。タケシさんは山の向こうになんて帰らないわ。支配人の命令でバイクを直しているのよ。社長のためよ。そんなことが解らないの？」

ミケは激しくむせび泣いていた。

「さあ、早く涙を拭きなさい。虎助社長がおいでになったら、あなた、お給仕するんでしょ？　今のうちにゆっくり休んでおかなきゃね」

　ホギーはミケの背中を抱えながら、俺に目配せをして彼女を連れ去った。

　俺は再び、汗とグリースと汚れにまみれながら、火星号の修理を続けた。燃料タンクの傷を念入りに調べ、そこにパテを詰めようとして、俺は手を止めた。待てよ、こいつだと乾燥させるのに時間がかかる。何はともあれ、まず支配人にデモを見せなければならないのだ。それには、とりあえず……俺はフロントへ走った。

「ホギーさん、お願いが。石鹸ありませんか？」

「あら、ずいぶん顔が汚れているわねえ！　洗ってあげましょうか？」

「違う！　俺じゃない！　とにかく急いで！　あ、それからテーブルナイフを！」

　キョトンとした目のままで、ホギーはカウンターを飛び出して行った。

　数分後、左手に石鹸を、右手にナイフを握り締め、俺はまた火星号に取り付いた。石鹸を押さえ込み、ナイフでひたすら削り続けた、火星号の燃料タンクの亀裂のサイズに目を配りながら。それからその石鹸の切れ端を、奴の傷口にしっかりと押し付けた、幾重にも重ねて。最後にその傷口に絆創膏を、つまりガムテープを貼り付けた。よし、これで試運転は何とかなるのでは……。

「タケシ、調子はどうだ？」それは時蔵爺さんの声だった。顔を上げると、亡くなったじいちゃんにそっくりの優しい目が俺を見つめていた。

「はい、時蔵さん、これどうやら動かせそうです。後はエンジンさえかかれば」

　爺さんは、赤いポリタンクを数個載せた手押し車を引いていた。「これは何でもお前の乗り物の酒だそうだね」

「酒？　ち、違いますよ！　命の水です！」

　爺さんはニヤッと笑った。

「ではそれが本当かどうか、とくと拝見しよう」

　燃料タンクにガソリンをつぎ込み、俺はついに火星号にまたがった、俺の愛馬に。それはまるで十年ぶりのように思えた。火星号、がんばれっ！俺はキックをかけた――パラッ！　パラッ!!　という排気音、キックペダルでクランキングを繰り返すと、ッカーン!!　パラパラ、確かな手ごたえだ、よし、いけるぞっ！アクセルでブリッピングをするカーン！カーン！　カーン、パラパラッ！　とあのこの上もなく懐かしい音が！　そして、そして……カン、カーン！　という力強いエンジンの破裂音とともに、ついに俺の火星号の心臓が動き出した！

「おっ！　やったな、タケシ！」と時蔵爺さんが両手を打ち鳴らした。

エンジン音を聞きつけて、何人かのスタッフがポーチへ飛び出してきた。

「わっ！　何か凄い音だなあ！」

「これはまるでクマン蜂のお化けだねえ！」

「動くって本当か？」

「もちろんだ！　今お見せしますよ。乞う、ご期待！」と答えて、俺は胸を張った。

時蔵爺さんが満面の笑みを浮かべていた。

「時蔵さん、応援ありがとうございました！」

俺は爺さんに深々と頭を下げ、それからまたフロントへ突っ走った。

「ホギーさん、これから火星号の試運転をします。正面の草原でやりたいんですが、ヤマカガシを退去させて下さい。従業員大量虐殺で死刑、なんてのはご免ですから！」

ホギーはすぐに支配人に電話をかけた。

「タケシさんがバイクの修理を終えました。試運転をなさるので、あの草原をお借りしたい、という依頼です。手配お願いいたします。は？　はい、承知いたしました」受話器を置いて、ホギーが言った。「支配人が見学なさりたいそうよ。もうすぐ降りて来られます」

数分後、俺は火星号を引っ張りながら、ホテル正面の草原へと進んだ。あの運命の夜、やはりこのバイクを引っ張って、トボトボと歩いたあの草原へ。だが今度は、俺のバイクは生きている。心臓が脈打ち、相変わらず力強いエンジン音をたてている。

ホテルのポーチの前にはいつの間にか大きな人垣が出来ていた。そしてその最前列の真ん中にモンキキが陣取った。俺はバイクを引いて彼の前に立ち、一礼の後、真っ赤なフルフェイスのヘルメットを被った。本当に久しぶりだった！　ウォーッ、宇宙人！　かっこいいという声が人垣から上がった。火星号、それ、行け！　と言う掛け声とともに俺は走り出した。動いた！　火星号は間違いなく動いたのだ！　ゆっくりと穏やかに、それから徐々にスピードを上げながら俺は草原を大きく廻り始めた。

風が唸り始めた、そして火星号もはじけた。カン、カーン、カン、カーン！　大地の上を滑走し、跳躍し、大きく呼吸し、歓喜に身を震わせた。その震えは俺に伝わり、全身の血をたぎらせた！　俺がグッとバイクをリーンさせながら廻る時、また土が盛り上がった部分や岩石の上を越えるたびにバイク上に立ち上がる時、観衆から興奮の声が上がった！　俺は生きていた、そして火星号も！

一周、また一周、と俺は回り続けた。カン、カーン、カン、カーン！　黒木が原が、ホテルが、ホテルの前に居並ぶ観衆が、グルグル回った。そして頭上で、青い空が、白い雲が回った。風を切りながら、俺はさらにアクセルの回転を上げて行った。片一方のブーツが地表に触れるくらいにリーン、立ち上がり、沈み、跳ねた。火星号はしっかり大地を制覇していた。俺と文字通り一体となって、その大地を駆け抜け、宙を飛んだ……。

日が傾き始めた頃、火星号の試運転は終った。もっと走りたかったが、ノパコンとディナー業務が俺を待っていた。再び支配人の前に戻った時、彼の顔は満足と安堵を示していた。どうやら、この乗り物なら充分馬の代役を務められるだろう、と確信したようだった。火星号はその日から、ホテル正面玄関の内側に保管されることとなり、何と貴賓用の毛布が掛けられた。そして俺には、社長を乗せるためにしばしばバイクを点検し、必要なメンテを行うことが許された。

ディナーの時刻となって、レストランは定刻にオープンされたが、ミケは現れなかった。ホギーが、あの子は精神状態がとても不安定になっている。社長のお給仕という重大な任務を前にしているので、今夜は大事を取って休ませることになったと告げた。レストラン閉店後、俺はまたホギーを訪ねた。ミケの異常な様子が気になっていたのだ。

「あなた、ミケちゃんの気持ち、解っているんでしょ？」とホギーは言った。「可哀想に。あんなにやつれちゃって……」

一体この俺にどうしろ、と言うんだろう？

「でもね、あの子の体調が悪いのは恋煩いだけじゃないの。あの子ったらね、食べなくなっちゃったのよ」

「食欲がないんですか？」

「食欲っていうよりも、ビタミン料理を食べられなくなっちゃったの」

俺はあの梶山さんを見詰めていたミケの目つきを、そして野外劇場で見た三毛猫の姿を思い出した。ミケとビタミン料理を結び付けることは耐え難かった、だがその結び付きを否定することも出来なかった。

「タケシさん、あの子、あなたのことを考えるとね、もうどうしても、あのお料理は食べられないんですって。気持ちは解らないでもないわ。でもあの種族はね、お肉を食べなきゃ生きて行けないのよ、そうでしょ？　ミケちゃんはね、ああやって身をけずっているの、どうにもなりゃしないのに。だからあたしはあんなに言ったのよ、人間の男なんかに惚れちゃいけないって、そんなことしたら不幸になるばかりだよって。それで、せめて牛乳でも飲ませてあげられれば、と思うんだけど、あの子の職位ではまだ牛乳はお許しが出ないのよ」

その夜、俺の瞼の裏に繰り返しミケが現れ、俺を悩ませた。青ざめ、頬がこけ、隈に囲まれた目ばかりがギラギラと光っていた。そしてその緑と金色の目は、怒りの炎に包まれるかと思えば、次の瞬間にはドッと溢れた涙に覆われ、涙の滝とともに流れ出てしまうかと思われるほどだった。

# 第11章　社長の視察旅行

　ついに虎助社長来館の日がやってきた。その日は夜明け前から全従業員が出勤させられ、ホテル全館にピーンと緊張感が張り詰めていた。正面玄関からロビー、階段、そして社長が宿泊する貴賓室に至る通路には、色鮮やかな唐草模様の敷物が帯をなし、その両側に鉢植えの花が並べられ、さらにロビーには、夜の間に山麓から運ばれてきたという豪華な花束が幾つも飾られた。ゴートとホギーは、いつものベージュ色のユニホームから黒のスーツに着替えていた。玄関には二名のドアマンが、あの赤い上着に金糸の縫い取りがついたユニホーム姿で、近衛兵のように立っていた。ホテルが一夜にして迎賓館に早変わりしていた！

　レオナルドは、社長接待係の主任を命ぜられた、とかいう理由で、早朝から支配人と行動を共にしていたらしく、レストランの通常業務は全て俺が取り仕切ることになった。とは言うものの、実質的にはいつもこんな状態だったのだが。俺はレジに控え、社長到着の後は、支配人からの連絡があり次第、すぐにノパコンを抱えて貴賓室へ馳せ参じる手配になっていた。社長は一泊の予定で、一日目は営業一般についての会議と視察、二日目に「乗馬」の予定が入れられていた。

　朝食の営業が終り、俺はまたノパコンの画面を睨んでいた。すると遠方から太鼓を打ち鳴らす音が聞こえてきた。ドンドコドンドン、ドンドコドンドン……山の作業員の太鼓隊だった。その音は俺にあの野外劇場を思い出させた。するとドアマンの一人が大きな声で言った。

「虎助社長ご一行様のお姿が見えましたっ！」

その声とともに、ロビーがにわかに騒がしくなった。フロントからゴートとホギーが飛び出してきた。それからシェフのブータンがダークスーツ姿で現れ、さらに数人のスタッフが加わり、あの唐草模様の敷物の両側に並び始めた。まるで閲兵式の兵隊のように。次いでモンキキとレオナルドが階段を降りてきた。何と支配人はモーニングスーツに身を包んでいた！

太鼓の音が次第に大きくなり、ついにホテルのすぐ外側でピタリと止んだ。それからモォーッという牛の鳴き声が聞こえた。

「虎助社長、ご到着！」とドアマンが怒鳴った。

その時、整列した従業員が一斉に深く頭を垂れた。

最初に入ってきたのは数人の筋骨逞しい男達だった。多分護衛のスタッフだろうと思われた。彼らは揃いの黒いスーツを着こんでいたが、鮮やかなトラの毛皮模様のネクタイを締めていた。

「社長、ようこそお出かけ下さいました！」モンキキの声だった。

俺は、思わずノパコンのキーを打つ手を止めた。ズシッズシッと床を押し付けるような足音がロビーに響いた。俯いているホテルのスタッフの列の向こう側に、ひときわ体の大きな男の横顔が見えた。額は禿げ上がっていたが、頭の後部にフサフサと残る髪は、鮮やかな黒・茶・白の三色の縞模様だった。ガッシリとした鼻の下からは白いカイザー髭がピンと伸びていた。その男はモンキキと握手を交わしているようだった。

「ご苦労！」低音でドスのきいた声だった。

それから虎助社長は、モンキキと並び、ズシッズシッと歩きながら、閲兵を続けた。列の最後尾に達すると、護衛官が素早く二人を囲み、一同は唐草模様の敷物の上を進んで、階段を上がって行った。レオナルドが両手を擦りあわせながら、彼らの後について行った。彼らの足音が階上に消えるまで、従業員は頭を上げなかった！

　俺の目前に展開する光景は全て、余りにも信じ難いものばかりだった。モンキキは黒木が原を王国と呼び、このホテルは城だと言っていた。虎助社長は国王、支配人は城主だったのか？　その馬鹿馬鹿しい妄想に全従業員が硬直し、社長と支配人が陶酔しているようだった。

「あの牛の鳴き声は何ですか？」と俺はスタッフの一人に尋ねた。

「ありゃあ、社長の乗り物だよ。何でもスペインの闘牛用の牛の息子だそうだ。真っ黒で獰猛な奴らしい」

　朝食のレポートを仕上げるやいなや、俺の胸ポケットのPHSがビリビリと震動した。モンキキからだった。社長の予定が突然変更になり、何と、これから「乗馬」をお楽しみになる、と言うのだ！

「ええっ？」俺は耳を疑った。

「すぐ準備にかかれ！」モンキキの声が上ずっていた。

「あのう……は、はい、承知いたしました。ですが、あそこには目下ヤマカガシが勤務していると思いますが」

「な、何だと？」モンキキは俺の言葉を理解していないようだった。

「ヤマカガシであります！　あの従業員の方々を至急移動させていただかねば」

「ああ、そうだったな」とモンキキがやっと思い出したように答えた。「すぐ指令を出そう！」

　俺はノパコンをパタンとたたみ、フロントへ走った。

「大変です！　社長が今すぐ『乗馬』を始められることになった！　このノパコンを預かって下さい。しばらく休業だ。くれぐれも予約間違えないで下さいよ。あ、それから」

　ゴートは目を白黒させていた。

「大急ぎでヘルメットを一つ用意して下さい！」

「ヘルメット？」

「はい、山の作業員のヘルメットを。火星号の乗客はヘルメットを被らなければならないんです」

そして俺は自室へ戻り、着替えを済ませ、赤いヘルメットを取り上げ、階下へ急いだ。


皮のジャンパーとジーンズとブーツの姿に身を固め、火星号のエンジンをかけ、赤いヘルメットを片手に、ポーチの外側で待機していると、やがて虎助社長がモンキキと護衛官に伴われて現れた。上下共にトラの皮の模様の乗馬服を着込み、手には乗馬用の鞭を握っていた。

「社長、こちらに控えておりますのが、レストランのスタッフのタケシであります。本日コウタロウの代わりに、社長の乗馬のお手伝いをさせていただくことになりました」とモンキキが俺を紹介した。

「タケシです、はじめまして」俺は一礼した。

顔を上げると、一対の鋭いトラの目が俺をじっと見据えていた。頬がやや丸くふくらんでいたが、その丸みは、殺気溢れる彼の全身には余りにも不釣り合いで、奇妙な組み合わせに見えた。しかし、動物のトラの顔は確かに丸くはなかったか?

「おう、君が山の向こうから来たという新入りだね」と低音の声が言った。「ミケが常々君の話をしている。色々面白いことをやるそうじゃないか?」

「はい、いかにも」とモンキキが言った。「そのクマン蜂のような乗り物を自由に操ります。どうぞ今からお楽しみ下さい」

「私が前に乗り、走らせます。社長は私の後ろにお乗り下さい」俺はきびきびと指示を下した、パイロットのように。「それから帽子はこちらのヘルメットに交換していただかなくてはなりません。このクマン蜂は凄いスピードで走りますので普通の帽子は危険であります」

「ほう、危険なのか」虎助が目を輝かせた。

「はい、少々。しかしこの私の指示に従って下されば何も恐れることはありません。私とこの乗り物がしっかり社長をお守りいたします。そして素晴らしいひとときを過ごしていただきます」

社長は少なからず興味を引かれた様子だった。

傍らでモンキキがほっとした表情を見せていた。

「ではお乗り下さい。それから乗られましたら、私の体に両腕を回して、しっかり掴まって下さい、振り落とされないように！」

「何？　君に掴まるのか？」

「私を馬と思っていただければ結構です、ただし」そう言いながら俺は社長の手に握られている鞭を指差した。「その鞭は、この馬には必要ありません。置いて行っていただけませんか？　何かの折り、間違ってお使いになられると……」

「よし、解った、君の言う通りにしよう」

鞭を支配人に手渡し、虎助社長は火星号の後部座席にどっかりと跨った。

ズシンと、バイクが沈んだ。虎助は重かった！　バイクに乗ったことのない奴等を載っけたことは何回もあった。だがこれほどの体重の男を背にしたことはなかった。がっしりした腕が俺の胴に巻きついた。待てよ、こいつはヤバイかな？　一瞬俺の頭を後悔の念がよぎった。だがもう遅かった。やるっきゃなかったのだ！　火星号、病み上がりで済まないが、がんばってくれ！　そうっと行くからな、こけないでくれよ——。

「社長、これより出発いたします。いいですか、しっかり掴まっていて下さい。もしご気分に添わなければ、すぐにそうおっしゃって下さい。よろしいですね。では、行きます！」

俺は真っ赤なフルフェイスのヘルメットを被った。

カン、カン、カンとエンジン音が上がり、火星号はスタートした。バイクは張り切っているようだったが、俺は低速に押さえた。後部の得体の知れない生き物が、獰猛で気分屋らしいということ以外には何一つさだかではない。「国王」がもし振り落とされるようなことになったら、それこそ俺の命は風前の灯火だろう。いや、たちまち吹き消されるだろう。

草の上で細かく振動しながら、火星号はゆっくりと進んだ。教習所のバイクのように。数十メートル走ってから、俺はいったん停車した。

「社長、いかがでしょうか、この馬は？」

「むむ……実に新しい」と虎助が答えた。

少なくとも機嫌は損じていないな、と判断出来た。

「それでは、もう少し行きましょう。スピードはこのくらいでよろしいでしょうか？」

「もっと早く走れるのか？」

「はい、ご希望次第でいくらでも。ただ……」俺は用心深く付け加えた。「支配人や護衛の方々に余り心配をかけては。ですから、まあ、ほどほどに」

「君に任せよう、だが……」と虎助が言った。「直進だけなのか？　この馬は曲がれないのか？」

「もちろん曲がれますよ、やってみましょうか？」

「うむ」

「かしこまりました。ではこれよりカーブを走り、方向を変えます。わたしが体を傾ける方向に社長もお体を傾けて下さい。これはとても大切です。馬のバランスのためですので」

「あい解った！」

俺は緊張した！　背後の猛獣はどこまで火星号の動きに順応することが出来るのだろうか？　少しずつハンドルを切りながら徐々に上体を傾け、火星号の反応を試した。やや重く鈍い反応だった。だが、俺の馬はみごとに曲がった。あるじと重い珍客を載せたまま、大地をしっかりと掴んで！

「いかがでしたか？」

「うむ、なかなかよい」

火星号は再び直線コースを走り始めた。

「少しスピードを上げましょうか？」

「うむ、そうしてくれ」

俺はアクセルの回転を上げた。風が唸り始め、周囲の草原が後方へ飛び始めた。

「むむ、むむ……」と社長が唸った。それはノパコンを初めて見た時のモンキキの声によく似ていた！

「社長、ご気分は？」

「むむ、すこぶる良い！」

「では、このまま走り続けますか？」

「むむ……もっと早く走れるのか？」

「もちろんです、しかし……」

「ではスピードを上げろ」

　社長はこの新しい乗り物に、明らかに興奮し始めていた。俺はさらにスピードを上げた。

「ウォーッ！　ウォーッ！」何と社長がトラの唸り声を上げ始めたのだ！

　その時俺の背後で俺の胴を抱えていた奴は、本当に人間の姿をしていたのだろうか？　それとも一頭のトラだったのか？　だが、振り返って確かめることは出来なかった。ただ走って、走って、走り続けた、火星号とともに。

　その同乗者が人間であったにしろ、トラであったにしろ、そいつのバイクへの順応性には驚くべきものがあった！　カーブでも高速の直線走行でも、その巨体はしっかりと馬と騎手に張り付き、間もなく完全に一体となった。そして最初に感じられた重さはすっかりなくなり、いとも軽やかに滑走し、傾き、飛び始めたのだ！

　火星号は一周するたびにホテルの正面玄関前に群がった観衆の目の前を通過した。観衆の人垣は刻一刻大きくなった。どうやら客が加わってきたのだ。彼らは火星号が通り過ぎるたびに歓声を上げたが、それとは対照的に、立ち尽くす支配人は神経を張り詰めているようだった。彼の脳裏には、あのペガサスの不運な事故の記憶が焼き付いていただろう。いつこの危険極まる「乗馬」を止めさせようかと、そればかり考えていたかも知れない。だがそんな支配人を横目に、火星号は走り続け、回り続けた。

　虎助社長はのりにのっていた。

「むむ、むむ……今度は八の字に回れ！」

「はい、社長！」

「よし！　その調子だ！　むむ、いいぞ！　どうだ？　スラロームはやれるか？」

「はい、社長！」

「むむ、むむ……ウォーッ！　次はジャンプだ、飛んでみろ！」

「はい、社長！」

「ウォーッ！」

カン、カーン、カン、カーン、カン、カーン……と火星号もはじけて、虎助の要望をみごとに達成した。

俺達は一体草原を何周したのだろうか？　ついに正面玄関でモンキキが両腕を上げて、大きく合図した。

「社長、お楽しみのところ、まことに申し訳ございませんが」と言いながら、彼は足早に歩み出た。

「そろそろランチョンのお時間でございます」

「何？」と虎助が、煩わしそうに聞き返した。支配人の言葉に耳を貸す気はほとんどないようだった。

「ランチョンです。もうお部屋の方にお食事を運ばせてありまして……」

「むむ、食事は後だ」

「は？」モンキキは当惑していた。

「聞こえんのか、食事は後にしろ、と言っているのだ！」

そう言い捨てて、虎助は「馬」の上で姿勢を正した。

「タケシ君、さあ、出発だ」

本当にいいんですかと、俺は支配人に目で尋ねた。やむを得えん、と彼の目が答えた。火星号はまたもや走り始めた。

直線コースを突っ走り、八の字やスラローム走行、ジャンプを数え切れないほど繰り返した後、虎助社長は、今度は自分が前に座り、操縦をしたい、と言い出した。それは……ちょっと話が違った。いかに彼のバランス感覚が抜群だったとはいえ……俺は窮した。しかし、幸運にも助け船が出た。ついにモンキキがしびれを切らしたのだ。文字がびっしり詰まった社長のスケジュール表を取り出し、頭を下げながら虎助の鼻先に突き付けた。

「社長、お邪魔をしてまことに心苦しいのですが、この通りスケジュールが詰まっておりまして、本日午後は新築工事の視察をお願いいたさねばなりません。それから、営業との会議が。いえ、こちらはもう時間がない、では人事部との会議に置き換えまして」

ようやく社長は正気に戻った。素晴らしい恍惚のひとときに横槍を入れた、その世にも憎らしい一枚の紙を腹立たしげに一瞥してから、名残惜しげに火星号から身を離した。

「タケシ君、といったな?」と虎助が言った。「みごとな乗馬だ。馬もなかなか良い。次回はわたしが前に乗ろう。準備を整えておくように」

「はい、社長、承知いたしました」

俺も胸を撫で下ろした、傷が癒えて間もないのに、火星号は完璧にその重要任務を果たしてくれたのだ。


虎助社長と支配人の会議は、ぴったりと閉ざされた貴賓室の奥で行われている、ということだった。にもかかわらず、その内容や結論がそれとなく伝わってきた。

「なんでも、従業員の削減が話し合われているそうな」とゴートが囁いた。「高給取りから切られて、キャッスル上がりの安いスタッフを入れるんだとよ。全く、どこまで欲の皮が突っ張っているんだろうね、上の奴等!」

虎助社長の大幅なスケジュール変更のために、ホテルは上を下への大騒ぎになっていた。書類を抱えたスタッフが何やらPHSで怒鳴り続け、ロビーを駆けずり回っていた。それに引き換え、厨房は陰気に静まり返っていた。ブータンは相変わらず、沼の底にいるような顔つきをしてほとんど口を利かず、猪太郎が物や壁にぶつかる音ばかり響いていた。その日は、レストランが定刻に終業後、コック達は社長の宴の準備に掛かることになっていた。

ノパコンが休業となった時間帯の作業を入力し、ディナーの始末が終ると、もう深夜になっていた。翌日に営業報告書の発表が延期されたために、それに付随する統計表には明日の朝食のデータも追加することになってしまった。社長の「乗馬」はどうやら無事にこなすことが出来たが、俺に安らぐ自由はまだ与えられなかった。

ベッドに横になると、同じフロアの貴賓室から、かすかに人のざわめきや、スプーンやフォークがぶつかる音、グラスを打ち鳴らす乾杯の音が聞こえてきた。そして、あのホテルロビーに漂っているハーブの香りが流れてきた。ビタミン料理の匂いだった。ミケはどうしているだろう。ビタミン料理が食えなくなり、体が弱ってきた、というホギーの話を思い出し、俺の胸は痛んだ。だが、ミケを救うどんな方法があったというのか？　俺の命さえ、崖っ縁にぶら下がっていたのだ。明日は、あのレストラン営業報告書を、ただ虎助社長を喜ばせるためにのみ作成された、あの虚偽の報告書を、社長の鼻先に突き付け、ノパコンを操作しながら彼の目を何とか眩ませねばならない。いかに馬鹿馬鹿しくとも、それが支配人の厳命であり、その厳命を履行することが、生き続けるために俺に残された唯一の道だった。


翌日も、サファリパークキャッスルホテルは、混乱と緊張の中に夜明けを迎えた。人事会議は、社長歓迎の宴会のために中断されたとかで、翌朝ブレックファーストミーティングとして続けられた。前もって綿密な計算によって組まれたスケジュールは、社長の気まぐれのためにすべてひっくり返され、誰もが予測不可能なあらゆる問題を、発生と同時に完璧に解決するために、キリキリ舞いをしていた。

俺は相変わらずレストランのレジに座り、日常業務をこなしながら、支配人の呼び出しを待った。

朝食の統計表を仕上げたが、人事会議が終らないとかで、俺の出番はさらに延び、ついに昼食時間になり、結局社長への報告書にランチレポートまで含めることになってしまった。昼過ぎになってようやっと営業会議が始められたようだった。何でも崩壊したキャッスルホテルの跡地に、新しくレストランが建設されることになったらしい、という噂が流れてきた。社長のためのノパコン作業の最後の締めくくりに取り掛かった時、ゴートが目を輝かせながら、歩み寄ってきた。

「おい、タケシ、でかしたぞ！　あの案が通ったそうだ！」

「あの案？」

「そうだ、博覧会だよ。社長が素晴らしいアイデアだと！」

俺には何のことか、咄嗟には解らなかった。

「ほら、あれだよ。あの『ナチュラルライフをあなたに』って奴さ。おかげで予約が取れる。我々も命拾いってわけだ！」

思い出した！　あの宿泊客に動物に変身してもらって、自然界をなぞらえた大部屋に泊ってもらうという案だった！

「おめでとうございます！」と俺は言った。「余り簡単に赤沼に飛び込まないで下さいよ」

ようやく支配人から連絡が来た。ノパコンを持って貴賓室に参上するように、というお達しだった。

支配人室の隣には、ドアが開かれたままの窓のない部屋があり、そこには数人のトラの皮の模様のネクタイを締めた護衛官が控えていた。その奥にもう一つドアがあり、護衛官の一人がそのドアを開け、俺を招き入れた。眩しい陽光に一瞬俺は目をつぶった。やはり正面のガラス窓の向こうに日本ベスビオスが聳えていた。真紅の安楽椅子、シャンデリア、アラベスク模様の壁紙、絨毯、内装は支配人室に似ていたが、安楽椅子の真紅はもっと深く、シャンデリアも一段と大きく、絨毯はさらにフカフカだった。部屋のスペースは衝立てで二つに分けられ、第一の空間は執務室兼会議室、第二の空間にはダイニングセットが置かれていた。奥にドアが一つ見えたが、その部屋はおそらく寝室だろう。

正面に据えられたデスクの傍らの会議用机を前に、虎助社長とモンキキ支配人が座っていた。机の上には多量の書類が広げられていた。間もなくシェフのブータンが現れた。レストランの営業報告会議にはシェフも同席し、メニューについての社長の質問に随時答えることになっていたのだ。ブータンは今も沈み切った顔つきで、コックの白いユニフォーム姿のままだった。彼のその服装を見て、モンキキは不快感をあらわにした。

「シェフ、その服装は」

ブータンは憮然として答えた。

「着替えの時間などござらん」

「社長、これが例のノパコンです！」モンキキは慌てて話題を変えた。「私の営業報告書はすべてこの機械の画面上に現れます。とくとご覧ください」

俺はノパコンを開き、水色の画面を呼び出して、虎助社長の前に据えた。

「社長、これより支配人の報告書をお目に掛けます。こちらのキーを押して下されば、文は先へ進みます」

「むむ、むむ……」

虎助は、火星号の上で上げたあの驚きの唸り声を再び繰り返した。金色の虎の目は光を増し、ますます燃え上がり、その視線はノパコンの画面をも焼き尽くすかと思われた！

「むむ、むむ、むむ……」

虎助社長は果たして報告書の内容を、文章そのものを読んでいたのだろうか？ それよりもノパコンにすっかり魅入られていたのか？ 彼は、ノパコンの操作そのものについて次々と尋ねた。ページダウンのキーのみならず、どのようにして前の文に戻ったり先の画面に飛ぶのか、またいかに特定の言葉を検索するか、ついには文の追加・変更・削除といった編集上のテクニックや、文献の保存にまでも彼の質問は及んだ。

モンキキは傍らで複雑な表情をしていた。このままで終るのか？　それならそれでいいが。しかし、果たしてそれでいいのか？　一体この報告書の内容につき、社長はどう感じているのだろうか？　というような疑問が次々と彼の頭を過ぎっていたに違いない。

報告書は、その最後の文に到達し、「乾杯！」で終った。むむ、と虎助が唸りながら幾度もうなずいた。彼の心に届いた言葉は、この「乾杯」という二文字だけだったかも知れない。

続いて俺は、メニューの統計表を見せ、ノパコンの超高速の計算を実演した。ウォーッ、と虎助が感嘆の声を上げた！　最後にホテルの予約表を呼び出した。そしてノパコンが寸時に空室を表示する様子を見せた。また虎助が唸った。

ノパコンのデモンストレーションが終った。だが虎助の目は水色の画面に釘付けになっていた。彼の口から報告書の内容についての質問は一つも出てこなかった。

「山の向こうでは、このような機械を使っているのだな？」と彼は聞いた。

「はい、いえ、こんなものだけではありません。もっと大きくて強力で早いものを数多く使っています。また通信も行っています」

「そうか……」しばらく虎助は考え込んでいた。それからモンキキに言った。「我々の大プロジェクトのために、これは是非必要なものになるかも知れん。いや、おそらく、確実に」

「は、ごもっともで」とモンキキが慌てて答えた。そんな話題は予期していなかったようだった。

また沈黙が続いた。ついにモンキキが不安げに社長の顔を覗き込んだ。

「あのう……当ホテルのレストラン営業報告書につきまして、社長のご感想を一言いただけますれば……そのう、大変ありがたく存じますが」

なんと今度はモンキキが両手を擦りあわせていた。

「うむ、結構な報告書だ」と虎助が答えた。

モンキキは満面で安堵した。

「ああ、さようでございましたか。いやあ、もう、社長のそのお言葉、身に余る光栄でございます。従業員にとっても、これほどの励みはありません！」

「このたびのお役目、まことにご苦労であった」

「ありがとうございます。ただ、心残りは……社長の宝物であるペガサスがあんなことになりまして……」

モンキキのこの言葉を聞いた時、それまで会議の進行に全く興味を見せてはいなかったブータンが、ギラッと目を光らせた。

「過ぎたことは止むを得んが」と虎助が言った。「その後原因の究明は進んでいるのか？」

「はい、徹底的な分析の結果、全ては騎手の落度であることが判明いたしました」

「な、何ですと!?」突然ブータンが叫んだ。「それは、心外ですな！」

「心外と？」モンキキが聞き返した。

「全責任はコウタロウにあり、とおっしゃるのか？」ブータンが鼻息も荒く言い返した。

「いかにも。他に何の原因があった、とおっしゃりたいのか？」

「冗談じゃない！」ブータンの顔が真っ赤になった。「ひど過ぎる！　言語道断な結論だ！　コウタロウは乗馬のエキスパートだった。落馬などしたことはなかった。あれは地震のためだったのだ！いや、柵が倒れたからだ。なぜあんな柵を作ったのだ？」

「シェフ、それではご貴殿は、あの事故の原因は柵にある、と？」

「当然だろう。柵が倒れなければ、馬が転倒することもなかったはずだ！」

「だが、もし騎手が完璧にペガサスを操っていれば、ペガサスは転倒しなかっただろう」と言いながら、モンキキは虎助と顔を見合わせた。「ペガサスは類希なる名馬だった。非の打ち所のないサラブレッドだったのだ！」

「ペガサスが本当に名馬だったら、柵に足なんか取られなかっただろう。いや、仮に取られたとしても、絶対に転倒なんかしなかったはずだ！」とブータンが反論した。「コウタロウは名騎手だった。それなのに、あんなことが起こった。あなた方は責任転嫁をして、彼のみに過失があった、とでっち上げをやっている。これが不当でなくてなんだと言うのだ？」

「……」虎助社長もモンキキ支配人も無言だった。

ブータンはますます激していた。

「コウタロウは死んだんですぞ！　一度も目を開けずに。奴はわたしの部下だった。忠実で働き者の部下だった！　何年間も！　最初からこの乗馬には、わたしは反対だった！」モンキキがブータンを黙らせようとしたが、ブータンは怒鳴り続けた。「ただでさえ多忙だったのに、さらにペガサスの訓練などと！　そしてあの日も、もしもっと早く医者に見せていれば、彼は一命を取り止めただろう。だが支配人は彼を放置して、ペガサスのめんどうばかり見ていた！　コウタロウはあなた方に殺されたのだ！」

「シェフ、言葉を慎まれよ！」とモンキキが制した。「どなたに向かって話していると思っておられる？」

虎助は黙したまま、その爛々と光る目でシェフを睨んでいた。

「謝ってもらいたい！」ブータンは立ち上がって、社長の方に歩み寄った。「コウタロウに謝罪をしろ！」

「気がふれたか？」モンキキが慌ててブータンを引き止めた。「謝罪をしなければならないのはあなただ！　部下の不始末については、その上司が社長に詫びるのが筋道だろうが！」

「シェフ、頭を冷やしたまえ」と虎助が威圧するように言った。「君の部下がわたしのペガサスを台無しにしたのだ。だから彼は死んで当然なのだ」

「何ぃ！」ブータンが切れた！　いきなり右手を

大きく振り上げて、虎助社長に襲い掛かろうとした。何とその手にはいつの間にか出刃包丁が握られていた！

「こ、この。気がふれたか！」モンキキがブータンに飛び掛かり、彼を両腕で引き戻そうとした。

「いけません！　やっちゃいけません！」そう怒鳴りながら、俺もシェフにしがみ付いた。だがブータンの巨体に弾かれて、体のバランスを失った。古傷のある右足を庇おうとして、今度は床に叩き付けられ、尻餅をついた。

　その時、部屋のドアがバタンと開き、室内の騒音を聞き付けたらしい数人の護衛官が飛び込んできて、瞬く間にブータンを取り押さえ、彼の手から出刃包丁を叩き落とした。ブータンはあえぎ、鼻を鳴らし、社長を睨み付けながら、引きずり出されて行った。ドアが閉められ、踏みにじられたシェフのコック帽だけがとり残されていた……。

「社長、申し訳ありません！」モンキキが床に土下座した！「私の不徳のいたすところ。面目もありません。あいつは部下を失って、頭がおかしくなっておるようで」

　虎助は何も答えず、窓に向かってゆっくりと歩んだ。

「こ、この償いは、何なりと……」

「事後処理は君に任せよう」と言って、虎助は葉巻を取り出した。モンキキは慌てて立ち上がり、社長に駆け寄って、彼の葉巻に火を付けた。

「たまには、ああいうのもいるだろう。まあ腕のいいコックなら、キャッスル上がりが幾らでもいるというもんだ」

　虎助は、こちらに背を向けて、窓辺に立った。葉巻の香りが漂い、青い煙が、白と黒と茶色の頭髪の向こうに立ち上った。彼は窓ガラスの彼方に何かをじっと見ているようだった。もしや、皿に盛られた美味そうなトンカツの幻を見ていたのではなかろうか？

「タケシ君、君はもういい。退室したまえ」とモンキキが疲れ切った様子で言った。

俺は自分が床に尻餅を突いたままの姿勢でいたことに初めて気づき、慌てて立ち上がり、尻をはたいた。ノパコンを取り上げ、一礼して、貴賓室を出た。

その日の夕刻近く、虎助社長の一行は、黄昏迫る黒木が原への帰途についた。頭を深く垂れた従業員の列の間をゆっくりと進み、鉢植えの花に縁取られた唐草模様の「花道」を踏みながら。俺は火星号の横に立って、社長を見送るように命ぜられた。玄関口では、人間の姿をした山の作業員の太鼓隊と、いかにも獰猛そうな真っ黒な牛が社長を待っていた。支配人はその牛の傍らに直立した。太鼓隊が太鼓を打ち鳴らし始めた、ドンドコドンドン、ドンドコドンドン……。黒い牛にどっかりと跨って、もう一度ホテルをねめまわしてから、虎助社長は去って行った。トラの模様のネクタイを締めた護衛官と太鼓隊を従えて。太鼓の音は遠ざかり、やがて一行の姿は夕闇の彼方へ消え去った。まるで黒木が原に溶け込んでしまったかのように。そしてその太鼓の音のみが、俺の耳に響き続けた。それは日本ベスビオス火山の心臓の鼓動ではなかったか？

その日の深夜のことだった。屋外から低いコーラスのような歌声が聞こえて来た。俺は窓を開け、外を覗いた。暗闇の中、かすかに揺れている小さな明かりの列が、ホテルの正面玄関からゆっくりと赤沼の方へ動いていた。その行列が松明の下にさしかかった時、光の中に、白い布が被せられた担架が浮かび上がった。よく見ると、その上には、白いコック帽と小さな花束が載せられていた。担架は二人の山の作業員に担われ、ロウソクを持ち黒い服に身を包んだ人々に囲まれていた。彼らの歌は、コーラスというよりも、奇妙な旋律にのせられた呪文のようで、俺に聞き取れたのは「コウタロウ」という名前だけだった。低い啜り泣きのような声も聞かれた。その行列は沼のほとりと思われる辺りで歩を止めた。呪文の合唱は終り、それからしばらくの沈黙の後、何か重い物がドボーンと水の中に投げ入れられる音が聞こえた。啜り泣きの声が一時大きくなった。やがてロウソクの火が消され、再び暗闇と静寂が周囲を包んだ。

それはあたかも夜空や大地や原生林が、自然界の全てが、一人のコックの、あるいは一頭の馬の死には何の関心も持っていないことを示そうとしているかのようだった。この薄情な自然界の真っ只中で、コウタロウの死を悼む人々は、いかにして彼らの悲しみを癒そうとしていたのだろうか？俺は弔いの夜に耳を清まし目を凝らしたが、その問いへの答えは、それきり何も返ってこなかった。彼らの姿はそのまま黒木が原に飲み込まれ、それから一体どうしたのか、どこへ去って行ったのか、何も解らぬまま、夜の闇は深まっていった。

# 第12章　ホギーの涙

　虎助社長の視察旅行は、かくして竜巻のように襲来し、竜巻のように去った。翌日ホテルの従業員は虚脱状態に陥った。動き回っているのは、というよりも生きているのは、まさに客のみ、という有り様で、スタッフは、客に対し最低限の義務を果たすのが精一杯のようだった。レオナルドはすっかり過労になったとかで、早速休暇を取ってしまった。また、シェフのブータンは、あの事件以来姿を見せなかった。シェフはきっと裁判にかけられるのだろうと、スタッフが囁きあっていた。なぜ彼は出刃包丁を持っていたのか？　最初から社長を殺害する目的だったのか？　それとも、たまたま懐に入れていただけだったのか？　いろいろ取りざたされていたが、誰も真相を知る者はいなかった。ホギーもまた欠勤していた。亭主のことで大変なんだろう、とゴートが言った。

　そんな中で、「ナチュラルライフをあなたに！」というキャッチフレーズのもと、新しい大部屋の宿泊施設の新築が、また急ピッチで始められた。その建物はかつて野外劇場が占めていたスペースの一区画に建設されることとなり、劇場の舞台はバーの一部として組み込まれるように設計変更がなされた。それにともない、団体客の受け入れがどんどん進められた。

　虎助の竜巻は思わぬ副産物を残した。社長の「乗馬」を見物した宿泊客が、是非自分達もあの「馬」に乗ってみたい、と言い出した。タケシが暇な時に適当に乗せてやるようにという支配人の要請が、ゴートを通じて俺に伝えられた。もとより暇な時などなかった。だがその要請はある意味で俺にとって、いや、火星号にとって好都合だった。その新しい「乗馬」サービスを、より確実な日常行事に仕立てることが出来れば、奴にさらに本格的な修理を施す理由が生まれるだろう。そして何よりも俺が時々、いや、しばしば奴に乗ってやることが可能になる。俺は一案を練った。

昼過ぎになって、ゴートが、支配人がお呼びだ、と言ってきた。機嫌はどうなんだと尋ねると、すっかり良くなったという返事だった。支配人室を訪れると、晴れ晴れとした顔つきのモンキキが、窓を背に立っていた。

「タケシ君、お役目ご苦労だった」と言って、モンキキは俺に座るように合図した。真紅のソファーが俺の尻の下でフワッと沈んだ。

「社長がお喜びだ。新しい乗馬に大変興味を持たれている。また報告書は申し分ないそうだ。ノパコンには深い感銘を受けられたらしい。今後もあれを活用して、多いに収益を上げるように、と!」

俺は一礼した。だが、会社の収益とやらも、俺に還元される可能性はどこにあるのか？

「よって会社は、君の今回の貢献に対し、それなりの報酬を与えることになった」

「それは……ありがとうございます」

「本日より、君に牛乳券を支給しよう」

「は？　牛乳券？」

「そうだ。当ホテルで飼われている乳牛の搾りたての乳を、毎日マグカップ一杯賞味する権利だ。これがその券である」

そう言いながら、モンキキは一枚の紙切れを俺に手渡した。その紙切れにはボールペンで一頭の雌牛の絵が描かれていて、「支配人認可」という朱印が押されていた。

「この証明書は今後ずっと保管するように。牛乳は厨房にて支給される」

「これはまたありがとうございます」と言って俺は、モンキキがさらに別の報酬について話し始めるのを待った。だが彼の話はどうやらそれで終わりのようだった。

「あのう、休暇を若干いただく、という訳にはいきませんかね？」

「休暇か。いずれ考えよう。だが目下まだその余裕はない。君は重要なスタッフだからね」

いずれ、とは一体いつのことなのか？

「解りました、ところで……」と俺は、もう一つの重要な懸案につき、切り出した。「ゴートさんから客をバイクに乗せてやるように、というお達しをいただきましたが、この件につき俺に案がありまして」

「ほう、今度はどのような案だ？」

「金を取るんです」

「金？」

「はい、わずかな料金なら問題はないと思います。そうですね、例えば十五分間で百円とか。つまり、バイクの遊覧ということで正式なホテルのアトラクションにしていただければ……」

モンキキは皺に囲まれた目でじっと俺を見詰めた。チンパンジーはまた俺のはらを探っているようだった。だが彼が考えていたことは俺の真意からはほど遠いものだった。

「金稼ぎだな？　金が欲しいんだな？」と彼は言った。

「はい、まあ……」

「それ自体、特に問題はなかろう」とモンキキは答えた。「ただし……」彼が何を言おうとしているかは、俺にはよく解っていた。

「君には多大な借金がある。客室の宿泊費及び君の生活費・雑費、さらにその借金には利息も付いている。従って君の稼ぎは、当ホテルとしては、その借金の返済に当てざるを得ない。その点は了解しているか？」

俺の借金の返済など、あってなきが如しだった。俺を奴隷として鎖につないでおくこと、それがこいつらの目的だったのだ。

「はい、了解しております」と俺は答えた。

「よかろう、ではバイク遊覧の営業を許可する。ただし、料金は五百円としよう。うち百円は君の借金の返済分、残りをホテルの売り上げとする」

「承知しました。営業活動にがんばらせていただきます。そこで、ですね、もう一つお願いがあるんですが……」

「何だ、今度は？」

「あのバイクは岩でゴツゴツした斜面を滑落、それなりの損傷を受けています。客の安全のために、しっかり修理をしなければ。それで出来れば交換用の燃料タンクを山麓に頼んでいただけませんか？　古い物、多少錆びていても構いません。社長遊覧後、一応パテでふさぎましたが、今の状態ではいつまた穴があくかも解らない、とても危険です」

「そうか、ではそのように手配しよう」

「それと、バックミラーも」

「……」モンキキは沈黙していた。

「そんな高価な品物ではありませんよ」

「……」

俺には、ついでに飲ませねばならない別の要求があった。

「もう一件だけ、お願いが……」

「まだあるのか？」

「スタッフを一人レストランに入れていただけませんか？」

「スタッフ？　清掃員やキャッスル出身のアルバイトでは足りんのか？」

「それが、ですね、現在俺一人でノパコンを操作しています。レストランのみならず、宿泊の予約も引き受けています。出来ればもう一名ノパコン係が欲しいのです。それにより、バイク遊覧の営業を定期的に行うことが可能になります」

「なるほど。考えよう。キャッスルの余剰人員はいくらでもいる。ただし、経費節減のため、正社員はこれ以上増やさないことが会社の方針である。ゆえにその予備のスタッフは、君がバイクの遊覧をやる時のみ、パートタイムとして雇用されることする。残念ながら君の休暇のため、という訳にはいかんが、それでいいか？」

「はい、結構であります」

火星号をグッドコンディションに保ち、かつ俺がバイクに乗り続けるための手配は整った。目下のところ、それ以上の何を求められようか？

「色々、ご配慮をいただき、どうもありがとうございました！」

俺は支配人に頭を下げ、退出した。

その日の夕刻、俺はキッチンで牛乳券を呈示した。猪太郎が、あちらこちらに体をぶつけながら、大きな牛乳のかめを運んできて、マグカップになみなみと新鮮な牛乳を注いでくれた。久しぶりに口にした牛乳はうまかった！　二口目を飲もうとして、ふとミケのことを思い出した。そうだ、この牛乳はミケに飲ませてやろう。だがミケは社長のお給仕という仕事の疲れで体調を崩したとかで欠勤していた。


翌日、キャッスルで黒服として勤務していたという男が俺に紹介された。ゴンタという名だった。そいつの顔つきは俺にあの野外劇場の夜を、いや、その前の禁固刑を思い出させた。なぜなら、従業員教育係のウルフィに似ていたのだ。ただゴンタの面立ちには、ウルフィのような獰猛さはなく、代わりに、その釣り上がった細い目には、底知れぬ知恵とすばしっこさが感じられた。底知れぬ、とはつまり、何をするか解らない、という不気味さだった。彼は油揚げが大好物だ、と言った。

仕事の合間に俺はゴンタにノパコンの操作を教えた。ゴンタの細い目は大きく見開かれ、たびたびキラッと光った。その目が光るたびに、彼は新しいことを覚えた。モンキキや虎助と同様に、ゴンタもまたノパコンに魅了されたらしく、乾き切った海綿が海水を含むようにノパコンの知識を吸い込んでいった。従来ハードコピーで支配人に提出されていたレストランの統計報告書は、一枚のフロッピーに姿を変え、支配人のスケジュールに応じて、俺とゴンタが交代で支配人室へ参上し、ノパコンの画面で彼にその報告書を読ませる、というシステムになった。バイクの遊覧会が開催される日には、ゴンタが臨時にレストランのレジに座り、ノパコン作業を引き受けることになった。

バイク遊覧の企画が発表されるや否や、客の申し込みが殺到した。フロントが申し込みを受け付け、料金を集めた。間もなく中古の燃料タンクが山麓から届けられた。俺はまたバイク乗りの姿になって、ホテルの正面玄関で次々と客を乗せ、一回に十五分ずつ草原を走った。客のバイク遊覧への反応は俺の予想をはるかに上回った。歓声を上げ、笑い、中には興奮の余り俺の背中によじ登ろうとする者まで現れた。特に女性客は大喜びだった。彼らは俺の体にしっかりとしがみ付き、素敵！　を連発した。そんな女性達の様子を不安げに見守る男性の姿も見られた。晴天の日には、客が長蛇の列を作った。火星号遊覧は思惑通りホテルの営業活動となり、まずは順調なスタートを切った。だが、一つだけ変に引っかかることがあった。バックミラーが来なかったのだ。製品がまだ見つからない、というのが表向きの理由だったが、それは果たして事実だったのだろうか？　俺の逃亡を相変わらず疑っているモンキキの策略ではなかったのか？

そんなある日の朝、モンキキが俺をＰＨＳに呼び出した。社長秘書のレパディ嬢がバイク遊覧をご所望だと言う。社長がバイクの操縦に興味をお持ちなので、その下見をする、というのがその理由だった。そこで火星号はしばらくの間レパディの貸し切り、ということになった。間もなくレパディが単身で現れた。真っ赤な髪を肩の上に波立たせ、上下豹柄の乗馬服を着ていた。

「タケシさん、お忙しいところ、ごめんなさいね。でも社長のたってのご依頼でね」

そして彼女は俺の後ろに座り、その長い腕を俺の体にしっかりと巻き付けた。むせ返るようなジャコウネコの香水の香りが俺を包んだ。

火星号が草原を回り始めると、レパディはそのハスキーな声で、素敵！　素敵！　と叫んだ。虎助社長と同様、彼女もバイク上の身のこなしをあっという間に飲み込み、火星号と一体となって滑走し、飛んだ。一周、二周、三周と、火星号は女豹の社長秘書を乗せて走った。円周とは無限のコースだった。それゆえ火星号はレパディが満足するまで走り続けなければならなかった。彼女は、この不思議な乗馬に飽きもせず、虎の社長のように、いつまでも走り続けることを求めた！

何周目かの遊覧後、火星号がホテルの正面玄関に戻ってきた時、俺はいつの間にか加わっていた新しい見物人に気づいた、それは歪んだサングラスを掛けた小柄な女だった。ミケだった。レパディも彼女の存在に気付いていたのだろうか？　火星号がミケの目の前を通過した時、社長秘書はさらにぴったりと自分の体を俺に押しつけ、顎を俺の肩に載せて、聞こえよがしに叫んだ。

「タケシさんって素晴らしい方ね！　大好きよ！」

俺の脳裏を、怒るミケと泣き崩れるミケの顔が行き交った。しかし俺はなおも走り続けねばならなかった。再び火星号がホテル正面を通過した時、歪んだサングラスを掛けた女の姿は消えていた。

火星号の旅は、日が沈むまで続くかと思われた。だが幸いにも、またモンキキが玄関のポーチに現れ、大きく手を振った。

「レパディ様！　虎助社長からたった今連絡が入りました！　至急タイプをお願いしたいものがある、とのことです。すぐにお帰りいただきたい、と！」

全身に興奮と恍惚を漲らせたまま、レパディはしぶしぶ火星号を降りた。

「残念だこと。でも、タケシさん、とっても楽しかったわ！　またねー」

それから彼女は身をひるがえし、ホテルの側面の深い木の茂みの中へ姿を消した。しばしの後、その方角から一匹の豹が現れた。鮮やかな豹柄のしなやかな体と長い足で颯爽とホテルの正面を横切り、黒木が原に向かって走り出した。それからふと足を止め、振り返った。一対の豹の目が、炎を宿しながら、俺を見詰めた。そして豹はまた走り出した。まるで空を疾走しているかのように。その姿は、瞬く間に真昼の陽光の中に消え去った。

その日のディナータイムに、久しぶりにミケが現れた。相変わらずやつれていて、顔色も悪かった。もう体は良くなったのかと尋ねたが、彼女は答えなかった。その上故意に俺と目を合わせることを避けているようだった。終業時刻が近づいた時、俺は彼女に歩み寄り、低い声で話し掛けた。

「ミケ、聞いてくれ。俺、今度牛乳券をもらった。毎日牛乳を飲めるそうだ。それでね、その牛乳を是非ミケに飲んで欲しいんだ。今晩ちょっとだけ俺の部屋に寄れないかな?」

ミケはやはり何も言わず、ただ顔を背けた。

夜遅く自室に戻って、俺はマグカップ一杯の牛乳とともにミケの到来を待った。だが彼女はついに現れなかった。時計が十二時を打った時、俺は一人でその牛乳を飲み干した。美味かったはずなのに、それは苦い味がした……。

翌日もまた、フロントにバイク遊覧の申し込みが殺到した。アンコールの客も多く、彼らは、もっとスピードを上げた走行や、障害物を越える冒険的な「乗馬」を要求した。これは普通の馬とは違う、バイクは危険な乗り物だから、お客様を乗せて余り過激な芸当は出来ない、という説明を際限なく繰り返した。代案として、草原のトラック走行ではなく、ホテル側面の菜園や果樹園や牧草地の間の細い遊歩道をゆっくりと遊覧するコースを設けることにした。さらに、携帯用のコーヒーメーカーを携え、遊覧の途中でティータイムを楽しむアイデアも提供し、いずれも客の心を、とりわけ女性客を引き付けることに成功したようだった。おかげで俺のランチ番は火星号遊覧業に置き換わり、レストランのレジには常時ゴンタが座るようになった。

その日の午後、日が傾き始めた頃、ようやく順番を待つ客が途切れた。その最後の女性客を乗せて遊覧から戻ってきた時、俺はまたミケの姿を見つけた。彼女は正面玄関のポーチの傍らに、壁によりかかって立っていた。歪んだサングラスの片方のレンズの上に、彼女の緑色の目が覗いていた。その目には限りない悲しみが漲っているように見えた。それは俺の気のせいだったかも知れない。だが俺の胸に痛みが走った。客を降ろしてから、俺は彼女に呼びかけた。

「ミケ、乗ってみないか?」

ミケは黙っていた。だが去ろうともしなかった。やがてサングラスの両側から二筋の涙が流れた。

「ミケ、一緒に乗ってくれるね?」

俺は彼女に歩み寄り、手を差し伸べた。ミケはおずおずと片手を差し出した。俺はその手を取って、火星号の方にエスコートした。それは冷たくて骨張っていた。ミケの手はかつてこんなに骨張ってはいなかった。

「いいかい、しっかり俺の体に掴まるんだ。さもないと、振り落とされるからね」

「お仕事中にいいの?」とミケが尋ねた。

「仕事は終った。朝っぱらからずっと働いているんだ。これぐらい許してもらえるよ」そして俺は火星号を発進させた。

徐々にスピードを上げながら、火星号は草原を回り始めた。だがミケの反応は予想に反するものだった。俺の体にしがみ付きながら、悲鳴を上げたのだ!

「恐い! タケシさん、あたし恐い!」

「ええっ? すぐ慣れるよ、みんな喜んでいるんだから」

しかしミケは慣れなかった。慣れるどころか、ますます金切り声を上げて、ついにはバイクを止めてくれと泣き叫び始めた。

「解った、ミケ、ごめん。それじゃあ、スローコースの方にしよう。そんならいいだろう？」

俺はスピードを落とし、菜園の中の遊歩道へバイクを進めた。

「タケシさん、あちらへ行きたいわ」と言ってミケが黒木が原の方を指差した。「あっちにね、猫ジャラシがたくさん生えている野原があるのよ」

その遊歩道は黒木が原へと続き、その原生林の入り口で途切れていたが、そこには灌木に囲まれて、猫ジャラシが群生する小さな空き地が眠っていた。午後の柔らかい陽光を浴びながら、猫ジャラシが時折り微風に揺れていた。この地に、いや、この世に、こんなにのどかな場所があるとは信じ難かった。

俺はバイクを止め、猫ジャラシの上に寝転がった。樹木の間に青い空が切り取られていて、二、三の雲の切れ端が浮かんでいた。そしてその雲は西側の部分がどれも金色に輝いていた。空……。山の向こうにいた時、俺は幾度も幾度も青空を眺めていたはずだった。だがあの頃の青空は、俺にとって、ただ天気のインデックスに過ぎなかった。今眺める青空は、いくら手を伸ばしても届かないもの、胸が張り裂けるほどに欲しいもの、自由というもの、それを象徴しているかのように思えた。あの空に舞い上がりたい！　飛びたい！　自由になりたい！　そんな叫びとともに、俺の心臓は、今にも胸を突き破って飛び出しそうだった。

「タケシさん……」

ミケの呼び声に、俺は、やるせない思いから呼び覚まされた。

「何を考えているの？」ミケは俺の側に寄り添うように座っていた。

「いや、別に……雲がきれいだなあって。ミケは何を？」

「あたしは……幸せになりたいな、とかって……」

「幸せ？　ミケは幸せじゃないの？」

「あたし、幸せって何だかよく解らなかったの」とミケは答えた。「パパがいなくなった時、とっても悲しくって一生懸命捜したわ。もしパパを見つけることが出来たら、幸せになったと思う。ママが死んだ時、やっぱり悲しかった。ママの側で泣き続けたけど、ママは生き返らなかった。もしママが生き返ったら、幸せになったと思う。でも」

ミケはサングラスをはずして、緑色と金色の瞳で俺をじっと見詰めた。

「タケシさんは幸せってどんなものだと思う?」

そんなことを考えたことはなかった。俺の毎日は、ただ闘いと束の間の休息、それだけだった。

「解らないなあ」

「あたしはね、幸せって、きっとこんなものなんだ、って解ったような気がする」

「……」

「きっとあたたかいものだと思う。例えば……あたしがタケシさんと一緒にいる時」

「……」

「あのね、こんなふうに感じたことはなかったの。ボーイフレンドと一緒にいても、こんなこと一度もなかった。でも、今は違うの、こうしてタケシさんの側にいると、こうやって二人きりでいると……側にいるだけで、あたたかいの。ずうっとこうしていたいの! これがきっと幸せなんだって解ったの。あたし幸せになりたい! 簡単なことよ。ほかに何にも要らない、ただ、タケシさんの側にいればいいの、ずっと。それだけで……」

ミケは言葉を詰まらせた。また二筋の涙が彼女の頬をつたって流れた。しばらくの沈黙の後、ミケは尋ねた。

「でも、タケシさんはどうなの? どう思っているの?」

俺は答えられなかった。この地にとどまることは、俺にとって、死以外の何を意味しただろうか? 彼女の問いをかわさねばならなかった。

「俺は……ミケにはとても感謝している。でもミケのために何もしてあげられない。時間も金もない」

「そんなことじゃない!」とミケが叫んだ。「タケシさんにとって、あたしは何なの?」

「……」

「タケシさんのこと、たくさんの女の人が憧れているわ。みんなタケシさんのバイクに乗って、タケシさんにしがみ付いて、みんなタケシさんを追っかけて！」

「違う！　あれは仕事だ。ホテルの営業活動なんだ」

「じゃあ、レパディも？」

「仕方がないだろ。支配人の命令なんだから」

「あの女もタケシさんに気があるわ。レパディがタケシさんを見る目は女の目よ！」

「まさか！　あいつは豹じゃないか。豹の男の方がいいに決まっている」

「あいつは何をするか解らない、恐ろしい女よ！」

ミケは言い張った。「自分が欲しいものは、何が何でも手に入れなくては気が済まない奴なの。そのためには手段なんか選ばないわ。いつかタケシさんをさらっていくかも知れない！」

「馬鹿なことを！　そんな心配するな」

「もし支配人に命令されたら、あの女の所に行くの？」

「あり得ないよ、そんなこと。モンキキは俺を必要としている」

「じゃあ、山の向こうのことはどうなの？」

「……」

「タケシさん、いつか山の向こうに帰るんでしょ？」

ミケは俺を追い詰めていた。

「俺はどこにも行かない。モンキキに約束したんだ。ミケがここにいるから、俺もずっとここにいるつもりだ、と」

「ええっ？　本当なの？」

「勿論本当さ」

ミケの顔が輝いた。

「だから、もう泣かないでくれ、それから、一つ大事な話がある」

「あたしに？」

「うん、ホギーに聞いたんだけど、ビタミン料理を食べなくなったんだって？」

ミケは答えなかった。満面に嫌悪感が漲った。

「身をけずっちゃいけない。ちゃんと食べなきゃいけないよ」

「出来ないわ！」とミケが叫んだ。「もう出来ないの、タケシさんのことを考えると」

「でもね、時蔵爺さんが言ったことは本当だ。自然界では生き物はみんな食い合いをやって生命を保っている。その仕組みを誰も変えることは出来ない。だからミケも食わなくては」

「タケシさん、人食い猫を愛することが出来て？」

突然のミケの問いに俺はうろたえた。

「あたしはね、あのタケシさんのお友達だったお客さんの肉を食べたのよ」

氷のような戦慄が俺の体を走った！　ミケはそんな俺の顔から目を離さなかった。

「あの野外劇場のショーの翌日、あたし達にビタミン料理が振る舞われたの。あたしはそれを食べたわ。全く普通のことだったのよ、ここでは。でもその直後、タケシさんの容態が急に悪化したの、熱がものすごく上がってしまって、ドクター・ホワイトホースが、もう駄目かも知れないって言ったの。それで、あたしには解ったの。なぜそんなことになったかね。罰が当たったんだって解ったのよ。あたしが……あたしが、タケシさんのお友達を食べたから……」

「やめてくれ、その話は！」と俺は怒鳴った。

ミケは黙らなかった。

「だから、あれ以来、あたしは一口もビタミン料理を食べられなくなったのよ。いえ、もう食べないって決めたの、タケシさんのことを愛してしまったから！　二度とビタミン料理は口にしないって誓ったの！」

一陣の風に周囲の樹木がざわめいた。上空の雲はあいかわらず西側の面を金色に輝かせながら、少しずつ流れ始めた。空気がひんやりとしてきた。

「そうだ、コーヒーを入れよう」と俺は言って、携帯用のコーヒーメーカーをセットした。

「うれしいわ、タケシさん」とミケは言って、ほのかに微笑んだ。

「もう一つだけ俺のお願いを聞いて欲しい」と俺は言った、このところずっと頭にこびりついていた懸案だった。「俺の牛乳を毎日飲んでもらいたいんだ。ミケの命のために」

「ああ、そうだった、牛乳券をもらえたのよね。よかったわ、でもそれはタケシさんの栄養だから」

「いや、俺達人間は、野菜だけ食っていても生きていけるんだ。坊主になったと思えば済むことだからね。でも猫族は違う、そうだろ？　ミケが弱っていくのを見てはいられない。だから飲んでくれ、俺の牛乳を。これが俺がミケのために用意できるささやかな贈り物だ、受け取って欲しい！」

「ありがとう……」と言いながら、またミケは泣き始めた。

コーヒーの芳しい香りが立ち込めていた。

「ミケは本当に泣き虫なんだなあ！」

俺は手を差し伸べて、ミケの涙を拭おうとした。


がその時、俺の胸ポケットで、ＰＨＳが鋭く振動した。ゴートだった。

「タケシか？　今どこにいるんだ？　お客さんがまた一人いらっしゃってね、今からちょっと乗馬をなさりたいとおっしゃっている。日没前に是非もう一度だけやってくれないか？」

「承知しました、今すぐ戻ります！」俺はコーヒーメーカーを片付けて戻らねばならなかった。「ミケ、仕事が入っちゃった。もう行かなきゃならない。残念だけど、俺の後ろに乗っていく？」

だがミケは首を横に振った。

「いいえ、あたしは一人で歩いて帰ります。タケシさん、本当にありがとう。素晴らしいひとときだったわ！」

そう言い残して、ミケは菜園の中のあぜ道に入り、ホテルの建物の方に向かって一人トボトボと歩き始めた。痩せ細った背中と、その上に揺れる白と黒とオレンジ色の髪をしばし見送ってから、俺は火星号のエンジンをかけ、客が待つホテルの正面玄関に向かった。

その夜、ディナータイムの後、俺は久しぶりにフロントに座っているホギーを見た。ホギーさん、久しぶりですね、シェフはどうしていらっしゃいますかと言いかけて、俺は口をつぐんだ。顔を上げたホギーの目が、真っ赤に泣き腫らされていた。

「タケシさん、うちの人はね、今自宅謹慎中で、どうなるか解らないの……」そう言いながら、ホギーは顔を伏せた。肩をかすかに震わせながら啜り泣いているようだった。

「ホギーさん、ご主人の腕前は素晴らしい。社長も支配人もそれはよく解っているはずだ、そうでしょ？　あの件につき、シェフが怒るのも無理はない。彼の言い分だって少しは聞いてもらえると思うんですがね」と俺はホギーを慰めようとした。

「でもね、社長に襲い掛かったんだから、お咎めは仕方ないと思うのよ。うちの人、支配人に言われたの。お前はとんでもないことを仕出かした。だがコックとしての腕と今までの貢献に免じて、情状酌量にしてやるって」

「よかったじゃないですか」

「ち、違うのよ、タケシさん」とホギーはハンケチで鼻を覆いながら続けた。「本来ならば即刻懲戒免職になるところだが、罪一等を減じて、社長に土下座をしてお詫びすれば、お咎めなしにしてやるって」

「土下座しろだって？」

俺は、虎助に土下座をしていた支配人の姿を思い起こした。

「冗談じゃない！　裁判をしたんじゃないんですか？　一方的にシェフが悪いって訳ですか⁉」

ホギーはただ泣き続けた。

「ひどいな、それは。じゃあ辞めてやればいい！　シェフほどの腕なら、引く手あまたのはずだ。山麓には同志の方々がいるんでしょ？　山を下りればいい。そして山麓で新しく商売を始めればいいんだ」

「タケシさん、あなたには解らない……」ホギーは胸から搾り出すような声で言った。「懲戒免職っていうのはね、ここでは、この黒木が原では……死刑になることなのよ」

「死刑？」

「そして、社長の食卓に上がることなの」

「……」俺はゴートが言っていたことを思い出した。

「だから、うちの人、謝ってしまえばいいのよ。それで死ななくて済むのよ。でも、あの人は絶対に謝らないって！　コウタロウは地震のために死んだ、そうでしょ？　すぐお医者に診てもらったって、どっちみち死んだかも知れないのよ。運が悪かったのよ。でもあの人ったら、奴等が殺した、奴等を絶対に許さないって！　ああ、どうなるのか、あの人、解っているはずなのに……」

俺には奴等の作戦が読めるような気がした。最初からブータンは土下座などしない、と踏んでいて、故意に与えた難題に違いなかった。そういえば、あの時虎助が言っていた。キャッスル上がりのコックがいくらでもいる、と。

「ホギーさん、俺、あなたがおっしゃることは正しいと思う。何も社長の餌になることはない。そりゃ馬鹿らしいですよ！　シェフは俺の命の恩人なんです！　俺が錦巻きの刑を宣告されそうになった時、シェフが助けてくれたんだ。それから何回も絶品のメニューをご馳走してくれた。だから恩返しをしたいんです。シェフにお伝え下さい。タケシがお会いしたいと言っていると。是非お話をしたいと」

「あ、ありがとう。タケシさん、本当にありがとう……」そう言ってホギーはまた泣き崩れた。


その夜遅く、ミケが久しぶりに俺の部屋を訪れた。俺の夜食のポテトグラタンとトマトスープを載せた盆には、一束の猫ジャラシが添えられていた。部屋の窓際には、すっかり枯れてしまった数本の猫ジャラシが花瓶にさされたままになっていた。

「こんなことだろうと思ってたのよ」と言いながらミケはいそいそと花瓶の水を変え、新しい猫ジャラシをいけた。「これね、今日夕方前、タケシさんとお話してからホテルに帰ってくる途中で摘んだのよ。懐かしいわ……」

俺はふと料理の味が落ちているのを感じた。そう言えばディナーの時、以前ほど美味くない、とクレームをつけた客が何人かいた。ブータンは自宅謹慎中だった。だからシェフの役目は、あの猪太郎が代わりに果たしていたのだ。

「ブータンは土下座をしてくれるだろうか」と俺は呟いた。

だがミケは俺の言葉を聞いてはいなかった。いつになくうきうきとしているようだった。……迷子の迷子の子猫チャン、迷子の迷子の子猫チャン……ミケの歌声を聞いて俺は顔を上げた。ミケは両手の指を内側に折って、ひたすら壁をこすっていた！……迷子の迷子の子猫チャン、迷子の迷子の子猫チャン……彼女の歌詞はこれだけだった。多分それから先の言葉は忘れてしまったのだろう。それは異様な光景だった。だが人の胸を締め付ける、切なく悲しいものが漂っていた。

俺の視線に気づいたのか、ミケはさっと顔を赤らめ、慌ててその動作を止めた。

「あら、ごめんなさい！　また悪い癖が出ちゃった！」

「いいんだよ、そんなこと。さあ、約束だ、この牛乳を飲んでくれ」

ミケはマグカップ一杯の牛乳を一息に飲み干した。


翌朝のことだった。まだ夜が明けきらぬ時刻に、俺は屋外のただならぬざわめきに目覚めた。いや、ざわめきは階下からも聞こえていた。人の慌ただしい足音が廊下に響いていた。窓から覗くと、うす暗闇の中、数人のスタッフが赤沼の方に走って行った。いやな胸騒ぎを感じた。

ロビーに出てスタッフの一人をつかまえ、何事かと尋ねた。するとそのスタッフは何も言わず、ただ沼の方を指差して外へ飛び出していった。俺も後をついて行った。

空はまだ群青色で、樹木も草原も群青色のもやに包まれていた。そして沼だけがどんよりとした赤色を呈していた。そのほとりに、目を引く白い物があった。それはきちんと畳まれた白い衣服と、その上に立てられた、シェフの高いコック帽だった。その傍らに一人の女が座り込み、呆然と沼を見詰めていた。数人のスタッフが遠巻きにしながら、何やら囁き合っていた。

「タケシか」ゴートが人の群れの中から現れた。「山の作業員が、今朝早くあれを見つけた。本当のところ、何があったのか解らないんだが……いや、どうも……」

「シェフは……消えたんですね？　自分から……」と俺は言った。

「そう考えるほか、そうだな、考えようがないんだが。ホギーが心配でねえ」

ゴートは沼のほとりに座っている女に目くばせした。

ブータンは、俺の懇願を拒否し、誇りを貫いたと思った。これがシェフの意地だ、とその白いコック帽が主張していた。何者もシェフの魂を踏みにじることは出来ないと……。

その時突然激しい号泣の声が静寂をつんざいた！　ホギーがシェフの白いユニフォームの上に身を投げ、両手を拳にして大地を叩きながら、胸も張り裂けよ、と泣き出したのだ。ホテルの幾つかの窓に明かりが点った。客がホギーの泣き声を聞きつけたようだった。ようやく明るくなってきた空に、彼女の号泣の声がいつまでも響き渡った。

# 第13章　マングロービア

サファリパークキャッスルホテルは、わずかの間にコックを二名も失うこととなり、スタッフは深い悲しみに包まれた。それだけではなく、得体の知れない恐怖が彼らの間に蔓延していった。ある者は、コウタロウが赤沼の底で寂しくなり、シェフを呼んだのだろうと言い、またある者は、実はシェフは社長一派に拘束され、トンカツになって虎助に食われたのだと噂した。中には、確固たる理由もなく、ただこのホテルは呪われていると囁く者もあった。ホテルの幹部はこの現象に少なからず神経を苛立たせ、シェフは部下の死にひどい衝撃を受け、精神錯乱となって沼に落ちたという見解を発表した。しかし、その見解を信じる者は誰もいなかった。

その従業員の間の陰鬱な雰囲気を一日も早く吹き飛ばすことが、支配人を初めとする幹部にとって、最も緊急の課題となった。モンキキ達は、ホテルの増築やビジネスの目覚しい拡張といった華々しい話題に従業員の注目を向けさせようと懸命になり、従業員慰労という名目のもとに、黒木が原の温泉旅行、ゴルフ大会、また宴会などといった大小様々なイベントを計画した。またボーナスという名目で、しばしば牛乳券を支給した。しかし、給料や手当ての増額という問題には一言たりとも触れなかった。

そんな中、虎助社長の厳しい締め切りの設定によって、ガムシャラに押し進められてきた増築工事がついに完了した。中でも、かつての野外劇場の敷地跡に建てられた大部屋の宿泊施設が注目を集めた。そんなある日、ホテル従業員は、交代でその新築の建物を見学することが許された。この新しい建物は「サファリパークキャッスルホテル・アネックス」と名づけられ、エントランスの上方には「ナチュラルライフをあなたに！」という文字を彫った看板が掲げられていた。そのアネックスは学校の体育館くらいの広さで、周囲はプレハブ造りだったが、内部は熱帯植物園になぞらえた内装で、高い椰子の木や巨大なシダ類が繁茂し、バナナ、パイナップル、パパイヤ、マンゴー等の果物が生り、カトレアやハイビスカス、ブーゲンビリヤなど種々の美しい熱帯の花が咲き誇っていた。それらは勿論模造品だったが、所々に本物の植物も植えられていた。多分庭師の時蔵爺さんが腕を振るったのだろう。また周囲には、緑の丘や岩山、洞穴、滝や渓流を模した水の流れが作られていた。天井は温室のように透明な作りで、本物の空を眺めることが出来るように工夫されており、その空に向かって、建物の中央にひときわ高く聳えていたのは、何と日本ベスビオスに似せて作られた模造の火山だった。宴会などの特別なイベントがある時には、特殊な装置により、その火山の山頂が真っ赤になり、轟音を発するように設計されているとのことだった。

その不思議な虚構の熱帯ジャングルの一番奥に、あの野外劇場のステージが、奇抜な唐草模様とともに存続していた。そのステージの傍らに、バーが作られ、ティーテーブルとソファや安楽椅子が並べられ、幾つかの本物の観葉植物のプランターが置かれていた。またその外側に、バーの一区画を囲んで、宿泊客用のキャフェテリアが出来ており、レストラン・マングロービアと名付けられていた。

同じ日の夜、ディナータイムが終った後、当直以外の全従業員が、マングロービアのステージの下に集められた。支配人からスピーチがあると発表され、その後、従業員にはカクテルが振る舞われるとかで、俺はバーのカウンターでカクテルを作る役を命じられた。カクテルは作れるのか、とゴートが尋ねた。エンパイヤリゾートでは、しばしばカラオケバーを引き受けていたので、カクテル作りには勿論自信があった。しかも唄い興じる朗らかな客と会話を交わすひとときは、楽しい時間だった。しかし、あの忌まわしい舞台の下で飲み物を用意し続ける任務は、決して快適なものではなかった。記憶は俺に寒気を起こさせた。その不快感に耐えながら、俺はグラスを並べ、カクテルを作り続けた。ミケはそんな俺の顔に、時々心配げな視線を投げながら、甲斐甲斐しく手伝ってくれた。

一同の拍手に迎えられて、モンキキが現われ、舞台上に上がった。

「従業員諸君！」とモンキキがスピーチを始めた。「ここしばらく諸君にとっては大変なことが続いた。二、三の不幸な出来事もあった。がしかし、諸君は、押し寄せる苦難にもめげず、本日までよくがんばってくれた。ゆえに今ここにこのような素晴らしい新館が完成した。諸君の労をねぎらい、今宵はささやかなる宴を持ちたい。各人カクテルを片手に、しばしの間くつろいでほしい。ところで、この場を借りて諸君にお知らせしたいことがある。その一つは、崩壊してしまったキャッスルホテルの跡地に、新しいレストランが建設され、間もなく開店の運びとなった。名称は「レストランキャッスル」、キャッスルホテルの元従業員の諸君がスタッフとして就業する。当ホテルへ向かう客や、ここから帰途につく客が立ち寄るのに絶好の施設である。今後かなりの収益が見込まれるだろう。さて、次に、このたび新しい職位についた三名の社員を紹介したい。まずシェフの猪太郎君！」

舞台に猪太郎が上がり、一礼した。

「猪太郎君は元サファリキャッスルホテルのコックだ。契約社員だが、今回その腕前により、シェフに任命された……」

何が腕前だ、と俺は思った。

「次は、このほど早期退職となったワニヤマ人事部長に代わり、新人事部長に就任した、ウルフィ君！」

ウルフィが上がってきた。そしてその鋭い目で一同を見渡した。俺はあの悪夢の夜を思い出した。それからあの禁固刑を。俺は寒気に襲われ、藁の上で震えていた、その時あいつが、コツコツと俺の牢獄の外を歩いていたのだ。

「最後に、ウルフィ人事部長の補佐として、新しく従業員教育係に就任したゴンタ君！」

これは意外だった！　あのアルバイトのゴンタがなぜ？　理由はすぐに解った。

「ゴンタ君は、我が社の方針により契約社員として、目下非常勤にてレストランの昼番を受け持っている。しかし彼はノパコンを駆使出来る数少ないスタッフの一人である。ゆえにこのほど、部長補佐に任命され、人事関係の業務にも携わってもらうことになった」

聴衆の間から驚きの声が上がった。

「あいつには気を付けろ」と誰かが囁いた。「物陰に隠れて、人のあら捜しをやっているという評判だ。深夜や早朝に、キツネの姿で見回りをやっているのを見かけた奴もいるんだってさ。告げ口でもされた日にゃアたまったもんじゃない」

しっ！　と誰かが制した。

「以上三名の同志とともに、我がサファリパークキャッスルホテルの繁栄のため、従業員一同、引き続き力を尽くしてもらいたい」とモンキキが結んだ。

支配人のスピーチが終ると、スタッフがバーのカウンターに長い列を作った。そして、ジントニックやスクリュードライバー、ソルティドッグ、ブラディメアリなど、それぞれが好みのカクテルのグラスを持って談笑を始めた。

飲み会もたけなわとなった時、舞台上に突然一人の老人が現れた。それは紺の半纏を着た庭師の時蔵爺さんだった。

「皆さん、ちょっとこの年寄りの話を聞いて欲しい！」と爺さんが怒鳴った。

酒がまわってトローンとした目が爺さんに向けられた。また、あのじじいか、という声が聞かれた。

「きのうも、今日も、いや、毎日毎日わしは調べている……そして、ますます確かになってきた」

訳の解らない呟きや唸り声が起こり、周囲の樹木の間を抜け、彼方の闇の中へ広がっていった。

「いいか、諸君、こんなことをしている時ではない！　大地が、地の底が煮えたぎっている、山がのたうっている！」

「また始まったよ、あのじじい」と誰かが吐き捨てるように言った。爺さんは舞台上でひたすら訴えた。

「わしは何年も同じ事を言い続けて来た。ゆえに諸君にとっては耳ダコものだ、ということもよく解る。だがな、今度ばかりは間違いない。無数の兆候が、確かな兆候が、至るところに……」

「黙れ、じじい！」という怒声に爺さんの声は遮ぎられた。爺さんはなおも続けた。

「聞け、あの山の唸り声を！　あの山は怒っている。もうじき噴火が起こる！　山の怒りは真っ赤な火柱となって……」

「黙れったら黙れっ！」また誰かが怒鳴った。

その時だった。頭上にゴーッという轟音が響き、周囲が真っ赤になった！　見上げると、何と、建物の中央に聳える火山が火を吹いているではないか！　狼狽した一同のざわめきを、大きな笑い声がつんざいた。舞台の袖から黄色いヘルメットを被った山の作業員が現れた。

「見たか、爺さん！」とその作業員が怒鳴った。「噴火を見たいんだろ？　そんなに見たいなら見せてやろうってわけだ。ハ、ハ、ハ……」

火山が火を吹いたのではなく、それはただ音響と赤い照明の効果だった。そのトリックに気づき、会場は笑い声にどよめいた。

「諸君、笑いごとではないぞ！」時蔵爺さんは、なおも訴え続けた。「この地は危ない、ここを離れろ！　早く避難の計画を」

だが彼の声は、従業員のヤジと怒号に空しく飲み込まれた。そのうち一人の酔っ払ったスタッフが舞台に上がり、爺さんにつかみ掛かった。

「出てけ、このもうろくじじい！」とそのスタッフが怒鳴って、爺さんを、あっという間に舞台から引きずりおろしてしまった。「酒がまずくなる！出てけっ！」

爺さんは舞台下で尻餅をついていた。俺は爺さんに駆け寄って助け起こそうとした。だがその時、床が揺れ始めた。グラスが鋭い音とともに倒れ、幾つかは床に落ちて砕けた。舞台が、天井がギシギシと揺れ続けた。またしても地震だった！　俺は思わず床に這いつくばった。ミケが俺にしがみついた。

揺れが収まった時、時蔵爺さんの姿はなかった。床にうずくまっていたスタッフは、あいかわらずトローンとした目でヨロヨロと立ち上がった。

「どうやら、我が黒木が原も酔っ払っているようだ、ハッハッハ……」と誰かが怒鳴った。「さあ、みなみなさま、飲み直そうじゃないか！　タケシ、何ボーッとしてるんだよ、酒だ！　マティーニをもっと作れ！　黒木が原万歳！　サファリホテル万歳！」

そして一同は、床の上に砕けたグラスの破片には目もくれずに、ふたたび飲み始めた。

コウタロウやブータンの事件によってもたらされた暗雲は、酒の威力によって、当座は吹き払われたようだった。そこには何の理由もなかった。ただ馬鹿騒ぎによってみんなが何となく気分転換をしただけだったのだ。それが上の連中の狙いだった。そしてその目論見は一応の成功をおさめたようだった。

翌日から、アネックスの予約客が続々と到着し始めた。格安の宿泊料のために、特に家族連れや団体客に人気が高いようだった。彼らは一泊につき二錠ずつの無料の変身用カプセルを受け取り、就寝前に一錠飲んで動物の姿に戻り、アネックス内に作られた洞穴や草むらや木の上で眠ることになった。夜が明けると、彼らはもう一錠のカプセルを飲んで、人間の姿に変わり、ハイキングや温泉巡りに出かけていった。

ホテルは連日満室だった。ロビーには一日中客があふれていた。朝はチェックアウトの客がフロントに長い行列を作り、夕刻近くなると、今度はチェックインの客が押しかけた。本館のレストランバッカシアの食事は、あいかわらず入れ替え制によって人数が制限されねばならなかったため、ロビーには順番を待つ客の群れが絶えることがなかった。

「こりゃあ、かなり儲かっているはずだよ」とスタッフが繰り返し囁き合っていた。「そのうちボーナスが出るんじゃねえか?」「甘い、甘い!」と別の奴が言った。「あのゴウツクバリの虎助のこった。下っ端のためなんかにびた一文出すもんかよ!」

そして、人件費削減のために、給料の高い連中が肩叩きに合っていることが、しばしば伝えられた。

「前のワニヤマ人事部長は、いわばウルフィに追い出されたようなもんだと」

「俺もそんなことを聞いた」

「あの消えちまったシェフも、何かその辺が引っかかるんだよなあ」

「清掃員やポーターの連中も、年食ってる奴等は首をさすってるとよ」

ある日のことだった。定番となったバイク遊覧業務を終え、俺はレストランでゴンタからノパコンを引き継いだ。ゴンタは、これから人事部長のウルフィと会議があるとかで、急いで立ち去った。ディナーの予約用のフロッピーを捜していると、何のラベルも貼られていないフロッピーが手に触れた。それをノパコンに挿入してみたが、フォーラムベストの予約表は何もなく、代わりに「剪定」というタイトルの、キャクタスで作成された表が入っていた。それは見慣れないリストだった。どうやらホテルの社員の一覧表らしく、数種類の日付と幾つかのXマークが併記されていた。そして一人一人の名前の横に星印が付けられていた。ある名には一つ、またある名には二つ……一番多い星は五つだった。五つ星？　まるでホテルかレストランのランク分けのようだ。さらに数人の名前は取り消し線で抹消されていた。その中に、ワニヤマとかブータンという名も含まれていた。抹消されている名前のXマークはどれも多かった。それは単なる偶然だったのか？

「何なさってるんですか？」ゴンタの声だった。いつの間にか俺の脇に立っていた。目がギラギラと光り、ひどく狼狽しているようだった。

「ディナーの予約をチェックしようとしたんだが、変な表が出てきてね」と俺は答えた。「こんなフロッピーは見たことがない……」

「あなたには関係ない表ですよ！　すぐクローズしてこちらに渡して下さい！」

これには、ムカッときた。

「無礼な！　そういう言い方はないだろ？　説明しろ！」

ゴンタは一瞬たじろいだが、すぐにポーカーフェイスになった。

「失礼いたしました。いえ、わたしがフロッピーを間違えましてね。こちらがお捜しのものです。今ご覧の奴は、わたしが保管するように人事部長から命じられているものでして、レストランの予約とは無関係のものです。お騒がせしました」

そう言って、ゴンタは手に持っていた別のフロッピーを俺に渡した。こいつは馬鹿じゃない、余計な喧嘩はしない奴だ。だが、腹の中では何を考えているか皆目解らん。そんなことを考えながら、俺はその奇怪なフロッピーをノパコンから抜き出した。ゴンタはそれを俺の手から引ったくるように取り、足早に去っていった。

あれは人員削減と何らかの関係がある表ではなかろうかと俺は考えた。Xマークは給料を、星印はある順番か優先関係を表していたに違いない。それにしても、ゴンタの奴、いつの間にあんな仕事を確保したのだろう？　ノパコンの腕を宣伝して、ウルフィか誰かに取り入ったのだ。そして退職へ追い込む社員をあさっては、あの表に入力し、ウルフィに進言して点数稼ぎをやっていたのだろう。そういえば、そんなふうにして手柄をたて、上がっていく奴が、どこの会社にもいるもんだよと、サラリーマン連中がエンパイヤリゾートホテルのバーで話していたのを聞いたことがあった。

「タケシさん……」というしわがれた男の声に、俺は物思いから覚めた。

顔を上げると、目の前にポーターの青い制服を着た初老の男が立っていた。そのグングリ眼の顔に見覚えがあった。ブルドッギーだった。俺があのかんぬき付きの従業員の部屋に移った時、交換用の新しい藁を運んできた奴だった。

「やあ、ブルドッギーさん！　久しぶりですねえ。お達者で？」

快い思い出ではなかったものの、今となれば、彼に対しわずかな懐かしさを覚えていた。

「おかげさまで」とブルドッギーは答えた。「ただ、そのう……」それから少々きまり悪そうに黙り込んだ。

「何でしょうか？」

クローズされているダイニンググルームでは、灯かりが全て消され、レジの上に一つ小さなランプが点っているだけだった。窓の外の陽光も、俺の席には届かなかった。ブルドッギーの顔は薄暗がりの中に沈んでいた。

「このほどわたし、退職することになりまして……」

「え？　どこかに移られるんですか？」

「いえ、仕事納めでして」

「ああ、そうですか、それはそれは。では、これからはお仕事に追われることなく、のんびり楽しく、というところですね？」

「いやあ、金がないんですよ。それでもって、わたしとしては、まだいくらかでも働きたいんですがねえ。新しいホテルの方針で、そのう、わたしのような老いぼれよりも、キャッスルの若い奴等の方がとか、まあ色々あるようで」

俺の目には、あのゴンタに作成されたらしい「剪定」というタイトルの表が焼き付いていた。

「老いぼれなんてとんでもない！　まだまだじゃないですか！」

「そう言って下さるなあ、ありがてぇんですが。それでですね、今伺いましたのは、ご挨拶ともう一つ、タケシさんには是非お礼を申し上げたいと」

「お礼？」

「へえ、あの日ですね。あのわたしがお部屋に藁を運んだ時です。ご親切に作業を手伝って下さいまして」

「ああ、そうでしたっけ？　あんなこと何でもありませんでしたよ」

「はあ、いえ、でも……あんなふうに手助けしてくれる方、そうはおられませんです。その節は本当にありがとうございました」

そう言いながら、ブルドッギーは深々と頭を下げた。

「それは、ご丁寧に。いやあ、こちらこそ恐縮です！　これからも遊びにいらっしゃって下さいよ」

彼が頭を上げた時、彼の背は以前に比べ、さらに湾曲しているように見えた。

「ありがとうごぜえます。しかし、多分もうお会いすることは……」

「そんなことおっしゃらずに！　何だか暗いなあ！　明るく行きましょうよ、明るく！」

何の根拠もなく、俺はそう言い放った。そう言わねば、ブルドッギーが周囲の薄暗がりの中に消滅してしまうような気がした。

「タケシさんも、お元気で。では、これでおいとまいたします。ご親切一生忘れません」

ブルドッギーはもう一度頭を下げてから、まるい背を向けて歩み去った。彼の姿が見えなくなった後も、俺の耳に、ペタペタペタペタ……というブルドッグの足音が残っていた。

アネックスがオープンとなってから、そのキャフェテリア・マングロービアが、バイキングのレストランとなった。本館のレストランバッカシアのメニューはふたたびかつてのコース料理やアラカルトに戻った。料理の品目に大きな変更はなかったが、味は明らかに以前より劣っていた。客からもそうした指摘が相次ぎ、スタッフも気付いていた。しかし、ブータンとコウタロウのコンビで作っていた味を取り戻すべく努力を積もうとする者は誰もいなかった。シェフの穴埋めのために昇格した猪太郎は、自分は契約社員の給料しかもらっていないと言って、仕事における余計な手間は一切取ろうとしなかった。

彼の助手として、新しいコックが、キャッスルホテルの余剰人員リストから選ばれて、やはり契約社員として雇われた。名をモリンジといった。色が黒く、目がグリグリと光っていて、大きな太鼓腹をしており、しばしばその太鼓腹を、さしたる理由もなく叩いていた。猪太郎が物にぶつかる音とモリンジが腹を叩く音の協奏曲が絶えずキッチンに響き渡っていた。二人は、特に馬が合うようには見えなかったが、ともに怠け者で、またどちらも親類や仲間が数多く人間どもの鍋料理にされているとかで、人間どもへの怨みつらみでは意気投合しているようだった。デレデレとディナーの準備をしながら、二人はこんな会話をしていた。

「鍋にされているのは俺達だけかと思っていたが、おめえらもやられているとはねえ」と猪太郎が言った。

「ああ、もっともおめえらほどに上等な鍋じゃねえらしい」とモリンジが答えた。

「グツグツいってる味噌の汁の中に放り込むそうだ。体が温まるとか言いやがって！」

「勝手なもんだなあ。何も俺達を食わなくたっていいじゃないか」

「奴等にとっちゃあ、とにかく美味いらしい。そういやあ、猫族は食われねえらしい、どういうんだろ？」

「まずいんだろうな、要するに」

「まずい奴等は得だってことだ」

「ところでな、キャッスルにいた時、ここでは錦巻きっていうショーが見られるとか聞いた。結構なストレスの解消になるそうだよ。だが、そんな話パッタリ聞かねえな。いつやるのかねえ？」

「それがさ、このところ、生きてる奴が現れないそうだ」と猪太郎が言った。

「どうしたんだろう？　だけどな、イノさん、それならそれでちょうどいい奴がいるじゃねえか」

「ちょうどいい奴？」

「そうさ、あの若い黒服だよ、あいつ人間だろう？　山の向こうから来たとかいう」

「タケシのことか？」

「タケシってのか？　どうしてあいつ生きているんだ？　支配人、何考えてんのかねえ？」

「いや、レオナルドが言っていた。あいつは本当は悪魔なんだそうだ。だから支配人もへたなことは出来ねえんだろうって。みんなで手を組んで、いつかぶっ殺してやろうってさ」

この時、奴等はカウンターの傍らに佇む俺に気づいた。二人の顔は同時に恐怖に引き攣った。それから猪太郎は調理台に体をぶつけながら、モリンジは腹を叩きながら、ともにキッチンの奥へと退散した。


レストランの終業後、ミケが俺の夜食を持って訪れた。牛乳を飲むようになってから顔色が良くなり、頬もわずかながらふっくらとしてきたようだった。だが、なぜか元気がなかった。物思いに沈んでいるようで、俺の話もほとんど聞いていない様子だった。

「ミケ、今夜は何だか変だね、どうしたの？」と俺は尋ねた。

長い沈黙の後、ミケが言った。

「タケシさん、もし、あたしがいなくなったら、どうする？」

「ええ？　いなくなるって？」

「あたしがいなくなっちゃったら、タケシさん、悲しい？」

「そりゃあ、でも、なぜそんなことを聞くの？」

ミケは俺の心を探るように、俺の目をじっと見詰めていた。また長い沈黙が訪れた。それからミケは口を開いた。

「あたしね……お嫁に行けって言われたの」

「へええ、誰に？」

「虎助社長に」

ミケの緑色と金色の瞳が、なおも俺を見詰めていた。まるで俺の目が表す全てのものに、彼女の生死がかかっていたかのように。

「で、相手は？　いい人なの？」咄嗟には、そんな質問しか思い浮かばなかった。

「ペルシャ猫よ、お金持ちの。取引先の会社の重役の息子なの。太っていて、ボーッとしてて。でも、あたしには過ぎた相手だって、レパディが言ったわ」ミケはさも悔しそうに答えた。

「レパディの紹介なのか？」

「そうよ。なぜだか解る？　あいつはね、あたしが邪魔なの。今までずっとそうだったわ。でも今度はね、あいつの目的は、あたしとタケシさんを引き離すことなのよ。あたしにはちゃんと解ってる。社長はすっかりあいつに言いくるめられて、もう嫁に行けの一点張りなの。あたしの気持ちなんてどうでもいいみたい」

「でも、ミケ。もしそいつがいい奴なら」

ここまで言いかけた時、突然ミケの目が三角になった。

「あたしに嫁に行けっていうの!?」

「……」

「タケシさん、あたしがお嫁にいっちまった方がいいの？」

「そういう訳じゃない！」ただならぬ空気が部屋を満たしていた。「ただ、ミケの幸せの問題なんだ。もし、そのペルシャの奴がミケを幸せにしてくれるのなら……」

「あたしは幸せになんかなれない！　絶対になれない！」そう叫んでミケはワッと泣き出した。泣きながらなおも叫び続けた。「あたしは、タケシさんの側にいなければ幸せにはなれないの！　タケシさんと一緒にいたいの！　でも、タケシさんは、あたしの気持ちなんか全然解ってくれない！　あんまりよ！」

「ミケ、聞いてくれ」俺は哀願した。「ミケの気持ちは解る、だけど……」

「解ってない！」ミケは喚いた。「解ってない！　解ってない！　まるっきり解ってない！」

「解ってる、だけどね、俺にはミケを幸せにしてやることが出来ない！」日々の試練に耐えるために、俺は鉄の甲冑に身を固めていた。だがその隙間から、自分の中に押し殺している嘆きと怒りが迸り出た。「今の俺は全くの奴隷だ。金も時間も自由もない！　ただ来る日も来る日もあえぎながら、やっと生きているんだ。明日の命も解らない身なんだ。ミケには何一つ約束してあげられない。ミケが俺の側にいたところで、この先どうにもならない、そうだろ！」

ミケは答えなかった。顔を伏せ、痩せた肩を震わせながら泣き続けた。それは俺が理解を求める切実な懇願への頑なな拒絶だった。俺には何の選択肢もなかった。

「ごめん、ミケ、解ったよ」そう言って俺は牛乳のマグカップを差し出した。「さあ、また牛乳を飲んでくれ、俺からのプレゼントだ」

ミケはゆっくりと牛乳を飲んだ。ようやく感情の爆発が治まったようだった。エプロンで涙を拭きながら言った。

「ごめんなさいね、タケシさん、また泣いちゃって……」

夜がシンシンと更けていった。ふと、ミケが三毛猫の姿で俺の傍らに眠っていたあの静かな月夜を思い起こした。

「だいぶ遅いから、またここで休んでいかない？」

と俺は言った。

「ありがとう。でも今晩はあのカプセルを持ってこなかったので、このまま帰ります」

「そう、それじゃ、気をつけてね。いつも俺のために夜食を、こちらこそ、本当にありがとう。また明日」

部屋の出口で、ミケは足を止め、振り返った。

「あのね、タケシさん、あたし、前に本で読んだのよ。誰でも愛を捧げるものに愛されると、その相手と同じものになれるんだって」

「……」

「だからね、タケシさんの側にいたら、タケシさんの愛があったら、あたしは人間になれるのよ、いつか、きっと、必ず！　そしたら、あたし、タケシさんのお嫁さんになるの！」

まだ涙の乾ききらない顔で、ミケはにっこりと微笑んだ。そして妖精のように軽やかに部屋を出ていった。


ミケが微笑んでくれる時、そして彼女がおいしそうに牛乳を飲んでくれる時、それはあたかもこの戦場にしばしの平和が訪れたようなひとときだった。嵐の合間に黒い雲が切れ、そこから射す陽光を浴びたように俺の心は和んだ。だが、その束の間の陽射しのごとく、平和は長続きしなかった。

数日後の朝、また俺のＰＨＳに支配人からの連絡が入った。社長秘書レパディが、昼過ぎに再度バイク操縦の下見のために来館するというのだ。その日の午後の一般客の予約は全て一旦キャンセルとなり、レパディの予定次第で可能な限り随時復活する、ということになった。

正午から社長秘書の到着に備えて待機するように、という支配人の命令だった。だが彼女の到着は遅れた。そして彼女がようやく現れた時、日は傾きかけていた。その日のレパディは何と豹柄のレオタードとスパッツを身に付けていた。

「タケシさん、お久しぶりね！」と言いながら、真っ赤なルージュが塗られた唇を大きく開けて微笑んだ。「お会いしたかったのよ、とっても！」

社長のためにバイク操縦の下見をする、とのことだったので、レパディはバイク教習の手順をチェックするのかと思った。だが彼女は、そんなことに興味を持ってはいないようだった。今日は草原ではなく、遊歩道の方で遊覧をしたいと言い出した。そして、タケシさんのコーヒーを飲みたいと付け加えた。俺は慌ててフロントへ走り、そこに保管されている携帯用のコーヒーメーカーを持ち出した。

俺が火星号に跨ると、レパディは待ってましたとばかりに俺の後ろに乗り、またその長い腕をしっかりと俺の胴に巻きつけた。ジャコウネコの香水の香りが、目には見えない小宇宙を作り出した。

火星号はゆっくりとハーブ園や果樹園を見渡す遊歩道を進んだ。すると突然レパディが、黒木が原の方角を指差して、あちらへ行きたいと言う。その道の果てには、あの猫ジャラシの繁茂した小さな空き地があったのだ。豹と猫は好みが同じなのかなどと考えながら、俺は火星号をレパディの要求通りに進めた。

その小さな空き地に、その日も猫ジャラシが風にそよいでいた。俺はバイクを止め、草の上にコーヒーメーカーをセットした。レパディは黄色のヘルメットを脱ぎ、赤い髪を振って両手で形を整えた。やがてコーヒーの香りが立ちのぼったが、ジャコウネコの香水の香りが全宇宙を制してしまったかのようだった。レパディは、猫ジャラシの上に長い足を折り曲げて座った。

「ああ、いい気持ち！」と言って、彼女は俺の背に寄りかかった。

俺は身動きせずに、ただコーヒーメーカーを眺めた。それ以外のどのような行為も危険に思えた。

「ねえ、タケシさん、あなた、彼女いるの？」と女豹が尋ねた。

「いいえ、別におりませんが……」

俺は、今自分が置かれている微妙な立場のことを考えた。長い竿でバランスを取りながら、綱渡りをしているような、どちらに体が傾いても命取りになりかねなかった！

「そう、じゃあ、フリーってわけね？」

「……」

「支配人がね、あなたはずっとここにいるだろうって言ってたわ、本当なの？」

「まあ、多分……」

「ここの暮らし、楽しい？」

レパディは一体どのような答えを求めていたのだろうか？

「さあ、どうでしょうか。いえ、毎日忙しいもんで。余り考える時間もなくて……」と俺は彼女の問いをかわした。

「あなたも大変ねえ、売れっ子だから！」

それからレパディは、向きを変え、鋭い爪が真紅に塗られた長い指で、俺の髪を撫で始めた。俺は思わず体を硬直させた！

「まあ、可愛い人！」と言って、女豹は笑い転げた。それから突然真剣な声になった。「あのね、取っておきのお話をしてあげるわ、あなたの将来に深い関係があることよ」

俺は女豹からそっと身を離し、コーヒーをカップに注いだ。

「ありがとう」赤い口元に運ばれたカップの向こうで、一対の豹の目が俺を釘付けにしていた。「虎助社長の一大プロジェクトの話、聞いたことあって？」

「いいえ、私は、まだ」

「そう、じゃあ、聞かしてあげるわ。そのプロジェクトっていうのはね、人間を動物に変えてしまう方法を発見することなのよ」

「ええっ⁉」

「驚いた？　そりゃあ驚くわよね。山の向こうじや、こんなこと思いも寄らないでしょう。でもここでは私達みんな一生懸命なのよ。今ドクター・ホワイトホースが研究を続けているわ」

　その時俺は思い出した。虎助社長に営業報告をした時のことだった、社長がモンキキに我々の大プロジェクトのために、ノパコンが必要になるだろうと言っていた。あれはこのことだったのだろうか？

「なぜかというとね、あなた方人間の優秀な血を、私達も必要としているからなのよ。人間が動物になれば、私達との結婚が可能になるわ。そしてあなた方の血が私達の中に注ぎ込まれて、もっともっと優秀な子孫をふやすことが出来るのよ！　ドクターの研究が実を結んだ暁には、私はあなたを是非豹に変えてもらおうと思っているの」

　俺は身震いをした。

「あら、恐いの？」レパディは両腕を差し伸べて、俺の肩を掴んだ。「よく考えてごらんなさいな。あなたにとってもこれは素晴らしい話よ。あなたは今お持ちの高い知能の上に、さらに豹の肉体を得るのよ、お解り？　私達豹はね、凄い筋肉と運動神経に恵まれているわ。私達は世界で一番早く走れる一族なの。それだけじゃない、高い木にも登れるわ！　木に上がってしまえば、あの獰猛なライオンだってお手上げなのよ。それから、私達の毛皮！」

　そう言いながら、女豹は、豹柄のスパッツを履いた長い筋肉質の足を伸ばし、俺の腰に回そうとした。俺は身を引いた。

「これが、私達の毛皮の模様よ、よくご存知でしょ？」

　漠然とした恐怖が俺を満たした。レパディの仕草は、闘いを挑んでいるようだった。

「山の向こうのあなた方人間が大好きな模様よ！　この美しい模様のために、この豪華な毛皮のために、私達一族は、今まで何匹殺されたか解らないわ！」

　女豹は、その両腕と片足で俺の体を完全に拘束した。「だから、私達の仲間は、あなた方をトコトン憎んでいるわ。私があなたの喉に噛み付いて一気に切り裂いてしまえば、みんな、どれほど喜ぶことか！」

額に振り掛かった燃えるような赤い前髪の下で、爛々と光る豹の目が俺を見据えていた。俺は、喉を噛み裂かれ、猫ジャラシの上に鮮血を飛ばして倒れる自分の姿を目に浮かべた！

「でもねえ……」女豹は俺を解き放し、ふたたび俺の髪を真っ赤な爪で愛撫し始めた。「でも、私にはそんなことは出来ないわ。こんな可愛い人を殺すなんて！　本当はね、今すぐにでもあなたをさらっていきたいくらいなのよ、ほら、感じるでしょ？」女豹は俺の手を取って、自分の胸に押し当てた。「私の心臓よ、こんなにドキドキしているでしょ？　燃えているのよ、私の心！」

女豹の胸が、薄いレオタードの内側で熱く脈打っていた。

「あなた、携帯の番号教えて下さらない？」と彼女が囁いた。

「いいえ、俺、携帯は持っていません」

突然レパディが身を硬直させた。鼻をピクリと動かし、それから目を鋭く光らせながら四つん這いになった。「何してるの、そこで⁉」

レパディはその長い腕を草むらに伸ばし、赤い爪を立てて何かを掴み取ろうとした。が、次の瞬間その猫ジャラシの茂みから、目にも止まらぬ早さで飛び出した物があった。それは一匹の三毛猫だった。首に赤いリボンを結んでいた！

ミケ！　と俺は叫んだのだろうか？　その三毛猫は宙を飛んだかに見えた。そして、勢い余って草の上にうつ伏せに倒れたレパディを飛び越え、あっという間に灌木の下に消え去った。

「あの野良猫が……」とレパディが苦々し気に呟いた。「隠れて立ち聞きするなんて、やっぱり育ちは争えないわ。せっかく私が玉の輿の縁談をお世話しようとしているのに、その気がないなんて生意気言って。社長もあの子の幸せを思ってお力添えして下さっているのよ、何て恩知らずなんだろう！」

俺はジャコウネコの香水の香りで窒息しそうだった。いや、香りだけではない、この女豹から、この目には見えない閉鎖空間から、狂気の誇大妄想でこり固められた奇怪な宇宙から脱出したかった！

救いの手はまた差し伸べられた。俺のＰＨＳがバイブレートしたのだ。

「タケシ、モンキキだ。レパディ様は一緒だな？社長がすぐに帰ってきて欲しいと言っている、伝えてくれ」

「はいっ、支配人！　かしこまりましたっ！」

俺がその伝言を伝えた時、レパディは腹立たしそうに立ち上った。

「まあ、今日は邪魔ばっかり入るのね。せっかく素敵な雰囲気だったのに。みんなヤキモチを焼いているんだわ、虎助までも。今日はどうやら残業になりそうね」

「社長、お急ぎのようですよ」と俺は言った。早く女豹を帰したかった。「どうぞ火星号にお乗り下さい、ぶっ飛ばしますから」

「ありがとう、タケシさん。でも、ここからだったらひとっ走りだわ。変身して飛んで行きます。この次はもっとゆっくりお話しましょうね！　コーヒーごちそうさま。じゃ、ごきげんよう！」

レパディは金色の目で俺を名残惜しげに見詰めてから、ヒラリと身を翻し、赤い髪を風になびかせながら、瞬く間に黒木が原の中へ消え去った。

ひどい疲労が一気に俺を襲った。その疲労感は、あの夜を思い出させた。そうだった、この忌むべきホテルに迷い込んでしまったあの夜も、俺はフラフラだった。あの時火星号はぶっ壊れて動かなかった。今バイクは元気で活躍している。片方のバックミラーは喪失しているが。そして俺の空腹は一応満たされている。だから今の方がずっとマシなのだ。それなのに……あの時の俺は、道に迷ったという事実と疲労と空腹のことしか考えていなかった。いや、考えてはいなかった。俺の頭は空っぽだった。それにひきかえ、今の俺の周囲には、俺の頭の中には、何と多くの難題と謎と不確定要素が溢れていることだろう！　そのどれ一つをも自分の支配下に取り込むことが出来なかった。山道から沼に火星号もろとも転落した時から、何もかもが変わってしまったのだ。あの時まで俺は確かに自分の人生を自分のものにしていたはずだった。そのはずだったのに……。

西の空に赤銅色の夕映えを残し、太陽は黒木が原の彼方に姿を消した。黄昏が近かった。もうディナーの準備のためにレストランへ大至急戻らなければならない時刻だ。カン、カーン……ふたたび火星号は走り出した。

ディナーの時刻に、ミケは蝋人形のような顔で現れた。ほとんど口を利かず、まるで亡者のようにフラフラと、客のテーブルからテーブルへとさ迷った。注文をやたらと間違え、皿を落としそうになったり、繰り返しソーサーの上にコーヒーをこぼした。あるいはまた、空の盆を持ったままボーッと佇み、客が呼んでも応じなかった。

「何かあっちゃにゃ？」とレオナルドが、ずり下がった眼鏡の上でミケを横目に見ながら、俺の耳に囁いた。「あんまりふじゃけたマネしゅると、ゴンチャに報告しゅるじょ。仕事しゃぼるやちゃあ、みんなクビにしちゃる！」

レストランがクローズされて後、俺は、例によってレジに座り、その日のディナーの統計報告書を作成するために、ノパコンに取り組んでいた。

「なぜあんなことをしたの？」ミケの声だった。

「あんなひどい仕打ちを、なぜなの？」押し殺されたその声は、狂人の囁きのように不気味に響いた。

俺は顔を上げた。ダイニングルームでは、まだ何人かのスタッフが後片付けに追われていたが、ミケは仕事に戻ろうとはしなかった。ただ怒りの眼差しで俺を睨み付けていた。彼女の緑色と金色の目は、炎を発しない高温の火のようだった。

「レパディのことだな？」俺も声を殺した。四方八方に敵が潜んでいて、聞き耳を立てているに違いなかった。「いいか、俺は後ろめたいことは何もやっちゃいない。あれが精一杯の防御だった。ほかにどうしようもなかった、それだけだ。解って欲しい」

「でも、なぜ、なぜ……」執拗にミケは繰り返した。それから涙が一筋、二筋流れ始めた。「どうしてあいつをあそこに入れたの？」

「あそこって？」

「あの、猫ジャラシの、あそこに」

「ああ、あれか、あれはね、レパディがそう頼んだんだ。仕方がなかった」

「ひどいわ！」とミケが掠れた声で言った。「あそこは、あたしとタケシさんのお部屋だったの。二人だけの……そこにあいつを入れるなんて」

「……」

なぜレパディはあの猫ジャラシの草っぱらに行きたいと言ったのだろう？　この疑問が初めて俺の心に浮かんだ。

「あいつは、あたしとタケシさんのお部屋に踏み込んで、何もかもぶち壊したかったのよ。あたしが、タケシさんとあそこに行ったって話したから、あいつに自慢してやったから。タケシさんはあいつと一緒になって、あたしの大切なお部屋を、命よりも大切なあのお部屋を……あたしには、あたしには、あのお部屋しかなかったのに……あのお部屋だけが……」

ミケの言葉は激しい嗚咽の中に消えた。仕事の手を止めたスタッフの目が一斉に俺達にそそがれていた。ミケは両手で顔を覆い、全身でレストランの入り口のドアを押し開けてロビーへ飛び出した。俺は後を追いかけようとした、がその時、レオナルドが行く手に立ちはだかった。

「色男！」と彼は怒鳴った。「イチャイチャしやがって！　いい気になるにゃよ！　もうしゅぐ、きしゃまも運のちゅきだ！」

ミケは正面玄関から外へ駆け出していった。俺はレオナルドをかわして、彼女を追った。

星も見えない空と、漆黒の黒木が原と、死のような静寂が、俺を待っていた。ミケ！　と名を呼びながら、俺は草原へ踏み込んだ。その時だった。足元の草がガサッと音をたて、次の瞬間、俺の右足に巻き付いた物があった。ヤマカガシだった！　足を振り回して、そいつを振り落とそうとしたが、そいつは離れなかった。俺はそのままホテルの入り口へ退却した。俺の右足がポーチの石畳に乗ったとき、そのヤマカガシは素早く身を振りほどき、スルスルッと大地を滑って、間もなく草原の中に消えた。

「ミケっ！」もう一度夜の闇に向かって叫んだが、何の返事も返ってこなかった。


その夜遅く、ノパコンの作業を仕上げてから、俺はロビーへ降りていった。ミケのことが気になっていた。フロントに久しぶりにホギーが座っていた。忌引きでしばらく休んでいたのだ。近づいていくと、酒の匂いを感じた。俺の姿を見て、かすかに微笑んだ。

「タケシさん、ご機嫌いかが？」とホギーが言った。

「まあ、何とか。相変わらず忙しくて……あのう、ミケを見ませんでしたか？」

「ミケちゃん？　いいえ、もう帰ったんじゃないの？」

「やっぱり、そうなのかなあ？」

「どうかしたの？」とホギーは尋ねた。だが彼女の目はボンヤリとしていて、自分の質問にさえ興味がないようだった。

「いえ、大したことじゃないんですが、ちょっと喧嘩っていうか、行き違いがありまして……」

「そう、まあ、色々あるわよねえ」そう言いながらホギーはデスクの上に腕を組んで、頭を載せた。

まるでそのまま寝入ってしまうような様子で。

「ホギーさん！　大丈夫ですか？」俺は慌てて彼女の肩を揺すった。

「あらあ、ごめんなさいねえ、あたしったら……」

また酒の匂いが俺の鼻を突いた。

「ホギーさん、まさか飲んでいるんじゃないでしょうね？　お仕事中でしょ？　ゴンタにでも見つかったら大変ですよ！」

「ホホホ、大丈夫よ、あたしは」それからホギーは急に何かを思い出したらしく、片手をデスクの下に入れた。「そうそう、また忘れるところだったわ。タケシさん、あなたにね、是非これを使ってもらおうと思ってね」

ホギーが取り出したのは、見慣れない携帯電話だった。彼女は声をひそめた。

「これね、あたしが自分で手に入れたのよ。客の持ち物の中にあったの。これ、あたし達の携帯とはメーカーが違っていて、ここじゃあ『圏外』って出ちゃうの、でもね、外にね、通じる場所があるのよ、この間発見したの」

俺が携帯で誰かに連絡が取れる？　俄かには信じられないことだった！

「あなた、ご家族いらっしゃるんでしょ？　山の向こうに」

「はあ、母と妹が……」

それは俺が努めて自分の心から追放していた事実だった。

「ねえ、連絡してあげるといいわ。きっとみなさん心配していらっしゃるでしょう……」

「……」

「あたしねえ、今本当に後悔しているのよ。あの日の夜、あなたを逃がしてあげればよかったなあって。こんなひどいホテルにあなたを閉じ込めちゃって」ホギーの目がいつしかうるんでいた。「ごめんなさいね、許してね。馬鹿だったのよ、このホテルの連中があんな人でなしだったなんて知らなかったのよ」

「しっ！　ゴンタに聞かれたら大変だ」と俺は制

した。「いいんですよ、もう。第一、逃がしてもらったところで、無事に黒木が原を出られたかどうか、解らないんですから。それより、あんまり飲んじゃいけません。体に毒です」

「ありがとう。でもねえ、あたしなんて、もうどうなったっていいのよ」

ホギーはその携帯をデスクの下にしまいこんだ。

「いいこと？　いつも充電器と一緒にここに置いてあるから、奴等のすきをねらって使ってちょうだい。これが使える場所、今紙に書いてあげるから」

小さな紙切れにホギーは地図を書き、それをそっと俺の手に握らせた。

「くれぐれも気をつけてね、奴等には……」そしてホギーは再びデスクの上に顔を伏せた。俺は周囲に注意深く目を配りながら、自室へと急いだ。

# 第14章　黒木が原の岩風呂

ゴンタが社員の首切りの作業に深く関わっているらしい、という噂は広がり続けた。首切りの理由としては、表向きは希望退職が大半だったが、本当は勤務態度がよくなかったからだとか、仕事で何やらドジをやったらしいとか、あるいは上司に嫌われた、といったいわくありげな憶測が囁かれた。従業員のロッカールームの入り口には小さな掲示板が掲げられていたが、そこには連日のように、社員の退職や移動のニュースが発表されていた。そのたびにスタッフは、誰彼となく、あいつもついにゴンタの罠に掛かった、と言いあった。辞職させられていく社員が全員正当な理由を持っていたのかどうか、俺には全く解らなかった。だが、その連中が給料が比較的高くて、どうも高い順に排除されているのではという疑問は拭えなかった。一方で、真っ先に辞めさせられても不思議がないような奴等がしっかりと居座っていた。

ランチ番の後、俺にノパコンを引き継ぐ時、ゴンタはフロッピーを以前にも増して注意深くチェックするようになったが、奴が保管をすることになっていると主張するフロッピーの枚数は確実にふえていた。梶山さんがあんなにたくさんのフロッピーを持っていたとは思えなかった。ある時ゴンタは、仕事がふえたために自分専用のノパコンが必要になり、一台山麓から取り寄せたのでもう俺とノパコンを共有する必要がなくなった、と告げた。彼が持っていたのは、どうやら中古のノパコンらしかったが、梶山さんの物と同じような容量の機種だった。そして一ダースのフロッピーのパックが付いていた。それから間もなく、新しい噂が広がった。ノパコンが二台になり、従来手作業でこなされていた仕事が大幅に減り、もっと多くの従業員が辞職勧告を受けるらしい、というものだった。

ふたたび従業員の間に不安と動揺が広がった。支配人を中心とする幹部は、いわば鞭によって人員削減を押し進める一方、飴によって従業員の心理的な動揺を静めようとした。夜の飲み会に加え、昼食時のレストランを随時休業にして、スタッフに長めの休憩時間を与え、温泉やゴルフに出かけることを許した。一つにはレストランキャッスルの開店により、ホテルのレストランへの客の殺到は緩和され、アネックスのバイキングレストラン、マングロービアへ客を廻すことで、そうした昼休みが可能になったのだ。

俺のバイク遊覧業は、簡単に休業という訳にはいかなかったが、申し込み客が比較的少ない時のみ、バイクの保守作業という名目で休むことが認められた。そんなある日の午後、あのスタッフの飲み会以後、しばらくご無沙汰だった庭師の時蔵爺さんがひょっこり現れ、俺を温泉に連れていってくれる、と言う。黒木が原の中にある、爺さん行き付けの露天風呂とのことだった。俺の心は一気に温まった！　小さい頃、亡くなったじいちゃんがよく風呂に連れていってくれたものだった。

その岩風呂は、赤沼に沿った遊歩道を進み、その先から原生林に深く分け入った所にある、と爺さんが言った。俺は咄嗟にヤマカガシのことが頭に浮かび、不安を覚えた。だが爺さんによれば、逃げ道に通じてはいない箇所には毒蛇の警備員は配置されてはいないという。そして、岩風呂へ行く途中にある幾つかの美しい沼を見せてあげよう、と付け加えた。柔らかな午後の陽射しを浴びながら、時蔵爺さんと俺は手拭いをぶらさげて出発した。

それは、俺のこの地での辛苦に満ち満ちた毎日がおよそ信じられないようなのどかな時間だった。
俺は何かに馬鹿にされていたのではなかったか？
翻弄されていたのではなかったか？　だが、もしそうだとすれば、一体何がこの俺をもてあそんでいたのだろう？　その何かは、俺をオモチャにすることに快感を覚えていたのだろうか？　それとも、その何かは、実は何をやっているのか、全く自覚がなかったんだろうか？

「なあ、タケシ」と爺さんが話し掛け、俺をそんなとりとめのない物思いから呼び覚ました。「この黒木が原はお前にとっては地獄かも知れん。だがなあ、その地獄にもこの上もなく美しい場所があるし、疲れを癒し、しばし幸せにしてくれる場所もある」

　細い砂利道の遊歩道はやがて原生林の中へ入っていった。道の両側には大きなシダが茂り、その陰に大小様々の岩石がどっかりと座っていた。

「これらの岩は、みな、二百年前の大噴火の時に日本ベスビオスから吹っ飛んで来たやつだ。庭の置き石に格好の物も数多くある」

「あのアネックスの内装は時蔵さんが手掛けられたんでしょう？　一目見て解りましたよ。凄い腕前だ、と感服しました！」と俺は言った。

「腕を振るったつもりだ。だが……」

　どこからか水の流れの音が聞こえてきた。俺と時蔵爺さんは、木漏れ日が躍る小道を歩き続けた。

「タケシ、お前とはもっと早く出会いたかった、と思っている」と爺さんが呟いた。

「ええ？　それはどういう……時蔵さんは、俺の亡くなったじいちゃんに、どこか似ている。お会いできて本当によかったと思っているんです。『もっと早く』って、どういう意味ですか？」

「今日がわしの最後の日でなあ」と爺さんは答えた。

「ええっ!?」俺は耳を疑った。「何でまた、そんなことに？」

　長い沈黙が続き、静かな渓流の流れの音と、木の葉がかすかに風にそよぐ音に耳を傾けながら、俺はひたすら爺さんの説明を待った。爺さんはやっと口を開いた。

「キャッスルで警備の仕事をやっていた若いカメの奴が、契約社員として移ってくることになったそうだ」

「警備ですか……それじゃあ庭師は畑違いじゃありませんか」

「そいつが庭もやることになったらしい」

俄かには信じられなかった。だが経費節減に余念がない奴等のこと、それくらいはやりかねないと俺は考えた。いや、多分あのゴンタの発案だろう。ノパコンを操作して弾き出した結論に決まっている。

「そんな奴に庭の仕事なんて出来る訳がない、そうじゃありませんか？　メチャクチャだ！」と俺は怒鳴った。

「だが、庭がさほどにりっぱでなくてもいいとなれば、話は別だ」爺さんは淡々と続けた。「お前の腕はもういらん、と言われるなら、わしも敢えてあのホテルにしがみ付こうとは思わん。ただ静かに立ち去るまでのことだ」

「俺のじいちゃんは、俺に何の相談もなく、あの世に旅立ってしまった」と俺は半ば独り言のように呟いた。じいちゃんが亡くなった時に、そんなふうに感じたものだった。「時蔵さんは俺とずっと一緒にいてくれるだろう、と思っていたのに……」

その時、あたりが明るくなった。原生林の中に葦に囲まれた小さな沼が現れたのだ。それは目の覚めるようなコバルトブルーの水面だった！　俺は息を呑んだ。

「火山性の水質のためにこんな色になっている。魚は全く住めない。だが素晴らしい色だ！」と時蔵爺さんが言った。

歩を進めるに従い、流れの音は大きくなり、シダの茂みの間に渓流が姿を現した。その水は、指を入れたら切れてしまうかと思われるほど澄み切っていた。渓流は、流れの中に横たわる石から石へと小さな滝を作りながらなおも続き、道に渡された丸木の橋の下をくぐって、道の反対側へと抜け、それからふたたび周囲が明るくなり、今度はその渓流の向こう側に先ほどの沼よりももっと大きな沼が姿を現した。それは深い緑色だったが、水面は無数の光のかけらを載せ、その揺れる宝石の下にくっきりと逆さになった山の影が映っていた。

「日本ベスビオスだ」と言って、爺さんは指差した。

午後の陽光をいっぱいに受けて聳える日本ベスビオスは、全身を赤銅色の鎧に包んでいるかのように挑戦的で威圧的だった。だが沼の水面に映るその姿はただ美しく穏やかで優しかった。沼と火山を前に、太い丸太を横に置いたベンチらしき物が置かれていた。爺さんと俺は並んで座った。

「この風景を絵にしようと、何人もの画家が訪れた。だがわしは今もって、この美しさを完璧に蘇らせたキャンバスに出会ったことはない。自然とはそれほどに凄いものなのだ。誰も自然を自分のものにすることなど出来ない」

「でも支配人は、この黒木が原は彼らの王国だと言っていました」

「黒木が原は確かに素晴らしい小世界だ！」と時蔵爺さんは、沼を囲む原生林を見回しながら続けた。「ここには樹木が豊かに茂り、澄んだ流れもあり、火山性の地形のために、熱帯地方のように暖かい場所もあれば、一年中氷が溶けることのない洞窟もある。そしてその様々な気候を選んで、暖かい場所を好む動物達や寒い場所を求める動物達が、それぞれ憩いの地を得ている。しかし、それらは全て自然界の恵みだ。ありがたく受け容れねばならぬものだ。支配下に治め、搾取し、富を貯えるためのものではない」

「富？」

「そうだ、支配人も社長も金儲けに躍起になっている。だが、彼らは大切なことを忘れている。この黒木が原の真なる王は虎助ではない、あの日本ベスビオスなのだ！」

「時蔵さん、俺は知りたいんですが、この黒木が原の社会は一体いつから存在していたんですか？」

「言い伝えによると……」爺さんはじっと沼に映る火山を見おろしていた。「百年の昔、黒木が原のどこかで山火事が発生したそうだ。その後、数匹のある動物が焼け焦げた人間どもの屍を食ったらしい。すると異変が起こり、そいつらが人間の姿に変身したそうだ。その屍は多分ただの焼け焦げではなかったんだろう。何かの不思議な化学変化が関係していたようだと、ドクター・ホワイトホースが言っていた。例えば、火山性の土壌の中のある成分とか、あるいは地中から噴き出しているガスとか、黒木が原の一部を焼き尽くしたその炎そのものとか。原因はともあれ、人間への変身が他の動物どもを魅了した。奴等は我こそは、とその屍に殺到した。人間に変身した奴等は、言葉をしゃべり、その器用な二本の手を使って、原生林の中に人間の屍を漁り、時には生きている者までも捕えて、その変身を可能ならしめる何かの成分を見つけようとした。その何かがついに発見され、噂を聞き付け、他の地からも動物どもが続々とこの黒木が原に押しかけてきたそうだ。そして、ここに人間に変身した動物達の社会が生まれた」

「山麓にも同志の連中がいるそうですが……」

「そいつらは、自分達の正体を隠して人間の集落と最低限の商取引をやっている。あのホテルへの物資の補給もやっている。しかし、人間の侵略を防ぐために、それ以上の付き合いは一切避けている。カルト集団のように振る舞っているらしい」

「あの……」俺はレパディが話していた不気味なプロジェクトのことを思い出していた。「人間を動物に変えよう、という研究が行われているそうですが……」

「うむ……この黒木が原ではあらゆることが可能となるかも知れん。だが……」爺さんはゆっくりと立ち上って、再び火山を見上げた。

「その研究が成し遂げられるまで、奴等が生き延びられれば、の話だ」

「日本ベスビオスが噴火すると？」

目の前に聳える火山の山肌は、まるで炎に照り映えているように赤く染まっていた。

「タケシ、繰り返すが、この黒木が原の真の王者は虎助ではない。あの山なのだ。王者は、この原生林に覆われた広大な一帯の真なる支配者なのだ。支配者は創造を成し遂げる。命を持つあらゆる物を産み出し育む。だが一方で、自分自身で作り出した物を全て破壊するのも自由なのだ！」

「……」

俺は息苦しさを覚えた。火災の熱気の中に投じられたような、あるいは降ってくる灰の煙に巻かれたような。いや、熱気も煙もあった訳ではない。俺達を囲んでいたものは、ただ穏やかな午後の陽光と、沈黙している赤い山と、美しい深緑色の沼だけだった。だが、いつの間にか爺さんの瞳には炎が燃え上がっていた。

「あの山は近いうちに必ず噴火する。そしてあのホテルもろとも、この黒木が原を焼き尽くすだろう」

俺は先日のアネックスでの飲み会の時の茶番劇を思い起こした。火山の頂上が轟音と共に真っ赤になった！　だが熱気も溶岩もなかった。本当の噴火は、そうだ、轟音とともに山が裂け、ドロドロの溶岩が噴出し、山を下るんだ。凄い速度で、そして、阿鼻叫喚！　逃げ惑う人間達！　いや、動物人間の連中！

「ハ、ハ、ハ、ハ……」突然俺は気が狂ったように笑った。「ハ、ハ、ハ、ハ、ハ……」

これほどの喜劇があっただろうか？　噴火するんだ、あの山が。そして溶岩が、真っ赤になったドロドロの岩が流れてくるんだ！　あっという間にホテルを飲み込んで、何もかも溶かして……。

「タケシ、しっかりしろ！」と時蔵爺さんが怒鳴った。

だが俺は笑い続けた。笑って笑って笑い続けた。ハ、ハ、ハ……喜劇だ、武。お前は世界一のピエロだ！　何のために今までがんばってきたんだ？

何のために？　生きるためではなかったのか？　生きて山の向こうへ帰るためではなかったのか？　その希望のためにこそ……いや、違う。希望なんて最初っからなかったんだ。俺の死の可能性はいくつもあった。でも生きて帰れる可能性はほとんどなかった。岸辺や港は全く見えなかった。俺はただ溺れないように、その日その日を必死で泳いできた、それだけだった。そして、いよいよ噴火だ！　ハ、ハ、ハ……最高のお祭りだ！　カーニバルだ！　お祝いだ！

「聞け、タケシ、落ち着け！」と言いながら、爺さんが俺の肩を掴んで揺すった。「言っただろ？　災いが不幸とは限らぬ、と！」

「ハ、ハ、ハ……そりゃそうだ！　山が噴火して、溶岩が流れてきて、俺を飲み込む。何百年もたってから、俺は溶岩の中の空洞となって発見される。そこに石膏が流し込まれて、俺は博物館入りとなる。俺の突っ立てられた爪や剥き出された歯を見て、『凄いわねえ！』と人間どもが驚きの声を上げる！　素晴らしいショーだ、重要文化財だ！　ハ、ハ、ハ……こんな名誉なことがあるかっ！」

そう怒鳴って、俺は両手で頭をかかえ、膝の上に突っ伏した。笑いはついに途絶え、津波のような絶望感が俺を押しつぶした。

「いいか、タケシ、戦闘は死ねば終る、と思うな！　死んであの世に行ってからも続くと思え！」

時蔵爺さんの声は、俺の亡くなったじいちゃんの声になっていた。

「わしが今から言うことを、一言漏らさず聞け。重要なことだ」

俺は頭を抱えたまま、じいちゃんの声を聞いていた。あの世から、じいちゃんが俺に呼びかけている……。

「天変地異を真っ先に感知するのは動物どもだ。彼らは超自然的な予知能力を持っている。この黒木が原の住民達も、かつてはそのような鋭い勘を持った動物達だった」

「俺にあのカプセルを飲んで、動物に変身しろってことですか？」

俺の捨て鉢な問いには答えず、爺さんは続けた。

「だが奴等は人間に変わってしまった。ビタミン料理を食らい、人間の高い知能を獲得し、人間のような暮らしを享受するようになった。それと同時に、動物の天性の勘を失ってしまった。それだけではない、人間のように富みを貯え、人間のような自信を持ち、さらに未来についての快適な予言しか受け容れなくなった」

「それと噴火と、どういう関係があるんですか？時蔵さんの言うこと、俺にはさっぱり解りません」

「もし奴等が今目覚めて、今まで貯えてきた金銀財宝を放棄し、自然界の呼び声に応じて、身一つで逃げるならば、奴等は助かるだろう」

「そんなことある訳ないでしょう！　奴等は、時蔵さんの警告を一笑に伏している」

「わしが同じことを数年間言い続けたことも原因だろう……だが、もうよい。話を戻そう、天変地異は動物どもが真っ先に感付く」

「しかし、このホテルの奴等は勘が鈍ってしまっている、そうでしょ？」

「うむ、だが、まだ動物のままでいる奴等もいる」

「ひょっとして……ヤマカガシですか？」

「その通りだ」

「それからカラスなんかも？」

「いかにも。まだ他にも多数の自然動物達が、黒木が原に生育している。奴等は人間への変身を許されていない。黒木が原の秩序や食糧事情のためだ。奴等は、今は従順に現存の秩序に甘んじている。だが……天変地異となれば話は別だ。それどころではなくなる。掟も制度も蹴っ飛ばして、我先にと逃げ出すだろう」

「でも俺はヤマカガシでもカラスでもない」

「そうだ、お前は人間だ。だから、もし何かが起こった時は奴等の先導に従うのだ」

「先導？」

「ここから先は、わしにも何とも言えない。間際まで何が起こるのか確言できないからだ。最後は賭けとなるかも知れない。しかし、成功する時は成功する。お前にはその成功を勝ち取る力がある！」

その時俺の全身に電気が走った！　時蔵爺さんの大きな手が、いや、俺のじいちゃんが、俺の肩から新しい力を注ぎ込んでくれたような気がした。

「いいかね、もう一度だけ言おう。最後まで希望を捨てるな、闘いを放棄するな、死んでもがんばり続けるのだ！」

「はい、じいちゃん！」

「わしの話はここまでだ、さあ、風呂に行こう」

さらに幾つかのコバルトブルーや瑠璃色の沼を通り過ぎると、道は岩石が積み上がったような低い岩山に突き当たり、今度は、水が池に注ぎ込まれているような音が聞こえてきた。爺さんはその岩山に登った。数歩登った所で視界が開け、眼下に、人が三、四人入れるくらいの池が現れた。池からは柔らかな湯気が立ち、周囲に重なり合っている岩石の一個所から、やはり湯気を上げながら細い滝が落ち、岩をつたい、絶え間なく池に流れ込んでいた。

「さあ、タケシ、着いたぞ、湯に浸かろう」

爺さんと俺は服を脱ぎ、ゴツゴツした岩に注意しながら、ゆっくりと湯の中に身を沈めた。

その湯は素晴らしかった！　真綿のようにホカホカと柔らかく、しっとりと、俺の両足から、腹、背中、肩を包み、骨まで解きほぐそうとしていた！　久しぶりだなあと俺は思った。あのホテルに囚われの身となって以来、俺はシャワーしか浴びていなかった。俺の部屋の浴室にはシャワーしかなかったし、年中追いまくられていて、風呂のことなど考える暇も与えられていなかった。俺は頭を岩にもたせかけて目を閉じた。極楽だった！

噴火だって？　俺は死ぬんだろうか？　どうせ死ぬ運命ならば、このまま死んでしまえばいい、それこそ至福ってもんだ。このまま、何にも考えずに……。

「ミケは元気か？」と時蔵爺さんが尋ねた。

俺は目を開いた。青い空に白い雲がぽっかり浮かび、西側は金色に輝いていた。その眺めは、あの猫ジャラシの茂った小さな草っぱらを思い出させた。ミケはしばしば欠勤していた。出勤している時には、ほとんど俺とは口を利かなかった。だが、ふと振り返ると、今にも涙がこぼれそうな瞳で、俺のことをじっと見詰めていた。

「はい、まあ、時々疲れたとかで休んでいますが……」

爺さんは返事をしなかった。この俺の答えが全てを伝えてはいないことを、爺さんは見抜いている。

「あのう、色々難しいことがありまして……俺には仕事がある、バイクに客を乗せなければならない、その……女性客が大半なんです。ミケはそれが気に入らない」

「……」

爺さんは目を閉じていた。それだけではないだろうと言っているようだった。

「それが、最近社長秘書がたまに来るようになりまして、社長のための下見だと言っているんですが、どうもその辺が……」

「……」

「先日その社長秘書が、ある小さな草っぱらへ連れていってくれ、と言いまして。それから、そこで彼女のリクエストでコーヒーなんか入れたり。ところが、その草っぱらは、以前にミケが俺に、大好きな場所だと言って教えた所なんです。猫ジャラシが茂った。そこに社長秘書を連れていったってことがミケにとっては、またどえらいショックだったらしく……」

「ふむ」

「しかし、俺は断れない、そうですよね？　だから、ミケに信じてもらうしか……もっとも、信じてもらうと言ったって、一体何を信じてもらえばいいのか。俺はこれからもバイク遊覧を続けなければならないし、社長秘書の要望にも答えなければならないし」

「ミケは変わったなあ」と爺さんが呟いた。「以前は何も考えない、ただ可愛くて明るい奴だった。大勢のボーイフレンドに囲まれてね。だがタケシが現れてから、すっかり別人になってしまった。えらく思い詰めているようだな、あんなに痩せてしまうとは……」

「ビタミン料理を食えなくなったと言ってます。俺の牛乳を飲ませてやっているんですが、時々気まずくなったりしまして、そうすると……」

「あいつは、お前に出会って初めて苦しみというものを知ったのだろう」

爺さんは目を閉じたまま、独り言のように言った。

「ミケは虎助社長に縁談を奨められているそうです。金持ちのペルシャ猫とか。俺は賛成した、そしたらミケを怒らせてしまった」

「……」

「でも、俺には彼女を幸せにしてやることなんか出来ない。俺は間違っていますか?」

「なあ、タケシ」と言って、爺さんは目を開いた。「あれはな、お前を心底から好いているようだ」

「しかし、俺は一体どうすればいいのか……」

「そうだなあ、わしにも解らん。だが……」爺さんが俺の方に顔を向けた。二つの深い目が、俺のじいちゃんにそっくりな瞳が俺をじっと見据えていた。「お前から離れるくらいなら、死ぬだろうよ、あいつは」

「まさか」

「だから、あいつに言い聞かせてやるんだな、タケシはいつまでも一緒にいてやる、と」

「……」

「ミケは猫だ、そう思っているんだろう?」

「だってそれは厳然たる事実でしょ? 彼女は、俺なんかよりも、猫の男と一緒にいた方が幸せになるに決まっている」

「だがな、この世で誰もが、必ずしも、共に幸せになれる相手を好くようになるとは限らんだろう?」

「でも時蔵さん、俺はミケのために何一つやってあげられないんです。リボン一本だってプレゼント出来るわけじゃない。そのペルシャ猫の奴なら、彼女に満ち足りた暮らしをさせてやれるんだ。温かな家庭を築いてやることも。そして、可愛い子供たちに囲まれて、ミケは幸せなお母さんになるだろう」

「いや、あいつが求めているのはね、もっと簡単なことなんだよ。たった一言の言葉、それでいいんだ。そんな言葉で誰でも幸せになれる、そんなものなんだよ」

爺さんはすっかり桜色になった片腕を伸ばし、もう一方の腕で湯をかけた。ピチャリピチャリというのどかな音が響きわたり、湯面に幾つもの水紋が広がった。

「日が傾いてきたなあ。さあ、タケシ、行こうか、お前はまた仕事だろう」

時間はいつも必ず監視の目を光らせている、と俺は思った。俺達がしばし時間を忘れ、こんな穏やかなひとときが永遠に続くような錯覚を覚えていても、時間は絶対に俺達を忘れることはなかった。そして、いつしかまた俺達を追い立てていた。

素晴らしい露天風呂を後にして、俺と時蔵爺さんは、元来た道をホテルに向かった。深緑色や瑠璃色やコバルトーブルーの沼が、名残惜しげに俺達に微笑みかけているようだった。俺も爺さんも沈黙していた。俺が話したいこと、訴えたいこと、解って欲しいと思うことは山ほどあったはずだった。だがそれ以上に、刻一刻と近づいて来る別れの予感が重苦しかった。これっきりで、二度と会えないかも知れない相手に、一体何を話せばよかったのか？　話すことそのものに何の意味があっただろう？　話し続けるためには、決定的な何かが足りなかった。その何かとは……それは未来からしか得られないものだった。つまり、また会えるという希望、これからもずっと温めてもらえるという確かな約束……それが奪われてしまった今、一体何を……。

やがて赤沼が現れ、その向こうにサファリパークキャッスルホテルの建物が見えてきた。何も不思議なことではなかったが、その光景に俺の胸は激しく痛んだ。時蔵爺さんは、もう二度とあの建物に入ることはないのだ。俺はまた一人味方を失おうとしていた。

「タケシ、今日は付き合ってくれてありがとう」と爺さんは言って、手を差し伸べた。「体を大切にな」

「お爺さん、ありがとうございました！」と言って、節くれだった温かい手をしっかり握った。その時、俺のじいちゃんの死の床で、俺が握っていたあの手の感触が蘇った。冷たくて皺だらけで乾いていたのに、この上もなく温かく感じられた。そしてそのじいちゃんの手は間もなく俺の涙で濡れたものだった……。

俺のＰＨＳが振動した！

「タケシか！　何ぐじゅぐじゅしちぇいる！　お偉いしゃんの予約客だ！」

レオナルドの声だった。

「行け」と時蔵爺さんが言った。「わしは遠くからでもお前のことを見守っている。別れなどと思うな。さあ、がんばれ、明日のために！」

「お爺さんもお達者で！」

俺は正面玄関に向かって走った。振り返ると、爺さんが俺を見送っていた。立ち止まった俺を見て、爺さんは、早く行けと合図し、それからくるりと向きを変えて、黒木が原の方にゆっくりと歩き始めた。爺さんは二度と振り返らなかった。そして俺はロッカールームへ突進せねばならなかった。

# 第15章　モンキキの金蔵

時蔵爺さんとのささやかな温泉旅行から数日後のことだった。その日はランチタイムの客は全てアネックスのバイキングレストランでこなせるという理由で、スタッフにはまた長い昼休みが与えられ、従業員のゴルフ大会が企画された。ホギーはゴルフが大好きなはずだったが、もうそんな気分ではなくなったと言って、フロントの係を引き受けていた。連中が出発し、ロビーが静かになった時、俺はホギーに、そっと携帯を貸してくれるように頼んだ。ホギーは相変わらず酒の匂いを発していた。声をかけられれば応答をしていたが、すぐトロンとした目つきになってこっくりこっくり船を漕いでいた。俺はデスクの下からホギーの携帯を取り出し、何食わぬ顔で屋外へ出た。そして携帯の画面を注意深く睨みながら、ホギーが書いてくれた地図を片手に、一歩一歩進んでいった。圏外、圏外……。

その場所は、赤沼のほとり、あの露天風呂へ向かう道の途中で、木の茂みの中へ踏み込み、小高い丘を数歩登った地点のようだった。そこからは、眼下に赤沼とその彼方の原生林が臨まれ、また原生林の上には日本ベスビオスにかしずくように、低い山々が連なっていたが、その中に大きくえぐれた尾根が見えた。あれが電波の通り道だったのだろうか？　圏外、圏外……と示していた携帯の画面に、突然アンテナとそのかたわらの三本の線が現れた。おっ！　いけるぞ！　俺は歩を止めた、その時だった。携帯の着信音が蘇ったように響き渡った。俺は携帯を黙らせようと、慌てて青いボタンを押し、耳を澄ませた。

「もしもし？　梶山さんですか？」

俺はドキッとした！

「もしもし、梶山さんでしょ？　木村です。梶山さん、梶山さん……」

携帯は梶山さんを呼び続けていた。それは梶山さんの携帯だったのだ！　俺は咄嗟に赤いボタンを押して携帯を切った。梶山さん、すみません……でも、どう返事をせよって言うんですか？

あの凄惨な野外劇場の場面がまた目の前に浮かんだ。しかし今、時間はなかった。その記憶を振り払って俺は妹のゆき子の携帯の番号を打ち込んだ。

すると、二、三秒の沈黙の後、通じた！　かかった！　音は途切れ勝ちだったが、とにかく発信音が聞こえた！

「もしもし？」それは、まさにゆき子の声だった！

「もしもし？　もしもし？」と俺は囁いた。

しばしの沈黙の後、彼女が叫んだ。「ええっ!?……にいちゃん？」

何十年ぶりで聞いたような声だった。信じられなかった！　あんなにうるさいと思っていた声が今はたまらなく懐かしい。すぐには声が出なかった。

「にいちゃん？　にいちゃんなのね？　もしもし？」

「ゆき子、俺だ……」

「にいちゃん、ど、ど、どうしたの？　三ヶ月も消えちゃって……今一体どこにいるのっ？」

三ヶ月？　あれから三ヶ月になるのか。

「よく解らない……黒木が原のどこかだ。今は余り時間がないんだが、とにかく俺は無事だとみんなに伝えてくれ。お袋にも、それからエンパイヤにも」

「く、く、黒木が原って！」妹の声がキーキー声になった。「冗談じゃないよ！　何でそんな所に！　危ないんだよ、ベスビオス！　今入山禁止になってるのに！」

「入山禁止だって⁉」

「そうだよ！　臨時火山情報が出ている。噴火するかも知れないんだって！　は、早く出ておいでったら！」

そういえば、梶山さん以来、生きている人間はぴったり現れなくなった。そうだったのか、それが理由だったんだ。その時、俺は背後で何かがガサッという音をたてたような気がした。

「解った、何とかしよう。だが、今ちょっとヤバイ。また連絡する、いいね？」

ふたたびガサッという音。奴等が気付いたのか？　背筋が凍った。

「にいちゃん、待って！　何してるの？　みんな死ぬほど心配してるよ！」ゆき子が喚いた。「どこで寝てるの？　何食べてるの？」

「ごめん、一旦切る。あ、それから絶対にこの番号にかけるなよ、絶対に！　俺の命がかかっている」

急いで携帯を切り、上着のポケットに押し込んで、俺は引き返そうとした。その時目の前の木の茂みの中から突然女が現れた。ミケだった！　黒と白とオレンジ色の髪はざんばらになり、少し長めの前髪の奥に金色と緑色の眼がらんらんと光っていた。瞳はカミソリで入れたスリットのように鋭く縦に伸びている。

「何をしてたの？」

「……」

「携帯ね、誰なの？」ミケの声もキーキーと響き渡った。

「しっ！」と俺は遮った。奴等に聞かれたらおしまいだった。

しっという声にミケは数歩飛びすさった。それは多分彼女の本能だった。かつて人間にその声で追い払われたのだろう。だが次の瞬間、彼女は背を伸ばした。まるで猫が体をアーチ型にして威嚇するように。

「女ね？」

「……」

「レパディでしょ？」

ミケには俺の会話は聞こえていなかったようだ。彼女は俺の相手をレパディだと思い込んでいた。

「違う、妹だ。頼むから静かにしてくれ！」

だがミケは黙らなかった。八重歯を剥き出して喚き出した。

「レパディにかけたのね？　あいつの所に行きたいのね？　あたしを置きっぱなしにして！　ひどい奴！　人でなし！　死んじまえ！」

「黙れっ！」と俺は言いながらミケの頬を思いっきりひっぱたいた。ミケはバランスを失い、草の中にすっ倒れた。そして打たれた頬を片手で押さえながら、下から俺を睨み付けた。持てる全ての怨みを込めて。

「ごめん……」俺は彼女を助け起こそうとした。だが俺の腕が彼女に触れた瞬間、俺の手の甲に鋭い痛みが走った。あっという間にミケは木の茂みの中へ消え去った。

俺の左手の甲には三本の爪痕が残り、その一本から真っ赤な血が吹き出していた！

手の傷をハンケチで拭いながら、俺はその丘を下り、ホテルへの道を急いだ。傷はずきずきと痛んだ。しかしそれどころではなかった。臨時火山情報だって？　すると噴火は本当に近いのか？　いや、そんな情報が出されていても、数ヶ月で山が治まった例はいくらでもある。だからといって……しかし、あの時蔵爺さんは、今度こそ確かな兆候がいくつもある、と言っていた。爺さんはナマズだ、ナマズの勘は……。

どうすればいいんだ？　どうすれば。答えは所詮一つしかなかった。避難だ、みんなに避難をさせるんだ。山がすっかり静かになるまで、群発地震が完全に治まるまで、どこかに移り住むんだ。場所は？　それこそ奴等が大急ぎで検討しなくてはならない問題だ！　安全な場所へ、出来るだけ遠方へ、今すぐにとりかかれば、まだ間に合う。まだなんとか、多分。

ホテルに戻り、フロントを覗くと、ホギーはあいかわらずコックリコックリうたたねをしていた。俺は携帯から、ゆき子への発信記録を削除し、それをフロントのデスクの下に戻してから、フロントの電話をとり、支配人室にかけた。が、応答はなかった。今度はホギーを揺り動かして起こした。

「ホギーさん、緊急事態だ！　支配人に話がある！　モンキキはどこにいるんだ？」

ホギーの目は半分しか開いていなかった。

「タケシさん、何なのよ、一体？」

「だから一刻を争うんだ！　モンキキはどこだと聞いているんです！」

「あら、もう忘れちゃったの？　ゴルフよ、ゴルフ。今頃まだクラブ振ってるわよ」

そうだ、今日の午後はゴルフ大会だったのだ。

「解った、じゃ、いつ戻るんだ？」

「夕方には戻るでしょうよ。それまでは静かよ、結構な話よねえ、ったく……」

そう言いながらホギーはまた目を閉じてしまった。

「それじゃ、後で支配人に伝えて下さい。タケシが大至急お会いしたいと言っているって！」と俺はホギーの耳元で怒鳴った。

「解ったわよぉ」ホギーの頭がカクンと落ちて、それきり動かなくなった。

ホギーは全く当てにならなかった。そこで俺は黒服に着替え、正面玄関に仁王様のように立ちはだかって、ゴルフの連中の帰りを待った。やがて楽し気なざわめきとともに奴等が帰ってきた。イーブンパーがどうのこうのとか、今日の損害は幾らだったとかそんな話が賑やかに飛び交っていた。だが、支配人の姿はなかった。コンペが予定より延びたので、そのまま帰宅したと言うのだ。そして、レオナルドは支配人の荷物を運びながら彼の自宅に同行し、その日のディナーには出勤できない、とのことだった。何か緊急の連絡は、ゴンタに伝えるように、とゴートが言った。ゴンタは着々と勢力を拡大させているなと感じた。噴火の話を彼に伝えることは避けたかった。何をどう、自分の武器に変えてしまうか解らない奴だったからだ。

「おい、手をどうしたんだ?」とゴートが尋ねた。

その手の甲には生々しい三本の引っ掻き傷が残り、まだ血が吹き出していた。俺は慌ててその甲をハンケチで隠した。

「ああ、いや、これは、そのう、ちょっと転んで……」

ゴートはじろじろと俺の手を見ていた、それから、ニヤリと笑った。

「大変だねえ、色男は……」

「……」

「お前には女難の相があるんだよ。フ、フ、フ……痴話喧嘩か、まあね。雨降って地固まる、というからねえ」

一人でニヤニヤ笑いながら、ゴートはフロントのカウンターの方へ歩いていった。

その日のディナータイムに、ミケは現れなかった。その代わりに、新顔のウエイトレスが俺を待っていた。ラピーナと申します、以前キャッスルホテルで勤務しておりましたと、そのウエイトレスは自己紹介した。ミケの欠勤の補いとして臨時雇いになったそうだ。顔も髪も真っ白で、耳が長く突き立ち、目が、まるで赤いコンタクトをはめているように赤い。だが、泣いているわけではなく、始終にこやかに微笑んでいた。すぐに泣いたり怒ったりする奴もいれば、いつでもニコニコしている奴もいるなあ、と俺は考えた。そいつらの人生はそんなに違いがあったのだろうか? 一方は本当に不幸で、他方は間違いなく幸福だったのだろうか? 俺にそれを確かめる方法はなかった。


翌朝、朝食業務の後、俺はフロントへ走った。

「支配人はいるんだろうな?」

ゴートは、前日までに寄せられたバイク遊覧の申し込みをチェックしていた。

「ああ、部屋においでのはずだが」

「では今すぐ話をしたい！」

「待てよ、タケシ。きのうが休みだっただろ、それで今日はバイクの遊覧客が多いんだよ。せっせとこなしてもらわないとねえ」

「それどころじゃないんだ！」と俺は怒鳴った。

「緊急事態だ！」

「ああ、そうか、怪我したからだな」と、ゴートはまたニヤニヤ笑い出した。「大丈夫だよ、どうせ手袋はめるんだろうが？」

「ゴートさん、たわごと言ってる場合じゃないんです。本当に！　バイクは俺の話が終るまで休業だ！」

「いやあ、困ったねえ、客には何と言えばいいいんだ？」ゴートは白い顎鬚をしごいていた。

「タケシは腹が痛くなった、とか言っておいて下さい！」

　当惑しながら電話機に手を伸ばしたゴートを尻目に、俺は階段を駆け上った。


「支配人、タケシが急用とかで、支配人室に飛んで行きましたっ！」ゴートが背後で叫んでいた。

　青空に聳える日本ベスビオスを背景に、モンキキは書類に目を通しているようだった。ノックとともに飛び込んだ俺を煩わしそうに一瞥してから、彼は再び書類めくりに戻った。

「タケシ君、何事なんだ？　見ての通りわたしは多忙だ。君の気まぐれに付き合っている暇は一秒たりともない！」

「気まぐれではありません！　一大事であります！」と俺は怒鳴った。

「ほう、君の大切なバイクが故障でもしたのか？」

「いえ、そんな些細なことではありません、噴火です！」

「噴火？」

「はい、日本ベスビオスが、あの支配人の後ろに見えますあの火山が、間もなく噴火する模様であります！」

　またか、というような顔つきで、モンキキはゆっくりと振り返り、しばし目の前の火山を眺めた。

「わたしには何の変化も見えんが。どこかに噴煙でも上がっている、と言うのか?」

「いえ、そういう訳ではありませんが、例えばこのところ地震が多い、それに……」

「地震が多いのは何も今に始まったことではない。この一帯は昔から地震が多いのだ。まあ、山の向こうから来た人間にとっては、多少なりとも不気味だろうが」

モンキキは、また書類に取り組もうとしていた。

「それだけではありません。他にも兆候がたくさんあると聞いています。今度こそ危ないと」

「ふん、どこかで聞いた台詞だな」とモンキキが言った。「大方あの辞めて行った庭師の捨て台詞だろう。あの爺さんが君に何を吹き込んだか知らんが、もういい加減にしろ。あれは被害妄想でな、ここ何年も、群発地震が起こるたびに、噴火だ、噴火だ、やれ、今度こそ避難だ、と言い続けてきた。老いぼれとはあんなもんだ。自分に注意を向けさせたいだけなのだ」

「違います!」時蔵爺さんへの侮辱は許せなかった。「時蔵さんは被害妄想なんかじゃない! 本当のことを言っているんだ。確かな証拠もある」

「証拠ね、一体どんな証拠なのだ?」

「それは……」

ここで俺は行き詰まった。携帯で妹に連絡を取り、臨時火山情報が出ていることを知った、とは口が裂けても言えなかった。命取りになりかねなかったし、第一、携帯を取り上げられることは火を見るより明らかだ。そればかりか、ホギーにも災いが及ぶ恐れがあった。答えに窮している俺を見て、モンキキは、それ見たことかという表情で、何やら書類のサインに取り掛かっていた。

「では君の話は終りだな。そろそろお引き取り願いたい。バイク遊覧の客が待っているんだろう?」

このままでは引き下がれない、俺の中には闘志が溢れてきた。

「支配人、もう一言言わせて下さい、いや、支配人にお聞きしたい。噴火が絶対に起こらない、とおっしゃるその根拠は？」

「根拠だと？」モンキキは苛立ち始めた様子で、書類の一つをデスクに叩き付けながら、立ち上がった。

「はい、確かな根拠を伺いたい」

「ふん、しぶとい奴だな。勿論根拠はある」

「何ですか、その確かな根拠とは？」俺は食い下がった。

「君の噴火恐怖症の根拠よりは確かなものだ。そんなに知りたければ見せてやろう」

そう言いながら、モンキキはズボンのポケットに片手を突っ込んだ。彼が取り出した物はなんと一枚の五百円硬貨だった！

「いいか、ここにその根拠がある」

それからモンキキは、その硬貨をポンと空中に放り投げ、両手で受け止めて、片手を上に、もう一方の手を下にして、硬貨を挟んだ。

「タケシ君、今どちらの面が上になっているか、当ててみたまえ」

モンキキはどんなふうに、空中から落下してくる硬貨を受け止めたのだろうか？　そんなことは記憶になかった、というよりも注目さえしていなかった。考えても始まらない。

「では……表が上に」

「それならば、わたしは裏面が上に、と言おう」

モンキキは手を広げた。そこには、裏返しになった五百円硬貨が載っていた。

「君の答えを聞いて操作した訳ではない」とモンキキが言った。「信じられないか？　ならば、もう一度やってみよう」

そして、支配人はまた同じ動作を繰り返した。硬貨は空中で一瞬ピカリと光り、回転しながら、また彼の手の中に落下した。

「さあ、今度はどうだね？」

「今度は……裏が上としましょうか」

「よし、わたしの答えは、その逆だ」

モンキキが手を広げると、今度は、硬貨の表が上を向いていた。俺は目を見張った。これは何かの手品だろう。それにしてもこの手品と噴火とどういう関係なんだろう？

「君は手品だ、と思っているようだな」とモンキキが言った。

「では、もう一度やってみよう。手品かどうか、君のその目でよーく見たまえ」

そして、また硬貨が空中に飛び上がり、落ちた。

「さあ、どちらだ？」モンキキは楽しんでいるようだった。

「そうですねえ、じゃ、もう一度同じ答えでいってみましょう。裏が上では……」

「いや、表が上だ」そう言ってモンキキは手を開いた。なんとコインはまさに彼が言う通りになっていた！

「これは一体」

「いいか、タケシ君、これは手品でも何でもない。わたしにそんな器用なまねは出来んよ。これはただの現象なのだ。それ以外に何の理由も原因もない」

「俺にはさっぱり解りません。ですが、これと噴火と一体どういう関係が？」

「わたしが言いたいのは、つまり、この世には、そしてある種の選ばれたる種族には、理由もなく、ある現象が保証されているということだ」

「保証？」

「そうだ、硬貨は常にわたしの言う通りになる。理由は？　そんなものはない。理由もなく硬貨はわたしの意志に従う。それだけのことだ」

「……」

「噴火も同じことなのだ。我々動物人間がこの黒木が原に出現して以来、あの山はただの一度も噴火などしたことはない。群発地震は幾度も起こっている。だが噴火することはなかった。そして今後も同じことだ。それが我々の安全を信じる十分な根拠なのだ！」

「それじゃあ、根拠とは言えませんよ。そんなものは理由にはならない」

「では、聞くが」モンキキは挑戦的な眼差しで続けた。「君はこの硬貨がなぜわたしの言う通りに落ちてくるのか、説明出来るかね？」

「それは、ただの偶然でしょう」

「うむ、よかろう。噴火が起きないという現象も、ただの偶然だろうが？」

「今まではそうだったでしょう。でも、だからと言って」

「しかし、その偶然が続くことがあるのだ。理由もなく、そしてただずっと続くのだ。このコインのゲームのように」

「……」

「もう一つ、君に聞こう。君はなぜサファリキャッスルホテルが崩壊した、と思う？」

「大雨による崖崩れのためではありませんか？」

「その通りだ。だがこのサファリパークホテルは無事だった。なぜだ？」

「たまたまでしょう」

「そうだ、たまたまなのだ。だが災難に見舞われない運命というものが確かに存在するのだ。それは疑う余地がない。そうだろう？」

「……」

「あれはキャッスルの連中にとっては不幸な出来事だった。だが知っての通り、あの災難が当ホテルに多大なる利益をもたらすこととなった。なぜか？　理由はない。ただそういう現象が起こったのだ。そして、やはり理由もなく続く幸運というものがある。今、この黒木が原に、そしてこのホテルに！」

　メチャクチャな理論だ、と思った。この幸運教の狂信者に、最早何を訴えても空しかった。時間の無駄だった。俺はうんざりした。もう話を切り上げたかった。だがモンキキの瞳は、今や物に憑かれたように光っていた。

「タケシ君、君に見せたいものがある。それを見たら、君も納得するだろう」

「あの、支配人、そろそろ時間が……バイク遊覧の客が待っていますので」

「待たしておけ！」とモンキキは言った。「支配人命令の視察だ、と言え」

「視察？」

「付いてきたまえ」

　モンキキは胸のポケットから鍵の束を取り出し、部屋の隅へ向かって歩き出した。そこには、一見作り付けのワードローブとしか見えない細長い扉があった。モンキキはその扉の鍵穴に鍵を差し込んだ。扉が開くと、あの猿の体臭が鼻を突いた。その向こうに現れたのは、ハンガーに下がった二、三着の上着だったが、モンキキはその上着の間に頭を突っ込んだ。また鍵を回している音が聞こえ、それから付いて来いという合図をして、ワードローブの中に消えた。何だって？　こいつと一緒に、上着の箪笥に入れってのか？　俺はワードローブの中の闇を睨んだ。すると、何とその奥にもう一つの扉が見えた。それは開いていて、モンキキがその向こうに立っていた。ぶら下がった上着の間を抜け、俺がモンキキの側に立った時、彼はその扉に注意深く鍵をかけ、もう一度、付いてこい、という手招きをしてから、先に立って歩き始めた。

　それは壁から下がるくすんだランプに照らされた薄暗い空間で、小さな踊り場のようになっており、そこから狭い鉄製の螺旋階段が下方へと続いていた。灯台の中のようだ、と思った。鉄の階段を踏む俺達の靴音が響き渡り、周囲のシックイの壁に俺達の長い影が幽霊のように映って、伸びたり縮んだりしながら回っていた。一体何段くらい降りたのだろうか？　目が回ってきた頃、あたりにカビ臭い空気が漂ってきた。

「ここはどの辺のフロアですか？」と俺は尋ねた。俺の声が頭上に反響していた。

「地下二階だ」とモンキキが答えた。また頭上で、地下二階だ、という声がこだました。

　目の前には、小さいがどっしりと頑丈そうな鉄の扉があった。モンキキは、また鍵の束を取り出した。ギ、ギーッという音とともに、その扉が開き、新たに別の空間が俺達の前に現れた。その空間は鉄格子の扉で守られていた。まるで中世の地下牢のようだった。モンキキはさらにその鉄格子の扉を鍵で開けた。

　天井から下がっている薄暗いランプは、俺がヤマカガシを踏み殺して、裁判にかけられたあの査問室を思い出させた。だがその部屋には椅子は一つもなく、ただずらりと金庫らしき物が並んでいた。その金庫は、どれも天井に達する高さだった。一見小さな部屋かと思われたが、中に踏み入れてみると意外と広く、目を凝らしても、奥の様子は解らない。

「これが我々の金蔵だ」とモンキキが言った。「向こうの端は見えまい。それくらい大きいのだ」

　それから彼は金庫の一つに歩み寄り、ダイヤルを回した。その金庫が開いた時、俺は思わず驚きの声を上げた。その金庫の棚には、薄暗がりの中でもはっきりそれと解る金塊や金の延べ棒がぎっしりと詰まっていた！

「驚いたかね？」と言いながら、モンキキは満面に得意気な笑みを浮かべた。一対のチンパンジーの目が皺の中で細くなり、なくなってしまうかと思われるほどだった。「だが、これはほんのひとかけらだ。こちらへ来い」

　続いて支配人は、もう一つ別の金庫を開けてみせた。その時、俺の目に飛び込んで来た物は、またもや全ての棚を埋め尽くしている宝石箱だった。モンキキは長い腕を伸ばして、その箱を一つ取り出し、蓋を開けた。中には大小様々のダイヤモンドが、真紅のビロードの上に光り輝いていた。

「これもやはり、ほんの一部なのだ」モンキキはその箱を元の位置に戻してから、他の箱を指差し、説明し始めた。「これがサファイヤ、その隣がエメラルドとヒスイ、その向こうの箱にはルビー、そしてその上の箱にはオパールが入っている」

「あの……これが全部このホテルの財産なので？」

「勿論だ！　君のその質問は、何という愚問だろう！」

　モンキキはさらに歩を運んだ。別の金庫が開けられ、その棚にはアルミ製の札束入れらしいケースがずらりと並んでいた。

「これらの中には万札が詰められている。一体全部で幾らになるか、君に見当がつくかね？」

「いえ、とてもじゃありませんが、煉瓦一個の大きさで一千万円としても、その煉瓦が幾つ入っているのか……」

「そうだ、その煉瓦が無数に貯えられている、と思えばよい！」

「無数！」

「いや、実のところ、わたしにも正確な合計額は解らん。ただ、種々のプロジェクトに幾ら出資しても、会社の収益は上がる一方なのだ」モンキキはまた大きく微笑んだ。「タケシ君、この巨万の富の理由を挙げることが出来るかね？」

「多分、営業の凄腕ってところでしょうか？」

「勿論それもある。だが、額に汗しながら、有能な営業スタッフが幾らがんばったところで、限界がある。そんなことでこれだけの富が築かれると思うか？」

「……」

「そこなんだよ、タケシ君。ここで我々は、ただ不可思議な力に、このホテルにひたすら順風を与えてくれる何かに驚かざるを得ないのだ。そうだろう？　それが、さっきわたしが言ったあの理由なき幸運の連続なのだ。何も理由なぞない、ただ幸運に恵まれるように運命付けられた、ある選ばれた者達には、常に幸運が付いてくる。こんな素晴らしいことがあるかね!?」

俺は言葉がなかった。そうだ、自分は幸運だ、と信じ込むことによって世を渡っていく奴等も確かにいる。そういう奴等が、雪の上の雪だるまのように幸運を身に付けて、ますます金持ちになっていく。そんな現象が存在する事実を否定することは出来ない。それはその通りだった、が、しかし……。

「この機会に、君に、我々のある大きなプロジェクトの話をしておこう」とモンキキが言った。レパディから聞いたあのことだな、と思った。

「人間を動物に変えてしまう、とかいうプロジェクトですね？」

「ほう、知っているのか」

「はい、社長秘書が教えてくれました」

「なるほど。だがな、それは究極の目的ではない。我々の真なる目論見はもっと大きなものだ」

「大きなもの、といいますと？」

「世界の制覇だ！」

「何ですって？」

また誇大妄想が始まったと思った。ランプのほの暗い光の中でチンパンジーの目が一段と光を増していた。

「我々動物どもは何千年も、いや、何万年もの間、君達人間の連中に支配され、虐待されてきた。そのことは、よもや否定はしまい？」

「……」

「だが、その屈辱の歴史を覆すことも夢ではなくなってきた。この富を見ただろう。これがその証拠だ。我々はこれからも繁栄を続けるだろう。だがその繁栄は全て、我々の大きな夢のためなのだ。この貯えた金銀財宝により、山麓の同志達は、核兵器を含む強力な武器の数々を獲得しようとしている。この黒木が原は軍備を持った真なる帝国に変身するのだ！　目下医者達が続けている研究が結実し、山の向こうの人間どもを動物に変身させ、かつその変身を不可逆性とすることが可能となれば、それこそ我々のプロジェクトの成功は目の前だ！　動物から人間になった我々が、人間から動物に変えられた連中を制覇し、本物の支配者となるのだ！　その日は、その暁は、もうすぐなのだ。目の前なのだ。見ろ、すぐそこに光が見える！太陽が、我々の、我々だけの太陽が輝いている！見ろ、そこに！」

モンキキの心は、最早その薄暗い金蔵にはなかった。恍惚とした目で、天井のランプを見上げ、両手を大きく広げていた。彼の荒い息遣いは、そのまま心臓の激しい鼓動を響かせているようだった！　しばらく沈黙が続いた。それからようやくモンキキは我に返ったようだった。まだ興奮が冷めやらぬ様子で、彼は札束の詰まった金庫の扉を閉め、錠前のダイヤルをグルグルと回した。いかにも名残り惜しそうに、もう一度その金蔵に並ぶ金庫をゆっくりと見回しながら、部屋の出口の方に、一歩一歩後ろ向きに歩み、そこでやっと立ち去る決意がついたようだった。それから俺に部屋を出るように合図した。

あの鉄格子の扉に、そして外側のもう一つの鉄の扉にしっかりと鍵をかけ、確かに鍵がかかっているかどうか何回も確認してから、モンキキは狭い螺旋階段を登り始めた。まだ、あの誇大妄想の余韻に浸っているらしく黙りこくっていた。最上階の踊り場で彼が扉を開けると、そこは例の上着が吊るされたワードローブだった。猿の体臭が充満していた。急に何かを思い出したかのように、モンキキが振り返った。

「タケシ君、今日のこの視察のことは、他の従業員には決して漏らさぬように。あの連中は、すぐに給料をふやせ、と騒ぎ出す」

「はい、了解いたしました」

「あの金蔵を見た者は、君のほかには、ホテルの幹部とゴンタだけだ」

「え？　ゴンタも？」思わず俺は尋ねた。

モンキキは、その俺の驚きを予期していたかのように、ニンマリと笑った。

「ゴンタは君に匹敵する優秀なスタッフだ。ノパコンをみごとに駆使している。君達の一騎打ちを見たいものだな」

「俺達に闘えと？」

「ハ、ハ、ハ……」モンキキは、さも愉快そうに笑った。「安心しろ、何も巌流島の決闘をやれ、という訳じゃない。ただ互いによきライバルと見なして、負けぬようにがんばれということだ」

表の部屋に出た時、目は眩み、頭がフラフラし、吐き気を覚えた。この上もなく不快な悪夢にうなされていたような気分だった。

「さあ、タケシ君、行きたまえ。バイク遊覧だろ。またしっかり稼ぐことだ！」

外に出たかった！　本当の太陽の光を浴び、新鮮な空気を、胸一杯吸いたかった！　俺は、客が待つ階下へ駆け下りた。

その日のバイク遊覧は盛況を極めた。前日が遊覧休業だったために申し込み客が殺到し、それに支配人との面会や視察が重なって、時間がいつもより短縮してしまった。しかし、少しも辛いとは思わなかった。ハードな肉体労働ではあったが、火星号とともに過ごす時間は俺に息を吹き返させてくれた。支配人の誇大妄想でこり固められたあの薄暗い地下の金蔵に比べ、この草原は何と清々しかったことだろう！　またいつもながら、客との会話も気晴らしになった。女性客は増加の一途をたどっていた。彼らは、俺がどこから来たかとか、彼女はいるのかとか、どこに住んでいるのか、どんな食べ物が好きなのかといった質問に興じ、中には本気でバイクを教えてくれ、と頼む女性客もいた。申し訳ありません、仕事が忙しくて。でも、そうですね、いつか暇になりましたらと繰り返した。申し込み客の消化のために、急遽ディナータイムの俺の出勤は遅らされることとなり、夕刻暗くなる直前まで、火星号は走り続けた。それでも消化出来た客は半分にも満たなかった。残りの申し込み客はまた翌日に持ち越されることとなった。

日が沈み、西の空が落日の残光に照り映える頃、俺は汗びっしょりとなってロビーに戻った。するとホギーがフロントから、朗らかに呼びかけた。

「タケシさん、お帰りなさーい！　お疲れ様！」

彼女の前には二つのシャンパングラスが並べられていた。「格好いいわね、あいかわらず。乾杯よ、タケシさん、乾杯！」

「いやあ、ありがとうございます。でもねえ、ホギーさん、一応勤務中でしょ？　それはちょっとまずいんじゃない?」

「いいのよ、もう、あたしだってね、たまには若い男性と一杯やりたいわよ。それともあたしじゃあ、お厭かしらん?」

そう言いながらホギーがフロントデスクの下から取り出したのは、シャンパンボトルではなく、一本の缶ビールだった。

「これだって、ちゃんと泡が出るのよ。ほーら、ご覧なさいってば」

パチンと缶を開けて、ホギーはビールをシャンパングラスに注ぎ込んだ。泡があふれてデスクの上にこぼれた。俺は止むなくグラスを手に取った。

「さあ、乾杯!」と言ってホギーは、自分のグラスを俺のグラスにチンとぶつけてから、ビールを一気に飲み干した。

「飲み過ぎは絶対にいけませんよ」と俺は言った。

「ホギーさんには、まだまだこれから楽しいことがいっぱいあるんですから」

「あーら、それってお世辞?」と言って、ホギーは半開きの目で俺を見詰めた。「あたしだってねえ、もう少し若けりゃねえ、あなたのこと追っかけまわしちゃうのに。ミケちゃんなんかに負けないでねえ……」

そして彼女はまたビールを自分のグラスに注ごうとした。

「いけません、お仕事中じゃありませんか!」俺は慌ててグラスを取り上げた。

「いいのよお、もう」とホギーは、舌をもつれさせながら答えた。「明日からやめますから」

「そうか、やっとその気になったんですね? よかった、よかった。少々たしなむのは結構ですがね、度を過ごしちゃいけません、何でも」

「あーら、タケシさん、あなた、これのこと言ってるの?」ホギーは俺の鼻先で、ビールの缶を振った。「ひどい人ねえ、あたしから、たった一つの楽しみを奪うなんてさあ!」

「え? 酒をやめるんじゃなかったんですか?」

ホギーは片手で自分の首を切る仕草をした!

「クビよ、クビ……もうお前は来なくてもいいって」

「何ですって？」

「ゴンタに呼ばれてね、酒をすぐやめろって。だから言ってやったのよ、あんた達に大事な亭主殺されちゃって、あたしにゃあ、もうこれっきゃないってね、ハ、ハ、ハ……。そしたらアル中に支払う金はないだとさ。ふん、こんな人でなしのホテルなんて、こっちから辞めてやるわさ」

ホギーは残りのビールを飲み干して、赤い顔で、また俺を見詰めた。

「ただね、タケシさん、あなたとお別れするのがお名残り惜しいのよねえ。ホントにさあ。うちの人言ってたわ、あいつはよく働くいい奴だって」

ホギーはクシャクシャのハンケチを取り出して、目にあてがった。それから片手をデスクの下に差し入れた。

「タケシさん、あたしからのお餞別よ、これあげるわ」

彼女は手でデスクの下をしきりに探っていた。だが何も出てこなかった。

「あらあ、変だねえ、ないわぁ……」

ついにホギーは、体をこごめて、デスクの下を覗き込んだ。

「おかしいわ、なくなっている」

俺はフロントの向こう側に回って、彼女の物捜しを手伝おうとした。デスクの下方の棚には、携帯電話用の充電器が空っぽの状態で置かれていた。

「タケシさん、あなた知らない？　この前ちゃんとここに戻しておいた？」

彼女が捜していたのは、あの梶山さんの携帯だった。

「勿論ですよ。それに、あれ以来俺はその携帯には触っていません。もう一度折を見て、妹に声を聞かせてやろう、とは思っているんですがね。ホギーさんがどこかへ仕舞ったのでは？」

「いいえ、あたしだって全然触っちゃいないわよ。変ねえ。どうしたのかしらねえ？」

それからホギーと俺の二人は、フロントデスクの周辺を隈なく探したが、携帯は見つからなかった。

「ホギーさん、もういいですよ」と俺は言った。

「そのうちきっとどこからか出てくるでしょう。ホギーさんの温かいお心だけでも、ありがたく頂戴しますよ」

「まあ、タケシさん」ホギーはまたハンケチで目を覆った。

「こちらこそ色々ありがとうございました」と俺は礼を述べた。「ホギーさんもどうぞ元気でいて下さい。そして、くれぐれも飲み過ぎないように！」

「ありがとう、タケシさん。あたしにそんなふうに話し掛けてくれる人、あなただけよ。お達者でね。それから、ミケちゃんにやさしくしてあげてね」

「はい、ホギーさんの言葉、胸に刻んでおきます。じゃあ、ごきげんよう」

俺はロッカールームへ急いだ。だが携帯が気がかりだった。なぜなくなっていたんだろう？　何が起こったのか？　奴等が俺の妹への連絡を感付いたのだろうか？　そして誰かが、あれを差し押さえたのか？　その疑問は不気味な影となって、俺の頭の中に広がろうとしていた。しかし、その問題をこれ以上追及する時間はなかった。俺は一刻も早くシャワーを浴び、黒服に着替えて、レストランに駆けつけねばならなかった。

ディナータイムに、ミケは、また蝋人形のような顔で現れた。痩せ細った体に鞭打って働いているような姿が痛々しかった。俺は今夜こそ彼女に語り掛けようと考えていた。噴火だ、噴火が近いんだ、彼女のために何かをしなければならなかった。何かを……それは何よりもまず、話すことだった。

レストランがクローズされた後、俺は、キッチンに客が使った食器を返してから戻ってきたミケに駆け寄った。

「ミケ！」

　ミケは返事をせずに、俺に背中を向けた。両手で籐の衝立てに掴まり、俯いていたが、肩がいっそう小さくなったように見えた。その肩がかすかに震えていた。

「まだ俺のことを怒っているの？」

　ミケは答えなかった。

「色々あって、俺も大変なんだ。ミケも大変だろうけどさ」

　あなたには解らない、とその背中が叫んでいた。

「だけど俺は言い訳はしないよ、言い訳しなければならないことは何にもしていないから」

「……」

「でもお願いだ、もう一度だけ俺の話を聞いて欲しい。今夜俺の部屋に来てくれないか？」

「……」

「今度こそ、本当に大事な話なんだ。二度と俺と口を利きたくないんだったら、俺はもうミケには話しかけないって約束する。だから最後にもう一度だけ、この大事な話を聞いてくれ。それから……」

　ミケは啜り泣いているようだった。

「俺の牛乳を飲んでくれ。それからもう一つ、このところずっと、ろくな物を食っていないんだ。出来たら、また夜食を少し持ってきてくれないか？　それと、ワインを少々」

　ミケはじっと動かなかった。

「頼む、ミケ、俺の一生のお願いだ、そして多分最後の！」

　俺はミケの骨張った肩を軽く叩き、それからレジのノパコンへ急いだ。


　その夜遅く、俺はじっとミケの訪れを待った。果たして来てくれるだろうか？　俺は噴火のことを彼女に話そうと決心していた。それは、険悪な関係に決着を付けるための、最後の手段のように思えた。だが、彼女が現れたなら、一体どのように話をすればよかったのか？

ノックの音が聞こえ、俺はドキッとした。部屋の扉が開き、ミケが現れた。次の瞬間、ミケが来てくれた、という安堵感と新しい緊張感が同時に俺を満たした。トマトピザの皿と白ワインのハーフボトルが載った盆を手に持っていたが、その盆をデスクの上にロボットのような仕草で置き、あいかわらず俺とは視線を合わさず、直立していた。

「最後のお話を伺いに来ました」とミケが掠れた声で言った。「もうこれっきりにして下さい。あたしは、これ以上耐えられないの。この地獄に……」

ミケは喉を詰まらせて黙り込んだ。

「俺がその地獄の原因だと言うなら、俺は残念だと思う。でも、俺には全くどうしようもない。毎日奴等と闘っているんだ。キリキリ舞いで、それも勝ち目のない闘いを……」

ミケは、また、蝋人形のような表情になっていた。だが、その冷たい顔の裏で、ミケの心があがいているのが感じられた。

「何でしょう、大事な話って？」と彼女は、客のオーダーを取るような口調で尋ねた。

「ええと……あ、そうそう、今日ホギーが辞めるって言っていた」

「ホギーさんの話ですか？」とミケは、ぶっきらぼうに聞き返した。

「うん……いや、そのことじゃない、大事な話っていうのは……噴火の話なんだ」

「噴火ですって？」

「実はね、時蔵爺さんが、最後の日に俺を温泉に連れていってくれた。その時、あの山は近々必ず噴火するって予言した」

「そんなこと誰も信じやしないわよ」とミケはにべもなく否定した。「あのお爺さん、もう何年も同じことを言ってきたのよ。今更何の意味があるって言うの？」

「それが、俺はある確かな証拠を手に入れた」

「証拠？」

「うん、いや、一〇〇％確かとは言えないかも知れない。でもかなり高い確率の」

「何なの、その証拠って？」

俺は身を乗り出した。

「ミケ、これは極秘の情報なんだ。ばれたら俺は錦巻きにされるかも知れない。秘密は守ってくれるね？」

錦巻きという言葉に、ミケは身震いをした。それから努めて無表情を装いながら、ぎこちなくうなずいた。

「あの山が危ないって、妹から聞いた」

「妹さん？　妹さんって……どこにいるの？」ミケは怪訝な顔で尋ねた。

「勿論山の向こうさ」

ミケは次の質問をためらっていた。自分の頭の中を整理しようと、苦闘しているようだった。

「この間、あっちの丘で、俺が携帯を使っていただろう？　あの時に聞いたんだ」

「えっ？　あの時？　妹さんから？」ミケが顔色を変えた。

「うん、山の向こうでは臨時火山情報が出されていて、日本ベスビオスは入山禁止になっているそうだ」

「……」

「臨時火山情報って何だか知っているかい？」

「……」

「気象庁や火山の学者達が色々観測をしてデータを集める。その結果、ある火山が噴火するかも知れない兆候が確認されると、臨時火山情報って奴が出され、注意を呼びかけるんだ。山は入山が禁止され、場合によっては避難勧告も出される」

「あの時、妹さんと、携帯で……」とミケは呟いた。

「あの梶山さんを最後に人間の客が一人も迷い込んで来なかった」と俺は続けた。

「誰かが現れたら、どうしたらいいんだろう、と思っていた。でもあれっきり誰も来なかった。それはそれでよかったんだ。だが、これで原因がはっきり解った。噴火の予報だったということが」

「タケシさん……ごめんなさい。あたし、ひどいことをしちゃって！」とミケが、突然あえぐように叫んだ。それはまるで断末魔の訴えのようだった。

「ああ、いいんだよ、もう」俺は、彼女が俺の手を引っ掻いたことについて詫びている、と思った。「まだ少し痛いけどね、ゴートに笑われちゃってさ」

だが、ミケの顔はますます蒼白になっていた。

「妹に、俺は無事だと言ってやった。キーキー声で、どこにいる、どうしている、って聞いていた。もう一度電話をかけようと思っていたけど、携帯がなくなっちゃった。あれはね、ホギーの携帯だったんだ。彼女は俺がどこかに置き忘れたと思っているらしい。でも俺は、ホギーがどこかに仕舞っちゃったんじゃないかと思った。あるいは……奴等が俺の交信を嗅ぎつけて、あいつを奪ったのか。例えばゴンタあたりが……」

「違う、ゴンタじゃないわ」とミケが呟いた。

「まあ、とにかく携帯はないんだ、しょうがない。そのうち出てくるだろう。それでね」俺は噴火の話をしなければならなかった。「あの翌日、支配人に、噴火の危険が高いって言ってやったんだが、全く相手にされなかった。噴火は絶対に起きない、このホテルには幸運が付いているとか、ずっと繁栄するだろうとか、そんな寝言ばかり言っていた。でもね、俺はそうは思わない。日本ベスビオスはきっと噴火する。時蔵爺さんは正しいと思う」

「ゴンタじゃないわ……」と、またミケが呟いた。

「それで、爺さんが言っていた。天変地異が起こる時は、動物どもが、まだ人間には変身していない動物達が、必ず動き出すと、だから、タケシは彼らの先導に従えと」

「あたしは……大変なことを……」ミケは俺の話を聞いていないようだった。

「いいんだってば、あんなこと。それよりね、俺の話をよく聞いてくれ。噴火ってどんなものか知っている？」

「……」

「以前テレビで何回か見たことがあるんだ。山が裂けて火柱が上がる。そして真っ赤な溶岩が噴き出され、それがダーッと流れ出す。何もかも呑みつくし、溶かして！」

「……」

「あんなものに勝てる奴はいない！　出っくわしたら、最後さ。だからね」

「……」ミケは俯いて、エプロンを両手で掴んでいた。

「俺は爺さんが教えてくれた通りに、闘うつもりだ。助かるかどうか解らない。最後まで解らない。だがそれしか俺に残された道はない。爺さんが俺に言ったんだ。あの世でも闘い続けろって。だから俺はがんばる。一か八かで脱出を計るつもりだ。でもね、ミケは違う。ミケには確実に生き延びる道がある」

「……」

「そのペルシャ猫の奴が良い奴なら、そしてミケのことを愛してくれるなら……」

ミケは俯いたまま、首を横に振った。俺はミケの両腕を掴み、訴え続けた。

「そいつと一緒になれ。そして、そいつを説得して、一刻も早く遠くに、出来るだけあの山から離れた場所に移り住むんだ。そうすればミケは必ず助かる。そして幸せになれる！」

ミケは答えなかった、その青白い頬に、二筋の涙が流れていた。

「これが……これが俺の一生のお願いだ、聞いてくれるね？」

「……」

「ミケは、俺があの野外劇場でぶっ倒れてから、一生懸命看病してくれた。俺の命を救ってくれた。その後も、とてもよく尽くしてくれた。ミケが側にいてくれて、本当に幸せだったと思う。心の底からそう思っている！　でも俺には何にもしてあげられない。情けないけど。今度はね、ミケに幸せになってもらいたいんだ。本物の幸福を手に入れて欲しいんだ。俺のこの願い、解ってくれるよね？」

ミケは両手でエプロンをもみくちゃにしながら、ただ涙を流し続けた。俺はハンケチを取り出して、彼女の涙を拭ってやった。

俺は話を終えた。いや、まだミケに語ることは幾つもあったはずだった。だがこれ以上話し続ければ、彼女は全身涙となって溶け去ってしまうか、と思われた。時計が十二時を打った。俺は牛乳のことを思い出し、マグカップを差し出した。

「さあ、これはまたミケへのプレゼントだ、約束通り飲んでくれ」

「ありがとう。タケシさん、ありがとう……」

ミケは目を閉じてその牛乳を飲み干した。

「遅くなっちゃったねえ、またここで休んでいったら？」

だがミケは首を横に振った。

「あたしは……ひどい女です。悪いことをやっちゃいました」

「またそのことか、本当にもういいんだ。俺は忘れたよ」

「お料理が冷えちゃったわ」と言って、ミケはデスクの上に置かれた盆を指差した。

「ああ、気にしない、気にしない。ミケが持って来てくれた夜食はね、いつだって美味いんだ！　これから食べながら一杯やるからさ、心配しないでくれ」

ミケは何か深い物思いに沈んでいる様子で、トボトボと部屋の出口へ向かった。

「また明日ね、おやすみ」と俺は努めて朗らかな口調で言った。

「あたしは……ひどいことを、ひどいことを……」

その同じ言葉をものに憑かれたように繰り返しながら、ミケは出ていった。

盆の上のトマトピザはすっかり冷え切っていた。ここに来てから、一体いつ温かい料理を口にしただろう？　そんなことを考えながら、俺は固まったチーズにフォークを突き立て、ワインをグッと流し込んだ。

その後、ミケは再び欠勤となった。いや、大事な用事が出来たので休暇を取った、というのだ。

「もうあいちゅに休暇なんかにゃい」とレオナルドが言った。「じゃから、これからはどんどん減給だ！」

ラピーナは、柔和な笑顔を振り撒きながら甲斐甲斐しく働いていた。俺は、ミケの感情の激しさや情緒不安定に疲労を覚え始めていた。そんな時、ラピーナの存在は少なからず俺の安らぎとなった。

「今頃あのノラネコは、どこかのオチョコとしけこんでるじゃろう」とレオナルドは俺の耳に囁いた。「新入りのウシャギのやちゅ、客にはなかなかの評判じゃよ。怠けネコは、もうしゅぐクビじゃ、ヒ、ヒ、ヒ……」レオナルドは眼鏡を押し上げながら、さも愉快そうに笑った。

だが三日後の朝、早番の連中が出勤する時刻に、突然ミケが現れた。また一段と顔色が悪くなり、頬がこけ、目の下には隈が出来、緑色と金色の瞳だけがギラギラ光っていた。彼女は、レオナルドに頭を下げながら言った。

「お休みいただいちゃって、ご迷惑をおかけいたしました。おかげさまで、用事は済みました。今日からまたしっかり働きます」

「ふん、オチョコに捨てられたんじゃろ？」とレオナルドが言った。「いくら働いちぇも、もう金はもらえねえじょ。しゃんじゃんシャボリやがっちぇ！」

「構いません」とミケは答えた。「今日は一日中働かせてもらいます」

「サングラシュ、わしゅれるにゃ」とレオナルドは腹立たし気に言った。

ミケはエプロンのポケットから、あの歪んだサングラスを取り出して、かけた。

彼女の異常に張り詰めているような様子が気掛

かりだった。だが、一体何があったんだという俺の問いに、彼女はただ首を振って微笑むだけだった。

ディナータイムに、ミケはいつもより早く姿を現した。そして、せっせとテーブルのセッティングをやっていたラピーナにつかつかと歩み寄った。

「お役目ご苦労様でした。でも、もうあなたはいらないわ。今晩からあたしが通常勤務に復帰しますから！」

「まあ、それはそれは……でも、わたしにはわたしのお仕事の契約が」

「もうあなたはいらない、と言っているのよ！　聞こえないの？」

ミケの剣幕にラピーナは恐れをなしたらしく、数歩後ずさりをして、テーブルに並べようとしていたスプーンやフォークを握ったまま、立ちすくんだ。ミケはそれを引ったくった。ラピーナの目が見る見る赤くなった。いや、さらに赤くなったのだ。間もなくその目に涙が溢れ、彼女はシクシクと泣き出した。

「ミケ、ラピーナは一生懸命やってくれているんだ、そんな言い方はないだろう？」俺はミケをたしなめた。

ミケは返事もせずに、一心にセッティングを始めた。

「ラピーナさん、気にしないで下さい。そのう、何でもないことなんだから。勿論契約は契約だ。だから今晩はお仕事してもらうよ。ただね、一応ミケさんのピンチヒッターということだし、ミケさんが帰って来た以上は。だから、明日以降のことはまた考えようね。ラピーナさんががんばってくれているってことは、みんなよく解っているよ」

ラピーナはようやく涙を拭いて仕事に戻ったが、決してミケの側に寄ろうとはしなかった。そしてレストランがクローズされるやいなや、わたしはもう、こちらでは勤まりません、と言い残して、真っ赤な目を拭いながら去って行った。

その日の夜、ディナー業務を終えてから、俺は自室でノパコンを前に、支配人のためのいつもの統計レポートの仕上げをやっていた。今夜は久しぶりにミケに牛乳を飲ませてやろう、とマグカップとともに彼女の来訪を待ったが、ノックの音が響くことはなく、ただ夜が更けていった。またご機嫌を損じてしまったのか。ふたたびノパコン作業が俺を飲み込んだ。しばらくして、ふと微かな物音を聞いたような気がして、俺はノパコンから目を逸らした。それは食器にスプーンなどが触れたような音だったが、確かに部屋の外から聞こえた。耳を澄ましたがそれきりで、あたりはまた静まり返っていた。俺は立ち上り、ドアを開けた。外には誰もいなかった。だがふと床に目を落として驚いた。そこには小さな盆が置かれて、その上に、赤ワインのハーフボトルと金属製のふた付きの皿が載っていた！　その皿の傍らに小さく折りたたんだ紙が添えられている。俺はその盆を取り上げ、ドアを閉めた。

その紙を広げて見ると、それは俺宛ての手紙のようだった。

「タケシさん、ごめんなさい、本当にごめんなさい！」と、その手紙は始まっていた。たどたどしく読みづらい字で、所々インクが滲んでいた。「あたしは悪い三毛猫です。あたしは取り替えしのつかないことをやりました。タケシさんがホギーさんから借りた携帯を盗ったのはあたしです。そして、それを赤沼に捨てました……」それはミケの手紙だった！　「だって、タケシさんがレパディとおしゃべりしていたと思ったから。ごめんなさい、ごめんなさい」俺は、あの猫ジャラシの草原で、レパディが俺の携帯の番号を教えてくれ、と頼んだことを思い出した。「でもいくらおわびしても、携帯は返ってきません。どんなにひどいことをしたか、よくわかっています。タケシさんの妹さんにも……でもミケは、タケシさんに、許して下さいってお願いするほかどうしようもないんです。ミケはタケシさんのこと大好きなんです。すみません、タケシさんなしでは生きていけません。すみません、涙が」それからボールペンの文字はひどく滲み、その先の幾つかの言葉は判読出来なかった。そして手紙は、「今夜、仕事の後、キッチンの隅を借りて、ミケがタケシさんのためにいっしょうけんめいお料理しました。どうぞ食べて下さい」と続き、最後に「本当にごめんなさい、ごめんさい。ミケ」と結ばれていた。

俺は金属の蓋を取り、目の前の皿をじっと眺めた。一見ラタトイュだったが、小鳥の足らしき物がわずかに突き出ていた。それは多分スズメだった。ミケは俺のためにスズメを捕ったのだろう！この黒木が原では、動物を殺すことはご法度のはずだった。このミケの狩りはまさに、命懸けの冒険だったに違いない。それだけではない、ミケの体は、命は、俺の何倍も肉を必要としていたはずだ。そのスズメはミケの血の一滴一滴のようなものだったのだ。俺はラタトイュをフォークですくい上げた。それは温かかった。そしてまさにあのシェフのブータンの味だった！　美味かった！

ミケはいつ彼の料理の秘術を学んだのだろう？次いで俺はナイフで、そのラタトイュの中の小さな肉の固まりをスライスし、一切れを口に入れた。パサパサとしていて、軟らかな骨が混じっており、味はよく解らなかった。だが俺の胸には熱いものが込み上げ、痛んだ。その痛みに耐えながら、一口、また一口と、そのスズメ料理を食った。かすかな塩味がした。それはミケの涙の味だったのだろうか？

その翌日から、ミケは別人のように元気になった。三色の髪をきれいに束ねて赤いリボンの可愛い蝶結びで飾り、大きな目がさらに大きくなるように念入りにメークを施し、頬をバラ色に染め、やはりバラ色のルージュで、唇の形をくっきりと整えていた。

「ミケさん、綺麗になったねえ」と客達が話し掛けた。「飛び切りいい人が出来たんじゃないの？」

「ご想像にお任せしますわ」とミケは答えて、ニッコリとバラの大輪のように微笑んだ。

彼女と俺は余り会話を交わすことはなかった。彼女のあのプレゼントのことは言うまでもなく極秘にせねばならなかった。そのため、彼女に礼を述べることも、その話をすることも出来なかった。だが俺達は目と目で言葉を交わした。俺は視線の中に、胸に溢れる感謝を込め、彼女はそれを夢見るような眼差しで受け止めた。

ディナータイムが終ると、ミケは以前のように夜食の盆を持って俺の部屋を訪れた。俺達は、レオナルドの滑稽なまでに醜悪な行動について語り合い、ともに怒り、あるいは笑った。また去って行った人々の思い出話に花を咲かせた。コウタロウ、ブータン、ブルドッギー、ホギー……。その後ホギーの代わりに誰かが新たに雇用される様子はなかった。このままでは休暇が取れないとゴートがぼやいていた。おそらくゴンタの人減らしの策謀だったのだろう。ノパコンを活用して彼は着々と首切りを進めている、とスタッフが噂していた。

「そういえばね、この間虎助社長が言っていたわ。この頃ゴンタにノパコンのレッスンを受けているそうよ」とミケが話した。「社長はタケシさんを指名したんだけど、支配人が、タケシはバイク遊覧業で忙しいから、代わりにゴンタをよこすって言ったんですって」

そんな話は全く聞いていなかった。それにしても、ゴンタを社長のノパコン教師に任命したのは、支配人の一存だったのだろうか？　ゴンタが、渡りに船と名乗り出たのではなかろうか？　いずれにせよ、今ゴンタは、社長と水入らずで過ごす時間を確保していたのだ。奴はどんな話題を持ち出しているのだろう？　クモが獲物を捕らえるように、虎助の心に少しずつ糸を掛け、自分の支配下に置いてしまおうと策略をめぐらせていたのではないか？　ゴンタについての話題は、俺達の平和な憩いの一時に影を落とした。奴の動向から目を離すことは危険だった。

　ある日のことだった。夕刻レストランにミケが現れた時、彼女はひどく動揺しているようだった。髪はぞんざいに束ねられ、化粧もせず、色褪せた唇がかすかに震えていた。また疲れが出たのだろう、と俺は思って、早退を勧めたが、ミケは首を横に振り、大丈夫という仕草をした。

　その夜遅く、ミケはまた俺の夜食を持ってやってきた。だが、黙ったまま、ただ俺の傍らに立ち尽くし、ワナワナと唇を震わせていた。

「さあ、牛乳だ」と言って、俺はミケにマグカップを差し出した。

　ミケはそのカップを、唇と同じように震えている手で受け取り、少しずつ口に含んだが、その様子は、まるでやっとの思いで飲んでいるかのようだった。

「どうしたんだ、一体？」と俺は尋ねた。「何かあったのなら、俺に話してくれ。ミケのその様子、普通じゃないよ、とても放っておけない！」

　やっとミケが口を開いた。

「ばれちゃったの、ゴンタに、あのことが……」

「何だって？　ゴンタに？　あのことって、まさかスズメのことじゃあ……」

「今日昼間、部屋に呼ばれたのよ、突然。そして、なぜ呼び出し食ったか、解っているだろうなって！　それで、あたし、咄嗟に、いいえ、全く心当たりありませんって答えたの、そしたら、あいつ、何て言ったと思う？　君の顔にスズメの羽がくっ付いているよって！」

「スズメの羽をくっ付けて、あいつの部屋に行ったの？　馬鹿丸出しじゃないか！」

「ち、違う！　いくら何だって。違うの、何にもついちゃいなかったわ。でも、あたし、ドキッとしちゃって、思わず頬に手を当てちゃったの。あいつ、そんなあたしを、さも面白そうに見てたわ」

そう言いながら、ミケは満面に嫌悪感を漲らせた。

「それで、ゴンタは何と？」

「あのことは目下自分しか知らない。だがもし支配人に報告したら、どうなるか、じっくり考えてみろ。いつでもお目こぼしがある、と過信するなって。そして、そしてね……」ミケは震え出した。「掟により、猫一匹を赤沼に投げ込んで始末したところで、このホテルには何の損失もない、でも、もし君が心を入れ替え、自分が仕出かしたことの償いをしようと言うなら、情状酌量により、全てを不問に付してやってもいいって」

奴等の言う情状酌量とは、決して情状酌量ではないことは、解り過ぎるくらい解っていた。必ず何かの陰謀が、その寛大な言葉の裏に潜んでいた。そして、その俺の勘はみごとに的中した。

「ゴンタはね、自分の手先になれと！」

「首切りの手先か？」

「そうじゃないの、あいつの特別プロジェクトの手先よ。で、そのプロジェクトっていうのはね」ここまで言ってミケはさらに震え出した。「このホテルにいる悪魔を、支配人や社長やその秘書までも丸め込んで、ホテルを牛耳っている、その邪悪な青二才を、悪知恵にたけたしたたかな人間の男を……そいつを退治するプロジェクト……」

俺は、いつかキッチンで耳にした、コックの猪太郎とモリンジの会話を思い出した。レオナルドが、タケシは悪魔だと言っていると。奴等は本気でそんなことを信じているのだろうか？　いや、そんなことは問題ではなかった。要は、少なくとも複数の奴等が俺を排除しようというプロジェクトに意気投合している、という点だった。支配人はその陰謀に気付いていたのだろうか？　奴は、俺とゴンタの一騎打ちを見たい、と言っていた。知っていて知らぬ振りをしているのか？　はたまた……。

「ゴンタはね、『急ぐことじゃない、ゆっくり考えろ。いい返事を待っているぞ』と言ってニンマリと笑ったわ。あの冷たい目を細くして。尖った歯を見せながら。ああ、タケシさん、あたし、恐い！」と叫びながら、ミケは俺の胸にしがみ付いた。「このホテルは恐ろしいホテルよ！　ここにいる奴等こそみんな悪魔ばかり！　みんな」

「しっかりしろ、ミケ、考えるんだ」と俺は彼女の耳に囁いた。「考えよう、落ち着いて。そして何とかしよう」

「奴等はタケシさんを殺そうとしている！」

　この時突然周囲でギシギシという音が響き渡り、部屋が揺れ出した。また地震が起こったのだ。ミケは悲鳴を上げた。俺はミケを抱きしめながら、天井を見上げた。ランプが激しく揺れ、その廻りで、数匹の大蛇がのたくっていた！　地震は次第に揺れを増し、長く、執拗に続いた。まるで大地の底に君臨する闇の帝王が、地上の生き物を威嚇しているかのように、あるいはまた、太古からの神秘のお告げを我々に思い出させようとしているかのように。そのお告げとは、何だったのだろうか？

　ようやく地震が治まった時、ミケのか細い体は、氷のように冷たかった。俺は彼女を温めてやりながら、言い聞かせた。

「よく考えよう。そうすれば、必ず道が開ける、必ず。奴等なんかに負けないぞ！　ここまでがんばってきたんだ、そうだろ？　むざむざと殺されてたまるもんか！」

　だが、奴等のプロジェクトを、その目には見えない陰謀という化け物を確実に打ち砕く手段はあるだろうか？　何よりも、奴等は人間どもを憎んでいた。一方で、その憎しみを巧みに利用する奴がいた。俺の味方になってくれる奴等は、一匹、また一匹と失われていった。俺とこの一匹の三毛猫は、ついに敵に包囲されてしまったのか？　そしてその敵の奴等は、包囲網を刻一刻と狭めているのだろうか？　いや、そうではない、奴等が狙っているのは、三毛猫ではなくて、この俺なんだ！

「ミケ、ゴンタが疎ましいと思っているのは俺だ、でもミケじゃない」と俺は言った。「ミケがスズメの一羽や二羽を獲ったからって、奴に何の関わりがある？　そうじゃない。奴はただ、あらゆるチャンスをものにしよう、と考えているだけだ。だから、ミケには助かる道がある。俺の巻き添えになんかなることはない」

ミケは答えず、ただ俺の腕の中で震えていた。

「ミケの切り札は、社長だ。虎助に訴えるんだ。スズメのことを正直に打ち明けて」

「……」

「腹が減ってしまったので、つい、とか言えばいい。ミケは社長のお気に入りだ、そうだろ？ きっと許してくれるに違いない」

「でも社長はこの頃、あたしに、とっても冷たくなっちゃったの」

「レパディのせいか？」

「そうよ、あたしがあの縁談に渋い顔をするって、いつもご機嫌が悪いの」

「ねえ、ミケ、一番大切な問題について考えよう。今確かなことはね、このままでは、ゴンタのしつこい脅迫が続くだけだってことだ。そして、ミケが一向に役に立たないと悟ったら、今度こそあのスズメのことをばらして、従業員への見せしめだとか言って……止めよう、こんな話。俺が言いたいのは、虎助なら、きっとミケを助けることが出来るだろうってことだ。スズメの件を打ち明けて、そうだ、俺にせがまれたと言えばいい。お詫びして、それからあの縁談にイエスと言うんだ、それが一番いいんだ」

「出来ません、あたしには！」

「ペルシャの奴と一緒に逃げろ。この黒木が原を出るんだ。そして、どこかの里で静かに暮らすんだ！」

その時、ミケは一瞬体を固くした。彼女がまた爪を立てて、俺を攻撃するかと思った、だが彼女はただ静かにしなやかに俺の腕をすり抜けた。数歩離れてから、真っ直ぐに顔を上げて言った。

「タケシさん、ありがとう、温かかったわ！ 今夜も牛乳ごちそうさまでした。アドバイスもありがとう。でも、あたしのことはあたしが自分で決めます、そう決めたんです。これから一人でよく考えます」

そう言い終えて、ミケは石のような顔になった。だが、それは感情の真空状態というよりも、何かを決意したような表情だった。それから、月のように青白く微笑んだ。

「お仕事お疲れ様。オヤスミナサイ、タケシさん。また明日ね」

それからミケは、振り返ることもなく、静かに部屋を出ていった。

# 第16章　赤沼の異変

　ミケのスズメ事件についての打ち明け話は衝撃的だった。にもかかわらず、俺のサファリパークキャッスルホテルでの生活は、歯車が回り続けるように、一見何の変哲もなく続いた。ゴンタの俺に対する態度にも、特にこれといって異常な点はなかった。それどころか日増しに愛想が良くなっているような感じさえあった。朝食業務が終り、統計報告のためにノパコンを持って支配人室へ向かう時、しばしばロビーで彼に出っくわしたが、彼もまたノパコンを持ち、俺の姿を見付けるやいなや、歩み寄ってきた。

「やあ、タケシさん、おはようございます！」と挨拶をして、ゴンタはニッコリと笑った。「たった今虎助社長のノパコンのトレーニングから戻って来たところです」

　奴は、そこで俺を掴まえて、あちらでのノパコンのトラブルの話をしたり、社長に聞かれた質問について俺に教えを請うた。それを聞いてから、深くうなずきながら言った。

「いつものことながら、タケシさんは、ノパコン大明神ですな！　わたしにとっては本当にタケシさんだけが頼りですよ。ご教授ありがとうございました！」

　こいつは一体どんな下心を持っているんだろう。多分ノパコン作業で俺の助けが必要な限り、俺をぶっ殺すことは控える気なんだろう。だが、それならばなぜミケにあのようなアプローチをしたのだろうか？

ある時奴はいかにも秘密ありげに俺に忍び寄り、耳元に話し掛けた。

「実はミケのことなんですがね。彼女、この頃少し変じゃありませんか？」

「え？　変とは？」

「いやあ、そのう、情緒不安定というか……欠勤が多いので、先日部屋に呼んで色々話を聞いたんです。ところがですね、突然ヒステリーになりましてね、わたしはスズメを殺した、それが何だと言うんだと、叫びまして、びっくりしましたよ。だってスズメを殺すなんて、ここでは重大な犯罪ですからねえ！　落ち着きなさい、自分が何を言っているか解っているか、となだめまして。それから、一体何の話だと聞いたら、今度はワアワア泣き出しまして、困り果てましたよ、全く！」

「……」俺は度肝を抜かれたが、無表情を装った。

俺のそんな顔を、ゴンタはじっと見詰めながら、続けた。

「もしかして、タケシさん、何かご存知かと思いましてねえ」

「さあ、何のことかなあ。彼女、一生懸命働いているようだが……」

「そうですか、ならば結構なんですがね。まあ、気を付けて下さい。時々妙なことを口走っているようなので。彼女、タケシさんのことをとても慕っているようですから、何かありましたら、相談相手になってやって下さい。わたしからもお願いします。ではまた。お急ぎのところお引き止めしまして、失礼しました」

そう言って、ゴンタはさも親し気に手を振り、立ち去って行った。

彼のこんな態度は不気味だった。何のためなのだろう？　油断をさせるためなのか？　それとも翻弄しているのか？　はたまた、何らかの挑戦なのか？　いずれにせよ、用心に越したことはない。奴のことだ、ノパコンで可能なトリックを既に会得しているだろう。俺は統計レポートのフロッピーをまとめ、ゴンタには渡さず、常に俺の手元に保管するようにした。

　時として俺は、もしやミケが本当に頭がおかしくなって、あのような作り話をしたのではないかと疑った。だが彼女は毎晩きちんと出勤し、ひたむきに仕事に励んでいるようだった。レストランが閉店となり、俺がノパコンを持って部屋に上がると、間もなく夜食の盆を持って現れた。疲れているようではあったが落ち着いていて、取り乱すことはなかった。その様子は健気でさえあった。噴火の恐れやゴンタの策謀という暗い影に押しつぶされながらも、ようやくある平穏が訪れたのかと思われた。それとも全ては嵐の前の静けさなのだろうか？

　そんなある日の深夜、俺は部屋のドアを引っ掻く音とネコの鳴き声に、目覚めた。飛び起きてドアを開けると、首に赤いリボンを巻いた三毛猫が飛び込んできた！　三毛猫はワナワナと震えていた。

「ミケだな？　どうしたんだ？」俺は思わずその三毛猫を抱き上げた。

「あたし、殺される……」とネコが言った。

「ゴンタか？　奴が何をしたんだ？」

「違うの。豹よ、レパディよ、あいつが……」ネコは俺の腕の中で震えながら口ごもった。

「落ち着け。もう大丈夫だよ。さあ、何があったのか話してごらん」

　俺はベッドの上に座り、ネコを膝の上に載せて背中を撫でてやった。三毛猫のミケは以前よりも毛並みが悪くなり、確かに痩せていた。しばらく目を閉じて、じっとうずくまっていたネコがやっと話し始めた。

「あの猫ジャラシの草っぱらでお散歩していたら、突然豹が現れたの。爪と頭の毛皮が真っ赤だったわ。目が爛々と光っていた。その豹があたしに近づいて来て、片方の前足を上げて、いきなり赤い爪であたしを引っかけようとしたの。あたしは逃げました。そして目の前の木に登ってしまったの。豹が木登りがうまいことは解っていたわ。でも息が切れてしまって。それで、あいつの体重を支えられないような細い枝に乗っかったの。ところが、あいつは、その枝の付け根まで登ってきて、あたしがしがみ付いている枝を激しく揺さ振ったの！あたしは目が廻ってしまい、下へ飛び降りるほかどうしようもなかった。そして、また走って、走って。それでも、あいつは追いかけてきたわ。くたびれて息が続かなくって、あたしは地面にうずくまりました。するとあいつは、あたしから少し離れた所に立って、『出て行け、野良猫！』って言ったの。『この黒木が原から出て行け、今すぐに！さもなければ、お前を大地に叩き付けて、粉々にしてやる！』と。それから今にも襲い掛かろうとするの。それであたしがまた走り出すと、また追ってきて……。やっとホテルの裏口に辿り着いて、あたしは窓の隙間からキッチンに飛び込みました。あいつはその隙間から覗き込んだわ、あの恐ろしい目で。それからぞっとするような唸り声を上げて、ゆっくりと去って行った。ゆっくりと、何遍も振り返りながら。いかにもあたしを逃したことが悔しくてたまらない、という様子で」

三毛猫は俺の膝の上で、ただ震えていた。俺はふたたびその哀れなネコを胸に抱きしめた。小さな心臓の高鳴りが、俺の心臓をも共鳴させるかと思われた。

「ミケ、安心しろ。レパディはミケを殺したりはしない」と俺は三毛猫の耳に囁いた。「殺す気なら、とっくにやっているさ。脅しに決まってる。ただ、あいつの脅しは続くだろう。これからもずっとね。そうだ、今夜から、この俺の部屋で休むようにした方がいい。あの女豹の奴も、ここまでは追ってこないだろう」

俺はふたたびベッドに身を横たえ、三毛猫は俺の枕のそばにうずくまった。深夜の静寂が俺達を包んだが、なかなか寝付けなかった。数回寝返りを打ち、今度はうつ伏せになり、顎を枕に乗せて目を閉じた。すると、傍らで丸くなっていた三毛猫が、ピョンと俺の背中の上に飛び乗った。そしてどうやら身繕いを始めたのだ。そうだ、ミケはやっぱり猫だったのだ。自分の体をなめる動作は、そのまま穏やかな振動となって、俺の背中に伝わった。それは温かくて柔らかい振動だった。奇妙な感覚だったが、決して不快ではなかった。やっとミケは落ち着いたのだな、と思った。やがてネコは動かなくなり、俺もその姿勢のままで、眠りに落ちていった……。

ミケが夜の散策中にレパディに襲われてからというもの、彼女は、毎晩俺の部屋で休むようになった。俺が夜食を頬張りながらノパコンを叩いている間、彼女は、俺の傍らでじっとベッドに座っていた。あのスズメ事件以来、俺達は余り話をしなかった。互いに決して触れたくない話題が幾つかあった。時々彼女の様子が気になってノパコンから顔を上げ、目をやると、ミケは青白い顔でほのかに微笑み、あたしは幸せよ、と言った。また、時々立ち上り、俺の後ろに立って、静かに肩を叩いてくれた。ありがとうと俺は言って、作業を続けた。

時計が十二時を打つと、ミケは、扉を引っ掻いたら開けてくれと言い残して、浴室に入った。それからしばしの後、浴室の扉を引っ掻く音が聞こえた。俺が扉を開けてやると、一匹の三毛猫の姿となったミケがしなやかに歩み出てきて、俺のベッドに飛び乗り、枕のわきに丸くなった。就寝前の俺の仕事が一つふえた。それは、浴室の扉を必ず少し開けておくことだった。三毛猫が自分で浴室に入り、変身出来るようにしておくためだった。朝目覚めると、白いシーツの上に三色のわずかな毛を残して、ミケは姿を消していた。

静かな日々だった。だが長続きはしなかった。一体何物が俺達の運命を司り、凪や荒海を作り出し、翻弄し、苛んでいたのだろうか？　ある日の午後、バイク遊覧を終えてホテルのロビーに帰り、火星号を貴賓客用の毛布で包んでやった時、俺の

ＰＨＳがバイブレートした。モンキキからだった。

「タケシ君か？　社長秘書のレパディ様から電話が入っていて、君にお話をしたいそうだ。すぐ上がってきてくれ」

　支配人室では、モンキキが携帯を手に持って、落ち着かない様子で窓の前を行きつ戻りつしていた。俺はその携帯を受け取った。

「もしもし、タケシですが」

「まあ、タケシさん？　お久しぶりねえ！　懐かしいわ！」それはまさに、あの女豹のハスキー声だった。「お元気？　社長がなかなか放してくれなくて。でもね、今度お会い出来るわ。たった今支配人にもお話ししましたが、明後日社長がタケシさんにあの乗馬を習いに行くっておっしゃっているのよ。それでね、その時私も同行して、そちらでお仕事することになったの」女豹はいかにも楽しそうに言った。「そして、仕事を早目に切り上げて、タケシさんとゆっくりディナーをご一緒させていただくことになりましたのよ。ホ、ホ、ホ……どう？　素晴らしいでしょ？」

「いやあ、どうでしょうか。仕事がありますから」俺は慌てて答えた。

「あーら、ご安心なさって。私から支配人にお願いしておきましたから、大丈夫よ」

「それは、どうも……」

「なぜだとお思いになって？　私、社長に言われたのよ、私もノパコン覚えるようにって。それで、タケシさんに私の先生の役をお願いしたいと、社長に申し上げました。そして、ノパコンのレッスンの打ち合わせをしたいので、一度タケシさんとお食事をさせて下さいって言いましたら、社長が許して下さったの。タケシさんに教えていただくなんて、最高だわ！　プライベートレッスン楽しみにしていますから、その節はどうぞよろしく」

　レパディは電話を切ろうとしたようだったが、ふたたび続けた。

「タケシさん、私、あなたが豹に変身する日を、首を長くして待っていますからね！」

窓の前を心配そうに行ったり来たりしていたモンキキが、やっと歩を止めた。

「聞いての通り、社長が君のあの乗り物を練習したいそうだ。大丈夫かね？」

「そうですね、余り無謀なことをなさらず、俺の指示に従順に従って下されば。是非そのように、支配人からもお伝えいただきたいのですが」

「ふむ、心得ておこう。まあ、全て君に任せるが、なんせあの性格なんでね、何を言い出すか解らん。気を付けてくれ。それからレパディ様だが、くれぐれもご機嫌を損じないように、よきに計らってくれたまえ、頼んだぞ」

「承知いたしました」

「あ、それからだね、社長の乗馬のこともレパディ様とのディナーも、しばらくは伏せておくように」

「はい、了解いたしました」

　俺は半ば夢遊病者のように、フラフラと支配人室を出た。

　俺の頭は疲労を覚え、混乱していた。虎助のバイク教習、これは何とかこなせるだろう、だがレパディの方は？　ディナー？　ノパコン？　プライベートレッスンだって？　あのジャコウネコの香水の香りを思い出し、俺は船酔いのような不快感に襲われた。それは真っ黒な渦潮に巻き込まれて行くような実感だった。そうだ、ちょうどあの時のような。俺がこのホテルの囚人となっていた事実に初めて気付いたあの時。ファックスは一つもエンパイヤには送られていなかった。地下ケーブル火災も大地震も全部ウソだった。あの時から始まったこの馬鹿馬鹿しい毎日……。

　定刻にレストランに出勤したものの、相変わらず仕事には集中出来なかった。客の注文を即座に自分の記憶装置にインプットすることが出来ず、聞き返しては詫びた。俺のただならぬ様子を察知したミケが素早く駆けつけ、俺の代わりにキビキビと注文を取ってくれた。何とか無難にディナータイムを切り抜けたものの、本来の問題が解決された訳ではなかった。

社長と社長秘書の来館の予定は内密になっているはずだった。にもかかわらず、ダイニングルームから自室に向かおうとしていた俺を、フロントのゴートが呼びとめ、ニヤニヤ笑いながら歩み寄ってきた。

「今度、社長秘書と夕食会だってな。本当なのか？」

「ええっ？　いや、まだ、確定じゃないんですが、仕事ですよ、仕事。ノパコンのレッスンの打ち合わせとかで」

「ウソをつけ、この色男が！」と言いながら、ゴートは俺の肩を揺すった。「相変わらずご多忙なんだねえ、フ、フ、フ……」

「支配人から、ご機嫌を損じないように、との厳命でしてね、頭が痛いなあ」

「社長秘書様と、水入らずで、さしつさされつって訳だ」

「まさか、ダイニングルームでしょう」

「馬鹿言え！」と言って、ゴートはまた俺の肩を揺さ振った。「貴賓室のダイニングテーブルに決まっているじゃねえかよ」次いでゴートは俺の耳に口を寄せた。「なあ、タケシ、俺達はな、そのう、女とアレをやる時は、元の姿に戻っちまうんだよ、解るだろ？　だからさ、レパディ様がお前とやるってわけにゃあいかねえ。だがな、あの方が豹に変身して、お前を四本の足でとっつかまえて、お前の頭のてっぺんから足の先までペロペロ舐めまわすなんてこたあ、いくらでも出来るってもんだ、フ、フ、フ……」

「そんな話止めて下さいよ！」と俺は思わず叫んだ。

「ご機嫌を損じるなって、支配人命令なんだろう？　まあ、せいぜいお務めに励むことだな。社長秘書を怒らせたら、そりゃあもう切腹ものだからねえ、フ、フ、フ……」

ゴートは笑いが止まらないという様子でフロントへ戻りかけ、振り返ってつけ加えた。

「言ったろ？　タケシには女難の相があるってね、へ、へ、へ……」

　自室に戻り、ノパコンに向かったが、作業は遅々として進まなかった。ミケには何と言えばいいのだろう？　仕事なんだ、支配人命令なんだ、こんな説明で彼女の逆上を抑えることが出来ようか？　今彼女は以前にも増して追い詰められている。彼女の八方塞がりの状況を打ち破るには、たった一つ解答はあるんだ。だが、その話はそれこそご法度だった。

　ノックの音と共に部屋のドアが開き、盆を持ったミケが現れた。何とその夜は、白ワインのフルボトルが立っていた！

「ミケ、凄いな！」と俺は叫んだ。「よし、今夜は二人で飲もう！」

　ミケは、嬉しそうに盆を俺のデスクの上に置いた。ワイングラスは一つしかなかった。そこで俺は牛乳のマグカップを差し出した。

「これをすぐに飲み干してくれ、それから乾杯だ！」

「何に乾杯？」とミケが尋ねた。

「そうだなあ。ミケが毎晩俺の部屋にいてくれることに。ああ、それだけじゃない、今日は、レストランで色々助けてくれて本当にありがとう！助かったよ」

　ミケはそれ以上何も言わずに、牛乳を飲み干し、マグカップをきれいに洗った。俺はマグカップを、ミケはワイングラスを取り上げ、それぞれに白ワインをなみなみと注いで、乾杯をした。

　俺はまたノパコンに向かった。いっときの華やいだ雰囲気の後、ぎこちない沈黙が訪れた。ミケには俺に聞きたいことがあったに違いなかったが、その彼女の問いに、俺はどう答えればいいのか解らなかった。出来ればこのまま、何も語らずにやり過ごしたかった。

　しかし、時間は刻一刻と過ぎていった。ミケは立ち上り、俺の肩を叩き始めた。叩きながら、ついに口を開いた。

「タケシさん、何かあたしにお話があるんでしょ？」

「……」

「タケシさん、ダイニングルームで凄く変だったわ。お疲れなのよね。でも、それだけじゃない、あたしには解る。まるで別の人みたいだった」

レパディの来館のことを彼女が知るのは、時間の問題だ。ミケ、解ってくれるよね。

「今日レパディから連絡が来た。社長が乗馬のレッスンのために来館する。その時彼女も来るって。そして俺とディナーを取るそうだ。支配人に、ご機嫌を損じるな、と言われた。弱っているんだ」

「そう、レパディがね」と消え入るような声で呟いた。

「いや、仕事なのさ。社長にノパコンをやれ、と命じられたそうなんだ。それで、その打ち合わせとかで……」

「お断りすればいいでしょ？」と言った時、ミケの手が止まった。「なぜタケシさんがあいつとお食事しなければならないの？　なぜそれがお仕事なの？　ウソ！　ウソに決まってるわ！」

またあの修羅場が始まるかと思った。だが、ミケはそのまま黙りこくってしまった。しばらく沈黙が続き、ノパコンの無機質な音だけが響いていた。それから、俺の首筋に温かい滴が落ちた。ミケの涙らしかった。

「ごめんなさい」とミケが言った。「また、あたしったら……。ごめんなさいね、無理ばかりお願いしちゃって」

俺は片手を上げて、肩の上にのせられたミケの手に重ねた。その指は細く骨張っていた。

「ミケは俺の命だ。ミケを裏切るようなことは絶対にしない」

またミケの両手が、俺の肩を叩き始めた。弱々しかったが温かかった。それはミケの心臓の悲しい鼓動のようでもあった。俺は激しい疲労感に襲われた。ノパコンの水色の画面には、意味を成さない数字や記号が現れては消えた。

「今夜はもう止めよう！」やりかけの表をセーブして、俺はノパコンをパタンと閉じた。俺の前にはまた冷え切った夜食が置かれていた。「さあ、晩餐会のやり直しだ。ミケ、先に休んでいてくれ。俺はナイトキャップが必要だから」

ミケは静かに浴室に入っていった。

明け方近くのことだった。俺は、喉を切り裂くような女の悲鳴に叩き起こされた！　枕の側で眠っていたはずの三毛猫が、数メートルも飛び上がってから床に落ちた、というふうに見えた。そんなはずはなかったが、そのネコは部屋のドアの手前にうずくまり、恐怖の目で何かを見詰めていた。薄暗闇を、ただの空間を……。

「ミケ！」俺は彼女の名を呼びながら、駆け寄った。「ミケ！　ミケ！　しっかりしろ！　どうしたんだ？」

俺は両手を伸ばして、彼女を抱き上げようとした。だが彼女は飛びすさった。そして、俺から部屋の半分ほどの距離を保ちながら、目を閉じ、震えながらうずくまった。

「ミケ、この部屋には誰も来ない。でも、もし誰かがやって来てミケに危害を加えようとしたら、俺がやっつけてやる！　だから何にも恐いことはないよ」

「いいえ、そうじゃないの」と三毛猫のミケが震える声で答えた。「夢を見たの」

「夢だって？」

「恐ろしい夢を……」

俺が近づこうとすると、ミケはまた後ずさりをした、そして、掠れきった声で言った。

「お願いです、ドアを開けて下さい。外に出たいんです」

「解った。でも気を付けてね。それから、浴室に追いてあるミケの着る物はどうするの？」

「そのままで……窓を少し開けておいて下さい」

そして三毛猫は、俺がわずかに開けたドアの隙間をスルリと抜け、あっという間にまだ暗い廊下を走り去った。

この出来事の後、なぜかミケは、俺の枕の傍らではなく、窓の外で休むと言い張った。理由を聞いても、彼女は答えず、ただ満面で恐怖をあらわにした。俺はキッチンの隅で見つけた箱と藁くずで、彼女の小さなベッドを作ってやり、それを、ホテル正面の草原を見下ろす窓の手すりの内側に置いてやった。彼女の出入りのために、その窓ガラスはいつも数センチ開けておくことになった。

サファリパークキャッスルホテルにふたたび虎助旋風が吹き荒れようとしていた。今回はお忍びということで、公式の行事は全て省かれたが、支配人との数回の会議が計画され、貴賓室ではまた昼食会が執り行われることになった。ゴンタによるノパコンのレッスンの時間も設けられ、支配人と社長秘書が同席して見学をするように、という社長のお達しが出された。種々のスケジュールを組みたてる作業が急遽始められ、モンキキの顔は、例によって引き攣っていた。以前のように館内は念入りに清掃され、「乗馬レッスン」のために、ホテル正面の草原は、細心の注意を払ってチェックされ、ゴミや石や枯れ枝等が取り除かれた。この作業には、山の作業員に加えて、俺まで駆り出された。さらに火星号のコンディションを最善に保つようにという支配人命令が下り、バイク遊覧は臨時休業となり、バイクのメカの安全確認と各部分の清掃に取り掛からねばならなかった。

ポーチで火星号と取り組む俺のもとへ、ゴンタが足繁く訪れ、ノパコンを開いて今度のレッスンの概略を説明し、社長や支配人から出されるかも知れない質問を列挙し、それに対する答えを示しては、確認を求めた。ゴンタが去ると今度はモンキキが現れ、火星号の細部を覗き、彼が想像出来るあらゆる危険やトラブルにつき、その発生の確率を尋ねた。彼の質問のほとんどはピントはずれだった。従って、彼はただ俺の作業の邪魔をしていただけだったのだ。にもかかわらず俺は、はいはい、よいご指摘で、かしこまりました、その点につきましては、安全確率百%となるようしっかりと処理いたしますので、ご安心下さい、と答え続けなければならなかった。一通りの作業が終り、最後に火星号をピカピカに磨き上げ、貴賓用の毛布を掛けると、もうディナータイムが近かった。

社長の昼食会の打ち合わせのためミケとレオナルドは支配人室に缶詰めとなり、レストランバッカシアは早めにクローズされることになった。ディナー客の多くがバイキングレストランのマングロービアの方へ廻された。こんなに大騒ぎをやって、何がお忍びだと俺は思った。

その夜、レストランのレジでノパコンに統計報告書の入力をやっていた時だった。ロビーに慌ただしい足音が響き、緑色のべっ甲模様のネクタイを身に付けた男が、首を伸ばしたり縮めたりしながら、ただならぬ様子でフロントに駆けつけた。

「保安部のカメ彦ですが、支配人は会議中ですか？　ちょっと緊急事態が……」

ゴートはどうやら必死で書類のチェックをしているようだった。そして、さも煩わしそうに顔を上げた。

「緊急事態？　またかねえ。日本ベスビオスが噴火するって言うんじゃないだろうな？」

「いや、違うんです、今回は水なんですよ、水！」

「水だって？」ゴートはまじまじとカメ彦の顔を見た。「火攻め水攻めという訳か、全くいい加減にしてほしいね！　ご覧の通り、社長お忍び来館のスケジュール表のチェックの最中なんだがね」

「しかし警備員の連中が、沼の様子が普通ではないと言って騒いでいるんです」

「解った。そんなら勝手に支配人室へでも、どこへでも行くがいい！　とにかく邪魔をしないでくれ！」

カメ彦は一瞬躊躇しているようだったが、間もなく正面の階段を駆け上っていった。その後、何か緊急の支配人命令が出るのかと思ったが、ホテルは静まり返っていた。パラパラとしきりに紙をめくっているゴートに、お仕事がんばって下さいよ、と声をかけて、俺は自室に上がった。

夜更けて、ベッドに身を横たえながら、俺は取り留めもない物思いにふけった。水だって？　何のことだろう？　沼がおかしいとは？　色でも変わったのか？　いや、それどころじゃない、明日は社長のバイク教習だ。怪我をさせないようにしなくては。それもそうだが、レパディとのディナーがあった。まいったなあ、何が起こるんだろう？　まさかビタミン料理じゃあ……ミケはどうしているかな？

俺はなかなか眠りにつけなかったが、明け方近く、不安に満ちたまま、沼に落ちるように、無意識状態に沈んだ。

翌朝ようやく日が昇り始めた頃、俺は階下の異常な喧騒に目覚めた。怒声、足音、何かを引き摺っているような音。窓から下方を覗いた時、俺は自分の目を疑った。俺の眼下に広がっていたものは……それは、何と赤い湖だった！　湖？　そんなはずはなかった。だが、立ち木の下が、灌木の根元が、草原が一面赤い水面に変わり、鈍く光っていたのだ。あの赤沼の色に。それはまるでホテル全体が巨大な船に早変わりして、赤い湖に浮かんでいるかのような光景だった。な、何だ、こりゃあ？

俺は階下へと急いだ。ロビーは、あたかも遭難した船のラウンジのような有様だった。スタッフが、逃げ道を捜しているかのように右往左往していた。そして黄色いヘルメットの山の作業員達が、必死で正面玄関のポーチの外側に土嚢を積み上げていた。

「何ですか？　何が起こったんですか？」と俺は尋ねた。

「よく解らんのだ」とスタッフの一人が答えた。

「急にあの赤沼の水位が上がったと思ったら、あっという間に、ああなったそうな」

「変ですね、だってこのところ大雨なんてなかったじゃないですか」

「何にもねえ、だがとにかくあの沼が溢れたんだ。今までこんなこたあ、なかったよ！　いやあ、まいった、まいった！」

支配人はまだかと、誰かが怒鳴っていた。

俺は火星号のもとへ走った。それはおれの分身だったのだ。火星号はロビーの隅で、相変わらず貴賓用の毛布にくるまれて、体を少し傾けながら、ゆったりと座っていた。だが赤い水はホテルの建物を狙いながら、少しずつにじり寄って来ているようだった。地底から現れた得体の知れない生き物のように、ヒタヒタ、ヒタヒタと。わずかに大地を覆っているかのように見えた水面は、次第にその色を濃くしていた。既に芝生はすっかり水面下に埋没し、灌木は、湖に浮かぶ小さな島のように変貌していた。

「うわっ！　食料貯蔵庫で床下浸水だ！」と誰かが遠くで叫んだ。

正面玄関のポーチの周囲に土嚢を積み終えた作業員達は、今度は一斉にキッチンの方角へ走って行った。

「昨日保安部の警備員統率係のカメ彦が、支配人のところへ飛んで行ったらしい」とゴートが不安げに言った。「ヤマカガシの連中が、洪水の兆候があるからみんな避難した方がいい、と言って騒いでいると！」

「で、支配人は何と？」

「大雨もないのに、馬鹿なことを、と言って取り合わなかったそうだ」

「それじゃあ、ヤマカガシは溺れちゃったんだろうか、それとも？」

そう言いながら、俺は時蔵爺さんの言葉を思い出していた。天変地異となれば話は別だ。掟も制度も蹴っ飛ばして、我先にと逃げ出すだろう。

「こりゃあ、奴等の呪いだよ」とスタッフの一人が呟いた。

「奴等？」俺は聞き返した。

「決まっているじゃねえか、あのコックの二人だ。コウタロウとブータンだよ」

「……」ゴートは無言だった。だが顎髭をしごく彼の手は小刻みに震えていた。

「見ろ、あの赤い色を。ありゃあ奴等の血の色だ！」

「黙れ！　いい加減な事を言うな！」とゴートが怒鳴った。

「防災の首尾は完璧か？」ゴンタの声だった。彼は足早に階段を降りてきた。そして鋭い目でロビーを見回してから、ゴートに歩み寄った。

「たった今支配人から連絡がありました。ホテル正面からはアプローチ出来ないので、違うルートを取られるそうですが、変身しなければ越えられない道なので、少々遅れるだろうとのことでした」

それを聞いた時、俺は初めて、虎助社長の乗馬のレッスンのことを思い出した。

「ゴンタ、これじゃあ、社長の乗馬は無理だ！　早いところ連絡をしないと！」

「その件はご心配なく」とゴンタは答えた。「今朝、明け方前に支配人が社長に連絡したそうです。それで乗馬のレッスンその他の社長のスケジュールは、全てキャンセルとなりました。何かほかに支配人にメッセージがおありでしたら、私が伝えますが」

「いや、別に」と俺は答えた。何はともあれ、女豹とのディナーは自動消滅してくれた。俺は一応胸を撫で下ろした、この問題に関しては……。

その時、数人の清掃員が血相を変えて、ロビーに駆け込んで来た。

「地下がヤバイ！　壁から赤い水が滲み出した！」

ゴートは片手で自分の口を押さえながら、フラリとよろめいた。気分が悪くなったようだった。俺は慌てて、ゴートの体を支えた。

「大丈夫だ、ただ、ちょっと吐き気が」と言いながら、彼は俺の腕に掴まったが、その顔は紙よりも白かった。

「馬鹿野郎！　何モタモタしてるんだ！　早く作業員に連絡しろ！」とゴンタが清掃員を怒鳴りつけた。キッチンから三、四人の作業員が飛び出して来て、屋外に向かって怒鳴った。

「土嚢の追加だ、土嚢を補給してくれ！　建物の土台の外側にしっかり積み上げてくれ！」

そのグループに、今度はゴンタが怒鳴った。

「地下だ！　地下だ！　早く地下を点検しろ！」

俺は、薄暗い地下の金蔵の壁から血が滲んで、タラタラと流れる光景を想像した。このホテルは、まさに沈もうとしていたのだろうか？　沈没する巨大な客船のように、数々の財宝を積んだまま、船底のような地下室から徐々に浸水していって次第に傾き、やがてこのロビーにドォーッと赤い水が流れ込んで来るのだろうか？　そしてあらゆる明かりが消え、周囲は漆黒の闇となって、助けを求める悲鳴が空しく響き渡って……いや、暗くはならないだろう、たった今夜が明けたばかりなんだから……。

水位は確実に上がっていた。まるであの赤い沼が、このホテルを飲み込む機会を虎視眈々と狙っているかのように、ヒタヒタという声にはならない声で囁きながら。ポーチの廻りには、今や一ミリの隙間もないだろう、と思われるほどしっかりと土嚢が積まれていた。にもかかわらず、ポーチの縁は少しずつ濡れていた。アメーバのような水が、その赤い舌を一個所、また一個所へと伸ばしていた。

ロビーには、浴衣姿の不安気な宿泊客達が、続々と現れ、当惑顔でウロウロしていた。

「お客様を全員二階へ案内して下さい！」とゴンタがゴートの耳元で叫んだ。「しっかりなさって下さい！　お客様の誘導を、早く！」

ゴートは口をハンケチで押さえながら、呆然として廻りに立ち尽くしているボーイ達に手で合図をした。

「救命道具はないのか？」と客の一人が叫んだ。

「救命道具をくれ！」

「救命道具だって？　あいつタイタニックでも見過ぎたんじゃねえか？」とスタッフが囁いた。

救命道具や救命ボートを備えたホテルなんてあ

ったたろうか？　俺は、喧騒の真っ只中で、変に真剣に考えた。しかし、もし本格的な洪水となったら……。

その時レオナルドがダイニングルームから姿を現した。

「おい、タケシ！　ジャイニングに水が入ってこないよう、ここでしっかり見張れ！」

そう言い残して、彼は、眼鏡を押し上げながら階段へ殺到する人の群れに紛れ込んだ。

ドタバタドタバタという、もつれた足音と共に、ゴンタ、ゴート、レオナルド、そして客達と数人のボーイが階上に消え、ロビーには、俺と幾人かの清掃員と山の作業員が残された。黄色いヘルメットの作業員は、血走った目でロビーを駆けずり回り、疾風のように現れては消えた。彼らの足は、膝まで濡れていたが、いずれも不気味な赤茶色に染まっていた。

ジワジワと水位は上がり続けた。正面玄関のポーチを囲む土嚢の防壁の下部から、少しずつ舌を伸ばしていた赤い水は、今やポーチ全面に広がっていた。慌てた作業員達は、玄関の外側に、新たに土嚢を、腰の高さほどまで積み上げた。俺は、その要塞の下部から、あるいは上部を越えて、ついに赤い魔物がホテルのロビーに侵入する瞬間を脳裏に描いていた。その時が来たらどうしたらいいのだ？　火星号はどうなる？　バイクを引っ張って二階に避難することは出来るだろうか？　いや、だめだ。火星号は諦めるほかはない。建物の一階は崩壊するんだろうか？　それから、どうなる？

刻一刻と近づいて来るその恐怖の瞬間を待ちながら、スタッフと作業員は、土嚢の防壁の上に身を乗り出して、赤く染まったポーチの様子を息を呑んで見守った。

だが、不思議なことに、その瞬間は訪れなかった。そして客船サファリパークキャッスル号が傾くことはなかった。突然何の前触れもなく、水位の上昇が止まり、それから少しずつ、だが確実に水が引き始めたのだ。

「引いている、引いている！」と作業員の一人が言った。

「間違いねえか？」と別の作業員が尋ねた。

「間違いねえ。だけどなぜだろう？」

「そんなこと解るもんかよ。なぜ溢れたかも解んねえんだぞ」

「地下は大丈夫か？」
二、三人の作業員が消え、しばらくたってまた現れた。
「床に数センチ水が溜まっている箇所がある。だが何とかなりそうだ。水はどんどん引いているし、大事はない」

それから次第に、水が引いていく速度は上がっていった。正午近くに、ポーチの石畳の全面が顔を現し、芝生が姿を見せ、灌木はふたたびホテルを飾る灌木に戻った。だが、水を被った植物は全て赤茶色に染まっていた。

ロビーに安堵感が満ち溢れた。怒声は穏やかな話声になり、足音も静かになった。山の作業員達が土嚢の撤去を始めた。ホテル正面に積み上げられていた土嚢があらかた取り除かれた頃、やっと支配人モンキキが到着した。彼は裏口のどこから入ってきたらしかったが、息を切らし、しきりに汗を拭いていた。ゴンタ、ゴートとレオナルドの三人がいそいそと降りてきて、支配人を迎えた。

「おかげさまで何とか乗り切りました。もう大丈夫です！」とゴンタが言った。

ゴートはまだ青ざめた顔をしながら、しきりに顎鬚をしごいていた。

「ジャイニングも無事でしゅ。わたしが死守いたしました」とレオナルドが言った。

こいつが死守だと？　よくもぬけぬけとほざくもんだ！　だが俺の憤怒は不発に終った。しばらく過ごした恐怖の時間と、火星号が水を被ることなく終った、という安堵の故に、今にも腰が抜けそうなほどの疲労を覚えていたからだ。

「それで被害の状況は？」とモンキキが、もどかし気に尋ねた。

「いえ、大したことありませんでした。どうぞご心配なく！」とゴンタがにこやかに答えた。「お騒がせいたしましたが、ご覧の通り、もう土嚢の撤去が終ります。沼が溢れた原因は今のところ不明ですが、いずれにせよ当ホテルの建物は全く健在です。支配人に緊急連絡を差し上げる必要なんてなかったようですが、何せ、些細なことですぐ騒ぎ立てる輩がおりまして。そのう、保安部の連中には困ったものですなあ」

「客を二階に上げることもなかっただろうが？」

「いやあ、申し訳ございませんでした。ただ私といたしましては、やはり保安部の助言に従わざるを得なかったもので」とゴンタが言い訳をした。

二階から次々と客が降りてきた。その客の行列に向かって、モンキキは直角に頭を下げた。

「お客様のみなさま、大変ご迷惑をおかけいたしました。みなさま、ご不便のこととは承知しつつも、念のため、二階にご避難いただきましたが、大事には至らず、水は引きました。スタッフ一同、全力を挙げて、一刻も早く平常業務に戻るよう努力いたします！　安全のためのご協力、まことにありがとうございました！」

一階の客室の客達がそれぞれの部屋に引き取った後、モンキキは苦々しい表情で、ゴンタに、保安部のカメ彦を呼べ、と命じた。間もなくカメ彦が現れた。べっ甲模様の茶色の作業服を着ていたが、一体どこにいたのか、その衣服は全く汚れてはいなかった。首の廻りには何本もの皺があり、その首を伸ばしたり縮ませたりしながら、支配人の前に直立した。

「何だ、この騒ぎは？」とモンキキが、不機嫌に尋ねた。「水は引いてしまったじゃないか。誰が洪水になる、などと言ったのだ？」

「はあ、あの、ヤマカガシ達でございます。夕べ、赤沼の様子がただごとではない、とか申しまして
……」

「お前らには肝っ魂があるのか！」モンキキは苛

立っているようだった。「二名のコックが亡くなってからというもの、どいつもこいつもすっかりおかしくなっている！　いつまでビクビクしているんだ？　いいか、このホテルは安全なのだ。絶対に大丈夫なのだ。二度と災害などと騒ぎたてるな！」

「はい！　申し訳ありませんでした！」カメ彦は首を縮め、這いつくばらんばかりに体を曲げたまま、頭を上げようとしなかった。

「ヤマカガシの警備員どもはどうしている？」

「はっ！　目下避難をしておりますが、もう間もなく職場に復帰するはずであります！」

「不要に騒ぎ立てたヤマカガシはしばらく減給だ。餌を減らせ！」とモンキキが命じた。「見せしめだ、いいな」

「はい、了解いたしましたっ！」カメ彦はもっと首を縮めて、ついに土下座をした。

「ふざけやがって……」と、まだ腹立たしそうに呟きながら、モンキキは、ゴンタを伴って階上へ上がっていった。

彼の不興の原因が、ただ夜中に叩き起こされたという事実だけではなく、社長の来館を急遽キャンセルせざるを得なくなった事態であろうことは容易に察せられた。また、多分そのために、社長がえらく機嫌を損ねたであろうことも。

山の作業員がホテルの外部に積まれた土嚢を片付けている間、屋内では、清掃員が総出で清掃作業に四苦八苦していた。ロビーの床は、作業員の長靴から落ちた赤茶色の粘土のようなものですっかり汚れていた。またキッチンの奥の貯蔵庫では、床下浸水のために移動した食材の袋をかついだ猪太郎が、あちこちに衝突している物音が絶えなかった。

定刻より六時間以上遅れて、レストランは、その日初めて開店され、ランチはブランチと名を変えた。腹を空かした客達が殺到し長い列を作った。幸いにも食材にこれといった被害はなかったが、料理は全てファーストフードに変更された。客達は、自分等が二階から目撃した「洪水」の様子についていて、さも大冒険をくぐり抜けたような口振りで興奮気味に語りながら、遅いブランチを貪っていた。

ブランチの業務がほぼ片付いた時、外はもう黄昏が近かった。赤沼はなにごともなかったかのように静まり返り、夕日を浴びて、一段と赤く輝いていた。だが周辺の草原は赤茶色に変色したままだった。数人の山の作業員が、ホースを引きずり回しながら、一心に水をかけていたが、赤茶色の草が緑の色を取り戻す気配はなかった。

「やっぱり変だ」と作業員の一人が言った。「いくら洗っても草があおくならねえ。こんなこたぁ初めてだよ」

ホースから迸る水の音がいつまでも続いていた。「こりゃあ無駄だな」と別の作業員が言った。「よく見てみろ、赤い水被った草はみんな枯れちまっている！」

俺はホテル正面に広がる草原に目をやった。あの緑の草原が、一面、茶色の枯れ野原に変わり果てていた。俺の耳に、去っていった時蔵爺さんの不吉な言葉が聞こえた。「支配者は創造を成し遂げる。命を持つあらゆる物を産み出し育む。だが一方で、自分自身で作り出した物を全て破壊するのも自由なのだ！」

赤沼の不可思議な氾濫の被害が実際にはどの程度のものだったのか、俺には解らない。警備員のグループや山の作業員達など、災害の最前線で苦闘した連中は勿論生々しい実態を把握していただろうが、彼らは奇妙に口をつぐんでいた。おそらく上層部から口止めされていたに違いない。一方ゴンタは、どのような経緯からか、虎助社長宛ての災害レポートなるものの原稿を作成し、俺にノパコンへの入力を手伝ってくれるように頼んできた。

それは簡潔で極めて平穏なレポートだった。

——何らかの原因で沼が溢れた。多分度重なる地震のために、水底に異変が起きたと考えられる。しかしそれも一時的な現象で、水は間もなく引き、ホテルの建物にはほとんど被害はなかった。ただ一つ問題だったのは、ホテルスタッフのパニック状態であり、それを引き起こしたのは、保安部の動揺であった。ホテルの安全を思う誠実な精神は評価されてしかるべきだが、今後は、異変に対する彼らの冷静沈着な対応が切に望まれる——というのが、概要だった。

本当に被害はほとんどなかったのか？　また、あの場合、冷静沈着な対応とはどのようなものだと言うのか？　ゴンタと議論する気はなかった。なぜならば、そのレポートは確実に、社長や支配人にとって心が安らぐものだったからだ。レポートは、真実を述べようとムキになって書いてはいけないという鉄則を、俺自身が既に学んでいた。

だが、ホテルの建物の外側の下部には、数十センチの赤茶色のシミが帯状に残され、ポーチの石畳からは、巨大なアミーバのような赤茶色の紋様が消えず、正面の草原はすっかり枯れ草に覆われていた。それだけではなかった。赤沼の氾濫はスタッフの心にも爪痕を残した。不遇な死を遂げた二人のコックの怨霊説がしきりと囁かれ、噂は噂を産み、ついには、あの洪水の最中にホテルの地下の廊下で両名の幽霊を見た、と言う者まで現れた！

コウタロウやブータンが亡くなった時のように従業員は動揺し、ホテルは呪われているという噂が再燃し、中には恐怖の余り欠勤する者まで出てきた。特にフロントのゴートは、赤沼の洪水以来明らかに心身のバランスを崩したようで、仕事もろくに手が付かず、しばしば口にハンケチを当てて中座した。俺は彼の助っ人に駆り出され、一日中宿泊予約の受付けにかかりきりとなり、時にはフロントに座って客の応対を引き受けねばならなかった。それから間もなく新しい人事が発表された。フロントのゴートが健康上の理由により、正社員から契約社員に変えられたというのだ。そして、元キャッスルホテルのフロントのスタッフが、新たに契約社員として雇用される運びとなった。

　疲労していたのはゴートばかりではなかった。スタッフの誰もがあの赤沼の氾濫のために言葉を絶するような恐怖を味わい、その恐怖は、疲労という副産物となって彼らの心身を蝕んでいた。ミケは、社長の来館がキャンセルになってから、また体調を崩したらしく欠勤していた。俺も、今までにない疲労を覚えていた。ホテルの草原が枯れ野に変わってしまってから、バイク遊覧の客足はぴたりと途絶え、火星号は燃料が満タンのまま、毛布に包まってロビーにうずくまっていた。これを機に少しは休暇を取りたいところだったが、フロントの補佐という新しい肩書きが俺に与えられ、そのにわか作りの仕事が、バイク遊覧の時間帯を埋めることとなった。モンキキの発案だったのか、はたまたゴンタがノパコンを操作して得た作戦だったのか、とにかく奴等が奴隷を働かせることにおいては、呆れるばかりにそつがなかった。

　そんな中のことだった。「従業員諸君へ」というタイトルの、支配人署名のビラがスタッフに配られた。何とそのテキストはノパコンで打たれたものだった！　いつの間にゴンタは、プリンターを手に入れたのだろう？　そのメッセージは、従業員の日頃の労働を一応ねぎらい、そのためにホテルの業績がさらに上昇したと報告していた。そして、次のようなメッセージがつづられていた。

　本年は特別な年である。サファリパークキャッスルホテルが、間もなく創立二十周年を迎えるからだ。正式な創立記念日は一ヶ月先だが、従業員諸君のための特別祝賀パーティを前倒しして、本日より三日後に催すことになった。ふるって参加してもらいたい。なお当日は業務は最低限に抑え、夕刻にはホテルアネックスを全館貸し切りとする。ただし祝賀パーティには宿泊客の方々にもご希望によりご参加いただくものとする。ともに我がサファリパークキャッスルホテルの成長と今後の繁栄を祝おうではないか！　ノパコンの三太郎で整然と打たれた文章は、支配人モンキキの大きな署名で終っていた。

従業員の顔にまた笑顔が戻って来た。例のごとく、建物の安全性の確かな根拠はないまま、陰鬱な気分はとりあえず一掃され、彼らは祝賀パーティの話題に花を咲かせた。超高価なワインが飲み放題だそうだよ。翌日は昼まで寝ていてもいいんだとさ。何でも一時金が支給されるらしい！　ウォーッ、すげえじゃねえか！

一時金は、支配人の「お告げ」には一切触れられていなかったが、その噂はどんどん広まった。なんでも正社員に、その勤続年数に比例した額が支給されるとのことだった。だが既に数多くの正社員は退職し、永年勤続の正社員などほとんどいない。ひょっとしたら多額のボーナスをもらえたかも知れないゴートは、間際に正社員の座を追われていた。支配人も、そして彼の背後に君臨している社長も、完璧に金計算をしているようだった。

ホテルの館内では、祝賀パーティの準備が着々と進められていた。「祝創立二十周年」という垂れ幕がロビーに掲げられ、隅々には山麓から送られたという色鮮やかな花輪が立てられた。レストラン閉店後の午後や夜遅くには、館内のどこからか楽器を演奏する音が聞こえるようになった。楽器を弾ける従業員が、パーティのために小さな楽団を編成し、当日会場でBGMを演奏するための練習を始めたらしい。宿泊客からは、パーティ参加の希望者が募られ、そのリストは日に日に長くなった。

スタッフの陽気な雰囲気とは裏腹に、俺の気分は、盛り上がるどころか沈む一方だった。俺は相変わらず囚人であり、離れたくても離れられない小宇宙に鎖で繋がれたまま、その世界での享楽を共有することはなかった。バイク遊覧が途絶えてしまったことが、その憂鬱をさらに深めた。疲労困憊している頭を、時折り「噴火」という二文字が過ぎっては鈍痛となって俺を苛んだ。噴火は起きるのか？　起きるとすればいつなのだ？　それとも、やはり起こらないのだろうか？

祝賀パーティの前夜、ミケがバッカシアに出勤して来た。やせ衰え、すっかり艶が失われた三色の髪は、骨張った両肩の上にざんばらに乱れていた。青白い顔には頬骨が不気味なほどに突き出ていたが、彼女の緑色と金色の瞳は、二つの小さな炉のように燃えていた。まるでシャレコウベの中に火を点したようだ、と俺は思った。

その夜遅く、ミケは以前のように俺の夜食を持ってやって来た。

「やっぱり具合が悪そうだな」と俺は言った。「さあ、今夜もしっかり牛乳を飲まなければね」

ミケは答えなかった。そしていつものように、ベッドの上に座ったが、じっと俯いていた。

「今晩はワインはなしか」と俺は言った。別にワインが欲しかった訳ではない。ただ、会話を求めていたのだ。

「ワインはみんな祝賀パーティ用に持ってかれちゃったのよ」

そしてまた沈黙が訪れた。会話の雰囲気ではなかった。それどころか何となく殺気のようなものが感じられた。俺は黙って夜食のスープスパゲッティを口に入れた。

「タケシさんこそ変だわ」とミケが言った。「今度は何を考えていらっしゃるの？」

「ああ、俺？　変かなあ？　うん、噴火は起きるのか起きないのか、どっちなんだろうって考えている」

「噴火は起きないと思うわ」とミケが答えたが、その声はうつろだった。「だってこの頃地震がないもの」

「そういえばそうだね……あの赤沼の氾濫以来、静かだなあ……」

急にミケが顔を上げた。

「タケシさん、フロッピーを一枚渡して下さい」

「フロッピーだって？　空っぽの奴あったかなあ？」

「空ではなくて、タケシさんの統計レポートが入っているものよ」

「え？　そんなもの、何に使うの？」

「ゴンタの命令なの」

「ゴンタだって？」

　俺の頭が混乱してきた。ゴンタがなぜ俺のレポートのフロッピーを？　いや、それよりもそんな依頼をなぜミケに？

「あのさ、ミケの言っていること、俺にはよく解らない。もうちょっと説明してくれないか？　一体全体どういう経緯で？」

　ミケはじっと目の前の空間を見詰めていた。その目つきは俺に、彼女が三毛猫の姿で悪夢にうなされたあの夜のことを思い出させた。やがて彼女が語り始めた。

「またゴンタに呼ばれたの……今日の昼間」

「……」

「そして命令されたの。タケシさんのレポートのフロッピーをこっそり持って来いって」

「ゴンタがミケに、そう命じたって？」

「ゴンタはね、またひどいことを言いました！　あいつは言ったわ。タケシは社長秘書を誘惑している。そしてディナーの話を彼女に持ち掛けた。あんな人間の男にいれこんだって馬鹿見るだけだって。利用するだけ利用して、要らなくなったら、お前はゴミのように捨てられるだろうって。何てひどいことを……あたしは、タケシさんのことを信じている。でも、思わず泣いちゃいました！　悔しかったけど、こらえきれなかった。あたしは本当にタケシさんを信じているのに！」そしてミケは、唇を血が滲むほどに噛んだ。「それから、あいつは言ったわ。お前が人間の男に愛を捧げるなんて、バステトが許す訳はないだろうって」

「バステト？」

「あたし達猫族の神様よ。あたし、恐ろしくて死にそうでした。だって、ついこの間の晩、バステトの夢を見たんですもの。あの晩のことよ、覚えているでしょ？　あたしがタケシさんの枕の傍らで眠っていたら、バステトが闇の中から現れて、あたしの耳に囁いたの。そいつを殺せ、そいつを殺せって……そいつって誰ですかと尋ねたら、今お前の隣で眠っているタケシという名の人間の男だって。そいつの手首に一思いに噛み付け。今こそ絶好のチャンスだ。そうしたらお前はその男から解き放たれ、楽になる。その苦しみから救われるだろうって」

「……」

「あのバステトのお告げを、ゴンタはきっと、あいつの超能力で見抜いていたんだわ。だから、あたしにあんなことを言ったのよ」

ミケはすっかり脅えているようだった。

「ゴンタは超能力者なんかじゃないよ、頭は切れる奴だが」と俺は言って、ミケの恐怖を静めようとした。「それで、ミケは何と？」

「……」

しばらくの沈黙の後にミケは答えた。

「はい、私は、バステトの神の教えを守り、ゴンタ様にお仕えいたします、と」

そうだ、もしペルシャ猫との縁談を受け容れないと言うなら、ミケが助かる道はそれしかないなあと、俺は疲労した頭で、半ば他人ごとのように考えた。

「ゴンタ様のプロジェクトのために身を捧げ、あらゆるご命令に従います、どうぞ何なりとお申し付け下さいませ、と言いました」

ミケは、今度は俺の敵どもに加担すると言っている。それは、ミケが俺に復讐をしてやると言う宣言だったのか？

「そうか、じゃあ、ミケはいつか俺を殺すんだ。俺を殺したい、と思っているんだ」

ミケが俺を殺す……疲労困憊した脳みそで俺は、また他人事のように考えた。ミケの大きな瞳が涙で潤んでいた。だがその涙は零れなかった。

「何回もそう思ったわ。タケシさんがこの世からいなくなったら、タケシさんを殺してしまえば、あたしはどんなにか救われるだろうって。でも、それは出来なかった。だって、タケシさん、あんなにあたたかかったから。あの地震の時に、タケシさんの胸と腕があたしをあたためてくれたから！」

「……」

「あの時、あたしの心は決まったの。でも、そのことはね、後で解ったんです。あたしには一つしか道がないってことが」ミケは目を伏せ、両手を胸の上に組んでいた。「タケシさんが言ったでしょ。俺には一つしか道がないって、時蔵爺さんの教えを守って脱出を試みるって！　だから、あたしも……」

「ミケ、俺が生き延びる保証はない」

「あたしも、タケシさんと一緒に生きて、一緒に死にます」そう言って、ミケは顔を上げ、俺を真っ直ぐに見詰めた。「あたしはゴンタに、手先になりますって言いました。それはね、タケシさんを守るためなんです。手先になりすまして、あいつの悪巧みを探り出して、ぶち壊してやるためなの。あいつを、今度はあたしが、この一匹の三毛猫が攻撃してやる！　愛の強さを見せ付けてやるの！」

「あいつと闘うと言うのか？」

「そうよ、命を懸けて！」

「手強い相手だぞ。ひょっとしたら、虎助社長よりも支配人よりも恐い奴だ！」

「愛のためだわ！」と言った時、ミケの顔は一瞬光り輝いた。「あたしは最後まで闘います。でも、もししくじって、タケシさんが殺されることになったら、あたしもタケシさんと一緒に死にます」

「そんなことをして、何になるんだ？　ミケは不幸になるだけだ」と俺は呟いた。

「だから愛のためなの」とミケは繰り返した。「あたしは今まで愛を求め続けてきました、でも今解ったんです、愛は求めるものではなくて貫くものだって」

「……」

「あたしは、タケシさんを愛している、それだけでいいんです。愛し続けて、愛を貫いて、それから……あたしは人間になるの！　タケシさんのお嫁さんになるの！　お嫁さんになるか、それとも死ぬか、それしかないんです。その日まで闘うわ。それだけなの！」

　俺は窓辺に歩み、外を覗いた。そこには夜の闇と樹木の黒い影と、夜空に聳える何よりも黒い日本ベスビオス火山の山影があった。あの山は今本当に真っ赤な溶岩をその体内に秘めているのだろうか？　そして、その燃えたぎる血を天空へ吹き上げる瞬間を前に、その心臓は静かに脈打ちながら、刻一刻と時を刻んでいるのだろうか？　黒い火山は、沈黙して、この黒木が原という小宇宙を、じっと見下ろしていた。その小宇宙には、世界制覇というとてつもない妄想に取り付かれたホテル経営の社長と支配人が君臨していた。その下で、虎の秘書の女豹は、一匹の三毛猫を追放しようと躍起になり、俺を豹に変身させる夢を追っていた。そして一匹の野心に燃えているキツネが、虎視眈々と昇格を、そして権力を狙い、俺を抹殺しようと企んでいた。なぜ奴が俺のレポートのフロッピーを手に入れようとしているのか？　答えは容易に察せられた。俺を陥れようとしているのだ。いつか俺は、レオナルドがモンキキに、俺について讒言《ざんげん》しているのを立ち聞きしたことがあった。あの時レオナルドが言っていた。タケシは金をネコババしている、と。だから俺のフロッピーに細工して、売り上げ金横領の事実でもでっち上げようともくろんでいるんだろう。

　さらにそのキツネは、三毛猫を自分の道具とすべく追い詰め、その猫は、俺のためにキツネと闘うと宣言した！　だが、三毛猫に果たして勝ち目はあるだろうか？　キツネはそうやすやすと猫に騙されるだろうか？　いや、キツネが猫の本心を見抜くのは、時間の問題だろう。そして彼女の密かな反撃のゆえに、キツネの計画がうまく運ばないと奴が感付いた時、猫を始末してしまうことは、奴にとって朝飯前だった。なぜならば、奴は、三毛猫のスズメ殺害の咎、という切り札を握っていたからだ。

キツネの作戦上のもう一つの選択肢は、「オセロ」のイアーゴーのように、哀れな三毛猫の耳に毒を注ぎ、女豹への嫉妬を駆り立てて、彼女に俺を殺害させようというものであったかも知れない。奴は、情緒不安定な猫に、狡猾な波状攻撃を仕掛けるに違いない。仮りに、猫がついに奴の罠に引っ掛かり、俺を殺害したとすれば……支配人はどうするだろう？　彼はそもそもこのプロジェクトに関与しているのだろうか？　いや、彼はまだ俺という人間を必要としているはずだ。不要になったらビタミン料理にすると脅したり、キツネと競わせながら俺から最大限の利を引き出そうというのが、モンキキの魂胆に違いなかった。もしキツネのプロジェクトが支配人の与り知らぬ企てであったとすれば、その成就の暁には、キツネは、タケシ殺害の責めを負うことになる。だが、その場合、奴は、おそらく嫉妬に狂った猫がタケシを殺したと言い張るだろう。なぜなら、ミケの精神状態に関しては、多分ホテル中のスタッフが疑念を持っていたからだ。では奴の陰謀が事前にモンキキに知れたとすれば、奴はどうするだろう？　そうだ、その場合でも、多分奴は、同様の理由で逃げ切るだろう。そんな陰謀は事実無根だ、頭が狂った猫のでっちあげだと言って、全面的に罪を猫になすり付けてしまうだろう。いずれの場合でも、キツネには逃げ道が用意されていた。一方、三毛猫はまさに赤沼のふちに立たされていた！　彼女だけではない、俺だって……。

しかし、一つ疑問があった。それはキツネにとって、俺が本当に倒さねばならないほどの敵であるかどうかという問題だ。奴は既に人事部長補佐という地位にまで登り詰めていた。そんな時この俺は真に奴の邪魔物なのだろうか？　この奴隷同然の身分の俺が、奴にとってそれほど疎ましい存在だろうか？　ひょっとすると……俺は重大な考え違いをしていたのかも知れない。奴の狙いは俺の命だ、と思い込んでいたが、奴の真の目的は、もっと別のものではなかったのか？　例えば、ただのゲーム、ゲームだって？　そうだ、ゲームだ、遊びだ、一匹の猫と人間の男を網に捕らえ翻弄し、いたぶり、もがく姿を眺めて楽しむ、そんなサディストがいるもんだ、どこにでも。それならそれで、撃退法はある。奴の挑発に乗らなければいいのだ。いや、乗った振りをしていればそれで済む。容易なことじゃないか。待て、そうでもないぞ、こいつもそれなりに厄介だ。なぜなら、この場合、奴の攻撃には終りというものがないからだ。俺達を生かさず殺さずに、楽しむ……とは言え、敵はキツネ一匹だぞ。支配人と社長さえうまく扱えば……。

だが、俺が何とかキツネの攻撃をかわしたとしても、さらに、遠いあるいは近い未来に、俺を待っているかも知れないもう一つの運命は、それは動物変身のための不気味な人体実験ではないのか？　そしていずれ、いずれ俺は、豹に変身させられてしまうのでは。俺は、豹の姿で朽ち果てていくんだろうか、この黒木が原で？　冗談じゃない！　こんなことを本気で考えるなんて、俺も今度こそおかしくなったのか！

俺の目の前の闇は、やはり静まり返っていた。その闇の彼方には一体何が蠢《うごめ》き、何が始まろうとしていたのだろうか？

水がジャージャーと流れる音に、俺は我に帰った。ミケが猫ジャラシの花瓶を洗っていた。

「ミケ、また大切なことを忘れるところだった。牛乳を飲まなきゃいけないよ」

「ありがとう、タケシさん！」

「今夜も俺の部屋で休んでいってくれるね？」

ミケは黙ってうなずき、浴室に入っていった。

フロッピーか。さて、どうやってゴンタと渡り合えばいいのだろう？　しんしんと黒木が原の夜は更けていった。

# 第17章　祝創立二十周年

　サファリパークキャッスルホテル創立二十周年記念祝賀パーティの日が明けた。その朝はそよ風の吹く穏やかな晴天だったが、まるで血のように赤い朝焼けだった。日本ベスビオス火山は、朝日のもとでは逆光となり、暗灰色の大きな影になっていたが、その山肌に今まで見たことのないものがあった。それはうっすらとした白い雲のようなもので、斜め上に向かってなびいていた。ただの雲だったのだろうか？　だがその雲はなぜか刻々と形を変えているようだった。白い色が濃くなったり薄くなったりして、明らかに動いていた。それから一瞬かき消されたように見えなくなり、間もなくまた現れた。噴煙？　俺は浴衣姿のままで階下に降り、フロントのゴートをポーチへ引っ張り出した。元キャッスルホテルスタッフの契約社員は、その日の夜から勤務につくとかで、彼らの交替を待ち最後のひとふんばり、とゴートはフラフラしながらがんばっていた。

「ゴートさん、あれを見て下さい！」と言って、俺は日本ベスビオスを指差した。「あそこに見えるあの白いモヤモヤ、何だと思います？　俺はあんなもの、ここに来て一度も見たことないんだけど」

　ゴートはしきりに目をこすり、それから顎鬚をしごき始めた。

「雲だろうが？」

「雲？　でも動いていますよ、この風にしては少し速すぎるような気がする」

「山のあそこは風が強いんだろうさ。ベスビオスの廻りじゃあ、しょっちゅう雲が湧いている。湧いては消え、湧いては消え。別におかしなことはねえよ」

「そうかなあ。だけど、あれっ？　色が変わった。何だか黒っぽい部分が！」

ゴートはまた目をこすった。

「よく見ろよ、あいかわらず白いじゃないか。雲だよ、雲」

その不思議なものは、確かにまた白い色を呈していた。

「変だなあ。俺には何となく噴煙のように見えるんだけど。時蔵爺さんが言っていたんだ、噴火は必ず起きるって！」

「おいおい、物騒なこと言うなよ」とゴートは俺の肩を叩いた。「あの赤沼の洪水の時、支配人が、保安部の奴等が人騒がせなことを言ったって怒ってたじゃないか。余計なこと言うんじゃねえぞ、特に今日はな」

「……」

「そのうちすうっと消えるさ、山の天気だからねえ」

だが、その雲らしきものは消えなかった。斜め上に向かって吹き上がっていたものが、徐々に真横にたなびくようになり、モクモクと太くなり、それから時折部分的に黒っぽくなり、次の瞬間には白くなったかと思うと、次第に消滅し、数秒の後、今度は真っ直ぐ上に立ち上るようになった。そして、また消えた……。

「やい、いつまでサボっちぇるんだ！」レオナルドの声だった。「朝食だ！　祝賀会のために、仕事は早くかたじゅけるんだじょ！」

そんなことはついぞ聞いていなかった。俺は慌ててロッカールームへ向かった。その背後にゴートが呼びかけた。

「タケシ、済まんがまたフロントで昼番やってくれないか？　今日も気分がすぐれないもんでね」

「解りましたよ、ゴートさん、ゆっくり休養して下さい」

バッカシアの朝食会場もまた祝賀パーティの話題でもちきりだった。スタッフも客達も、まるで楽しいショーに酔いしれているようだった。女性客の多くが目を輝かせながら、俺にカクテルを作ってもらうのを楽しみにしていると言った。キッチンでは猪太郎《いのたろう》とモリンジが、仕事よりもおしゃべりに忙しかった。

「今夜はビタミン料理がどっさり出される！」と猪太郎が言った。「山麓の連中が祝賀会のために、また特別な狩猟をやったそうだ」

「へええ。猟銃かついで、人間共の部落に討ち入ったってか？」とモリンジが尋ねた。「馬鹿！　そんなヤバイことやれねえよ」と猪太郎が答えた。「聞いた話なんだが、人間の奴等、神様の話をすると、すぐ寄って来るんだとよ」

「神様だって？」

「そうだ、神様なんだ。で、山麓ではお獅子大明神様って奴を祭壇に祭っているんだが、この神様のために今すぐ生け贄になったら、必ずや極楽に行けるぞって宣伝したら、例によって、次々と人間どもが押しかけて来たそうな。そして、そいつらに、お獅子大明神様の尊い血だ、とか言って、トマトジュースに眠り薬を混ぜた奴を渡してやったら、競って飲んだとよ。後は簡単さ」

「そいつは楽しみだなあ！」

「今夜は、下のキャッスルレストランの奴等が出張して来て、ビタミン料理を引き受ける。俺達は飲んで食って寝ちまうだけさ。明日は一日、キャッスルの奴等が交代要員をやってくれるそうだ。しばらく骨休め出来るぞ、久しぶりに露天風呂にでも浸かるとするか」

「ボーナスはどうしようかなあ？」

「キャッスルレストランで、カミさんにビタミン料理食わしてやるといい。亭主へのサービスが上がるぜ、ハ、ハ、ハ……」

　俺は吐き気を覚え、キッチンを離れた。

　朝食業務が終ると、俺はノパコンを抱え、毛布を被った火星号を横目に見ながらフロントへ移った。裏の部屋で大急ぎでベージュ色のユニフォームに着替え、フロントでノパコンを叩きながら客を応対した。昼前にゴンタがランチ番のために到着した。

「タケシさん、おはようございます。なかなかお似合いじゃありませんか！　ハ、ハ、ハ……」

奴もまた朗らかに笑っていた。俺の転覆を企んでいるとはとても信じ難かった。幾度も振り返り、親し気に手を振りながら、バッカシアに入って行った。

俺の頭からは、あの奇妙な雲のことが離れなかった。ゴートは何も変なことはない、と言っていた。やっぱりただの雲なのか？　だが、時蔵爺さんは言っていた。近いうちに噴火が起こるだろう。その兆候が至る所に見られると……保安部の連中は、というよりも警備員のヤマカガシどもは何か感付いていないだろうか？　いや、感付いていたとしても、もう一切進言はしないだろう……。

その時正面玄関から、モンキキがロビーに入ってきた。黒のスーツに真っ赤なネクタイを締め、両手の指の全部に、色とりどりの宝石の指輪をはめていた。あの指輪はみな地下の金蔵から持ち出してきたのだろうか？　待て、そんなことはどうでもよかった。俺はフロントを飛び出して、モンキキの前に立ちはだかった。

「支配人、ちょっと見ていただきたいものがあります！」

「何事だ、今度は？」

俺はモンキキの腕を引っ張って、屋外に出た。

「噴煙みたいなものが上がっています。見て下さい、あれを！」

モンキキは目を細めてじっと見上げた。それから俺の方に向き直った。

「何なのだ、一体。何も見えんじゃないか！」

「あそこですよ、あの山腹に！」

そう言いながら指を上げてから、俺は目をしばたたいた。ない！　何もない！　ベスビオスの山肌はただ荒々しく赤く燃えているだけで、雲も煙も見えなかった。

「あれっ？　変だなあ。いえ、そんなはずは……今朝見えたんです。噴煙みたいな異常な雲が」

モンキキは皺に囲まれた目で俺を睨み付けた。

「あ、いえ、本当なんです。そうだ、きっと一時的に治まっているんだ。もう少し待って下さい、必ずまた上がります！」

「君は幻を見たんだろう」

「ち、違います。確かに、今朝、証人が、あの、ゴートさんも見ました。彼は雲だと言っていましたが、俺は何か違うものではないかと」

「タケシ君！」モンキキはまた苛立っていた。「どうやら、君は保安部に配属した方がよさそうだ」

「しかし、明らかに噴煙と思われるものが」

「君に働く気はあるんだろうな、ならばこんなくだらんことで時間をつぶすな！」とモンキキが怒鳴った。「愚にも付かんことを言って大切な祝賀パーティを台無しにしようと言うなら、君もビタミン料理になると思え！　解ったか？　解ったら早くノパコン作業を終えて、シェーカーの振り方でも研究しろ！」

そう言い捨てて、モンキキはロビーを足早に横切って階上へ向かおうとした。だが間もなく彼はまた引き止められた、保安部のカメ彦だった。

「支配人、至急お伺いしたい問題がありまして！」

そう言ってカメ彦はモンキキのもとへ駆け寄り、何やら囁いた。

「また始まったな！」とモンキキが怒鳴った。「いちいち人間どもがほざくことに耳を貸すな！　今夜は祝賀パーティだぞ！　避難など言語道断だ！」

「へい！　了解いたしましたっ！」と答えながら、カメ彦はピョコンと首を引っ込めた。モンキキが階上へ去った後、俺は、ＰＨＳを取り出してどこかに連絡をとろうとしているカメ彦に歩み寄って尋ねた。

「カメ彦さん、何があったんですか？」

「いやね、山麓の同志から言ってきたんだが、取引き先の人間の集落に避難命令が出されたとか。

それで、我々も避難する必要はないかと」

「で、その理由は？」

「噴火なんだそうだ」

「やっぱり」

「やっぱりとは？」とカメ彦が聞いた。彼は少なからず動揺しているようだった。

「今朝噴煙みたいなものが上がっていたんです。確かに！　それで支配人に見てもらおうと思ったが、もう消えてしまっていた。一緒にあれを見たゴートさんは、ただの雲だと言っていたが」

「このところ、今までなかったようなことが続いている。キャッスルホテルの崩壊、コックが落馬して死んで、それからシェフが消えて、あの赤沼の洪水といい……」とカメ彦は気味悪そうに呟いた。

「呪いだっておっしゃるんですか？」

「うむ、ひょっとすると。いや、まさかとは思うが。わからんよ、わたしは。だがねえ、今避難しろなんて言って、それで何にもなかったら、それこそ噴火どころの騒ぎじゃない。保安部は赤沼にぶちこまれて皆殺しだろうよ。まあねえ、支配人があいうんだから、大丈夫なんだろうさ……」

そしてカメ彦はＰＨＳを耳元へ持っていった。

「支配人のお達しだ。山麓には、避難は不要と伝えるように。全員平静を保て！　いいな！」

館内のどこからか、また楽し気に楽器を奏でる音が聞こえてきた。ギター、サックス、タンブリン、小太鼓……ロビーの窓ガラスの彼方で、日の光がオレンジ色に変わってきた。やがて正面玄関に、出かけていた宿泊客が次々と帰ってきた。「レストランキャッスル」の名が印刷された手つきの紙袋を幾つも持った者、袋いっぱいの山菜のようなものを背負った者、中には手拭いをぶら下げている者もいた。どこかの露天風呂へ行ってきたのだろうか？　ロビーは客の話し声や笑い声で急に賑やかになった。壁や窓際やロビーの隅を飾る祝、祝、祝の文字と色とりどりの造花や生花がいっそう彼らを浮き立たせているようだった。

「タケシ、ありがとう。交代だ」ゴートの声だった。「我々はあと一時間で仕事収めだそうだ。今夜と明日はキャッスルの交代要員がここをあずかってくれる。それからお前は今すぐマングロービアに移れ、とのお達しだ。飲み物の準備頼んだぞ。とびきり美味いカクテルをな！」

「承知しました。ゴートさん、余り無理をしないようにね」

「あ、それから……」ゴートは何かを思い出したようだった。「今のうちに牛乳をもらっておいた方がいいぞ。夕方からキッチンはビタミン料理で大忙しになるからな」

俺はベージュ色のユニホームを脱いで黒服に着替え、キッチンでマグカップ入りの牛乳を受け取った。それを自室へ運び、次いでアネックスへと急いだ。

アネックスの入り口の上部には、赤とピンクの造花のバラで縁取りされた「祝創立二十周年！」という大きな幕が張られていた。入り口から内部へ通じる曲がりくねった通路の両側には数々の色鮮やかな鉢植えの花が並べられ、その向こうの灌木の中には、熱帯の花の造花が溢れるばかりに飾られていた。巨大なシダのような木々の枝には、赤と黄色と青の羽を持った熱帯の鳥の模型が並べられたが、それらは今にもさえずり出すかと思われるほどリアルに作られていた。

人工の滝や渓流の音を聞きながら、俺は歩を進めた。道はアネックス中央に聳える火山の麓にさしかかった。火山は静まり返っていたが、その中腹には「祝創立二十周年！」と書かれた垂れ幕が掲げられていた。そして頂上の赤い岩の部分をわずかに残し全山が赤とピンクのバラの造花で埋め尽くされていた！

その「遊歩道」はバイキングレストラン・マングロービアへと通じ、その一番奥で、あの忘れられない恐怖の舞台がマングロービアを見下ろしていた。舞台の背景を、大きな「祝創立二十周年！」の垂れ幕が覆い、その前には幾つかのスチール製の椅子が並べられ、舞台前面中央にマイクが一つ立っていた。舞台の縁にはいつもより多くの鉢植えの花が置かれていたが、それ以上に目を引くものがあった。それは舞台の袖に置かれた巨大な酒樽だった。その樽の下部には小さな蛇口のような栓が取り付けられていた。

舞台下、そのすぐ側に位置するバーのカウンターの前に、新たに大きなテーブルが置かれ、その上に、おびただしい数のカクテルグラスが並んでいた。舞台の真下の白いクロスが掛けられた長いテーブルには、りんごやオレンジやバナナ等のフルーツが盛られたたくさんの鉢と、コーヒーメーカーが並べられていた。

その舞台は俺にあの野外劇場の光景をまざまざと思い出させた。梶山さんのあの悲惨な最期を！　あれから一体何が変わったのだろうか？　あんな死に方をした梶山さんのために、俺は何をしただろうか？　何も出来なかった。何一つ。ただ梶山さんが残していったノパコンを叩き続けてきた。それは大海に投げ出された俺をかろうじて水面に浮かばせてくれる浮き輪のようだった。それ以上の、またそれ以下の何物でもなかった。

「タケシ、何ボンヤリしちぇる！」背後からレオナルドが怒鳴った。

レオナルドはいつの間にか白いジャケットとピンク色の蝶ネクタイに着替えていた。まるで醜い余興係のようだ。

「今夜はたいしぇちゅな祝賀パーティだ。ドジやっちゃら、赤沼にほうり込むじょ！」レオナルドは眼鏡を押し上げながら言った。「ちゅまみを皿に盛り、チェーブルのシェッティングとカクテルの準備をしろ。もうしゅぐ、タケシが大しゅきなビチャミン料理がくる」レオナルドはニタリと笑った。「ミケもな、しゃぼるんじゃねえじょ」

そう言いながら、レオナルドが振り返った。彼の後ろにはウエイトレスのユニフォーム姿のミケが立っていた。痩せ細った彼女の姿は、薄暗い照明のもとでは、まるで幽霊のようだ。

「はい、解りました」とミケが、か細い声で答えた。

「ちょっと待って下さい。レオナルドさん、これは変じゃないですか?」と俺は抗議した。「ミケさんはれっきとした正社員だ。今夜のパーティのゲストのはずです!」

「ミケは何度も無断欠勤をやっちゃ、じゃから、しょのうめあわしぇだ!」とレオナルドは威丈高に答えた。「しゃてと、これから支配人をお迎えに行く。いいか、イチャイチャしちぇるヒマはねぇじょ! しっかり働け!」そう言い捨てて、レオナルドは舞台横に作られた通用口からいそいそと去って行った。

「くそくらえ!」とミケが吐き捨てるように言った。

レオナルドと入れ替わりに、数人のスタッフが入ってきた。

「キャッスルレストランの者です。こちらの従業員の方々のパーティのお手伝いをするようにお達しをもらいました」

「ご苦労様です」

いよいよ祝賀パーティの準備が始まり、通用口から、カートに載せられたスティック野菜のアピタイザーやクラッカーやナッツ類が次々と運び込まれてきた。俺とミケはそれらのつまみを大皿に盛り付け、各テーブルへ運び、ナイフ、フォークや紙ナプキンやビール用のコップを並べながら、会場を駆けずり回った。一通りビュッフェパーティのテーブルセッティングが終ると、今度は、舞台脇のバーのカウンターへ走り、氷やリキュール類やジュースの瓶を並べて、カクテルの準備に取り掛かった。

「ミケ、お願いがあるんだ」俺は囁いた。

ミケは振り返った。

「手を休めちゃいけない。それから俺の方も見るな。そのままで聞いてくれ。返事もしないように」

俺達の廻りにいたのは、キャッスルレストランの奴等だけだったはずだ。だがその中に、ゴンタの息のかかった奴がいない、という保証はなかった。

「ミケはどんなカクテルがお好みだったっけ？」と俺はわざと大きな声で言った。「今夜は祝賀パーティだ、何なりとお作りしますよ！」それから俺は声をひそめた。

「よく聞いてくれ。もう少し働いたら、具合が悪くなった振りをするんだ。そしてここから出るんだ」

「あたしは大丈夫よ」とミケが小声で答えた。

「違う、見張って欲しいんだ」

「ええっ？　何を？」

「声を出さないで」と俺は再度制した。「俺の部屋の窓から、外の動物どもを見張るんだ。そして何か異常な動きがあったら、すぐ知らせてくれ」

「……」ミケの金色と緑の目が、なぜ？　と聞いていた。

「噴火が起こるかも知れないんだ」それから俺は、また大きな声で言った。「そう、ミケはジンフィズがいいのか！　よーし、乞うご期待！」

数分の後、ミケは手に持っていた氷用のトングを床に落とし、カウンターに倒れ掛かった。俺は駆け寄り、彼女を支えながら大声で怒鳴った。

「ミケ、どうしたの!?」

「ちょっと、気分が」

周囲のスタッフが一斉にこちらに目を向けた。

「疲れているんだろ？　いけないなあ、しばらく休んでくるといい。あとは俺が引き受ける。気分が良くなったらすぐに戻ってきてね。ジンフィズが待ってるよ！」

俺はミケの手に、こっそりと部屋の鍵を滑り込ませた。その手をそっと握ってミケは、舞台横の通用口から、ヨロヨロとよろめきながら消えた。

女性のゲスト達のカクテルへの殺到を予想し、俺は、女性好みのカクテル作りに取り掛かった。ジンフィズ、ウィスキーサワー、カシスソーダ……。

アネックスの高い透明の天井のさらに上方に、

黄昏が迫る空がのぞまれた。その空から夕日の最後の残光が消えた頃、ガラガラというカートの音とともに、乾杯用のビールが運ばれ、一つ一つのテーブルの中央、アピタイザーが盛られた皿の傍らに、数本ずつ並べられた。乾杯の準備が整った時、金モール付きの赤いユニフォームを身に付け、楽器を持った数人のグループが舞台上に入場してきた。彼らは次々とあのスチールの椅子に座り、それから何やらマーチのような陽気な音楽を演奏し始めた。ギターとサックスが主旋律を奏で、タンブリンや小太鼓が軽快なリズムを添えた。多分リハーサルなのだろう。一曲終った時に、人工の熱帯ジャングルの彼方から、つまりアネックスの表玄関の方角から、聞き覚えのある音が聞こえてきた。ドンドコドンドン、ドンドコドンドン、ドンドコドンドン、それはあの山の作業員の太鼓隊の音だった!

椰子の木が茂り、カトレアやハイビスカスが咲き乱れるジャングルに、黄色のヘルメットを被った太鼓隊が姿を現した。彼らはマングロービアの入り口で二手に分かれて行進し、レストランを丸く囲むように立ち並んだ。その太鼓隊に迎えられて、従業員の行列が入場してきた。いや、入場というよりもなだれ込んできた、という方が正しかった。彼らは楽しそうに笑い、飛び跳ね、ビール瓶が立ち並ぶテーブルへと突進した。それぞれが思い思いの奇抜なコスチュームに身を包んでいた。ある者は頭にターバンを巻き、シンドバッドのような服装に身を包み、ある者はターザンとなり、またある者は浴衣の上に赤い半纏を着込み、ある者は黄色の水玉模様のパジャマ姿にピエロのような三角帽子を被っていた。女性従業員の中には、ポリネシアンダンスやベリーダンスの踊り子のような格好をし、思いきり肌を露出している者もいた。まるでリオのカーニバルのような有様だった。

ゲストの全員がそれぞれビールのテーブルを囲んで立った時、太鼓の音が止み、代わりに、舞台上の楽団が、先ほど練習していた曲を弾き始めた。

その曲に合わせて、ゲストが一緒に手を打ち鳴らし始めた。パチパチ、パッチン、パチパチ、パッチン。その賑やかなオーケストラの音が館内いっぱいに満ちた時、一斉に照明が消され、それから一筋のスポットライトが闇を貫き、舞台の上手を照らした。その光の中で、色鮮やかな唐草模様に塗られた扉がゆっくりと開き、黒いスーツと赤いネクタイ姿の支配人モンキキが、人事部長のウルフィを伴って現れた。彼の両の手、十本の指に、色とりどりの宝石がキラキラと輝いた。赤、緑、青、ゴールド。ＢＧＭがひときわ大きく奏でられ、会場が拍手喝采の洪水となった！

モンキキは舞台中央へと進み、満月の光のようなスポットライトが彼を追った。支配人が舞台中央のマイクの前に立った時、拍手はピタリと止み、ＢＧＭは静かで柔らかいメロディに変わった。

「従業員諸君！」モンキキがスピーチを始めた。「今夜この晴れの祝賀パーティに諸君をお招きする運びとなったが、これは当サファリパークキャッスルホテルにとって絶大なる喜びである！」また会場に拍手がうずまいた。

「知っての通り、当ホテルは本年創立二十周年を迎える。過去幾多の災難に見舞われたことも事実だが、そのたびに我々はその試練を乗り越えてきた。サファリパークキャッスルホテル今日あるは、ひとえに従業員諸君の勇気と勤勉さの賜物である！」

ふたたび拍手が沸き起こり、ウォーッという歓声が上がった。

「我々マネージメントは、諸君に、心よりの感謝とねぎらいの気持ちを表明したい。それとともに、この場を借りて……」

ウォーッと、ゲスト一同が答えた。

「この場を借りて、小生が、一言だけ申し上げたいことがある」

会場が静まり返った。

「それは、我々自身の幸運を信ずること、未来を確信することの勇気と重要性だ！」微かなざわめきが起こった。

「未来を疑ったり恐れたりする者どもは弱い奴等だ。そういうヤカラには、勝利と繁栄の女神は決して微笑むことはない。己の力と運を信じろ、それこそ当ホテルの従業員にふさわしき気構えだ！」

「異議無し！　支配人！」という声が上がった。まるでどこかの株主総会の茶番劇だ、と俺は思った。

青白いスッポトライトの中で、モンキキの顔は興奮と陶酔で真っ赤になっていた。彼は続けた。

「疑念や恐怖が諸君の心を揺さぶる時は、是が非でも思い出して欲しい。いつぞやの豪雨の折も当ホテルは無傷だった。先日沼が溢れた時も、当ホテルに濁流が流れ込むことはなかった。繰り返し起こる地震に対しても、当ホテルはびくともしなかった。その上さらに、当ホテルの収益は、まさにうなぎ上りに上昇している！　我がサファリパークキャッスルホテルは難攻不落、不滅の城だ！」

ウォーッ！　パチパチパチと歓声と拍手の音が、一段と大きく響き渡った。

「当ホテルは今後も目覚しい発展と繁栄を遂げ、近い未来必ずや、全世界を配下に治める牙城となるだろう！　その栄光の日を目指して、ともに闘おうではないか！」

モンキキはスピーチを終え、恍惚の目でマイクから離れた。次いでウルフィが進み出た。

「従業員諸君、これにて宴を始めるが、その前に一つ、お知らせしたいことがある。マネージメントより、諸君の日頃の勤勉なる奉仕に対し、ささやかなる感謝の品を差し上げることとなった」

一時金だぞ、と誰かが囁いた。

「明日、正午、諸君は、それぞれの上司より特別ボーナスを支給されるだろう。わずかではあるが、マネージメントの誠意の表明として、受け取っていただきたい」

また歓声と拍手が満場に溢れた。

「もう一つ諸君にご覧いただきたいものがある」

そう言いながら、ウルフィは舞台端に置かれている大きな酒樽を指差した。「それはあの大樽である。あの酒樽は虎助社長より諸君への寄贈のワインである。今宵は飲み放題！　またバーカウンターには女性の方々お好みのカクテルも用意されている。今よりご宿泊のお客様にも加わっていただき、無礼講で飲み明かそうではないか！」

ＢＧＭがひときわ大きく流され、館内の照明が点された。それとともに、アネックスの正面入り口の方から、浴衣姿の宿泊客達が、待ってましたとばかりに浮き足立った足取りで現れた。彼らもまた、ビールのテーブルに駆け寄った。

モンキキとウルフィは舞台を降り、従業員のカーニバル衣装や宿泊客の浴衣の群れの中に消えた。

「では諸君！」というウルフィの声が聞こえた。

「この夜を祝して、乾杯の前に爆竹を鳴らそうではないか」

ふたたび照明が消され、会場は闇に包まれた。

そして次の瞬間、雷鳴のような轟音がその闇を、アネックス全館を震わせ、次いで真っ赤な光が、巨大なかまどの蓋が開けられたかのように会場を照らした。あの人工火山の噴火だった！　その虚構の火柱とともに、紫色の煙がゲストの頭上に渦巻き、ゆっくりと降りてきて、会場を包み込んだ。キャアーッという恐怖の声と歓声が同時に巻き起こり、拍手と笑い声が続いた。

「日本ベスビオス万歳！　黒木が原万歳！　サファリパークキャッスルホテル万歳！」とウルフィが叫んだ。

「ウォーッ！」

照明が点され、会場が明るくなった。そしてテーブルで次々とビールの栓が抜かれた。

「乾杯！」とウルフィが音頭をとった。

「ウォーッ！」

ビールのコップがカチン、カチンと打ち鳴らされ、ついに酒宴が始まった。やがて舞台横の通用口の扉が開かれ、湯気がたちのぼる幾つもの大きな鉢を載せたカートが押されてきた。ロビーにあるあのハーブの強い香りが鼻を突いた。ビタミン料理の登場に違いなかった。俺はまた吐き気を覚えた。舞台下の長テーブルの上にその鉢が載せられるやいなや、ゲストが、我先にと殺到した。その人垣に遮られ、料理そのものの外観が見えなかったことが、またカクテルを求める女性達が押し寄せ、その応対に追われたことが、俺にとってはせめてもの救いだった。あらかじめ作ってグラスに入れておいたカクテルは、あっという間になくなってしまった。

「タケシさん！　シェーカーを振って下さいな！」と数人の女性が声をそろえて言った。

俺はひたすらシェーカーを振った。エンパイヤのカラオケバーの光景が思い出された。マイクを握り、この世で一番幸せな人のような顔をして、いつまでも唄い続けていた客、彼は俺のカクテルに酔っていたのか、それとも自分の歌に？　それからカウンターの上に頬杖を突いて、うっとりと俺を眺めていた女性客もいた。そのうちミラーボールが廻り出した。あのカラオケバーに、俺はもう二度と帰れないのだろうか？

「タケシ、もてもてだねえ」ゴートが現れ、カウンターに座った。「野郎にも飲み物作ってもらえるかい？」

「勿論ですよ！　何がよろしいですか？」

「マティーニがいいな」

俺がマティーニを用意している間、ゴートはカウンターの上に腕を組み、頭を載せていた、だいぶ疲れているようだった。

「しばらくお一人でフロントの仕事、大変でしたねえ」と言いながら、俺はグラスを差し出した。そのマティーニをゆっくりと口に含み味わってから、ゴートがポツンと言った。

「タケシ、お前には、色々世話になった」

「は？」

「このアネックスだがね、これも元はと言えば、お前のアイデアだった」

「ああ、そうでしたねえ」

「お前は俺の命の恩人だ。今つくづくそう思う」

「ゴートさんにそう言っていただけるだけで幸せです」

「タケシは若い、これからだ」

「何をおっしゃいますか！　ゴートさんだって、まだまだこれからじゃないですか」

「いやあ、俺はもう……お前が羨ましいよ」

その時、誰かが怒鳴った。

「さあ、鏡開きだぞっ！」

「馬鹿野郎！　あれは社長からの贈り物じゃねえか！　底に付いている蛇口から上品に飲め！」と別の奴が怒鳴り返した。もう数人が酔い始めていた。ワインの大樽の下に、新しい人垣が出来た。中には一人で三つも四つもグラスを持っている者もいた。

「よう、ゴート、あっちで社長のワインを飲もうじゃねえか！」猪太郎がカウンターに歩み寄って来て、ゴートの腕を引っ張った。ゴートは俺にまだ何か言いた気だったが、猪太郎に引きずられながら、ヨロヨロとワインの大樽の方へ歩いていった。

「さあ、ゴート、飲め、飲め！　一気に飲め！」

猪太郎の声が聞こえた。

それにつられたのかゴートを囲んで、数人のゲストが手を叩きながら、一気、一気！　と声を合わせて怒鳴り出した。

舞台上では、新たに、アップテンポの賑やかな音楽の演奏が始まった。やがて数人のゲストが、料理を盛った取り皿とワイン入りのグラスを持って舞台に上がり、楽団員に配り始めた。

「よう、お前達、楽器ばかり弾いていねえで、飲んだり、飲んだり！」

舞台上でも宴会が始まった。まともだったメロディは、だんだんリズムが崩れ、音程ははずれ、ついにメチャクチャな騒音に変わってしまった。その音を聞いたゲストが三、四人舞台に駆け上がり、次々と楽器を取り上げて鳴らし始めた。その無意味な音の羅列に合わせて、舞台下では数人が踊り始め、その踊りの輪はどんどんふえていった。

そして突然照明が落とされ、無数の光のかけらが、会場をクルクルと廻り始めた。ミラーボールだった！　ウヮーッ、ステキという女性客のかん高い歓声が上がった。

頭蓋骨にヒビが入りそうな騒音、目が廻りそうなミラーボールの光、そして胸の悪くなるようなビタミン料理の匂いに耐えながら、俺はシェーカーを振り続け、女性客に微笑みを返した。その時、カウンターで体を支えながら、ヨタヨタと近寄ってきた者がいた。

「色男め、いい気になるにゃ！」

レオナルドだった。眼鏡が辛うじて鼻の先に引っ掛かり、目が真っ赤に血走り、緑色の顔は醜くゆがんでいた。彼の白いジャケットの胸元には、スープらしきものやワインが飛び散っていた。

「ふん、こいちゅ、いいかっこしゃあがっちぇ、ムカチュク野郎だ！」レオナルドはもつれた舌でクダを巻き始めた。「社長も、支配人も、客までも丸め込みやがって。その甘いちゅらで、社長秘書やミケをたらしこみやがっちぇ。だが、女はだましちぇも、俺の目はだましぇんじょ。てめえはドッ！」とレオナルドはしゃっくりをした。「てめえがここに来ちぇから、わじゃわいばかりちゅじゅいている。俺は知ってるじょ、みんにゃ、てめえの仕業だ、ゲヘッ！」レオナルドはずり下がった眼鏡を上げようともせずに、執拗にからみ続けた。

「タケシはにゃ、ここに来たあの夜に料理しゃれればよかっちゃんじゃ！　てめえがぶっ殺しゃれなかったのはにゃ、俺の奴隷になるためだったんだじょ！　だがてめえはインチキやっちぇ、俺をコケにしゃあがっちぇ、でしゃばりやがっちぇ、よくも、ゲヘッ！」

その二つの目は、左右が別々に動き、あたかもこの世の全ての憎しみがくべられたかのように、メラメラと燃えていた。これほど奇怪で憎々しげな目に出遭ったことがあっただろうか？

「やい、これを見ろ！」そう言いながらレオナルドが俺の鼻先に突き出した物は、取り皿に盛られた肉の炒め物だった。「これが何だか知っちぇるにゃ。これはかの有名なビチャミン料理だ！」

俺は顔を背けた。

「ヒ、ヒ、ヒッ……もうきしゃまも終りだ、ゲヘッ……じきに化けの皮を剥いじぇやる！　もうすぐ、タケシは、こういう料理になるんだ、ゲヘッ！」

「……」俺は彼を無視して、シェーカーを振り続けた。

「この悪魔野郎が！　ゲヘッ、ゲヘッ……」

「およしなさい、レオナルドさん！　悪い酒だなあ！」と言う声が聞こえた。

踊り興じるゲストの中から、人ごみを分けながら、ゴンタが現れた。

「タケシさんは優秀なスタッフですよ。みんな助かっているんだ。そんな悪態つくもんじゃありません」

ゴンタは、レオナルドの腕を引っ張って、連れ去ろうとした。

「やい、タケシ！」レオナルドは、ゴンタに腕を取られながら、喚き続けた。「覚えちぇろ！　いちゅか、いちゅか、あの舞台で錦巻きにしちゃある！　しめ殺しちゃる！　かならじゅビチャミン料理にしちぇ、食っちぇやる！」

「レオナルドさん、あなただって大切な方だ、それはもう、皆さんよく解ってますよ。何てったって黒服さんのマネジャーなんだから」ゴンタは目を細め、レオナルドの肩に手を廻し、彼の耳に口を寄せ、子供をなだめるように言った。「あなたもりっぱなスタッフです。ですから、もうクダを巻くのはいい加減にして。タケシさんは忙しいんだから。さあ、こっちに来て一緒に飲み直しましょう！」

そう言いながらゴンタは俺を見て、さも愉快そうにニヤリと笑い、なおも悪態をつこうとしているレオナルドを引っ張り立ち去った。ゴンタはそれまでどこか近くに潜んでいて、レオナルドの悪態の全てに聞き耳を立てながら、一人快感に浸っていたのではなかったか？　この俺を、あらゆる禍を引き起こしている張本人の悪魔に仕立て、レオナルドの俺への憎悪を掻き立てているのは、他ならぬゴンタに違いない！　そんな考えが頭を過ぎった。確証があった訳ではない。だがそれは星の数ほどの証拠よりも確かな直観だった。

レストランマングロービアは今や光と音の狂乱の場と化していた。ミラーボールが作り出した異様な光の世界に、楽器の騒音と笑い声と怒号が響き渡り、踊りはいつかそのスタイルを失い、意味もなく足が踏み鳴らされ、組んでいるかと思えばぶつかり合って床にくずれ、誰かが足を引っ張り、誰かが床に寝そべる誰かの顔にビールをぶっかけた。至るところでグラスやコップの割れる音が聞こえてきた。その喧騒の中でワァーッという声が上がり、突然踊り狂っていた連中が後ずさりして、床に空間が広がった。その空間の真ん中にいたのは、何と一匹のウミガメだった！　そのウミガメの甲羅にはビリビリに裂けたべっ甲摸様のジャケットが付着していた。

「カメ彦さんよう、忘れたのかい？　お前さんはね、飲み過ぎると変身しちゃうんだってばあ」と誰かが怒鳴った。「その甲羅だからねえ、酒飲むときゃあ、裸になれってんだよ！」

居合わせた一同がどっと笑い転げた。ウミガメのカメ彦はトロンとした目で、頭を左右に振りながら、床の上を這いずった。その様子を見ていたゲストの一人が、何かを思い出したように、周囲をキョロキョロと見回し始めた。

「カプセルだ！　カプセルだ！」とそいつが怒鳴った。「誰かカプセルを持ってないか？　俺達も変身しちゃえ！」

「馬鹿！　おめえにやるカプセルなんてねえよ！」と誰かが答えた。「欲しいんなら、ドクターからもらえ！」

「先生、先生！　どっかにおられませんかあ？」

すると、人ごみの中に手が挙がり、その手がジヤングルの方角を指差した。

「先生だ！　先生がおいでになったぞ！」

会場が静まり返った。そして大シダの茂みの中から歩み出て来たのは、あのドクター・ホワイトホースだった。黒のスーツと黒のネクタイを身に付け、黒ぶちの眼鏡をかけ、その肩には白い髪がフサフサと垂れていた。祝賀パーティには場違いのような、黒いアタッシェケースを持っていた。ゲストは一斉に動いて、その先生のために道を開けた。ドクター・ホワイトホースはゆっくりと会場の中央に進み出た。

「遅れまして、申し訳ありません。みなみなさま、宴たけなわですな」

「先生、カプセルいただけませんか？」そう言って、数人のゲストがドクターに歩み寄った。

「はいはい、ちゃんとこちらにありますよ」ドクターはアタッシェケースを開けて、カプセルのシートらしい物を一つ一つ取り出した。「これは新製品でね、従来のカプセルより効き目がずっと早いはずなんです。さあ、お試しを！」

次の瞬間、ドクターの姿は見えなくなった。彼の周囲にはあっという間に人垣が出来た。どうやらゲストが、先を競い合いながらカプセルを受け取ろうとしているようだった。次いで俺が見たものは……それはあちらこちらで衣服を脱ぎ始めたゲスト達の姿だった！　ミラーボールの光の乱舞の中で、様々な色合いの裸体が蠢き始めた。全裸になってから、彼らは次々とカプセルを飲み込んだ。

ウィーッという、うめき声とも酔っ払った声ともつかないような声が会場を満たした。それから……変身が起きた！　人間の裸体は見る見る形状が変わり、あるものは縮んで皺だらけとなり、あるものは膨れ上がり、またあるものは細長くなり、全身に黒や茶色や白の毛が生えてきたものもあれば、また暗緑色や暗灰色のうろこや甲羅に覆われるものもいた！　耳が伸び、口が大きく裂け、鼻が前面に長く突き出し、目と目が顔の両側に離れた。酒類とビタミン料理のハーブの香りにまじって、動物園の匂いが……あの夜、俺がこの呪わしきホテルに迷い込んだ夜、俺の鼻をかすかに突いたあの匂いが、会場いっぱいに漂い始めた。笑い声や歓声に、唸り声や、かん高いキーキー声や、鼻を鳴らす音が加わった。そして大きな動物が足を踏み鳴らす音が、レストランマングロービアの床を震わせた。

その奇怪な動物の群れを、会場の中央に立って、ドクター・ホワイトホースが、物に憑かれたようにじっと見つめていた。いつの間にか彼の手にはメモ帳が握られていて、しきりに腕時計を見ては何かをメモっていた。変身のデータを取っていると俺は考えた。そうだ、支配人が話していたあのプロジェクトだ。ドクターはあのカプセルの効能を調べているに違いない！

舞台上では動物に変身した楽団が、ふたたび楽器を弾き始めた、というよりもまたあの騒音を立て始めた。舞台下では動物どもが踊り、飛びはね、鼻を鳴らし、よだれを垂らしながら床を這いずった。そのうち黄色いヘルメットを被ったクマが、あのワインの大樽に歩み寄り、樽を叩き始めた。

「おい！　もう終わりか？　みんな飲んじまったのか？」

「そんなこたあねえよ、そら、見てみろ！」と言って別のクマが舞台に上がり、いきなりその大樽を床へ突き落とした。樽の一部が破損して、床に赤ワインが流れ出した。

「ほれ、まだある、まだあるぞ！」

クマの姿の山の作業員がその床に這いつくばり、ペロペロとこぼれたワインを舐め始めた。そこにさらに多くの動物が加わり、互いに押し合いながらワインを貪った。その動物の群れの中から、一頭のヤギがよろめき出てきて、バーのカウンターを目指して歩き始めた。その目は俺を見て何かを訴えようとしているようだった。だが、そのヤギは二、三歩歩んでからドサリと床に倒れ、目を閉じた。ヤギの周囲には、こぼれたワインがどす黒い血のように広がっていた。

「ゴートさん！」

俺の呼び声に、ヤギはわずかに目を開いた。だが次の瞬間その目は白目になり、ヤギの口から泡が吹き出した。

「誰かゴートさんを！」

俺の怒鳴り声に耳を傾ける者、いや、動物はいなかった。彼らは、床に倒れているヤギに一瞥もくれなかった。俺はミラーボールの光の乱舞の中で目を凝らし、ドクター・ホワイトホースの姿を捜し求めたが、彼は既に立ち去っていた。ヤギは、もう全く動かなかった。

ワインやビールの香りと共に、新しい悪臭が流れてきた。それは糞の臭いだった。会場のそちこちで、動物どもが糞を垂らしたのだ。

「こ、こんちきしょう！　ひっかけやがってぇ！」

という怒号が飛び交った。

その耐え難き悪臭に、なぜか動物どもが興奮し始めた。彼らは目を大きく見開き、笑っているような顔で歯を剥き出し、それから床の上に転がって、その糞に体をこすり付けた。汚物にまみれて身をくねらせながら、ウィーッという快感の声を上げた。

俺は歯を食いしばり、テーブルクロスをひっつかみながら、ひたすらミケを待った。ミケを？なぜだ？　タケシ、お前は彼女に見張りをさせるために、部屋へ行かせたんだろう？　しっかりしろ！　異常がない限り、彼女はここには戻ってこないはずだ。そうじゃないか？　確かにそうだった。だが俺はいつしか、彼女が現れるのを心待ちにしていた。彼女が、このおぞましいホテルでたった一人の味方ではなかったか？　彼女が帰ってくれば、俺は救われる……それは全く不合理で無意味な想念だった。にもかかわらず俺は彼女を待ち続けた。

「爆竹だ！　爆竹を鳴らせ！　サファリホテル万歳！」と動物が怒鳴った。

黄色のヘルメットを被った一匹のクマが舞台上

に上がり、楽屋へと消えた。間もなく照明が消え、会場は漆黒の闇に包まれた。ゴーッという轟音が響き、真っ赤な光が虚構の小宇宙を焦がし、また紫色の煙幕が一同を包んだ。

ウォーッという動物の唸り声がそれに続いた。その赤い光と紫色の煙の中で、さらに奇怪な光景が俺の目の前で展開した。動物どもが頭を振りながら身を起こし、ビールが撒き散らされ、脱ぎ捨てられた衣服や糞が散乱している会場をグルグルと廻り始めた。そして一匹、また一匹と同種の動物に近づき、それぞれがそのパートナーの背後に迫り、乗り上げたのだ！　クマが、キツネが、サルが、イタチが、ウシが、ウマが……上になっている動物がその体を振動させ、やがて下になっている動物どもが声を上げ始めた。ウォーンという快感の呻き声のようだった！　それは人間の女の声だった！　彼らは、パートナーを変えては同じ行為を繰り返した。火山の噴火が続いた。そして紫色の煙幕とミラーボールの光の中で、動物どもの狂乱も続いた……。

何なんだ、これは？　俺の頭は今にも割れそうに痛み始め、激しい吐き気が俺を襲った。なぜ俺はここにいる？　なぜこんなものを見ている？　なぜこんな奴等のためにシェーカーを振っている？　なぜこいつらの奴隷に？　それらの問いが、火山の噴火のように俺の内部に噴き出した！　畜生、なぜなんだ？　くそっ！

その時俺の体は、腕は、俺の思考を飛び越えて動いていた。俺の手にはリキュールの瓶が握られていた。その瓶を俺は力いっぱいカウンターに叩き付けた！　鋭い音とともにそのガラスの瓶は粉々に砕け散った！　俺の手はさらにもう一本の瓶をひっつかんでいた。そいつも叩き割った！　そしてさらにもう一本、また一本。いつしか俺は両の手に一本ずつ瓶を握っていた。それらを次々と叩き割った。俺の目の前にはおびたたしい数のガラスの破片と液体が飛び散った。

「こら！　タケシ！　何すんだよ！　酒だ！　酒

を作れ！」タヌキが床から怒鳴った。

その声に耳も貸さず、バーに備えられた瓶をあまねく叩き割ってから、俺はカウンターから飛び出した。酒と糞にまみれたイノシシが、ヨタヨタと俺を追ってきた。

「酒だ！　酒よこせ！」

そのイノシシの鼻っ面を思いっきり蹴飛ばして、俺は熱帯ジャングルへ突入し、アネックスの出口を目指して突っ走った。

薄暗いジャングルの中の小道を抜けて建物の外に出た時、夜の冷気が俺を包んだ。そこでは、本物の樹木や草が爽やかな香りを発しながら、静かに息づいていた。アネックスの透明な天井の上で、人工火山が噴火するたびに、夜空が赤く染まっていた。その光景を無言で眺めながら、本物の火山は黒く大きく聳えていた。

俺はその新鮮な冷気を胸いっぱい吸い込んでから、本館のロッカールームへ急いだ。そこで黒服を脱ぎ捨て、蝶ネクタイをむしり取り、ワイシャツを空中で千切れんばかりに振り回した。何もかもに、あのマングロービアの悪臭が染み付いているような気がした。それから浴衣を着込み、壁に背を持たせて目を閉じ、ゆっくりと深呼吸を繰り返した。そうすれば、俺の肺からも、あの悪臭が抜けるだろうと思った。その時ひどい渇きを覚えた。朝からほとんど何も食っていなかったが食欲はなく、ただ喉が渇いていた。そうだ、部屋に牛乳があった！　だが待て、あれはミケの牛乳だ。ミケにあげるんだ、ミケはどうしているだろう？彼女が懐かしかった、無性に会いたかった！　もう一度深呼吸してから、俺は自分の部屋へと向かった。ミケが待つあの部屋へ……。

暗い通路を俺は自室へ急いだ。その俺の耳に、マングロービアの騒音がつきまとってきた。サックスや打楽器をヤケクソに鳴らしている音が、人工火山の噴火音が……。

部屋のドアを開けたが、中にミケの姿はなかった。俺のデスクの上には、牛乳入りのマグカップがそのまま置かれていた。どうしたんだろう？　こんな夜更けに危険な屋外をふらついているんだろうか？

　とにかく喉が乾いていた。俺は洗面所に飛び込み、水道の蛇口から水をガブガブと飲んだ。いくら飲んでも癒されないような渇きだった。飲んで、飲んで、飲み続けた。冷たい水が俺の顔に迸った！　やっと息を吹き返した気分になれた。それからフラフラとベッドに直行し、ガバッと大の字になって寝転んだ。

「タケシさん？」ミケの声だった。

　起き上がって見回すと、少し開かれている窓の隙間から、三毛猫がちょこんと首を出していた。何と愛らしい光景だろう！　俺は飛び起きて窓辺へ走り、その三毛猫を抱き上げた！

「ミケ！、ミケ！　確かにミケなんだね？」

　俺の腕の中でミケは面食らっているようだった。

「タケシさん、どうしたの？」

「会いたかったんだ！　ずっとミケを待っていた！」

「だってあたしに、見張りをするようにって言ってたでしょ？」

「そう、そうだったよね。でも、ネコに変身しているとは思わなかった」

「この方がね、目も見えるし、音や匂いや気配がよく解るのよ」

「ああ、そうか！　で、別に異常はないの？」

「とても静かよ、連中の騒音以外はね。パーティ、どうだった？　お仕事、無事に終ったの？」

「解らない……もう、何にも解らない！」

「女性客のためにシェーカー振ってあげたんじゃなかったの？」

　俺を見上げているミケの目がキラリと光った。

「うん、しばらくの間ね。でもそのうち奴等が変身して、とてつもない乱チキ騒ぎをおっぱじめて、何もかもメチャクチャになっちゃった！　それから、そうだ、ゴートがなんか具合悪そうだったが、一気飲みやってたみたいで、急に床にすっ倒れて、口から泡吹いて、動かなくなっちゃった。ドクターを呼ぼうとしたけど、彼はいなかった。奴等の馬鹿騒ぎは、もう、ひどいもんだった！　何もかも耐えられなかった！　それで、瓶をみんな叩き割って飛び出してきちゃった、ミケに会いたくって！」

　ミケは黙ったまま、俺の腕を舐め始めた。それはヤスリのような舌だった。俺はもう一方の手でミケの背中を撫でてやった。前足の関節が背骨のように突き出ていて、痩せた人間の背中のようだったが、柔らかい毛の感触が、俺の心を和ませた。「思い出すなあ、あの時を」と俺は呟いた。「あの時は本当にびっくりした」

　ミケは舐めるのを止め、舌の先を覗かせたまま、俺を見上げた。

「俺がここに来て間もない頃、ほら、足を捻挫していて、ミケが舐めてくれただろ？」

「まあ、びっくりさせちゃって、ごめんなさいね」とミケが言った。その緑色と金色の目はかすかに微笑んでいるようだった。

「それから、あの時も……ミケが俺の前でスズメを食べちゃった時！　俺、おったまげた、全く！」

「あたしは猫よ」と答えて、ミケはふたたび俺の腕を舐め始めた。

「そうだったね、ミケは猫だ。でも、俺はそうは思わない。ミケは本当は人間なんだ。悪魔によって猫に変えられちゃったお姫様なんだ。だから俺が王子様になって、必ずミケを人間に戻してやる。俺、約束する！　もう絶対にミケを放さないよ」

　俺の腕に二筋の温かいものがこぼれた。三毛猫が泣いていた。俺はミケを思いっきり抱きしめた！

「ああ、そうだ、まだ牛乳を飲んでいないね。飲まなきゃいけないよ」

　だが、ミケは三毛猫の姿になっていたので、マグカップから飲むことは容易ではなかった。しかも俺の部屋には他に全く食器と名の付く物はなかった。そこでベッドに座り、ミケを膝の上に載せて、俺の手の平に少しずつ牛乳を注いでは飲ませることにした。

三毛猫はピチャピチャと音を立てながら、美味そうに牛乳を飲んだが、間もなく顔を上げた。

「ごちそうさま。もう充分にいただきました」

「え？　まだこんなに余っているよ。もっと飲まないと」

「いいえ、おなかいっぱいなの。それよりタケシさんこそ飲まなくちゃ。何にも食べていないんでしょう？」

これはミケの牛乳だと言い張ったが、ミケはそれっきり飲もうとはしなかった。

「じゃあ、明日はまた人間の姿で、たっぷり飲んでね」そう言って、俺は残りの牛乳を一息に飲み干した。


マングロービアの騒音が、遠くの方でまだ聞こえていた。奴等一体いつまで騒いでいるんだろう？

「さあ、ミケ、もう休もう。今夜はクタクタだ」

ミケは音もなく俺の膝から飛び降り、窓の外の自分のベッドへ向かった。彼女の白と黒とオレンジ色の尾っぽが窓ガラスの向こうに消えた。

「そこで寒くないの？」

「あたしは大丈夫よ」と三毛猫が答えた。

俺は身を横たえたが、なかなか寝付くことが出来なかった。眠らなければ。眠る以外に、お前が、あのおぞましい光景の数々から解放される道はないんだ。俺はひたすら自分に言い聞かせた……。

# 第18章　黒木が原の火と水

「く、くるしい。あつい……」

掠れた不気味な男の声に俺は目覚めた。

「あつい、あつい……」

その苦し気な声は床から聞こえてきた。俺は飛び起きた。それはあの、忘れようとしても忘れられない梶山さんの声ではなかったか？

「くるしい。あつい……」

まだ暗い部屋を見回すと、扉の前に何か丸いものが転がっているように見えた。

「立花さん、助けて下さい。あつい、沼があつい……」

その丸いものがしゃべった。梶山さんの声で！よく見るとそれは、何と頭が半分ほど溶け、濡れた赤土にまみれたシャレコウベだった！　俺は飛びすさった。

「助けてくれ。く、く、く……あつい、あつい……」

シャレコウベは上下の歯を擦りあわせながら、うめき続けた。

「か、かじやまさん！」と叫んだ時、ドスンという音とともに俺は落下し、目の前が真っ暗になった。

気が付くと、俺の体は床の上に転がっていて、部屋は静まり返っていた。ドアの前の床に目をやったが、そこには何もなかった。俺は浴衣を着ていて、それは汗でジットリ湿っていた。ああ、夢だったのか。俺はホッと息をついて起き上がり、ベッドに寄りかかりながら、頭を振った。それにしても、何と気持ちの悪い夢だったんだろう！

ええと、俺は夕べ何をしていたっけ？　ああ、祝賀パーティだ。ひどいドンチャン騒ぎだった！　あいつら、どうしたかな？　静かだ。大方あのアネックスで酔いつぶれているんだろう。周囲は静寂に包まれ、変にむし暑い夜だった。明朝、いや今朝か、そうだ、今朝は朝食勤務はなしで、確か昼まで休みだったんだ。もう一眠り出来そうだぞ。痛い腰をさすりながら、再びベッドに横になった時、女の叫び声が耳をつんざいた。

「タケシさん、起きてちょうだい、タケシさん！」窓ガラスの隙間から三毛猫のミケが飛び込んできた。「変なの、動き出したのよ、奴等が、たった今！」

「奴等？　あの酔っ払いどもが？」

「違う！　警備員の連中よ、ヤマカガシよ！　一斉に黒木が原に向かって這い出したわ！」

「ええっ？　何だって？」

俺は飛び起きた！　俺の頭の中では、まだあの悪夢と現実が交錯していた。窓を開けて目を凝らしたが、眼下には夜明け前の闇が底無しによどんでいるだけで、原生林をかすめる夜風のかすかな音しか聞こえなかった。ミケの耳がピクリと動いた。

「動いている、確かに奴等が！」

「確かなの？」

「間違いない。あたしには聞こえる！　みんな、みんなが、一斉に。それも凄い速さで！」

俺は頭の中をかき回して考えをまとめようとした。だが昨夜以来、脳みそは麻痺していた。思考力は働かず、その代わりに一瞬にして、俺はあの夜に、俺が初めてこのホテルに踏み入れたあの最初の夜にタイムスリップした。あれから始まった馬鹿馬鹿しい苦闘の日々……ふいを打たれた頭の中を、その過去が、その様々な出来事が竜巻のように渦巻き駆け巡った。

その時、微かな羽音が夜空に聞こえた。目を上げると、数羽の黒い鳥がどこからともなく舞い上がるのが見えた。それはカラスに違いなかった、カラスが飛び始めたのだ。やがて数羽の鳥影は数十羽になり、さらにふえ、ついに空を覆うような大群となった。そしてカァーカァーという鳴き声とともに、渡り鳥のように同じ方角に飛び始めた！　間もなくその叫喚に、ワシの鋭い鳴き声が加わった。「天変地異を真っ先に感知するのは動物どもだ！」突然俺は時蔵爺さんの声を聞いた。「もし何かが起こった時は奴等の先導に従うのだ」

「ヤマカガシと一緒に動いているわ！　みんなあっちへ行く！」とミケが言った。

このヤマカガシやカラスの不可解な大移動は、本当に天変地異の前兆だったのか？　このホテルにとどまるべきではないのか？　だが、その疑問はたちどころに消された。とどまったとして、俺達にはどのような未来が約束されているのだろうか？　この呪わしいホテルで俺とミケは、得体の知れない敵どもにいつしか崖っぷちに追い詰められていた。その敵どもは、俺達にとどめを刺すべく、虎視眈々と機会を狙っていたのだ。そうだ、もう、どんな分析も推理も意味はない。敵の最後の一撃をじっと待ち受けるか、あるいは、今崖下に荒れ狂う運命の怒濤に身を委ねる以外に、俺達に道はなかった！　「最後は賭けとなるかも知れない」ふたたび時蔵爺さんの言葉が、俺の耳に天啓のように響いた。いや、それは俺の亡くなったじいちゃんの声だった。「しかし成功する時は成功する。お前にはその成功を勝ち取る力がある！」

「ミケ、俺は賭ける！」と俺は闇に向かって宣言した。「奴等の動きが何を意味するのか決め手はない。だけど俺にはじいちゃんの声が聞こえる。『武、突き進め！』と。だから俺は行く！　奴等の後に付いて脱出する！」

ミケの緑色と金色の目が煌いた。

「ミケ、俺と一緒に来るか？」

「はい、タケシさん、地の果てまでも！」

「ただし、火星号に乗っていかなければならないよ」

ます!」

「目をつぶって、タケシさんにしがみついて行きます!」

「よし、急ごう! 待て、いい考えがある。ミケは猫の姿のままで俺のリュックに入って行けばいい」

「解りました。では、あたしはこれから下へ降りて、奴等の行き先を確認します」とミケが言った。

「タケシさん、浴室にあるあたしの衣服と変身用のカプセルをお願いします」そう言い残して、ミケは窓の向こうに消えた。

俺は浴衣を脱ぎ捨て、Tシャツとジーパンと皮のジャンパーに着替えた。それはまさに俺がこのホテルに迷い込んだ日の服装だった。それから浴室に置かれていたミケの小さな衣服と数錠のカプセルをリュックに詰めた。部屋を見回した時、ライティングデスク上に横たわるノパコンが目に入った。梶山さんが愛用していたノートパソコン、この俺を数限りなく窮地から救ってくれたライフブイ! それを置いていくのは忍び難かった。俺はそのノパコンを取り上げた。最後にもう一度部屋を見回した。まだ何か? ハ、ハ、ハ……笑わせるな! 大切な物は全部沼の底に消えちまったんだ。何が残ってるって言うんだ? さらば、サファリパークホテル! 生きても死んでも、お前とは、今宵限りお別れだぞ、もう二度と会うものか! 俺はリュックを片方の肩に掛け、一方の手にブーツを、他方の手にノパコンを引っ掴んで、抜き足差し足で階下へ降りた。

ホテルはまだ寝静まっていた。ロビーは、「祝創立二十周年」の垂れ幕と数々の目の覚めるような花輪と植木鉢で飾り立てられ、あのハーブの香りが漂っていた。フロントではキャッスルレストランから来たという臨時のスタッフがデスクに突っ伏して眠っているようだった。俺はそっとブーツを履き、火星号に歩み寄り、貴賓客用の毛布を取り上げた。火星号、いよいよ出発の時がきたぞ。

その時だった、突然俺を呼び止める声が聞こえた。

「あれ、お客様、こんな時刻にどちらへ？」

振り返ると、フロントの奴が顔を上げ、眠そうな目で俺を見ていた。俺のことを宿泊客と思い込んでいるようだった。

「やあ！」俺は咄嗟にニッコリと笑って手を挙げ、毛布を持ってゆっくりとフロントに歩み寄った。

「いやね、暑いもんで、よく眠れなくて。ちょっとあそこにあるバイクを見てみようかと……」

「バイクですか？」そのスタッフが目を擦りながら言った。

「もうじき社長が乗りに来るとかって、小耳にはさみましてね。あ、そうだ、君もちょっと見てみませんか？　なかなか面白そうだよ」

そいつがフラフラとフロントから出て来た。俺のすぐ前に立った時、俺はいきなり拳を突き出し、みぞおちに強烈な一発を食らわせてやった！　ゲェーッという声を出し、そのスタッフは床にくずおれた。

「すまないが、しばらく眠っていてくれよ」そう囁き、持っていた毛布をその伸びてしまった体に投げつけ、火星号へ走った！

先ほどまでカラスの群れが鳴き叫んでいた空は、すっかり静かになっていた。音を立てることを恐れ、俺は火星号をエンジンをかけずに引っ張り出した。ポーチの外に出ると、ミケが闇の中から現れた。

「みんなあっちの方へ行きました。あの正面の道を真っ直ぐに、黒木が原の方向へ」

ポーチの両側と建物の周辺に灯された松明の火が、その正面の小道をボーッと照らしていた。それはまさしく、俺がこのホテルに辿り着いたあの夜に歩んできた道だった。夜の空気はいつの間にか気温が上がっていて、ネットリと俺達を包んだ。生暖かい夜風が、あのマングロービアの悪臭を、俺の鼻に運んできた。長居は無用だった。急げ、武！　俺はミケの前にリュックの口を開いた。

「ミケ、さあ、入ってくれ。そして、リュックから頭を出して、前方を見てくれ。俺達はこれからヤマカガシやカラスが行った道順を辿るんだ。恐くなったら首を引っ込めてね」

「解りました、タケシさん」と答え、ミケは俺のリュックの中に入ろうとしたが、急に何かに気付いたらしく、狼狽した様子で俺を見上げた。

「ない、あれが、なくなっている！」

「何が？」

「ルビーよ、あたしの首のリボンに付いていた。見てちょうだい、ないでしょ？」

俺は、ミケの軟らかな首に結ばれたリボンを廻して指で数回探ってみた。なかった。あの赤い宝石はわずかな糸のほつれを残して消えていた！

「ど、どうしよう？　どこに落としたのかしら？」

ミケは気が動転していて、その紛失したルビーを捜すために、今にも夜の闇の中へ飛び出すかと思われた！

「ミケ、よく聞いてくれ、今は一刻を争う、一分一秒が俺達の生死に関わっているんだ。だから、ルビーのことは忘れて」

「でも、タケシさん、あれは、あたしのお守りなの、命なの！　何よりも大切な……昔のご主人様が下さった、誕生石なの！」ミケは言い張った。

「解った。でも俺達は行かねばならない。捜す時間なんてないんだ。とにかく急がないと！」俺は必死でミケを説得した。「ルビーはね、俺達が助かったら必ずミケにプレゼントする、約束するよ。だから、早く！」

ノパコンを火星号の後部座席に大急ぎで縛り付け、リュックとミケを背負い、赤いヘルメットを被り、火星号を引っ張りながら、俺はついに出発した。あのヤマカガシの警備員のことを思い起こし、一歩一歩慎重に歩みながら。また毒ヘビが足に巻き付くのではないか？　だが俺の前に細々と伸びる道に、その夜は虫一匹さえも現れなかった。両側を覆う枯れ草は全く音を立てず、その中からも何一つ飛び出しては来なかった。草原は間違いなく、もぬけのからになっていた！

俺達が辿る道は、ゲートらしき二つの大岩の間を抜けて赤沼のほとりに達し、沼に沿うようになった。俺が歩を運ぶたびに、前方を照らす火星号のライトは左右に揺れ、沼を捉えた。赤沼はドンヨリと鈍く光り黒ずんだ血のような色を呈していたが、そこには見慣れぬ光景があった。もやが立ち上っていたのだ。もや？　こんな時間帯に？　さらにその水面の所々で、坊主頭のようなものが浮き沈みしていた。目を凝らすと、それは坊主頭ではなくて、赤沼の水のようだった。赤沼がボコボコと頭を突き出していたのだ。坊主地獄だ！　と思った。もやは湯気だったのか？　赤沼は熱湯地獄に変わっていたのか？

俺は歩を速めた。これから起ころうとしている現象について、まだ半信半疑だった、だが周囲のあらゆるものが俺達を急き立てているようだった、急げ、急げと！

前方の闇を照らす火星号のライトの中に原生林が迫ってきた。その時、俺の背中でミケが叫んだ。

「タケシさん！　あいつが、キツネが。後ろを見て！」

「何だって!?」

振り向くと、遠ざかっていく松明の光の中を、こちらに向かってまっしぐらに走ってくる一匹の動物の姿が見えた。フサフサとした大きなシッポが背後に見えた。そしてギラギラと光る二つの目が俺達を追ってきた。

「ゴンタよ！」とミケが言った。

「畜生！　執念深い奴！」

もう一刻たりとも猶予はなかった。キツネを視野に捉えながら、俺は火星号に飛び乗り、イグニッションペダルを踏んだ。火星号、がんばれっ！

カン、カーン！　という力強い声を出して、火星号の心臓が動き出した。

「ミケ、行くぞ！」

背後にキツネが迫っていた。釣り上がった目は、獲物を捕らえようとする執念で青白く燃え、耳まで裂けた口からは赤い炎のような舌が覗いていた。キツネの前足が今にも火星号の後輪に届きそうになった時、キツネは空中へ飛び上がった。ノパコンが載っているバイクの後部座席を狙ったようだった。だが、バイクの上に着地しようと試みたキツネを数センチでかわして、火星号は発進した。それはまるでジェット機の離陸のように素晴らしい発進だった！　獲物を逃がしたと悟った瞬間、キツネは顔を歪めた。その二つの目だけが、無念の思いを燃やしながら俺達をこの世の果てまで追ってくるかと思われた。そしてその瞬間に、俺は電光石火のごとく確信した。キツネは俺を排除したかったのではない、奴は俺を、俺と三毛猫を必要としていたのだ。俺達を網の中に捕らえ、いたぶり続けることこそ、奴の無上の喜びだったに違いない！

それっきり俺は二度と振り向かなかった。サファリパークキャッスルホテルとゴンタを尻目に、俺とミケと火星号は、あっという間に原生林に突入した。カン、カーン、カン、カーン！　火星号の破裂音と、前方から迫るバイクのライトに照らされた細い山道と、片方のみのバックミラーの中で後方に飛び去る漆黒の闇だけが、俺達の世界となった。

大小の岩石とシダや灌木に挟まれた、赤土と石ころの狭い山道を火星号は走り続けた。跳ね上がり、身を傾けたりくねらせながら、しっかりと大地の上にバランスを保って。やがて暗い空の前方からカラスの集団の羽音と鳴き声が聞こえてきた。「奴等に追いついたのね！」とミケが背中で言った。「あたし達きっと助かるわ！　大丈夫よ、タケシさん！」

間もなく火星号のライトの果てに、明らかにヘビのしっぽと解るものが見えてきた。それはまさに、山道にひしめき合ったヤマカガシの軍団の最後尾だった。無数のしっぽが左右にリズミカルに揺れながら、スルスルスルと地表を滑走していた！　俺は火星号のスピードを落とし、一定の距離を保ちながら追従していった。もしや、あの連中、突如方向転換をして、俺達に襲いかかるのでは俺は恐れた。だが、ヤマカガシ軍団は振り返らなかった。ただ一定の速度で前進を続けていた。鬱蒼と茂る原生林に視界を遮られ、カラスの姿は見えなかったが、頭上には彼らの羽ばたきが響いていた。彼らもヤマカガシに先導されているようだった。そのうち、両側の樹林から一羽、二羽、三羽と鳥が飛び出して来た。鳥だけではない、ムササビやコウモリも。それらの動物はどんどん数がふえ、まるで戦闘機のように隊列を組んで、ヤマカガシの上方を整然と飛び始めた。次いで俺達が見たものは、道の両側から次々に現れた動物どもだった。サル、野ウサギ、リス、イタチ、オコジョ、ハクビシン……それらの動物達はヤマカガシ軍団の後ろに付き、同じスピードで、やはり整然と走り始めた。それはちょうど動物達のマラソン大会のような光景だった！

山道は原生林の中をウネウネと曲がり、二手に分かれたり藪に突っ込んだり、水の流れと交差した。だが動物達は歩を止めることなく迷う様子もなく、ただしっかり隊列を組んで前進を続けた。その集団にまた新たに大きな動物が加わり始めた。イノシシ、ロバ、カモシカ、ウマ……それらの大きな動物がしんがりに付き、灌木や藪を踏みながら、俺達の前を進んだ。そして新たに作られた獣道を、今度は火星号が辿った。

山道はやがて下り坂になり、動物達はスピードを速めた。その時だった。ゴォーッという音がどこからともなく聞こえてきた。その音は、遠くから接近してくる地下鉄の音のように次第に大きくなり、それから突然俺達は、大地から凄い勢いで突き上げられ、空中に浮き上がった！ ふいを食らった火星号は、着地した時大きくバランスを失った。俺は咄嗟にバイクを灌木の方へ向け、両足を上げた。バイクがこけた時に足がバイクの下敷きとなって骨折する危険を避けるためだ。火星号は大きく傾いて灌木の中に突っ込み、横倒しになった。灌木の中には岩石か何か硬い物があったらしく、火星号のたった一つのバックミラーが鋭い音とともに砕け散った。そして俺は振り落とされ、火星号の傍らで尻餅を突いた。何が起こったのか？　その時、俺は大地が上下と水平方向に激しく揺れているのに気付いた。地震だった！　俺の前方では、先ほどまで走っていた動物達がピタリと停止し、地上にじっとうずくまった。ゴォーッという地鳴りとともに、周囲で原生林の幹がギシギシと音を立て、枝葉がザワザワとざわめいた。まるで黒木が原全体が、動物達に何かの信号を送っているようだった。俺もまた、砲弾を避けるような姿勢で火星号のそばに身を伏せた。

地面が熱い、と感じた。あたかも、地の底で巨大なエンジンが点火され、そのシリンダーがピストン運動を開始したようだった。次の瞬間、そのエンジンルームのど真ん中に投げ込まれたか、と思うような轟音が響き渡り、しばし耳が聴こえなくなった。何だ、今度は？　これはただの地鳴りなんかじゃない。思わず顔を上げた時、頭上に覆い被さる原生林の黒い影のはるか上方で、夜空が突然赤く染まった。どこかの工場で、ガスか何かが爆発したのだろうか？　それともジェット機の墜落？　あるいは…もしや？　俺は一瞬あのマングロービアのパーティ会場にいるような錯覚を覚えた。だが俺達の廻りには、人工の熱帯ジャングルも楽器のきちがいじみた騒音も動物達の乱舞も酒の匂いもなかった。ただ、地鳴りと原生林とその元にうずくまり、じっと大地の様子を窺う動物達の姿があった。

一時赤くなった空は間もなく暗くなり、周囲はふたたび夜の闇に包まれた。大地の揺れがやや治まった時、動物達が一斉に身を起こし、また走り始めた。まだ続く地鳴りとともに、動物達の軍団の足音が大地を揺るがした。俺は、硬い枝や葉と格闘しながら、何とか火星号を引き起こした。荷崩れを起こして、バイクの側面にぶら下がってしまったノパコンを慌てて持ち上げ、もう一度後部座席に縛り付けた。火星号、大丈夫かっ？　火星号は起き上がり、果敢にも俺を乗せてふたたびカン、カーン！　と走り出した！　一つだけ残っていたバックミラーはついに失われた。だがそんな物は最早不要だった。後方を、過去を振り返る余裕は俺達にはなかった。
「ミケ、安心しろ！　俺達は大丈夫だぞ！」俺は怒鳴った。しかしフルフェイスのヘルメットの中から発せられた俺の声は、果たしてミケの耳に届いただろうか？

　前方を走る動物達が速度を上げ始めた。だが秩序は乱れなかった。山道は今や四方八方に複雑に枝分かれしていたが、彼らは全くためらわずに道を選び、走り続けた。大きな岩や熊笹の薮や沼や渓流が現れ、ついに道は終ったかと思われても、必ずやそこには迂回路があった。相変わらず地鳴りが響き、大地は揺れ続けていたが、彼らが脅える様子はなかった。ただ整然と走り続けた……。

　間もなく原生林が途切れ、道は低い灌木やシダの茂みの中に入った。頭上に夜空が広がり、前方の長い動物の行列の行く手に、ゴツゴツとした大きな岩山が現れた。道はそこで完全に行き止まっているように見えたが、動物達はさらに速度を上げ、その岩山に向かって突き進んだ。

　その時だった。ふたたびゴォーッという轟音が大地を震わせた。それとともに、全天空が燃え上がった！　その色は、先ほどとは比べものにならないくらい凄まじかった。灼熱の火の真っ赤な色、とでも言おうか？　いや、真っ赤なんてものじゃない、何と言えばよかったか？　それはまさに地獄の色、煮え滾る地獄の溶鉱炉の色だった！　あたかもその下方で閻魔大王が、怒り狂いながら、地獄の炉心を巨大な団扇で扇いでいるかのようだった！　大地の、大自然の激憤の色だった！　天空は、まさにその激憤を映す反射鏡と化していた。空気は熱くなり、鋭い硫黄ガスの臭いが俺の鼻を突いた。次いで何か細かい物がパラパラと降ってきて、ヘルメットに当たり、バチバチバチッと音をたてた。それは軽石のかけらのようだった。同時に周囲が、あっという間に紫色の煙に包まれた。

いや、煙ではない、霧でもない、それは空から降ってきた灰のようだった。火星号のライトから発せられる光は紫色に染まった。その時俺は確信した。日本ベスビオス火山がついに噴火したのだ！　紫色の光の中に細々と続く荒れ切った山道を睨み、草に覆われた岩石をかわし、全身で火星号を操舵しながら、俺は、真っ赤に溶けた岩が背後から、あるいは側面から押し寄せ、俺達を飲み込む光景を思い浮かべずにはいられなかった。果たして俺達の最期の瞬間はどんなふうにやって来るんだろう？

俺の研ぎ澄まされた想像力は、襲いかかる赤い津波の幻覚を創り出した。だがそれは、現実となることなく消え去った。目の前にあの岩山が迫ってきた時、水の流れの音が聞こえてきた。山道は岩山の麓で大きく曲がり、渓流に沿うようになった。片側の高い崖の下部は、渓流と山道に覆い被さるような形で深くえぐれ、山道のシェルターの形をしていた。動物達は、その巨大な自然のシェルターの中へ進入し、渓流に足を滑らせることもなく疾風のように走り続けた。無数の軽石の欠片が俺のヘルメットに当たり、カンカンと音を立て始めた時、俺達も間一髪でそのシェルターに飛び込んだ！

やがて、前方からゴーゴーという音が聞こえてきた。それは地鳴りではなく水の音だった。滝の音に違いなかった。俺は、大昔の人間が大地の果てを描いた想像図を思い出した。確か巨大な魚の上に皿のような大地が載っかって、その皿の縁は滝になっていた。そうだ、まさにあのイメージだ。俺達の行く手は滝になっていて、俺達はそこから一気に大地の外へおし流されようとしているのではないか？

だが前方に見えてきたのは、道を塞いでそそり立つ絶壁と、その下方に逆巻く水だった。岩がひしめき合い、その岩を激流が洗い、しぶきを上げていた！　ついに行き止まりになった、と思った。だが動物どもは慌てる様子はなく、ただその激流に向かって突き進んだ。絶壁の真下で、彼らは臆せずに流れの中に飛び込んだ。流れは意外に浅かった。おそらくヤマカガシ達はスルスルと岩を渡り、流れを泳ぎながら前進して行ったのだろう。そして他の動物達も難なくその渓流を渡っていた。あの水の轟音は、絶壁の向こうから聞こえていた。俺は火星号を降りて、バイクが濡れないように用心しながら、沢の縁をギリギリに歩み、そそり立つ崖を廻った。するといきなり目前に大きな滝が現れた。累々と積み重なる岩の遥か上方から真っ白な水が、いや、水が真っ白なしぶきとなって、一気に落下していた！　そして俺達はその滝壷の縁を進んでいた。

何ていう道だ？　これからあの滝壷へ飛び込めってのか？

そうではなかった。崖を回り切ると、また山道が現れた。その道は滝壷の縁を廻って、何と、滝の裏側へと続いていた！　轟音は、噴火の音か地鳴りなのか、はたまたその滝の音か解らないくらいだった。動物達は滝の裏側を、しぶきにずぶ濡れになりながら駆け抜けた。俺はまた火星号にまたがり、土砂降りのようなその道を走り抜け、ひたすら動物の軍団を追跡した。

山道は、岩山と渓流の間を縫うようにウネウネと続き、それからふたたび深い原生林へ入った。空は相変わらず真っ赤に染まり、時折り轟音とともに一際激しく燃え上がった。その赤い光は原生林の枝葉を抜けて、地上の動物達の背の上に木漏れ日のように落ち、あたかもミラーボールのように踊った。

その動物達の群れが前方で急に切れた、そんなふうに見えた。目を凝らすと、ある地点で突然彼らが下方に沈んだ。厭な予感がしたが、案の定、山道はその地点からガレた急坂となって落ち込んでいたのだ！　彼らはその急坂をしっかりと踏みしめながらみごとに下って行った。火星号を止め、下を覗くと、その落差は二メートルほどだった。だがバイクに乗って降りられる坂ではなかった。

かと言ってバイクを引きずりながら下ることも不可能だ。こいつはヤバイ！　武、どうするんだっ？

その時、亡くなったじいちゃんの声が聞こえた。

「武、最後まで希望を捨てるな。闘いを放棄するな、死んでもがんばり続けるのだ！」

また山が唸り、その轟音と同時に空が一段と赤く燃え、一瞬、ガレた急坂に続く下方の山道がパッと照らされた。シダの茂みと小さな岩石の連なりに挟まれた細い道だったが、大きな障害物は見当たらなかった。

「飛ぶんだ！」と俺は怒鳴った。「火星号、お前なら飛べるぞ！」

火星号とともに、俺は十数メートルバックし、再度前進し、それから一気にバイクのスピードを上げた。カン、カーン、カン、カーン……荒れた路面で激しくバウンドしながら、火星号はその急坂へ突進した。飛べっ、火星号！　路面からの振動が突如途絶え、俺達は紫色の空中へ飛んだ。後戻りはなしだ、当たって砕けろっ！

だが、俺達は砕けなかった。一旦火星号のライトの下で闇の中に沈んだ「滑走路」がまた赤く照らされた時、バイクはみごとにそのど真ん中に着陸した！

「ミケ、やったぞっ！」俺は思わず背中に向かって叫んだ。「火星号が空を飛んだ！」

ほどなく俺達は、走り続ける動物の群れに追いついた。火星号のライトの彼方、山道の行く手に、丈高く生い茂る熊笹の薮が見えてきた。その薮の中に動物達は次々と飛び込み、彼らに続いて、上方を飛んでいたカラスの群れが急降下した。それから姿が見えなくなった、また消えてしまったのだ。しんがりの大きな動物達も次々とその薮に分け入り、やはり消えてしまった。何がどうなっているんだ？　しかし俺達は彼らに付き従って行く他にどうしようもなかった、決断は極めて容易だったのだ。大きな動物達によって踏み倒された熊笹の上を、火星号が走った。その薮の中へ突入した時、なぜ動物達が消えたのか解った。その薮の彼方に大きな洞窟が口を開けていたのだ！　動物の行列はその洞窟へなだれ込んで行った。俺達も彼らに続いた。

それはトンネルのような巨大な洞窟で、軽石と大小の岩石に覆われた細い道が下っていた。その道の両側には、節くれだった木の幹のような奇怪な形をした真っ黒な岩が、地獄の道祖神のように並んでいた。それらは溶岩樹型だった。上を見ると、やはり種々の奇岩怪石が鍾乳洞のように垂れ下がっている。その洞窟の壁に、動物の足音やカラスやコウモリやムササビの羽音、そして俺の火星号のエンジン音がこだました。時々大地が揺れているのが感じられたが、その洞窟はびくともしなかった。しかも動物達はそれを熟知しているようだった。

彼らがものともしないその洞窟内の抜け道も、俺と火星号にとっては、難儀を極める悪路だった。まさに瓦礫の山を下って行くような感じだった。火星号は苦し気にブルルン、ブルルンと唸りながら、小さな岩から岩へと飛び、大きな岩のコブを登り、岩の谷間に落ち、頭をクルクル回し、右に左に傾いては、辛うじてバランスを保った。時々ボディが溶岩樹型にぶつかっては、鋭い金属音を発した。車輪の下では軽石がはじけ飛び、タイヤがスリップしては、ゴムの焦げる匂いが立ち込めた。しかし火星号がこけることはなかった。あえぎながらも、その難路をみごとに乗り切っていた！

洞窟を深く進むに従って、空気はひんやりとしてきた。溶岩樹型にはばまれ、道が狭くなる箇所では、バイクを降りて引っ張らなければならなかった。だが不思議なことに気付いた。俺が手間取るたびに、しんがりを走っていたウマが歩を止め、振り返ってじっと俺達を見詰めていたのだ。そのウマはびっこを引いていたが、よく見ると、片方の後足の関節の部分が変形していた。その箇所を除けば、筋肉が締まり足も長く、素晴らしく美しい体形をしていた。ウマの貴族、サラブレッドに違いなかった！　俺は馬術の訓練中に不運にも足を骨折したペガサスを思い出した。そのウマは、俺がバイクに乗り、走り始めると、自分も前を向いて走り出した！　いつの間にか、彼は、俺達を仲間に入れてくれたようだった。

脱出する動物達が、俺達を自分達の同類と認識していたかどうかはさだかではない。だが、彼らの間に見事な協力関係が築かれていたのは明らかだった。隊列の先頭と最後尾、右側と左側、飛ぶものと地上を走るもの、それぞれがその位置に相応しく目を光らせ、鼻をきかせ、大地や空気の異変や危険を鋭く察知し、互いに素早く教え合っていたのだ。そして、その伝令は俺達にも確実に伝えられた。彼らが避ける物を俺達も避け、飛び越える物は火星号も飛び越え、彼らが立ち止まって何かを伺う時は、俺達も停止し、彼らが身を低くする時は、俺も火星号を降り、バイクを斜めにして身をこごめた。俺達が遅れると、必ずや、最後尾のウマが待っていてくれた。

黒木が原の山道のように、その洞窟のトンネルもアップダウンを繰り返しながら複雑に枝分かれしていた。時には頭上の暗闇の彼方から、ゴーゴーという水音が響き、目を凝らせば滝が現れ、闘い続ける火星号の足元に水がほとばしった。前方の視界はしばしば溶岩樹型に阻まれたが、相変わらず、動物達が迷う様子はなかった。やがて洞窟はコンスタントな下降線を辿り始めた。深く深く地中へ進入していくような感じだ。気温がぐんと下がり、周囲の壁が所々キラキラと光った、氷だった！　動物達は速度を落とした。その時前方に不思議な光景が見えた！　動物達の背中に数匹ずつヤマカガシが乗っていたのだ。おそらく地表はかなり冷たかったのだろう。真冬のように冷え切った大地を這うことが不得手なヘビに、他の動物どもが、みごとな救いの手を差し伸べていた！

俺達が脱出を始めてから、一体どれくらいの時間が経ったのだろうか？　俺の頭は今もって思考力ゼロだった。時間も方角も全く解らなかった。ちょうどあの運命の日、霧の中で道に迷ってしまったあの時のように……だが今の俺は一人ではなかった。言葉は交わせなかったが、人間以上に意思の疎通が出来るこの動物達と、この温かくて誰よりも信じられる同志達と一緒だった。やがて下降していた道がほぼ水平になり、路面も細かい岩石と砂利に覆われた比較的平坦なものになり、それから緩やかな上り坂になった。洞窟はいつしか普通の岩のトンネルに変貌し、所々にコケが見られるようになった。動物達はさらにスピードを落とし、今では半ばハイキングのように軽やかに歩き始めた。ヤマカガシはまた地面に降りたようだった。トンネルは次第に広くなり、長い長い上り坂の彼方が少しずつ明るくなってきた。光だ！　出口が近づいて来たのだ！　ミケっ！　と俺は叫んだ。もうすぐ出られるぞ！

トンネルは大きくカーブし、そのカーブを曲がった所で、一瞬俺は目が眩んだ。光だった！　目の前にぽっかりと洞窟の出口が開いていた。それはウマ一頭がやっと通り抜けられる程度だったが、動物達は、さも嬉しそうに先を競って飛び出して行った。火星号、もう一がんばりだっ！　俺はアクセルの回転を上げ、最後の坂を登りつめ、ついに地上に出た。カン、カーン、カン、カーン……頭上には、たった今夜が明けたかと思われる灰白色の空が広がっていた。こんなに明るいトンネルの出口を、俺はかつて見たことがあっただろうか？　それは生命が息づく世界への出口だった、明日の希望への出口だった！

その出口の外側で、動物達の群れがうずくまっていた。胸一杯新鮮な空気を吸い込んでいるようだった。それだけではなかった。たった今俺達が抜けてきた洞窟を抱く大きな岩山の上方から、水晶のように澄み切った湧き水が流れ落ちていて、動物達が順番に飛びついて、その清水を飲んでいたのだ。渇きをすっかり癒してから、それぞれの動物は思い思いの方向に散って行った。俺は火星号から降り、ヘルメットを脱いで深呼吸し、あのサラブレッドが水を飲み終わるのを静かに待った。やがてそのウマは俺達の方を振り返り、まるで「どうぞ」と言っているような仕草で頭を動かした。

「もしや、君はペガサス？」俺は思わずそう叫んだ。

そのサラブレッドの目に一瞬優しさが満ち溢れた。それから、ヒヒンと、さも人懐っこそうにいななないた。馬術を続けられなくなったペガサスは、黒木が原に放たれ、そこで生き延びていたに違いない。

「ペガサス、ありがとう、ありがとう！」

俺はそのウマに幾度も頭を下げてから、湧き水の小滝に食らい付いた。喉がヒリヒリしていた。せき込みながら飲み続けた。俺は生きている！そう思いながら……。

そうだ、ミケも喉が渇いているだろう。「ミケ！」俺は背中のリュックに向かって彼女の名を呼んだが返事はなかった。きっと疲れ切っているんだ、もう少しそっとしておいてやろう。

喉は潤され、俺は生き返った。周囲を見回すと、いつしか動物達は皆去り、ペガサスの姿も消えていた。翼を広げて空へ飛んで行ったのだろうか？空は白い雲に覆われていたが、所々に青空が覗いていた。目の前には一面に丈高い草が生い茂っており、その彼方に大きな沼が横たわっていた。バイクを引っ張りながら、その草の中に分け入って、沼のほとりへ出た。爽やかな風が小波を起こしながらその水面を渡り、俺の頬を首を撫でて通り過ぎて行った。俺はジャンパーの前を開いて、汗でビッショリと濡れたTシャツに思いっきり風を通した。

沼の水面がキラキラと金色に輝き始めた。朝日だった。原生林の上方で雲が裂け、昇って間もない太陽が顔を覗かせた。草の葉の露が、一斉に無数の宝石のように煌き始めた。俺達はともかく朝を迎えることが出来た！　戦地で迎える朝は格別に意味深いものなんだぞ、と俺のじいちゃんが語っていたものだった。兵隊が最も危険な夜を生き抜いたということはな、一応その日一日は何とか生きられるかも知れん、という見込みが出たってことなんだよ。

だが一体俺達はどこにいたんだろう？　山並みを見ても、沼を観察しても全く見当がつかなかった。まさか、奴等の同志がいるとかいう村の近くじゃないだろうな？

火星号にまた一働きしてもらって、この辺りを探検してみようと思ったその時、俺はバイクの異常に気付いた。エンジンの音が次第に弱まり、ついに止まってしまったのだ！　どうしたんだ？　原因はすぐに解った、燃料のメーターがいつの間にかゼロを指していた。火星号はガス欠になり、力尽きて、伸びてしまったのだ。

火星号をスタンドで支えて、俺はヘタヘタと地べたに座り込んだ。急に力が抜けた。考えてみれば無理もない。凄い強行軍をやったんだから。アクロバットみたいな芸当もやったんだから。しばらくお休みって訳さ、ハ、ハ、ハ。だが、武、一体これからどうする？　俺達はどこにいるんだ？　どうやら、地球上のどこかにいることだけは確かのようだが。

火星号のガス欠は、実は重大な問題かも知れなかった。だがそれまでにかいくぐってきた数々の窮状に比べれば大したことではないような気がした。いや、俺は心身の疲労のために神経が、脳みそが死んでいたのかも知れない。最早自分の身の回りの状況を把握する知力さえも残っていなかったのかも知れない。

それにしても、何という静けさだ！　これは現実なのだろうか？　青い空と白い雲、朝日、穏やかに光っている沼、原生林とその上にゆるやかに波打つ緑の山々。待てよ、こんなはずはない、ひょっとして俺は既に死んでいて、これはあの世ではないのか？　静かだ、静か過ぎる……。

俺はようやく立ち上った。これがあの世ならゆっくり散策してみようか、と思いながら。もうウンともスンとも言わない火星号を引っ張りながら、沼に沿って草の中を歩んでいった。その時、もう一つなくなっている物に気付いた。後部座席に縛り付けてあったはずのノパコンが消え失せていたのだ。

「ミケ」と俺は背中に話し掛けた。「どうやら地上には出られた。だけどどこなのかさっぱり解らないんだ。それからね、ついに火星号がガス欠になっちゃってさ。ノパコンもなくなっちゃった。あ、いや、大したことじゃない、噴火に比べりゃあ、こんなことへのカッパさ！　心配しなくてもいいよ」

沼に、原生林に、そして空に、俺の声だけが響いていた。

「ミケ、どこかの山里にでも出られたら、ミケに美味い魚をたっぷりごちそうしてあげる。もう少しだ、待っててね」

沼を半分ほど廻った時だった。俺は、朝もやの中を沼の対岸から全速力で走ってくる茶色の物体に気付いた。四本の足とシッポ、それは動物に違いなかった。茶色の動物だって？　もしやキツネでは？　あのゴンタが、俺達を見つけて追って来たのではなかったか？　俺は歩を止め、足元に転がっていた大きな岩石の欠片を掴み上げた。キツネなら頭を打ち砕いてやる、何が何でも！　そしてそれが近づいて来るのをじっと待った。

その動物の足元から、水しぶきが上がり始めた。そいつが沼に踏み込んだようだった。バシャバシャと水を蹴りながら、俺までの最短距離を取り、そいつが接近して来た！　俺は石を肩の高さまで持ち上げ、後方へ大きく振り上げた。だが狙いを定めようとして、思わず手を止めた。そいつのシッポは細かった。それはキツネではなく、犬だった。そして何と赤い首輪を付けていた、その首輪に見覚えがあった。

「茶太郎！」

俺の声はその時掠れきっていた。その犬は俺の呼び声を聞いただろうか？　次の瞬間、俺の足にそいつが飛びついてきた。シッポをちぎれよとばかりに振りながら！

「茶太郎！　茶太郎じゃないか！　何でここに？」

そいつは紛れもなく、俺の家の茶太郎だった！　俺は石を捨て、地べたに膝を突いて犬を抱きしめた。幻だ、と考えた。こんなはずはないぞ、これは幻覚か夢に違いない。だがこの茶太郎、何て温かいんだろう……。

ふと目を上げた時、また俺は新たなる幻覚を見たと思った。沼の向こうから若い女が一人走って来たのだ、長い黒髪をパタパタと揺らせながら。すると、俺の腕の中で、犬がさも嬉しそうにその女の方を振りかえった。

「にいちゃーん！」その女が叫んだ。それは妹のゆき子の声だった。「にいちゃんね？　にいちゃんなのねっ？」

俺は半ば夢遊病者のように立ち上った。何もかも信じられなかった。ただ足元の犬と、走ってきた女とをかわるがわるに眺めていた。

ゆき子は、赤いトレーナーのジャケットを着ていたが、その下は何とピンク色のパジャマ姿で、素足にスニーカーを引っかけていた。彼女は俺から二、三メートル離れた所に立ち尽くし、じっと俺を見詰め、それから駆け寄って来て、俺の両腕を、全身の力を込めて掴んだ。

「にいちゃん、生きてるのね！　帰って来たのね！」

「立花二等兵、ただ今生還いたしましたっ！」と俺は掠れ声で答えた。

ゆき子は言葉もなく俺の胸に顔をうずめた。彼女の肩が激しく震えていた。

「一体何でここが解ったんだ？」と俺は尋ねた。

ゆき子が涙でクシャクシャになった顔を上げた。

「茶太郎がね、突然吠え出したのよ、夜明け頃」

「茶太郎が？」

「そうよ、かあさんがね、何か変だって言ってテレビを入れたの。そしたら日本ベスビオスがついに噴火したって、大騒ぎだったわ。二百年ぶりだそうよ。山の向こうの中腹からですって。暗闇の中を真っ赤な溶岩が下っていく様子が映っていたわ、凄かった！」

「山の向こうって、そりゃ俺達の家の方じゃないか！」と俺は思わず言った。

「え？　山の向こう側よ。こっちじゃないよ」

ああ、そうだった。俺の頭はまだひっくり返ったままだったのだ。

「それでね、茶太郎の鎖をはずしたら、うちの車の方にすっ飛んでいって、ますます吠えるの。それで車を開けたら、いきなり助手席に飛び乗ったわ。茶太郎はあたし達に何かを教えようとしているって、かあさんが言った。あたし夢中でエンジンをかけた。茶太郎は外の道路に向かって吠えた。だからあたしも車でそっちに出たの。あとはね、もう茶太郎が鼻を向けて吠える方角へ車を走らせただけよ。高速に乗って、それから降りて……。県道からついに林道に入っちゃって、あんな道生まれて初めて走ったわ。だって舗装されていなくて、おまけに狭くて、暗くって」ゆき子は息せき切って話し続けた。

「そりゃあ大変だっただろうなあ、ゆき子はダートの道は大の苦手だったものね」

「山の向こうの空が真っ赤だったわ！　茶太郎は一体どこに行くつもりなのかと思った。そのうち林道は本物の山道になっちゃって、もうヤバイって訳で車を止めたのよ。茶太郎はドアをしきりに引っ掻いた。それで車の外に出て、茶太郎の後を追っかけたの。そのうちすっかり夜が明けて、沼のほとりに出たわ。そして沼の向こう側に、バイクを引っ張っている男の人の姿が見えた。それが、それがね、にいちゃんだったの！」ゆき子は声を詰まらせた。

俺は原生林の上方に日本ベスビオスの山影を捜したが、ただ真っ白な雲しか見えなかった。

「このバイク、どこで借りたの？」とゆき子が突然尋ねた。

「何言ってるんだ、火星号に決まってるじゃないか！」

「ええっ？　ホント？　ウッソー！」

　その時初めて俺は我が火星号の姿をじっくりと眺めた。ゆき子が驚いたのも無理はなかった。火星号は全身に灰を浴び、灰色にくすんでいた。たった一つ残っていたバックミラーは砕け散り、ボディーは、至る所に擦り傷と凹み傷が出来ていた。とりわけマフラーは損傷が激しく、後部に突き出た排気口の部分は、醜くひん曲がって、ほとんど原形をとどめていなかった。火星号だけではなかった。俺のヘルメットも無数の傷に覆われ、赤い色は、灰を浴びて、灰色になっていた。俺の黒い皮のジャンパーも灰色になり、指でこすった部分のみが元の色を示したほどだった。

「こんなになっちゃって。一体どこから帰って来たの？　どんなふうにして？　あのあたしの携帯への電話はどこから？」とゆき子が矢継ぎ早に質問を投げかけた。

「それはね、話せば長いことながら……いや、長すぎてねえ、全部話し終わるのに、まず一週間はかかるだろう。今はちょっと勘弁してくれ」

「そう、じゃ、後でゆっくり聞くよ。にいちゃん、勿論これからうちに帰るよね？　どこかに行くなんて言わないでしょうね？」とゆき子が心配そうに聞いた。

「安心しろ。行きたくたって、無理だ。ガス欠でね、バイクが動かない」

「じゃ、車に乗って帰ればいいじゃない？」

　それはさぞ楽チンだろう、と思った。だが、火星号を置きっぱなしにする気にはなれなかった。ガス欠でボコボコのポンコツバイクなんて盗る奴は、まずいなかっただろうが。

「ゆき子、俺はここに残る。ガソリンを買ってきてもらえるかなあ？」

「へえ、この火星号まだ動くの？　第一、にいちゃん、これからバイクに乗って帰れる？」

「愚問だ。勿論大丈夫さ！」

「それなら、あ、そう言えば、途中にスタンドがあったわ。じゃあ、行ってくる。お願いだから、もうどこにも行かないでよね！」

「了解！」俺は敬礼をした。

「茶太郎、聞いての通りよ」と言って、ゆき子は茶太郎の頭を撫でた。

茶太郎はキチンと座って、耳を彼女に傾けているような仕草で、頭をかしげた。

「茶太郎はあたしと一緒に来てちょうだい。お前はナビが得意だから！」

茶太郎は頼もしく尾っぽを振った。

ゆき子は茶太郎を伴い、幾度も振り返りながら、元来た道を急ぎ足で戻っていった。茶色の犬と、赤いトレーナーのジャケットと長い黒髪が遠ざかり、やがて沼の対岸の林の中に消えた。

ふたたび静寂が戻った。上空には徐々に青空が広がっていた、そして沼の水面も刻一刻とその青い色を深めていた。

「火星号、お疲れ様！　済まないがもうしばらく待ってくれ、久しぶりに飯を食わしてやるからね。それから俺達はうちに帰るんだ。やっと、やっと帰れるんだぞ！」

俺は石ころを掴み、沼に向かって投げた。穏やかな水紋が広がるのを眺めてはまた投げた。やっと安らぎというものを覚えた。安らぎ。それを最後に俺が味わったのは、一体いつのことだっただろうか？　俺はまたミケに話し掛けた。

「ミケ、ゆき子と茶太郎が突然現れた。びっくりしたよ！　でもよかった、ゆき子が火星号のガソリンを買ってきてくれるってさ。だから今度こそもう絶対に大丈夫だ」

背中のリュックから返事はなかった。

「うちに帰ったら、みんなに紹介するよ、トルコのお姫様をお連れしましたってね。茶太郎が俺達を救ってくれたんだ、だから茶太郎と仲良くしてくれるよね？」

やはり返事はなかった。

ふとある疑問が頭に浮かんだ。変だ、茶太郎が吠えなかった、なぜだろう？　茶太郎は猫が大嫌いだったはずだ。茶太郎が小犬の頃、野良猫に顔をひどく引っ掻かれ、それからあんな猫嫌いになった、とお袋が言っていた。真偽のほどは解らなかったが、散歩に連れて行った時など、猫を見つけてはひどく吠え立てたものだった。たとえ猫の姿が見えなくても、茶太郎は吠えた。そしてびっくりした猫が草むらや垣根の陰から飛び出して、一目散に逃げ去ったものだった。

俺の背中のリュックの中で、ミケが眠っていたはずだった。それなのに、なぜ茶太郎は吠えなかったんだろう？　もしや、ミケは、ノパコンのように、どこかで振り落とされてしまったのか？

抑え難い胸騒ぎを覚えながら、俺は背中のリュックを下ろし、中に片手を突っ込んだ。柔らかいネコの毛が手に触れた。よかった！　ミケはちゃんと俺のリュックの中にいたんだ！　俺は胸を撫で下ろした。今度は両手を入れて、ミケの前足を探り当て、そっとリュックの外に引き出した。今にも壊れそうなほどにきゃしゃな三毛猫の体が、こぼれるようにリュックの外に現れた。脱出の間に、その体はいっそう小さくなってしまったように見えた。かつてあんなに美しかった白と黒とオレンジ色の毛は、すっかり艶も張りも失われ、しおれた花びらのように、やせ衰えた体に張り付いていた。

「ミケ、俺達助かったんだよ！　ミケ！」

三毛猫は目を閉じたまま、返事をしなかった。抱き上げると、赤いリボンが結ばれた細い首が、カクンとのけぞった。わずかに内側に曲げられた前足と、ダラリと伸びた後足は、ピクリとも動かなかった。

「ミケ、起きろ！　目を開けろ！　ミケ！」俺は声を限りに叫んだ。

三毛猫は目を開けることなく、ただ俺の腕の中に力なく横たわっていた。

「ミケ！　ミケ！　ミケ！」

俺はミケを激しく揺さぶった。それからその小さな胸に耳を押し当てた。鼓動は全く聞こえなかった、ミケの心臓は沈黙していた！

「ミケ！　ミケ！　ミケ！」俺の呼び声は、空しく沼の水面を渡っていった。

ミケ、頼む、答えてくれ、返事をしてくれ！

こんな冗談はやめてくれ！　もう声を出せないのか？　まさか、そんなはずはない、そんな馬鹿な、ミケ、どうしたんだ？　俺達はきっと助かるって言ったじゃないか！　ミケは人間になるんだって！　これから、ミケに、美味い魚を、と思ったのに……。

目も開けず物も言わず、心臓の音さえも聞こえないミケの変わり果てた姿を、俺は必死で打ち消そうとした。目前に突きつけられたそのこの上もなくむごい光景を！　うそだ、悪夢なんだ、これは。だが、徐々に、俺の全身は凍っていった。

まだぬくもりが残る小さな三毛猫の体を抱きしめながら、俺は、ただ呆然と立ち尽くした。一瞬にして、草も沼も原生林も、空も太陽もその色を失い、俺の目の前には、白と灰色と黒だけの死の世界が広がっていた……。

# 第19章　エピローグ

いつのことだったか、バイク仲間に誘われて海辺へ行き、それから小さな釣り舟に乗って沖へ漕ぎ出したことがあった。海は静かだったが、曇天で深い霧が立ち込めていて、水平線が全く見えなかった。こういう日に魚が釣れるんだ、とその友人は言っていた。だが一向に漁獲はなく、ただ乳色の空間があたり一面を制していた。水平線が見えないってのは、何となく心細かったなあ、先がどうなっているのか解らなかった。いや、解っていた。海が広がっているに決まっていたんだ。だのにやっぱり、解らなかった。確信出来なかった。まるで未知の宇宙を漂っているような、そんな実感だった。そうだ、あの時の感じだ、今の俺の頭は。

その無を背景にして、様々な情景の破片が鮮烈に浮かび上がっては消え、また浮かび上がっては消えた。真っ赤な空、紫色の煙、ミラーボール、踊り狂う動物ども、待て、あれはマングロービアの光景だったはずだ。それから、真っ黒な溶岩樹型。あれは？　カン、カーン、カン、カーン、カン、カーン！　火星号、ガンバレッ！

「それでね、立花さん」という男の声に、俺は現実の世界に呼び戻された。現実？　現実って一体何なのだ？

それは日の光に溢れた、明るい部屋だった。白いレースのカーテンの向こうには、大きな窓が開いていて、立ち木の枝と隣りのビルが見えていた。窓の手前に、小さな観葉植物の鉢が幾つか並べられていた。

「ゆっくりでよろしいんですよ、だからその動物のホテルでの滞在の様子を話していただけませんか」

俺の前には、白衣を纏い、黒縁の眼鏡をかけた、顔の長い中年の男が、ノパコンの青白い画面に向かい、何やら入力する用意をしながら座っていた。どことなく、ドクター・ホワイトホースに似ているような気がした。妹のゆき子は俺にカウンセリングを受けることを勧めた、というよりも彼女の命令だった。だが俺には解っていた。俺の相手は精神科医だった。心電図、エコー、レントゲン検査。機械から機械へ廻され、長い病院の廊下を行きつ戻りつして、最後に俺は、この部屋に通され、先生の前に座らされた。

「ハ、ハ、ハ、ハ……」俺は笑った。

先生の顔に戸惑いが浮かんだ。俺はさらに笑い続けた、愉快だったからじゃない、幸せだったから、というんでもない。ただ笑うことが一番俺にとって有利だ、と思ったからだ。俺は生き延びた。だがその事実を味わう暇もなく、訳の解らない馬鹿騒ぎみたいな毎日が新たに始まっていた。自分の身を守る闘いが、またしても俺を待っていた。どうやら命だけは保証されていたようだが。俺は一生懸命笑った、俳優のように。

「ハ、ハ、ハ。先生、ご冗談でしょ？」

「冗談とは？」と先生は忍耐強く尋ねた。

「先生も人が悪いなあ。動物が人間に変身するなんて、ある訳ないじゃありませんか！　その動物人間どもが、あの黒木が原に生息していたなんて！」

「そりゃあ、まあ、そうでしょうな……普通はそういう風にしか考えられない……ですがね、何でも常識という尺度でのみ物事を判断するのは、必ずしも正しいとは言えない。人間の歴史の中で、そういった常識の限界を突き破ることにより大発明、大発見を成し遂げた偉人達が数多くいますからね」

俺にひたすら合わせているな、と思った。精神科医とは大変なお役目だ。

「じゃあ、先生は、僕がそういった偉人だとでも？　まさか！　僕はそんな偉人じゃありませんよ。ただ常識が通用しないような場所にしばらくいたことは事実です。それは、その場所というのは……」

先生は身を乗り出した。

「そうそう、それを伺いたいんです。ありのままに」

「それは、実は、カルト集団の施設だったんです」と俺は答えた。「日本ベスビオスの山麓で集団生活をしていた、お獅子大明神教とかいう新興宗教の団体に捕まっていました」

帰宅して間もなく、ゆき子が話してくれた。携帯に俺から奇妙な連絡が入ってから、彼女は慌ててエンパイヤリゾートに相談した。それはきっと、あの不気味な新興宗教の教団にとっ捕まっているに違いない、と彼らは推察し、調査員を教団の施設へ送った。だが、俺の存在は否定され、らちがあかず、調査員は門前払いを食わされて終ったそうだ。その後逆探知を試みるために、彼らは、間違い電話を装う構えで、数回あの携帯番号にかけたが、二度とつながることはなかった。その頃あの携帯は赤沼の底に沈んでいたのだろう。

「ほう、なるほどねえ。やはり、そうだったんですか」先生は顎に指を当て、椅子の背に深くもたれかかった。

「黒木が原の中で、たまたま彼らの施設に迷い込んでしまったんです。彼らは僕に奴隷として働け、と命じました、服従しなければ殺す、と脅しました。どうしても逃げることが出来ませんでした、あの噴火まで」

「ふむ……いやね、あの教団は色々悪い評判がありました。家族を捨てて入信する人が絶えなかったらしい。そしてひとたびあの施設に入ってしまった信者達は、二度と姿を見せなかったとか。でも先日の噴火以来、あの教団は全員行方不明となっているらしい。彼らと色々商取引があった村の住民が、噴火が起こる少し前に、彼らに避難を呼びかけたそうですが、それに応じたのかどうか全く確認出来なかった、と聞いています。それはともかくとして、立花さんは、あの教団の日常の暮らしをつぶさに見てこられた、という訳ですね？」

「はい、まあ……」

「では、一つ、その経験談を聞かせていただけますか？」

「それは、ですね……甚だ申し訳ないんですが、ちょっとご勘弁を」

「それはまたどういう理由で？」

「少なくとも今は、まだ……そのう、思い出したくないことばかりで」

「ああ、それなら解ります、よく解りますよ」と、先生は黒縁の眼鏡をはずし、ゆっくりとレンズを拭いて、またかけ直した。「そりゃあそうでしょうね、しばらくはね。全く無理のないことです」

別に話したくなかった訳ではない、ただ、何をどのように話せば、病院に監禁されずに済むのか見当がつかなかった。監禁、それは俺にとって死よりも耐え難いことだった。

「済みません、でもいずれ必ず、いえ、近いうちに、きっと全てお話出来ると思います。それまでに頭をきちんと整理させていただいて」

「結構ですよ、急ぐ必要はありません」と先生は答えた。「ただ、もしやその事実に若干関係があるか、と思われる問題が……いえ、大したことじゃないんですが、妹さんによりますと、立花さんの食べ物が変わってしまったそうで……」

「食べ物？」

「ええ、立花さん、お肉が大好きだったそうですねえ。それが、あちらからお帰りになってからというもの、肉料理を見ると、顔をしかめられるとか。大好物だったトンカツもハンバーグも全くお口になさらなくなった、と妹さんがお話なさいましてね」

嫌いになった訳じゃない、ただ食う気になれなかった。あの黒木が原での日々の思い出が、俺の目前に置かれた肉料理に奇怪な光を当てていたのだ。それらの料理が、あたかも人間の肉であったかのような幻覚を起こさせていたのかも知れない。あるいは逆に、俺にとって料理されている動物達が、いつしか人間のような存在になっていたのかも知れない。どちらが正しかったのか、俺にはよく解らなかった。その何だかよく解らない事実を、今説明せねばならなかった。

「それは、ですね、あちらの教団は肉を食うことを厳しく禁じていました、掟を破った者は厳罰に処せられることになっておりまして。そのう、つまり、いわゆるマインドコントロールにかかっているんだろうと思うんですが」

「ああ、なるほど！」と言って、先生は納得の表情を見せた。「すると多分厳格な仏教徒のような戒律を守っていたんでしょうな、あのお獅子大明神教の信者達は」

レースのカーテンがそよ風を受けてフワリと揺れた。静かで平穏な診察室だった。牢獄でも審問室でもなかった。だが俺は息苦しかった。真に話したい事実を話すことが出来ない、という自由剥奪の状態が俺を締め付け始めていた。俺は喘いだ。

「ご気分がお悪いんですか？」と先生が尋ねた。

「いいえ、大丈夫です。ただ、色々思い出してしまいまして……」

「ああ、そうでしょうね。この話は、今日のところは終りにしましょう。ただ、ですね、辛い苦しい思い出というものは、それを人に語ることによって克服出来るものなんですよ。だから立花さんご自身がいつか語ろう、と心に決められることが肝心です。それによって、あなたがそのトラウマから救われるんですから。どうぞ前向きの姿勢で」

「はあ……」違うんだ、先生、そういう問題ではなくて……。

「しかし、あなたは運がお強い。火山の噴火が幸いして、お獅子大明神教団から逃げ出すことが出来たんですから。あの教団施設の敷地一帯は、火砕流の直撃を受け、その後完全に溶岩に埋め尽くされてしまったらしい。彼らは結局無事に避難したんでしょうかね？　何かお心当たりは？」

「はっきりとは解りませんが、多分しなかったんじゃないかと思います」と俺は答えた。「避難なぞ不要だと言っていましたから。それに、あの前夜、教団結成二十周年記念とかで大宴会があり、みんな酔いつぶれていましたし」

「そうですか。じゃあ、ひょっとすると……でも、立花さん、よくぞ噴火している火山から、脱出してこられましたねえ！」先生はまた眼鏡をはずし、レンズを拭いた。「何でも、ヤマカガシやカラスの群れを追っ掛けて、黒木が原から脱出なさった、ということでしたが？」

「はい、その通りです」

「それにしても、大したものだ！　妹さんは、お兄さんのバイクの腕前は凄いんだ！　とおっしゃっていましたが」

「いいえ、ただもう、無我夢中でした」

「あなたは英雄ですよ、今や！」そう言いながら、先生はカルテらしい書類を広げた。「今日午前中の健康診断の結果では、特に重大な異常は見られない、と報告されています。とは言っても、そりゃあまだお疲れでしょう。時間をかけて休養を取って、またお話を聞かせて下さい。そうですね、一週間後にまた、というのはいかがですか？」

「はい、承知いたしました」

「ただ、もう一つ伺いたいんですが」と言って、先生はまた眼鏡をかけ直した。

「はい、何でしょうか？」

「妹さんがね、三毛猫の話をしていらっしゃいました。バイクの燃料を持って、沼のほとりに戻ったら、お兄さんが猫の死骸を抱きながら、ボンヤリと沼を見詰めていた。そんな汚い猫をどこで拾ったのかと尋ねたら、お兄さんがえらく怒って、この三毛猫はトルコのお姫様だと怒鳴ったとか」

「……」

「そしておうちに帰られた日の夜、お庭の隅にその猫のお墓を作り、それからご自分の部屋に猫ジャラシを飾られたそうですね」

「……」

「ご記憶にはありますか？」と先生が聞いた。

俺は、黙ってうなずいた。

「そうですか、では本当のことなんですね？　で、その三毛猫はどこから連れてきたんですか？」

「教団の施設で飼われていました」

ミケ、幾度となく俺を救ってくれた可愛い奴。美味い魚牛乳をたっぷり飲ませてやりたかった。だが、俺は生を腹一杯ご馳走してやりたかった。だが、俺は生き延びたのに、あいつは二度と目を開けなかった、あの緑色と金色の瞳……。

「なるほど。それで、そのトルコのお姫様というのは、どういう意味で？」

「あのう、とてもめずらしい、きれいな猫だったんです。両目の色が違っていて」

「ああ、解りました」先生は簡単に納得したようだった。「確かトルコ原産のカオマニーとかいう猫が、両目の色が違うとか、何かで読んだことがありますよ。きっとその血が入っていたんでしょうね。その猫が死んでしまったので、悲しかった、そういう訳ですね？」

「はい、あちらで、結構なついてくれまして。脱出する時に一緒に連れて出ました。でも、大分弱っていまして、結局、結局のところ……」

「そうですか、それは気の毒でしたねえ。動物は可愛いですから。よく供養してあげるといいでしょう」

こいつに何が解るかと俺は思った。俺とミケが共に過ごしたあの時間を、ミケは人間になりたい、と言っていたことを、そしてミケの悲しい最期を……。

あの日、猫の死骸のことで、ゆき子は保健所に電話をする、と言い張った。だが俺は断固承知しなかった。ゆき子は俺の監視を強めた。そして早く寝るように、とキーキー声で命令した。兄の心身を気遣っていたのだろう。しかし、その前に、俺にはどうしてもやらねばならないことがあった。夜遅く近所が寝静まった頃に、俺は、しばらく作業するとゆき子に告げて、スコップと俺のリュックを持ち、暗い庭に出た。ゆき子が大きな懐中電灯を下げて後から追ってきた。垣根の隅に猫ジャラシが茂っていた。それを見た時、突然思い出した。ミケは俺の部屋に猫ジャラシを飾ってくれたものだった。だが俺はただの一度も、その猫ジャラシの水を替えてやったことはなかった。理由はいくらでもあった。それどころではなかったし、第一馬鹿馬鹿しかった。たかが雑草だったんだ。にもかかわらず、今その思い出は、深い悔恨となって俺を苛んでいた。

その猫ジャラシの草むらの傍らに、俺は黙って穴を掘った。カシャッカシャッとスコップが音を立てた。ゆき子も無言で、懐中電灯を地面に向けていた。だが時々俺の顔を覗いていた。俺が自分で掘った穴に飛び込んでしまうかも知れない、と思っていたのだろう。火山灰で汚れた俺のリュックから、捨てられた縫いぐるみのようなミケの遺体と、水色のユニホームにくるまれた衣服一式、数錠のカプセルが取り出された。それが哀れな三毛猫がこの世に残した全ての物だった。俺は、彼女の衣類とカプセル剤をみな、真っ暗な穴の底に沈め、その遺品の上に、今も赤いリボンを首に巻いている彼女の小さなながらをそっと横たえた。それから傍らに茂っている猫ジャラシを引き抜いて、三毛猫の体をすっぽりと覆ってやった。その一連の作業の後は、ただ土をかけるほかにどうすることも出来なかった。何か花瓶はあるかとゆき子に尋ねた。彼女は家に入っていったが、持ってきたのは花瓶ではなく、古いワインの空き瓶だった。今はこれしかない、と言った。俺はその瓶に、庭の水道から水を汲み、数本の猫ジャラシを手折って生けた。

「お疲れではありませんか？」と先生が尋ねた。

この先生、一体全体幾つの質問をしたら気が済むんだろう？

「いえ、僕は大丈夫です」

「それは結構です。そろそろ終りにしましょう。ですが、その前に、あともう一つだけお聞きしたいことが……」

「はい？」

「なぜあのようなお話を、つまり、人間に変身した動物達のホテルの話を、ご家族の方々になさったのですか？　妹さんはとても心配しておられましたが」

あの沼の向こうから、突然、茶太郎とパジャマ姿のゆき子が現れたっけ。驚いたなあ、俺の心はまた過去へさ迷い始めた。日が真上に昇った頃、ゆき子が戻って来た。赤い燃料タンクを引っ下げて。火星号に給油して、彼女を山中に停められた車まで乗せてやって、それから一緒に帰途に付いた。自宅付近で俺を待っていたものは、信じられないような人だかりだった！　その連中が口々に俺の名を呼んでいた。ピントはずれに頭を下げたり、笑ったり、手を振りながら、俺はやっとの思いで家に入った。お袋が声もなく、ただ涙を流しながら俺を迎え、幾度も幾度も俺を抱きしめた、以前よりグンと白髪がふえたようだった。彼女は、俺を真っ直ぐ茶の間に引っ張って行き、じいちゃんのお仏壇の前に座らせた。「おじいちゃん、ありがとうございました！　武が今日、生きて帰ってきました……武が、無事に……」涙にむせびながら、幾度も幾度も仏壇に頭を下げた。

俺は茶の間に座り、ゆき子が運んでくる食事や菓子を食いながら、テレビに見入った。ニュースは、日本ベスビオス火山の噴火の報道で持ち切りだった。ゆき子が言っていたように、漆黒の闇の中を下っていく巨大な舌のような溶岩が、繰り返し映し出されていた。そしてニュースキャスターが、同じ台詞ばかり怒鳴っていた。本日未明、日本ベスビオス火山が二百年ぶりに大噴火を起こしました！　火山の中腹の旧火口から大規模な火砕流が発生し、続いて多量の溶岩が流出し、日本ベスビオス火山の西側一帯を覆い、黒木が原の大半を焼き尽くした模様です。小噴火は今現在も続いており、火山灰の噴出も治まっていません、気象庁は引き続き厳重な警戒を呼びかけています。

ゆき子にせっつかれるままに、俺は話し始めた。黒木が原で霧に巻かれて道に迷い、沼へ転落し、貴重品が詰まったウエストポーチを紛失し、足を捻挫し、サファリパークホテルという不思議なホテルに辿り着いたこと、宿泊費が払えなかったばかりに、ただ働きさせられたこと、そのホテルのスタッフは、実は人間に変身した動物どもで、フロントにはブタのおばさんとヤギのおじさんがいて、支配人はチンパンジー、黒服のマネジャーはカメレオン、それからシェフは、フロントのおばさんブタの亭主のブタで……。

ものに憑かれたように喋り続けてから、俺は気付いた。妹もお袋も、俺の話にまともに耳を傾けてはいなかったことに。最初はそうではなかった。だが、話が始まって間もなく、変な顔をするようになった。俺の話を信じてはいなかった。それから彼らは、その話を聞き流すようになった。いや、最早聞いてはいなかった。ゆき子の顔には不安が漲った。お袋は、ふん、ふんとうなずき続けたが、やっぱり聞いてはいなかった。そこで俺は黙り込んだ。もう何を話しても時間の無駄だった。全てが空しかった。

「にいちゃん、疲れているんでしょ？」とゆき子が言った。「今夜は早く寝て、落ち着いたら、すぐ病院に行こうよ。健康診断受けなきゃ。あ、それから……」黙っている俺に彼女は畳み掛けた。「カウンセリング受けるといいよ。友達が紹介してくれたいい先生がいるの。別に変なことじゃない、今流行っているから」

俺は悟った。彼らは俺のことを、頭が狂ってしまったと思い込んでいるのだ。無理もない。あんな話を信じてもらえると思った俺は、何という阿呆だったのだ！　まずい、これじゃあ俺は病院に入れられてしまう、また監禁されてしまう。冗談じゃないぞ。

身を守るために、俺は、本当にあったことに関して口をつぐまねばならなかった。そして、山の向こうの、ではなくて、山のこちら側の人間達が信じるような話をでっち上げなければならなかった。その厄介な問題に取り組むために、俺はまた新しい鎧を着込み、仮面を身に付けることになった、さもなくば、俺は再びどこかの施設に幽閉されることになりかねなかった！

「立花さん、大丈夫ですか？」という先生の声に、また俺は我に返った。

「す、すみません、まだボーッとしておりまして。ええと、何でしたっけ？」

「なぜご家族の方に、動物のホテルの話をなさったかという質問です」

「ああ、そうでした。あれは、ですね。そう、何て言うか、比喩の表現です。別の言葉で言えば、ジョークですね」

「ジョーク？」

「そうです、ジョークです。いや、ちょっと違うかなあ。つまり、僕はあちらにいた時そんな風に考えることで何とか毎日、自分を正気に保ってきたんです。ジョークというよりもユーモアかな？　辛い、苦しい、にもかかわらず笑うってやつですよ」

「うむ、いや、なかなか素晴らしい表現ですなあ！」先生は腕を組んだ。少なからず感銘を受けたようだった。「……にもかかわらず笑う。実によい言葉だ！」

それは以前俺がどこかで耳にした言葉だった。

「母や妹がそのために僕の精神状態を心配したのなら、悪いことをしました」

「いえいえ、そんなことはどうぞお気になさらないように。立花さんは全く健康な精神状態ですよ。問題はありません。ただね、いくらお若いと言っても、大変な受難の日々を過ごされたんでしょうから、しばらくお疲れが残るでしょう。焦らず、気持ちを楽に持って、ゆっくり社会復帰を目指して下さい」

社会復帰！　そうか、俺はそんな風に言われるくらい、山の向こうの人間の、しまった、また間違えたぞ、山のこちらの人間どもの社会から遠ざかっていたってわけか……。

「お力になれることがありましたら、何なりとどうぞ」と先生が言った。

「ありがとうございます。では、お言葉に甘えて！」俺は身を乗り出した。「先生、是非、この僕がまともである、という事実を証言して下さい。お袋や妹に、それから、必要とあらば世間にも。僕は正真正銘、正気なんです！　入院の必要なんかもありません！」

「はいはい、よく解りました」先生は初めてニッコリと微笑んだ。「そうですね、わたしがお見受けする範囲では、まず大きな問題はなさそうだ。ただ、いきなりフル回転はよくない。大分痩せておられる。十分睡眠と栄養を取られ、テレビを見て世間で何が起こっているか勉強なさって下さい。ゆっくりでいいんですよ、ゆっくり社会復帰されるように。いいですね」

先生は俺のカルテに何か書き込んでから、白い衝立ての向こう側に呼びかけた。

「看護婦さん、立花さんの妹さんをこちらへお願いします」

やがて部屋の扉が開けられ、ゆき子が入ってきた。ひどく緊張した顔付きだった。

「お兄さんは至ってお元気ですよ」と先生が言った。

「あの動物のホテルの話はジョークだったそうです」

「ジョークですって？」とゆき子が聞き返した。

「はい、いや、ユーモアでしたっけ？　お兄さんはとても素晴らしいユーモアのセンスをお持ちだ。妹さんが報告なさったことも全部明確に記憶なさっているし、お兄さんの行動にも、それぞれ正当な理由があったということが確認されました。お兄さんはやっぱりあのお獅子大明神教団に拘束されていたようですよ」

「では、その、兄は病気ではないのですか？」

「全くご健康ですよ」と先生は、晴れやかな表情で答えた。「ただしですね、心身が若干疲労しておられる。ですから、当分あの教団の話は控えて下さい。そして、とにかくよく休まれるように、妹さんからも言ってあげて下さい」

「先生、本当にありがとうございました！」ゆき子は深々と頭を下げた。「ところで、ちょっと困っています。近所の人達や報道関係らしい方々が兄を追いまわしております。今朝も車を取り囲まれまして大変でした。兄の精神状態に悪い影響があっては、と……」

「ああ、困った連中ですね、全く。でも、これも有名人が避けては通れない道でしてねえ。お兄さんが余りにも凄い離れ業をやってのけちゃったから、皆が大騒ぎするのも無理ないでしょう。そうですね、正面玄関は騒がしいでしょうから、何でしたら地下から出てみますか？」

「地下？」

「霊安室の通用口から出るんですよ。誰も、まさかそこからあなた方が現れるとは思わないでしょう」そう言って、先生はいたずらっぽく笑った。

ゆき子は露骨に厭な顔をした。

「そうしよう」と俺は即座に言った。「何でもありゃしないよ！」

俺達は、まるで逃亡者のようにキョロキョロ周囲を見回しながら、診察室を後にし、エレベータで地下に降り、「霊安室」という表示のある閉ざされた扉の前を通過し、すぐ近くの通用口から屋外へ出た。

そこには上り坂の細い道が通じていて、両側には立ち木が茂り、外部からの視界は遮られていた。その道を密かに抜け、それから駐車場まで一気に走って行けば、何とか人間どもをまくことが出来そうだった。だが、俺達は甘かった。うちの車が既にすっかり人垣に取り囲まれていたのだ！　奴等、俺の健康診断の間中、車の廻りで待っていたんだろうか？

「立花さん、お帰りなさい！」

「立花さん、健康診断の結果は？」

「立花さん、バイクを見せて下さい！」

「立花さん、こっちを向いて下さい！」

「立花さん、立花さん、立花さん！」

「皆さん、兄は大丈夫です、ご心配ありがとうございます！」ゆき子が金切り声で怒鳴った。「ただ、とても疲れています。すみませんが道を開けて下さい！　休養が必要なんです！」

詰め掛けた人間どもにモミクチャにされながら、俺達はやっと車に飛び込んだ。

「すみませんが、もう少しそっとして置いて下さい！　兄が可哀想ですから！」必死の叫び声を上げながら、ゆき子は車を発進させた。

「何でこう、山の向こうの人間どもは騒ぎたてるんだろうなあ？」と俺は、車の背もたれに頭を押し付けながら呟いた。

「山の向こうって、にいちゃん、何言ってるの？」とゆき子が、ハンドルを回しながら追及した。「ここはお獅子大明神様の村じゃないよ」

「ああ、そうだった。俺、まだおかしい……」

「それよりね、にいちゃん、ひどいじゃないの！」ゆき子が、またキーキー声になった。「あんな冗談言って、あたしとかあさん、かつぐなんて！」

「え？　何だっけ？」

「変な動物のホテルの話だよ！　あたし達、本当に、にいちゃん狂っちゃったと思った！　すっごく心配したんだから！」

「ああ、あれね、ごめんよ」

「『ごめん』なんかじゃ済まないよ！」ゆき子は怒鳴り始めた。俺が生還し、一応体も頭もまともだということがはっきりした今、ほっとするとともに、不安と焦燥に苛まれてきた四ヶ月余りの地獄の日々、あの不当な運命の仕打ちへの怒りが燃えてきたのだろう。「こんなことになったのもね、にいちゃんには天罰が下ったんだ！」

「天罰？」

「そうだよ！　にいちゃん、あたし達に何にも言わないで、いきなりツーリングに行っちゃった。今度だけじゃない、今まで何回同じことやったか解ってる?」

「ううん、思い出せないなあ。それより、運転気を付けてくれよ」

「それだけじゃない、バイクにいっぱいお金使っちゃったり、あたし達のお料理がまずいって文句言ったり、めんどうくさいワープロは、みんなあたしにやらせて、自分は威張ってばかり!」

よくもまあ、こう、ポンポン文句が出てくるなあ、と俺は思った。それに何て記憶力がいいんだろう! いや、そういう訳じゃないんだ。俺が不在だった期間、俺の生活は、前日のことさえ忘れるくらい激動の日々だった。それに比べ、ゆき子やお袋のこちらでの生活は、一応は、同じことが繰り返される毎日だったに違いない。俺がいない、という事実を除けば。過去の記憶が薄れるほどの出来事は何もなかったんだ。いや、彼らに対する俺の言動だって、過去と呼ばれるほど昔のことじゃないんだ。

「にいちゃん、聞いてる?」とゆき子が叫んだ。「はい、深く反省いたしております」俺は神妙に答えた。

その時、ゆき子の携帯が鳴った。

「きっと、かあさんよ」とゆき子が言った。「にいちゃん、出てくれる?」

俺は携帯を取り上げた、それは確かにお袋だった。

「武かい? どうだったの、健康診断?」

「はい、おかげさまで、一応問題ないと言われました」

「そう……よかった、本当によかった……」

お袋は涙声になった。しばしの沈黙の後、彼女は、警察から電話が入り、俺に事情を聞きたいから出頭してほしいという要請があったことを告げた。

「警察? いやだなあ。でもしょうがないな。別に犯罪を犯した訳でもないし」

「だってお前、まだ疲れているでしょう?」

「まあ、大丈夫だよ。お医者さんに、俺がまともだということを証明してくれ、と頼んじゃったから、警察にも行かなきゃまずいでしょ。明日にでも出頭する、と言っておいてよ」

「そう、じゃあそういうふうに返事をしておくよ。あ、それからね、エンパイヤの川中さんからも電話があってね、すぐ電話よこして下さいって」

　川中さんとは、俺の上司だった。いよいよ、来るものが来たかと俺は思った。ついに解雇通告が。でもなあ、四ヶ月以上も無断欠勤したんだから、それもしょうがないかも……。

「解った、今すぐかけてみるよ」

　黒木が原から帰還後、俺はまだ一度もエンパイヤに電話を入れていなかった。ゆき子が既に連絡をしていたというのも理由の一つだったが、帰宅の翌日は、一日中寝たり起きたりを繰り返し、またその翌日の今日は、こうして病院に行かされ、上司への電話の報告に費やす時間がなかった。いや、それが本当の理由でもない、本当は、要するに余り関心が持てなかったのだ。サファリパークホテルから必死で連絡をとろうとしたのに、果たせなかった。今やっとそれが可能になったと思ったら、やたらと面倒臭かった。俺は首になるかも知れない。それは重大問題のはずだった。それなのに、その重大性を俺は把握することが出来なかった。

　だが、幸いにも、俺を待っていたのは、解雇の通告ではなかった。

「立花君、よくまあ無事で帰って来たねえ!」川中さんの朗らかな声だった。「君はね、まさに大スターだよ。ホテル中君の話で持ち切りだ。そこでだね、たってのお願いなんだが、君に是非記者会見をやってほしい、という支配人からの要望なんだ」

「記者会見? まさか、冗談では?」

「いや、冗談なんかじゃない、マジだよ、マジ。出来れば明日にでも」

「ま、待って下さい、それはちょっと。いやあ、まだくたびれておりまして、頭もボーッとしているし、ああ、それから、明日は警察に行くことになりそうなんです。しばらく考えさせていただきたいんですが……」

「そうかい。じゃあ、まあ、支配人にそう返事をしておこう。ゆっくり考えれば、それがいかに素晴らしいアイデアか、君にも納得がいくだろう。いい返事を待ってるよ」

「何の電話だったの？」と、ゆき子が、ハンドルを回しながら、不安そうに尋ねた。

「俺に、記者会見やれってさ。笑わせるよなあ、ったく！」

ゆき子の運転には少なからず不安を覚えたが、車は何とか無事俺達の家の前に到達した。だがほっとする暇もなく、俺達は、また凄い人垣に囲まれてしまった！

「立花さん、立花さん、立花さん！」

俺とゆき子は車を降りたが、そこから一歩たりとも進めなかった。

「立花さん、おうちに帰られたご感想を一言！」

「立花さん、お獅子大明神教の教団施設にいらっしゃったって本当なんですか？」

「立花さん、お獅子大明神教の信者達とはどんな生活を？」

「皆さん、聞いて下さい！」とゆき子が、俺の先導をしながら怒鳴った。「兄は記者会見をやります！　その時皆様のご質問に十分にお答えいたします。お約束します。ですから今日のところは、どうぞお引き取りを！」

「おい、何言ってんだ？　そんな約束誰がするもんか！」と俺も怒鳴った。

「だって、こうでも言わなきゃ、うちに入れないよ！」

そう言えばそうだった。ゆき子の「約束」を耳にして、人間どもはやっと道を開けてくれた。俺はゆき子に引きずられるようにして、家に飛び込んだ。

その日の夜、野菜だけを摘まんで夕食を済ませ、俺は、相変わらず茶の間でテレビに見入っていた。ニュースショーは、今度は俺のことを報道していた。「お伝えしておりますように、四ヶ月以上前に、単独でバイクツーリングに出かけ、その後行方不明となっていた、ホテル従業員立花武さん、24歳は、日本ベスビオス火山の大噴火直後、山中の沼の近くで、家族によって発見され、奇跡的な生還を果たしました！　立花さんは、本日健康診断を受けられ、健康状態は良好とのこと、ただ失踪していた間、新興宗教のお獅子大明神教団に拘束されていた模様で、その期間の生活は目下謎に包まれています。なお、立花さんが勤務するエンパイヤリゾートホテルから、立花さんが近日中にご自身による記者会見を催すことに同意した、との発表がありました。もう間もなく、立花さんの、ミステリーとスリルに満ち溢れたお話の数々が、皆様のお茶の間に届けられることでしょう！」テレビの画面には、病院の駐車場で、人ごみと格闘しながら車に乗り込む俺とゆき子の姿が映っていた。

俺は記者会見に正式に同意した覚えはなかった。一体誰が、そんな無責任な情報を流したのだ？

その時、電話が鳴った、ゆき子が受話器を取り、それから大声で俺に取り次いだ。

「にいちゃん、大変！　支配人の猿橋さんからだよ！」

いよいよ、解雇通告か？　と俺は思った。

「はい、支配人、立花ですが」

ゆき子は傍らに座り、じっと耳を清ませた。

「立花君、お疲れ様だったねえ！」支配人の声だった。俺の予想に反して、上機嫌の様子だった。

「よくまあ、生きて帰って来た！　君は、まさに現代の英雄だ！　君の生還が報道されるや否や、当ホテルへの予約リクエストが殺到してね、あっという間に満室！　という有様なんだよ」

「それは、どうも……いや、ラッキーだっただけでして」

「そこでだね、昼間、川中君からも連絡がいったと思うが、是非記者会見をやってほしい、というテレビ局からの強い要望があってね。それも、我がエンパイヤの最高級の宴会場、『金鳳の間』で是非、ということなんだ！　どうだね、勿論受けてもらえるね」

とてつもなく大袈裟なアイデアだと思った。とはいえ、ことの具体的な部分につき考慮する時間が、俺には与えられていなかった。とにかくまず受け容れろ、という雰囲気だった。解りました、では、何とか善処しますと、そんなふうに返答するのが、精一杯だった。

「いやあ、ありがとう、きっとそう言ってくれると思っていたよ。それで、その記者会見だがね、出来れば明後日にでも」

「ええっ？　明後日ですか？」

「お疲れとは思うがね、こういうことってのは波ってものがある。波に乗ると効果抜群なのだ！　解るね？　君の記者会見によって当ホテルの売り上げは一気に跳ね上がるだろう！」

俺は一瞬モンキキの声を聞いているような気がした。

「ちょっと待って下さい。そのう、まだ床屋にも行っていませんし……」

ゆき子が、俺は狼に変身してしまった、と言った。そういえば、髪が伸び放題になっていたのだ。サファリパークホテルにいた時、自分で前髪だけは切っていた。だがその他の部分のことは考えなかった。何よりもあんな長期になるとは想像だにしなかったし。

「床屋？　ハ、ハ、ハ……何という寝言を言っているんだ？」と猿橋支配人が笑った。「君、是非そのままで登場しなくては、舞台効果がなくなってしまうじゃないか！」

「舞台効果？」

「そうだ、迫力だよ。いかに闘ってきたかを、生々しく見せるんだ。それがサバイバル劇の舞台効果ってものだ」

「いやあ、まいりました。じゃあ、そうしましょうか。ただ、本当に頭が空っぽなもので、まず記者会見の台詞を考えないと」

「正直に答えればいいんだよ、事実をね、生々しく」

この要求は、疑うべくもなく難問だった！

「はあ、でも、やれるかなあ？」

「あ、それからね」支配人は急いで付け加えた。「君のバイクだ、あれを是非展示してほしい、我がホテルのロビーにね」

「火星号ですか、あのバイクはひどく破損しておりまして、すぐに修理に出したいんですが」

「また何を言っているんだ、君は」支配人は少し慌てているようだった。「君のバイクは凄い修羅場を越えて来たんだろう？　それならば、そのままの姿を世間に見せなくてはね」

「あのポンコツのような状態で、ですか？」

「言うまでもない、それが迫力だ。舞台効果さ。さっき言っただろう。修理ならいつでも出来る。何も今すぐにやることはない」

「承知いたしました、それで……」俺は何となく頭の中で保留になっている問題に決着を付けたかった。「このたびは、何の連絡もなく四ヶ月余りも欠勤いたしまして、大変ご迷惑をおかけいたしまして、何とお詫びを申し上げればよいのか、自分の処遇に付きましては、どんなご処分もお受けせねばならぬ、と覚悟を……」

「ハッハッハ！」と猿橋さんが朗らかに笑った。「そんなことを心配していたのか、君は。まあ、無理もないが、忘れないで欲しい、君は今やヒーローなんだよ。エンパイヤリゾートホテルのスーパースターなんだよ。君のようなドル箱をおいそれと手放すホテルがあるはずはないだろう？」

「ええっ？　では、引き続きエンパイヤで勤務させていただけるんですか？」

「勿論だ！」

「それは、身に余るご厚意、ありがとうございます」

「で、今後のスケジュールだが、明後日十時に記者会見、その時は出来れば帰還した折りのそのままの服装で臨んで欲しいのだ。記者会見が終ってから床屋に行くように。そしてディナータイムから、いよいよレストランフォーシーズンズにご登場だ。当ホテルのユニフォームに身を包んで、颯爽と！　狼のような風体でサバイバルをやってのけたワイルドな青年が、あっという間に、ホテルの輝けるアイドルに変身し、レストランの入り口に立って、客達を迎えるのだ！　彼らは競ってその青年に握手を求めるだろう。中には、サインを頼む客もいるかも知れない！　次いで、随時、君のトークショーを企画しよう。どうだね、演出効果抜群だろう？」

「はあ、確かに。でも、そんなに早く社会復帰出来るかどうか……」

「医者はね、君はしかも健康だと報告している。だから、自信を持ってしっかりがんばってくれたまえ！　君の腕次第で、ホテルの営業成績はさらにアップすること請け合いだ」

「はい、支配人。しかしながら、明後日というのは、ちょっと……」

「実はねえ、立花君、その日程はもうテレビ局に決められているんだよ」

「ええっ？　そうだったんですか！」たった今まで見ていたニュースショーが、突然強烈な現実味を帯びてきた！

「いいかね、記者会見では、くれぐれもドジをやらんように。予期される質問を列記し、その返答の台本を念入りに作成し、事前に見せてくれ。そうだな、明日午後にでも拝見出来るといいんだが」

「はい、支配人、了解いたしました」

「では、健闘を祈る。君の肩に当ホテルの未来がかかっているということを忘れんように！」

「はい、支配人。立花武、ただ今のお言葉、肝に命じます」

　そして電話は切れた。

「今度は何？」とゆき子が引きつった顔で尋ねた。

「記者会見だ。本決まりになっちゃった。明後日十時、『金鳳の間』だってさ」

「へえ、にいちゃん凄いじゃない！」とゆき子が目を輝かせた。「でも、その頭じゃあ。床屋に行かなくっちゃ」

「それがね、床屋には行くなって。サバイバル劇の舞台効果だそうだ。記者会見が終ったら散髪やって、それからいよいよレストランに出勤だ。俺のトークショーもやろうって」

「そう、しばらく大変だ。でもよかったね、にいちゃん、首にならずに済んで。それどころか、今はヒーローだもんね！　今夜も早く寝て、明日もう一日ゆっくり休んで」

「うん、だが、そうも言ってられない、警察がお呼びだし、それに、記者会見用の台本を作って、明日支配人に見せることになった。だから今夜ちょっとがんばらないと」

「じゃあ、あたし、またワープロやろうか？」

「ありがとう、ゆき子、何もかも。だけど、会社、そういつまでも休んでいられないだろう？　昨日だって、俺の免許証やクレジットカードのことで一日中飛び回ってもらっちゃったし。台本作りは何とか俺一人でこなせるよ。お前こそ早く休んだ方がいい」

「そう、じゃ、くれぐれも無理しないようにね。あさってから職場復帰なんだから」

「よく解っております。しばらくノパコン、俺の占有にさせてもらうよ」

「ノパコンって？」ゆき子が目をパチクリさせた。

「ああ、ええとね、ノートパソコンのことさ。ゴートが、あ、いや、俺の自製語なんだ、ハ、ハ、ハ……」俺の笑いには何の意味があったんだろうか？

「へえ、ノパコン、面白いね！　きっとうけるよ。もしノパコンでトラブったら、意地張らないで、早めにあたしに言ってね。にっちもさっちも行かなくなっちゃってからの救援コールって、とっても迷惑だから」

「はっ、心得ておきましょう。でもね、俺は今ノパコンのエキスパートなんだぞ。三太郎だけじゃない、キャクタスもフォーラムベストもマスターした。凄いだろ？」

「え？　本当？　なぜ？」

俺は答えなかった。何と説明すればいいのか、また戸惑っていた。

「解った、お獅子大明神様の所でやらされたんだ。ごめんね」とゆき子が慌てて言った。「この話はしばらくご法度だったよね。もう聞かないから、とにかくノパコンがんばってね」

ゆき子が自分の部屋からノパコンを持ってきた。俺はそれを抱えて、一人自室に入った。支配人自身が電話をよこした以上、もうのんびりとはしていられなかった。

間もなくお袋が、お茶と菓子を盆に載せて現れた。

「武、忙しそうだねえ」と彼女は心配そうに言った。「体を大切にするんだよ。おじいちゃんが、お前のことをあんなに可愛がっていたおじいちゃんが、あの世から応援してくれて、お前の命を助けて下さったんだから。そのこと忘れるんじゃないよ、これからもずっと」

「うん、お母さん！」

「二度と危ないことはやらないって、約束しておくれ」

「うん、お母さん、誓うよ」

お袋は盆をデスクの上に置き、俺の肩に優しく手を載せ、静かに出ていった。

夜の静けさが俺を包んだ。窓を開けると、そこには、立ち木や民家の影と街燈の灯かりが見えた。わずか三日前まで、俺の目の前には真っ暗な夜空と火山と原生林しかなかった。あの地とこの人間どもの町は本当に同じ地球上に存在していたのか？　信じられなかった。何もかも……時折、表の通りを通過する車の音やヘッドライトが、俺に人間どもが住む町に帰って来たことを思い出させた。だがその確信は長くは持たなかった。

これでいいんだろうかと俺は考えた。何一つ真実を語ることが出来ず、自分のことさえも自由にならず、今現在の自分の存在感も把握出来ぬまま、俺は人間どもの生活の急流に飲み込まれようとしている。警察、記者会見、職場復帰、トークショー……ならば、あの黒木が原での俺の生活は、一体何だったのだろうか？

ふと、右手で左手の甲をさすっている自分の仕草に気付いた。別に痛みを感じていた訳ではなかった。ただいつとはなしに、そんな癖が付いていた。俺は左手の甲に目をやった。そこには今も三本の爪痕が残されていた。そのうち二本はかなり薄れていて、最終的にはすっかり消え去ると思われたが、残りの一本は細く白っぽい盛り上がりを見せていた。それは、永遠に消えることのない何かの証のような傷痕になろうとしていた。

「ミケ……」と俺は呟いた。窓辺に飾られた数本の猫ジャラシが、ワインの瓶の上で、かすかに震えたような気がした。ミケ、なぜ生き抜いてくれなかったんだ？

あの黒木が原で俺が過ごした月日が何であったにせよ、あの月日はやはり確かに実在したのだ、とその傷痕が語っていた。俺は黒木が原で生きてきた。そしてあの場所に属していた全てのものは、今鮮烈な思い出として俺の中に刻まれていた。その思い出が、心温まるものであろうと、おぞましく耐えられないものであろうと、胸が張り裂けるほど痛ましいものであろうと、あるいはまた、意味があろうとなかろうと、俺がその過去を否定し去ることは不可能だった。なぜならば、多分俺は、あの月日より以前の俺自身に二度と戻ることは出来ないからだ。たとえ誰一人俺の思い出話を信じてはくれなかったとしても、黒木が原の過去は今や俺の存在の一部となり、絶対なる物として、これからもずっと俺の中に生き続けようとしていた。俺が生きている限り、時間が前進を続ける限り……。

そうだ、時間はとどまることなく前進していた。

そのゆえに俺に残されているものが、もう一つだけあった。明日という時間だ。明日の朝、また太陽が昇る、動物達とともに脱出したあの朝、原生林の上に昇った太陽と同じ太陽が。そして、新しい日々が始まるんだ。いかに数多くの馬鹿げた難問が詰まった日々であるにせよ、それらは新しい日々に違いなかった。出直そうと俺は思った。出直すんだ、新規蒔き直しで。それしかないじゃないか、俺には明日があった。だからやり直すんだ！　新しい時間を生きるんだ！　そう思った時、俺の中に、初めて助かったという実感がしみじみと湧いてきた。俺はついに生きて帰って来たのだ、人間どもが住むこの町に。今はまるで異国のようだが、確かに俺がかつて住んでいたこの地に。そして俺は、この俺は、今も生きていた！

ミケ、本当にありがとう。時蔵爺さん、本当にありがとう。そして、俺のじいちゃん、本当に本当にありがとう。タケシは生還しました。これからは、生まれ変わったつもりで、山のこちら側でもう一度やり直します、がんばります！

時蔵爺さんはどうしているかと思った。逢いたかった！　あの爺さんはずっと噴火を予知していた。きっと山麓の安全な場所へ避難して、どこかの川でナマズの姿となって元気で暮らしているだろう。いつか捜しに行こう。時蔵爺さん、それまできっと俺のことを待っていて下さいよ、お話したい事が山とありますから。

ええと……何だっけ？　明日は警察だ。こりゃあ大変だぞ、奴等が信じてくれそうな話をでっちあげなければならないんだから。私はお獅子大明神様の信者達の奴隷になっておりました。それからあさっては、そうだ、「金鳳の間」で記者会見だ、早く台本を捻り出さなきゃ。

――私はエンパイヤリゾートホテルに勤務する立花武です。本日は、みなさまご多忙のところ、私のためにお集まりいただき、心より感謝いたします――こんな始まりでいいのかなあ？　――四ヶ月余りの間、みなさまに大変ご心配をおかけいたしましたこと、この場をお借りして、深くお詫び申し上げます。おかげさまで、無事帰還いたしました！　さて、私の黒木が原での日々は、言葉に尽くし難く、今もって信じ難く、名状し難き——じゃない、もっといい言葉は……。

パタパタパタ……とノパコンの音が夜の静けさの中に響き渡った。

終り

著者プロフィール

## マリ・くにこ

東京都生まれ、在住
東京教育大学英米文学科卒業

# サファリパークホテル

2008年12月15日　初版第1刷発行

著　者　マリ・くにこ
発行者　瓜谷 綱延
発行所　株式会社文芸社
〒160-0022 東京都新宿区新宿1－10－1
電話 03-5369-3060（編集）
03-5369-2299（販売）

印刷所　図書印刷株式会社

©Mari Kuniko 2008 Printed in Japan
乱丁本・落丁本はお手数ですが小社販売部宛にお送りください。
送料小社負担にてお取り替えいたします。
ISBN978-4-286-05545-9